NOAH CHARNEY

O ladrão de arte

TRADUÇÃO DE CLÁUDIO FIGUEIREDO

intrínseca

TÍTULO ORIGINAL
The Art Thief

CAPA
Victor Burton

DIAGRAMAÇÃO
Ilustrarte Design e Produção Editorial

REVISÃO
Janir Hollanda
Umberto Figueiredo Pinto

IMAGENS DA CAPA
Elisa Lazo de Valdez/Corbis/LatinStock (homem de preto)
Randy Faris/Corbis/LatinStock (pinturas na galeria de arte)

CIP-BRASIL. CATALOGAÇÃO-NA-FONTE. SINDICATO NACIONAL DOS EDITORES DE LIVROS, RJ.

C435a Charney, Noah
O ladrão de arte: romance / Noah Charney; tradução de Cláudio Figueiredo. – Rio de Janeiro: Intrínseca, 2008.

Tradução de: The Art Thief
ISBN 978-85-98078-31-1

1. Roubo de objetos de arte – Ficção. 2. Ficção americana. I. Figueiredo, Cláudio. II. Título.

08-2175.
CDD 813
CDU 821.111(73)-3

[2008]

Editora Intrínseca Ltda.
Rua dos Oitis, 50
22451-050 – Gávea
Rio de Janeiro – RJ
Telefone: (21) 3874-0914
Fax: (21) 3874-0578
www.intrinseca.com.br

Para os meus pais
James e Diane
e Eleanor

Olhe mais a fundo.

Capítulo 1

Era quase como se ela estivesse esperando, ali parada, naquela escuridão artificial.

A pequenina igreja barroca de Santa Giuliana in Trastevere se encolhia num canto da cálida noite de Roma. As ruas estavam sombrias e sem qualquer movimento, iluminadas apenas pela luz mansa da lâmpada de um poste numa praça próxima.

Então fez-se um ruído. Dentro da igreja.

Era um ruído mínimo, produzido pelo roçar de metal sobre metal, quase imperceptível de dia, mas que àquela hora parecia o contraste entre o branco e o preto. Então parou. O som tinha sido momentâneo, mas seu eco perdurava.

Do bojo da igreja fechada um pássaro apareceu. Um pombo esvoaçou aflito pela capela sombria e arremeteu por entre as abóbadas e ao longo do transepto, esculpindo um padrão às cegas pelo interior cavernoso e sombrio.

Então o alarme soou.

Padre Amoroso despertou num sobressalto. Havia suor em sua testa, rente ao cabelo.

Ele olhou para o relógio na cabeceira da sua cama. Três e quinze. Ainda era noite do lado de fora da janela do quarto. Mas o ruído que soava em seus ouvidos não parava. Então ele percebeu que não era apenas em seus ouvidos.

Jogou um roupão por cima da camiseta com que dormia e enfiou os pés nas sandálias. Num segundo já tinha descido a escada e corrido a distância de poucos passos ao longo da praça até a Santa Giuliana in Trastevere, que espreitava, com suas formas que lembravam as de um tatu, como havia pensado certa vez, mas que agora vibrava com aquele som.

Padre Amoroso avançou às cegas com suas chaves e finalmente empurrou a porta antiga, inchada pela umidade. Virou-se para o dispositivo que destoava como algo anacrônico, logo na entrada, e desligou o alarme. Olhou à sua volta por um momento. Então pegou o telefone.

— *Scusi, signore*. Estou aqui, sim... Não sei. Provavelmente algum defeito no sistema de alarme, mas eu... Um momento...

Padre Amoroso deixou a polícia esperando enquanto inspecionava o interior. Nada se mexia. Bem comportada, a escuridão mantinha-se no entorno da igreja e a luz da lua na nave projetava sombras entre os bancos. Ele deu um passo adiante, e então, pensando melhor, mudou de idéia. Acendeu as luzes.

O interior barroco pouco a pouco ganhou vida. Holofotes apontados para as várias reentrâncias e tesouros iluminavam indiretamente os espaços vazios. Padre Amoroso avançou até o centro da nave e examinou tudo atentamente. Havia a capela de Santa Giuliana, a pintura de Domenichino retratando Santa Giuliana, o confessionário, a pia branca de mármore para água benta, os candelabros das orações com a inscrição OFFERTE, a estátua de Sant'Agnese de autoria de Maderno, o ícone bizantino e os cálices no interior da vitrina, a pintura de Caravaggio da Anunciação acima do altar, o relicário onde estava sepultada a tíbia de Santa Giuliana sob um mar de ouro e vidro... Nada parecia estar fora do lugar.

Padre Amoroso voltou ao telefone.

— *Non vedo niente*... Deve ser um problema com o sistema. Desculpem, por favor. Obrigado... Boa noite... Sim... Sim, obrigado.

Pôs o telefone no gancho e desligou as luzes. A igreja que por um momento tinha adquirido vida agora voltava a adormecer mais uma vez. Armou novamente o alarme, empurrou a porta pesada, trancou-a e voltou a seu apartamento para dormir.

Padre Amoroso ergueu-se de repente na cama, os olhos arregalados. Acabara de ter um sonho terrível no qual não conseguia fazer parar a campainha soando em seus ouvidos. Por um momento atribuiu o ruído à *zupa di frutti di mare* do jantar no Da Saverio, mas então se deu conta mais uma vez de que o alarme não estava apenas em seus ouvidos. Todo mundo deve ter comido no Da Saverio, pensou por um instante, e então acordou completamente.

Era o alarme, mais uma vez tocando com violência. Ele olhou para o relógio de cabeceira. Três e cinqüenta. O sol ainda estava num sono profundo. E ele, por que não estava? Pôs o roupão e as sandálias e desceu mais uma vez aos tropeções para a insone noite romana.

Ainda que raramente se portasse como um homem profano, padre Amoroso murmurou entre os dentes algumas imprecações leves, enquanto manuseava desajeitadamente suas chaves, enfiava-as na pesada porta de madeira e a empurrava para abri-la, apoiando-se nos calcanhares para tomar impulso.

Isso era para ser uma igreja, não um despertador, pensou.

Lá dentro, virou-se na direção do alarme na parede, derrubando sem querer o telefone do gancho. "*Dio*!", murmurou, então pensou melhor e apontou para o céu ao sussurrar:

— *Scusa, signore*. Estou um pouco cansado. *Scusa*.

Desligou o alarme e então voltou-se para o interior da igreja. As sombras pareciam zombar dele. Acendeu as luzes com satisfação. A igreja bocejou ao se iluminar. Padre Amoroso pegou o telefone.

— *Si? Si, mi dispiace*. Não sei... Não, isso não vai ser necessário... Um instante, por favor...

Largou o telefone e mais uma vez se dirigiu para o centro da nave. A pequenina igreja parecia boquiaberta, grande e vazia, em meio à escuridão da madrugada.

Nada aparentava estar faltando. Dessa vez padre Amoroso caminhou ao longo das paredes internas da igreja. Deslocou-se pela ardósia gasta do piso, passando ao largo de fileiras de velas apagadas, bancos entalhados em madeira e reentrâncias ainda sombrias, nas quais se escondiam figuras de santos em relevo ou pintadas a óleo. Tudo estava quieto. Ele voltou ao telefone.

— *Niente. Niente di niente. Mi dispiace, ma*... Certo, agora são quatro e dez da manhã... Sim, provavelmente um defeito... Sim... Mais tarde, pela manhã, sim. Não há nada a se fazer até lá. Obrigado, boa-noite... Quer dizer, bom-dia. A noite já acabou há algum tempo... *Ciao*.

Padre Amoroso olhou com desprezo para o alarme que havia disparado duas vezes sem motivo algum, só para debochar dele. Talvez não devesse ter olhado por tanto tempo para a Signora Materassi na missa do último domingo. Deus tem seus caminhos. Mais tarde telefonaria pedindo que o alarme fosse checado. Talvez ainda conseguisse dormir um pouco.

Padre Amoroso apagou as luzes. Ignorou o alarme vistoso ao sair porta afora, trancou-a e voltou à sua casa para capturar quaisquer minutos preciosos de sono que ainda estivessem ao seu alcance.

Um alarme disparou.

Padre Amoroso pulou da cama. Mas então se acalmou. Era o alarme do despertador na sua cabeceira. Eram sete horas, numa manhã de segunda-feira. Assim é melhor, pensou.

O sol estava presente no horizonte e o dia prometia sua habitual luminosidade romana em meio à umidade do verão. Ele bocejou despreocupadamente e esticou os braços cansados, abrindo-os em forma de cruz. Tirando sua camisa de dormir, padre Amoroso caminhou gingando até o banheiro e de lá surgiu como um novo homem, limpo e revigorado para outro dia. Vestiu suas roupas clericais e desceu para ir até a Santa Giuliana.

Estava dez minutos adiantado. Não esperavam que abrisse a igreja até que soassem as oito horas. O dia ainda não estava quente demais, e padre Amoroso decidiu dar uma escapada por um momento. Escapuliu para o bar ao lado e pediu um *caffè*. Admirou a luz do sol no piso antigo enquanto bebericava seu *espresso*, de pé, no bar. Os transeuntes passavam na rua lá fora. O turista ocasional aparecia por ali, de mapa na mão e câmera a postos.

Olhou o relógio. Sete e cinqüenta e sete. Acabou de beber e atravessou a praça rumo à sua igreja.

Com uma agradável sensação de quem gozava de uma folga, padre Amoroso manuseou lentamente as chaves e, tendo encontrado a que procurava, girou-a e empurrou a enorme porta de madeira. Quando já a tinha aberto o suficiente, travou o trinco de metal para mantê-la escorada, permitindo que o ar parado, preso lá dentro, esfriasse na brisa matinal que corria do lado de fora.

Entrou na igreja e, ao passar, lançou um olhar de desprezo para o sistema de alarme. Deus, vou ter de mandar consertar isso hoje, pensou, e então se deu conta da blasfêmia e olhou de relance para o céu pedindo perdão. Arrastou os pés pelo chão a caminho do escritório da igreja, afastou para o lado a cortina que escondia a porta e a destrancou. Virou-se e avançou para o centro da nave, parando por um momento para dobrar os joelhos quando passava diante do altar.

Estava prestes a seguir em frente quando percebeu. Não podia acreditar em seus olhos. Talvez ainda estivesse dormindo, pensou, esperançoso. Então se convenceu, e recuou aos tropeções, enquanto gritava:

— *Dio mio*!

O retábulo de Caravaggio havia desaparecido.

Capítulo 2

— Mas é uma falsificação.

Geneviève Delacloche prendeu o telefone entre o ombro e a orelha e se atrapalhou com o fio, que de algum jeito tinha conseguido enrolar nos pulsos.

Seu pequeno escritório tinha vista para o Sena, com a majestade medieval das pedras amarelo-cinzentas dos cais de Paris erguendo-se com seus arcos dos dois lados da água cor de coral. Sua mesa estava tomada por papéis que em algum momento do passado tinham sido dispostos em ordem. Delacloche pertencia a um tipo híbrido de obsessivo-compulsivo que precisa de um lugar certo para tudo, mas nunca chega realmente a manter as coisas naquele lugar.

As gravuras na parede eram todas obras do mesmo artista: Kasimir Malevitch. Eram do tipo abstrato que deixava loucos os que não dispunham de educação artística, com títulos explicativos como *Quadrado Preto: Suprematismo com Triângulo Azul e Retângulo Preto* e *Quadrado Vermelho: Realismo com Tinta de uma Camponesa em Duas Dimensões*, este último consistindo, em sua totalidade, num quadrado vermelho com um ângulo ligeiramente obtuso sobre um fundo branco. Diplomas com molduras em madeira indicavam uma formação em conservação de pinturas e administração de instituições de arte. Sobre a mesa repousava uma pilha de folhas de papel de cor creme, exibindo um monograma, com as palavras SOCIEDADE MALEVITCH impressas no alto, na elegante tipologia Copperplate.

Delacloche mantinha aberto em seu colo um catálogo de um leilão iminente de "Importantes pinturas e desenhos da Rússia e da Europa Oriental", na Christie's, em Londres. O catálogo estava aberto na página 46, lote 39:

Kasimir Malevitch (1878–1935)
Composição suprematista branco sobre branco
óleo sobre tela
54,6 x 36,6 in. (140 x 94 cm)
Preço estimado: £4.000.000-6.000.000

PROCEDÊNCIA:
Abraham Steingarten, 1919–1939
Josef Kleinert, 1939–1944
Galeria Gmurzynska, Zug, 1944–1952
Otto Metzinger, 1952–1969
Luc Sallenave, 1969
Venda anônima, Sotheby's de Londres, 1º de outubro de 1969, lote 55, quando foi adquirido pelo atual proprietário.

EXPOSIÇÕES:
Galeria Liebling, Berlim, 1929, *Obras suprematistas e sua influência na espiritualidade russa*, nº 82
Galeria Gmurzynska, Zug, 1946, nº 22

LITERATURA
Art Journal, 1920, p. 181

Acredita-se que esta pintura tenha sido a primeira da conhecida e polêmica série de composições suprematistas branco sobre branco. É considerada a mais importante da série...

— Jeffrey, estou falando que é uma falsificação. E não me diga que estou sendo terrivelmente francesa! Sou terrivelmente francesa, mas isso não muda nada neste caso.Você está prestes a leiloar um Malevitch falso. Sim, estou com o catálogo bem aqui. Como tenho tanta certeza? Vou dizer como. Porque o quadro que está pretendendo leiloar está *aqui*. Pertence à Sociedade Malevitch. Estou falando, neste exato momento está num cofre no porão. Sim, isso mesmo, três andares abaixo de onde estou...

* * *

Malevitch alcança um equilíbrio entre a brancura e o vazio e transforma de modo magnífico esse tenso contraste numa meditação contemplativa a respeito de uma tensão interior. Essas obras são inteiramente sobre o sentir. Malevitch tratou de se afastar de descrições do cotidiano, da vida e dos objetos, e aprimorou suas habilidades com o objetivo de projetar a emoção. Não há resposta certa ou errada para a pergunta "Sobre o que é essa pintura?". A pergunta é: "Isso faz com que nós sintamos o quê?"

— ... Olhe, o quadro está no cofre já há meses. Eu o vi lá na semana passada. Só muito raramente nós o emprestamos para exposições, de modo que está trancafiado há séculos. Não sei por que você não procurou fazer contato conosco imediatamente... Por causa da procedência, bem... Sei que você pensa que está olhando para ele no seu escritório neste exato minuto, mas estou lhe dizendo, é uma falsificação...

É ao mesmo tempo revolução e ideologia, formas abstratas que podem ser apropriadas por qualquer espectador segundo seus próprios princípios. Malevitch liberta os que vêem sua arte dos grilhões da iconografia, e os deixa livres num mundo de sensação concentrada. Fez isso muito antes que obras de arte abstrata como essas se popularizassem.

— ... É claro que ele pintou várias versões de *Branco sobre Branco*, mas só ouvi falar de duas que fossem tão grandes assim. Todas as outras versões da pintura são menores, exceto a nossa e outra numa coleção particular na Grã-Bretanha. Mas reconheço a imagem no catálogo como sendo a nossa. A procedência é completamente diferente, mas se você está me dizendo que foram seus próprios fotógrafos que tiraram a foto no catálogo a partir do original que está no seu escritório, então é uma falsificação.

"Jeffrey, a missão da Sociedade Malevitch é proteger o nome do artista. É como se um cara aí na rua escrevesse uma sinfonia e dissesse que é uma obra perdida de Beethoven. As pessoas contestariam isso e a obra do artista acabaria prejudicada. Acontece o mesmo com essa pintura, que deve ser uma falsificação, ou no mínimo resultado de um erro na atribuição da autoria.

"Eu reconheço a pintura, Jeffrey! Como reconheço? Do mesmo jeito que você reconheceria sua mulher se a visse passando na rua. Você não é casado? Bem, Jeffrey, realmente não estou nem aí para isso, mas você sabe o que quero dizer. Quando você observou muito um quadro como esse, especialmente no caso dessa pintura, você acaba conhecendo intrinsecamente. Meu trabalho é localizar e proteger cada obra que ainda resta de Malevitch. É por isso que quero que você retire esse lote do leilão. Estou cheia de serviço correndo atrás de casos de fraude, e não ajuda quando uma instituição altamente respeitada como a sua fica sustentando que falsificações são autênticas..."

Trata-se de arte objetiva, no sentido de que não exige conhecimento especializado para a sua interpretação, do mesmo modo que ocorre com o reconhecimento de uma história para compreender a ação e captar sua moral. É uma libertação do excesso de tralha que atravanca o caminho rumo à emoção pura. É um foco quase budista, empurrando para o lado os ornamentos nas pinturas tradicionais de coisas. A obra provoca.

Para Malevitch, a reação era de meditação e paz transcendentais. Mas a pintura é igualmente bem-sucedida se provoca raiva por parte daquele que a vê, que pode dizer, afrontado: "Como isso pode ser arte? Eu podia ter pintado isso!" Em resposta a essa exclamação, se alguém realmente parasse e tentasse pintar exatamente isso, acabaria descobrindo que é impossível. As texturas, os tons, a despeito da paleta monocromática, são profundos e sutis. É mais fácil falar do que pintar uma obra dessas. Mas ao afrontar alguém a pintura já foi bem-sucedida. Ela provoca emoção. A arte suprematista busca alcançar as estrelas, e desse modo cria uma nova constelação emocional que fica suspensa no céu para ser vista por todos, e por eles interpretada como quiserem.

— Bem, obrigada, Jeffrey. Seu inglês também é muito bom. Sim, sei que você é inglês. É uma piada. Sim. Bem, estudei quatro anos em... Olhe, estamos fugindo do assunto. Sei que a procedência é boa, estou olhando para ela agora. Bem, não ouvi falar de todas... Não. Mas você checou todas? Bem, o que está esperando? Sei que está ocupado, mas se vender uma falsificação por seis milhões vai se meter numa encrenca muito pior do que se você... Não pode adiar um pouco e deixar que eu faça a pesquisa para você? Bem, se não tem autoridade para isso, posso falar com lorde... Não vai ser nada bom. Não, não estou num daqueles dias, eu... Mas, eu... É, bem, espero que você se... É, foda-se você, e toda a realeza também...

— E este é o homem a quem devemos agradecer pela recuperação do retrato, roubado e transformado em objeto de resgate, de nossa amada e querida fundadora, *lady* Margaret Beaufort — disse o decano do St. John's College, Cambridge.

Com um sorriso nos olhos, ele acenou para o elegante, esbelto e grisalho Gabriel Coffin. O aposento em que se encontrava era uma ampla passagem coberta por painéis de madeira, iluminada apenas pela luz das velas que despontavam de arandelas de prata polida. Os membros da faculdade reuniram-se diante dele, cada um segurando firmemente um copo de xerez a ser tomado antes da refeição. Parece o elenco de uma das charges de Daumier, pensou Coffin. Passou a mão pelo queixo, com sua barba cerrada, preta salpicada de branco.

— Um especialista de renome e consultor a quem a polícia recorre em caso de roubos de obras de arte e um homem formado em nossa própria instituição, ele ofereceu gentilmente seus talentos de investigador quando *lady* Margaret sumiu de nosso Grande Salão. É claro que todos pensamos que aquele pessoal lá do Trinity tinha resolvido dar uma escapulida com ela, mas quando descobrimos que a coisa era mais séria o dr. Coffin veio nos salvar. Vamos então agradecer-lhe do fundo do coração, e passar então ao jantar.

A vibração provocada pelo alarido das vozes e pelo tilintar dos talheres ergueu-se a partir das longas mesas de madeira e evoluiu rumo ao teto forrado com painéis de madeira escura no ambiente formal da sala de jantar do St. John's College.

Da mesa dos professores, em posição perpendicular às longas fileiras de estudantes, Coffin ficou olhando. Acima de sua cabeça, no grande retrato da fundadora da universidade, *lady* Margaret Beaufort, pintado no século XVI, mantinha-se ajoelhada numa prece. Será que ficara feliz em ser salva? De volta ao lugar dela, pendurada lá no alto da parede. Coffin flutuava sozinho, à deriva num oceano de conversas e risadas.

Os garçons passavam em torno dos bancos medievais cheios de estudantes de terno e gravata e togas acadêmicas. William Wordsworth, entre outros ex-alunos ilustres, olhava para baixo, todos inertes em seus retratos suspensos na parede, e os mecenas tinham suas doações proclamadas nos brasões inscritos nos vitrais e gravadas nos caibros do telhado.

Subitamente, Coffin ouviu um *clink*. O que tenho comigo que seja capaz de fazer um *clink*?, ele pensou. Então sentiu suas costelas sendo cutucadas por um cotovelo ao lado.

Virou-se para o professor sentado à sua direita, um velhote ruivo, desdentado, com uma barbicha branca. Empenhado numa batalha para manter-se sóbrio, era evidente que estava perdendo.

— Acaba de levar um *penny* meu rapaz!

Coffin podia sentir o bafo do homem.

— Perdão?

— Você agora tem de salvar a Rainha de se afogar. Beba. Vire esse copo! — disse o professor mostrando a taça de vinho de Coffin, no fundo da qual jazia uma moeda de um *penny*.

Coffin revirou os olhos e virou o copo. O professor riu e lhe deu um tapinha no ombro, apropriado a um velho companheiro. Quando virou para o outro lado, Coffin jogou a moeda que acabara de salvar no prato de pudim do professor. O homem se virou novamente e o sorriso sumiu de seu rosto.

— Agora você tem de comer sua sobremesa sem usar as mãos — disse Coffin, friamente. — Conhece as regras. Se eu puser um *penny* em seu prato sem você perceber...

Os sons vindos do salão quase abafaram o toque do celular. Coffin levou-o ao ouvido.

— Pronto? *Buona sera*. Não esperava ter notícias suas. O que posso... Sério? Não, posso... Vou pegar o primeiro vôo de volta para Roma amanhã de manhã...

Alguma coisa havia sido roubada.

Capítulo 3

Geneviève Delacloche estava sentada no seu escritório, as pernas com meias postas sobre a mesa. Tinha uma caneta-tinteiro entre o polegar e o indicador, e a estava massageando quase a ponto de parti-la ao meio. Então sua assistente entrou com o café.

— *Et voilà!* Nunca antes precisei tão desesperadamente de um, *merci bien*, Silvia. Ainda tenho quanto tempo antes da ligação?

— Só mais dez minutos, madame.

— *Putain de merde* — murmurou Delacloche. — Dez minutos. Tudo bem. Só me passe... Só...

Sua assistente sabia, e já tinha saído da sala.

Delacloche puxou um cigarro, sempre um Gauloise, e tragou profundamente. Colocou em ordem seus pensamentos na posição em que estava, o braço esquerdo atravessado sobre o peito, o braço direito num ângulo reto segurando o cigarro como uma luneta. Fumar a ajudava a ver as coisas mais claramente.

O presidente da Sociedade Malevitch estava fora, a negócios, em Nova York. Com uma provável falsificação prestes a entrar no mercado, eles precisavam decidir qual o próximo passo a ser dado pela entidade. Delacloche estava sentada, os dedos correndo pela mesa de cerejeira. Diante dela havia um gordo dossiê. Ela sabia qual era a decisão necessária. O presidente era a face pública deles, bom para apertar mãos e levantar fundos, mas entendia pouco de arte. A coisa era com ela.

O telefone tocou.

— *Alors* — começou ela. — Acabei de falar com aquele babaca, Jeffrey, na Christie's. Ele não vai tirar o quadro do leilão. Na verdade, não está nos levando nem um pouco a sério... Sei que uma declaração firme de que se trata de uma falsificação seria o bastante para calar a boca deles. A dificuldade está no fato de que não interessa a ninguém que esse quadro seja uma falsificação... Certo...

"O problema é financeiro. Pare para pensar por um momento. Caso essa pintura seja mesmo uma falsificação, então algumas coisas terão de acontecer. O nome de Malevitch e da justiça deveriam ser preservados. Mas o mundo da arte raramente é altivo e forte quando essas coisas estão em jogo.

"Mas quem vai sair perdendo? A casa de leilões fica com cara de idiota por avalizar uma pintura que acaba se revelando uma fraude. Sua reputação, e em particular a reputação desse suposto especialista, fica manchada. Como todos sabemos, se há alguma coisa capaz de arruinar a carreira de um *expert* é ser publicamente enganado por uma falsificação... Sei, é por isso que... Sim...

"Lembre-se do caso Getty, quando um dos seus funcionários afirmou que eram falsos os vários desenhos italianos do século XVII que o museu acabara de adquirir por milhões. Ele até disse saber quem era o falsificador. E o Getty se recusou a reconhecer a acusação mandando testar os desenhos. Se eram mesmo falsificados, então o Museu Getty tinha jogado milhões pela janela. Se acabassem se revelando autênticos, o especialista teria perdido toda a sua credibilidade. Do ponto de vista do Getty, ele seria um estorvo para eles, de um jeito ou de outro. E, é claro, tudo o que ele queria era a verdade e um pouco de justiça... Sei...

"E ele foi demitido sem que ninguém jamais chegasse a submeter os desenhos a testes."

Delacloche tamborilou os dedos sobre sua pasta.

— Então é isso que temos de enfrentar. A Christie's já pôs o catálogo na rua. Isso significa que contaram ao mundo que esse quadro é um Malevitch. Não apenas isso, mas que está avaliado em quatro a seis milhões de libras... Como puderam cometer esse erro? É simples. A procedência parecia... Parece impecável...

"Não sei."

Delacloche acendeu outro cigarro.

— É claro que eles não deixarão fazer uma pesquisa em cima disso, e que não vão me deixar ver os documentos originais. Pelo que está no catálogo, reconheci mais ou menos metade dos lugares na lista. Alguns outros são mais obscuros. Uma solução óbvia me ocorreu: a imagem no catálogo está errada e existe um Malevitch que se encaixa naquela procedência, mas que não é o nosso, e a fotografia do nosso, de algum modo, substituiu a dele. Mas Jeffrey me garante que está certo, e que a pintura estava em sua mesa... Bem, só podemos fazer algo pelas vias legais, para evitar que eles o vendam, se provarmos que é um objeto roubado...

Delacloche estava preparando o próximo cigarro.

— O proprietário, cuja identidade permanece em segredo total graças à política de anonimato da Christie's, obviamente não quer descobrir que seu Malevitch, e uso a palavra no sentido mais amplo, é falso, porque ele deixará então de ter valor... Oh-oh. E se ele for um criminoso que sabe se tratar de uma fraude, então, com certeza, não quer vê-lo desmascarado... Certo. E os compradores se comportam de tal jeito que prefeririam, ainda que jamais reconhecessem isso, ficar na mais absoluta ignorância a respeito da falsificação a ter um Malevitch a menos no mercado para decorar suas paredes e ornamentar sua vaidade. A descoberta de um novo Malevitch no mercado é uma notícia sensacional demais para que o mundo dos ricos se dê ao luxo de ver a história virar fumaça. Nesse caso, a Christie's perderia seu prestígio e sua comissão, o proprietário passaria a ter um pedaço de pano sem valor com tinta por cima e a clientela ficaria decepcionada. Não é de espantar que a Christie's não queira sequer dar uma olhada no caso.

"Seria de esperar que esse *expert* tivesse competência suficiente para fazer uma investigação mais aprofundada. Mas o negócio dele não é Malevitch, ele é um generalista na área de arte do século XX. Isso quer dizer que não sabe porra nenhuma de um artista específico, como Malevitch. Você sabe a que ponto esse negócio de especialização acaba sendo específico. Mas você tem razão... ele deveria mesmo ter feito, por exemplo, um raio X. Levando em conta minha formação como conservadora, é a primeira medida que me vem à cabeça. Mas investigações científicas são caras, e em matéria de arte a fé costuma contar mais que a realidade. O proprietário, certamente, não arcaria com elas. Nem a Christie's, se não tivesse um bom motivo para isso. Todos estamos de acordo que nossa acusação tem bases sólidas, mas há uma outra razão sólida, do ponto de vista da Christie's, para não investigar mais a fundo este caso: a procedência.

"Só quando a procedência é frágil, ou inexistente, as pessoas estudam a coisa mais atentamente. No caso desse quadro, ela não foi questionada. Esse *expert* é o curador-chefe de pinturas da Rússia e da Europa Oriental na Christie's.

Isso significa que é responsável por tudo que diz respeito a esse leilão que vem por aí. O catálogo tem 102 lotes, e todos eles precisam ser examinados, ter seus preços estimados, suas apresentações no catálogo escritas e assim por diante. Se a procedência de uma obra não apresenta problemas, é altamente improvável que alguém naquele escritório dê uma segunda olhada nela. Caso encerrado, *malheureusement*...

"Ah, não. Não, não acredito que devamos ir a público com nossa acusação. O mais provável é que, em vez de assustar as pessoas, acabe despertando mais interesse pelo quadro. Os compradores vão preferir confiar nos especialistas da Christie's a qualquer outra fonte. A maioria deles é ignorante a respeito dos detalhes, e fica feliz simplesmente em poder comprar um nome capaz de ser reconhecido e que possam citar casualmente em Hamptons ou em St. Tropez. Os museus querem a coisa autêntica, mas também querem o glamour do nome célebre. Sentem-se melhor com um pequeno punhado de obras famosas do que com salas cheias de excelentes obras de artistas menos conhecidos. O público médio deles preferiria comparecer em massa a uma exposição que consistisse unicamente na *Mãe de Whistler*, a ser arrastado relutante a um museu repleto de Kusnetsov, Tatlin, Malevitch, Kandinsky e Chasnik e a história do suprematismo na Rússia, na qual correm o risco de acabar aprendendo alguma coisa. Não, museus querem os nomes famosos para colocar nas suas gravatas e canecas de café.

"Vai começar a correr o rumor, tenho certeza, que fizemos perguntas a respeito do quadro. O burburinho vai atrair mais compradores e *voyeurs* para o leilão, e isso só vai aumentar o caos, e o preço final para a Christie's e para o vendedor anônimo. Isso... Isso está certo, sim... Acho que tudo o que podemos fazer agora é esperar e acompanhar. Eles é que vão se dar mal no final. Se envolvermos a polícia agora, a Christie's vai se recolher na sua concha, e se tomarmos alguma medida mais extrema corremos o risco de afugentar quem cometeu o crime. Vou ao leilão para ter certeza de ver quem vai ser o comprador. Se for um museu, então a coisa vai se tornar pública, mas se for um comprador particular, que prefira manter a publicidade sob controle, vou precisar estar lá para ver por minha conta quem está dando os lances. Senão o comprador e a pintura podem desaparecer do nosso radar."

Delacloche reclinou-se na cadeira. Tinha mais alguns papéis a despachar. A ligação a tinha feito deixar de lado suas tarefas habituais. Além de supervisionar o manuseio e a conservação da coleção privada da sociedade, era a responsável pelas investigações. Havia um sujeito de 80 anos em Minsk que dizia ter uma carta de Malevitch para Vladimir Tatlin, enquanto em Lyon um homem queria confirmar a autenticidade de um desenho supostamente feito por Malevitch. E isso só naquele dia.

Delacloche estava esgotada. Com o olhar vazio, passou a sala em revista. Pôsteres emoldurados, diplomas, uma foto sua em preto e branco, recém-nascida, nos braços da mãe, uma flâmula do campeonato mundial com as cores do Red Sox de Boston, uma gravura de Whistler mostrando velhos marinheiros numa taberna, xícaras de café vazias, um cartão-postal do porto de Boston à noite, seu isqueiro Zippo de prata sobre a mesa. Olhou para fora através da janela estreita. O mar azul do crepúsculo flutuava suavemente na maré da brisa do fim da tarde, sobre o pálio sombrio das ruas da cidade. Que bom que a Sociedade Malevitch não fica na Rússia, pensou.

Empilhou os papéis ainda perdidos sobre a mesa, num esforço para criar algo que pudesse passar por ordem, certificou-se de que todas as canetas enfiadas na caneca estivessem com a ponta voltada para baixo e girou o fecho de sua maleta. Segunda-feira, *mon dieu*. Fechou a porta do escritório e desceu os degraus da escada em caracol até o térreo.

Todos os outros no escritório tinham saído. Delacloche continuou a descer a escada até o porão. Gostava de encontrar alguns momentos tranqüilos de introspecção para compartilhar com as obras de arte que era seu dever proteger. Elas não podiam lhe agradecer, mas não precisavam fazer isso. Teclou o código ao lado da porta da sala-cofre e enfiou sua chave. Ouviu-se então o clique reconfortante e a porta se abriu.

No interior da sala-cofre havia uma série de grades de metal paralelas empilhadas do chão até o teto, montadas sobre rodas, cada uma a não mais de um metro da outra. À esquerda havia amplos compartimentos sem grande profundidade. Estavam cheios de caixas tipo Solander que barravam a luz e a contaminação, para proteger obras em papel, como desenhos e aquarelas, além de cartas.

Delacloche virou à direita e caminhou até o fim da sala, até a última fileira de paredes móveis. Ela se inclinou para trás ao puxar a grade de metal, e a parede lentamente deslizou em sua direção, com a carga de Malevitchs emoldurados pendendo frouxamente de ambos os lados. Assim que estava toda estendida, andou até a extremidade, e passou os olhos pelos títulos. *Branco sobre Branco*, onde está o *Branco sobre Branco*? Seus olhos deslizaram pelas obras penduradas até que ela parou.

A pintura havia sumido.

O inspetor Jean-Jacques Bizot já tinha comido boa parte da sua terceira meia dúzia de ostras quando o celular, preso entre a dobra de sua barriga e o couro de crocodilo do cinto tingido de verde, começou a tocar.

— *L'enfer c'est les huitres* — disse, deixando que um molusco viscoso deslizasse pela garganta.

—Vamos esperar que não — retrucou seu companheiro de refeição, Jean-Paul Lesgourges. — Melhor nem lembrar do Caso das Ostras de 75. Fico pensando se conseguiram ressuscitar o bombeiro hidráulico.

A terceira seqüência de toques já ia bem adiantada quando o inspetor Bizot percebeu que algo na região do seu abdômen estava vibrando. Mas ele atribuiu isso às propriedades afrodisíacas dos bivalves que estava empenhado em consumir.

Tudo seguia conforme o planejado, pensou, enquanto sonhava com o relacionamento que manteria com Monique, ou seria Mireille, às nove naquela noite. Foi só quando o prato com aspargos desceu das mãos do garçom, como se fosse a mão de Deus apresentando um combustível lúbrico diante da libido de Jean-Jacques, que o telefone voltou a tocar mais uma vez.

Dessa vez Bizot certamente pôde sentir algo, à medida que a vibração se propagava, descendo pela sua coxa. Ele lançou um olhar malicioso, perplexo, para Jean-Jacques Lesgourges, que fazia passar entre seus lábios eqüinos o último pedaço escorregadio de ostra. Lesgourges lentamente foi se dando conta do olhar de Bizot, e retrucou com um silencioso "O quê?".

— Por que está se esfregando em mim, Jean?

— Eu? Tá maluco? Você comeu ostras demais. Não iria me esfregar em você nem que fosse uma lâmpada mágica com um gênio dentro, seu elefante-marinho!

— Jean, posso sentir você se esfregando em mim!

— *Alors, laisse-moi tranquille et mange*!

Bizot e Lesgourges voltaram a comer, até que a quarta e última seqüência de vibrações fez com que Bizot prestasse atenção às suas regiões baixas. A barriga, farta do celular despercebido, finalmente rejeitou-o e ejetou-o, fazendo com que o telefone saltasse do cinto para o chão, impulsionado de forma elástica pelas dobras de gordura de Bizot. O celular fez barulho ao se chocar com o chão do restaurante.

Jean-Paul Lesgourges não levantou os olhos de seus pedaços de aspargo.

— Alguma coisa pulou da região do seu estômago — disse, enquanto pensava no encontro com Angelique, ou talvez Mireille, marcado para mais tarde naquela mesma noite. — Você sabe que a frase favorita do imperador Augusto era "mais rápido do que se cozinha um aspargo".

— Fascinante, Jean... — Bizot também reconheceu que algo havia caído, mas estava como que entalado numa armadilha. O grosso do seu estômago estava imprensado entre seus joelhos e a parte de baixo do tampo da mesa. Não conseguia enxergar debaixo da mesa, nem podia se mexer de maneira alguma, como percebeu agora que fazia uma primeira tentativa de se curvar e recuperar o objeto caído.

— *Il y a quelque chose de coincé dans le mechanisme* — resmungou Bizot ao reconhecer o ridículo de sua situação.

Lesgourges fitou-o e percebeu as rugas de frustração em sua testa. Sua cara de cavalo se distendeu num urro crescente que se transformou numa gargalhada com lágrimas nos olhos quando Bizot juntou-se a ele, ruborizados pelas duas garrafas e meia vazias que permaneciam na mesa.

A gargalhada acabou atraindo a atenção do garçom, mas só depois que todas as outras pessoas tinham parado e se virado para ver a fonte da cacofonia que emanava do pequeno compartimento nos fundos.

Era uma visão digna de ser contemplada: o excessivamente franzino Jean-Paul Lesgourges, com bochechas macilentas e esticadas, parecendo salpicadas de ruge, um brilho gozador nos olhos, berrando de alegria enquanto seu companheiro de risadas, Bizot, como um aqueduto partido, esférico em cada uma de suas partes, ribombava impiedosamente com suas gargalhadas, a mesa e os joelhos prendendo-o no lugar, lágrimas de riso brotando dos olhos pequeninos e obscuros. Na barba esgarçada, o queixo se confundia com migalhas, e parecia mexer-se por vontade própria, deixando à mostra um sorriso no qual sobressaía a gengiva.

Passaram-se alguns minutos antes que Bizot e Lesgourges parassem de rir de modo que o garçom, que havia se abaixado e recuperado o telefone perdido, atraísse sua atenção até conseguir devolver o telefone ao dono. Os outros fregueses do restaurante Étouffe-Chrétien não puderam deixar de sorrir e rir com a contagiosa bonomia e a conduta um tanto papainoelesca dos dois cavalheiros galhofeiros e inconvenientes ali no canto. Silenciosamente os ocupantes de cada mesa desejaram que tivessem sido convidados para jantar com aquela dupla mais do que excêntrica, a corpulenta e bombástica bola de canhão que era Bizot ao lado de Lesgourges, uma fina e delgada vela com cera escorrida, ambos transpirando vermelho, como se fossem Ticianos que tivessem levado uma camada a mais de tinta.

Então Bizot viu a mensagem piscando em seu telefone, que indicava quatro chamadas perdidas.

— *Putain de merde, ta gueule, vieux con, salaud.*

Ele reprimiu uma risadinha enquanto checava as mensagens.

— Jean — sussurrou Bizot em voz alta.

— O que é, Jean? — Lesgourges retrucou em meio a uma mastigada do seu aspargo.

— Houve um roubo.

— *Sans blague?* O que é? — Lesgourges estava concentrado na comida e não ergueu os olhos.

— É quando alguém rouba alguma coisa.

— Sim? — disse Lesgourges, pensando em alguma outra coisa.

— Da Sociedade Malevitch.

Bizot lutava para puxar uma pequena agenda Moleskine do bolso da frente do paletó azul. Com uma das mãos ele se esforçou para retirar o elástico que a mantinha fechada. Como não conseguiu, cruzou um braço roliço por sobre sua corpulência e enfiou o telefone entre o ouvido e o ombro. Abriu a caderneta e começou a tomar notas, antes de se dar conta de que não tinha uma caneta na mão.

— Uma caneta! Meu reino por uma caneta! Jean, me dê uma de suas malditas canetas.

Ainda concentrado em seu aspargo, Lesgourges passou a Bizot uma faca de manteiga, com a qual Bizot começou a escrever na agenda Moleskine.

— *Ça ne marche pas, Jean.* Eu consigo uma caneta que escreva?

Lesgourges finalmente levantou os olhos e retomou suas animadas risadinhas enquanto passava uma caneta-tinteiro Mont Blanc marrom, tirada do bolso.

— *J'ai dit* — continuou Bizot, à medida que suas anotações finalmente fluíam em forma de tinta sobre a página — que houve um roubo na Sociedade Malevitch.

— O que levaram?

— Um Malevitch.

— É mesmo?

— É a Sociedade Malevitch; o que mais poderiam levar?

— Ah! Não tinha pensado nisso — disse Lesgourges servindo um pouco de enguia enrolada com bacon no prato de Bizot.

— Não tinha pensado. Nisso eu acredito — disse Bizot fechando o telefone e baixando os olhos para as suas notas, rabiscadas a ponto de serem ilegíveis. Ele deu de ombros.

— Coma, coma — gesticulou Lesgourges —, você está que é só pele e osso!

— Vou lhe dar pele e ossos, seu idiota. Um crime foi cometido.

— Humm! — retrucou Lesgourges. — Devemos investigar?

— Depois do jantar vou checar as coisas com os agentes na cena do crime. Estava no seguro, de modo que vamos dar uma olhada por lá amanhã. E o que quer dizer com esse *nós*? Você não passa de um acadêmico, e um nem muito bom, aliás. Do pior tipo. Que tipo de acadêmico não tem diplomas e não trabalha na academia?

— Do tipo rico — respondeu Lesgourges. — Quando se tem um *château*, não se precisa de escola, e quando se tem seu próprio vinhedo de Armagnac, em Armagnac, então não se precisa tomar leite de caixinha na lanchonete.

— Seu filho da mãe orgulhoso — Bizot rosnou sorrindo de modo afetado —, vou mandar uma garrafa do seu Armagnac bem na sua...

— Sou o único que detém a licença para distribuir meu Armagnac, Jean. Mas sem meus amplos conhecimentos de história da arte você estaria...

— ... muito mais feliz — disse Bizot, limpando os dedos sujos da enguia no guardanapo que pendia de seu pescoço como uma gravata. — O que você entende de arte, afinal? Acontece que sei muito mais sobre arte do que você, apesar de sua coleçãozinha de arte moderna, seu jardim de esculturas de fundo de quintal e seu...

— ... do meu o quê?

Bizot se inclinou para a frente.

— Jean, você é o proprietário do Picasso mais horrendo que já vi na vida.

— Ah! — disse Lesgourges, se recostando. — Mas eu tenho um Picasso.

Bizot pensou por um momento, então deu de ombros e voltou a se concentrar em sua refeição.

— *Touché.*

Lesgourges olhou para ele.

— E, de qualquer jeito, o que você entende de Picasso? Não seria capaz de reconhecer um Picasso se um deles viesse por trás e mordesse o seu rabo!

— Olha, eu sei...

— Você pensa que sabe. Esse é o pior tipo.

— Ah, coma sua enguia e seus aspargos, Lesgourges! Já aturei o bastante. Sempre querendo pegar carona nos meus casos. Sabe que trabalho estritamente sozinho.

— Estou cheio de você, Bizot, desde que tirei você daquela encrenca com Hubert Pompignan, e desde então tenho sido seu anjo da guarda. Coma mais da sua enguia, é bom para você.

— O Caso Hubert Pompignan aconteceu quando tínhamos 11 anos, e agradeceria se parasse de se congratular por glórias de tempos pré-históricos. Passe o sal.

— Então — disse Lesgourges, secando os lábios com um estalido. — Não tenho nada mais interessante para fazer. Malevitchs desaparecidos. Estamos no rastro deles, ou o quê?

— Assim que terminar meu prato. E a sobremesa.

Capítulo 4

Em Roma, a pequenina igreja de Santa Giuliana in Trastevere era palco de uma atividade febril. A bem-intencionada e bem-vestida polícia italiana havia tomado conta da praça calçada com ardósia e uma multidão de romanos arrumara tempo durante sua hora de almoço para investigar a causa do movimento, no caso de terem perdido o primeiro dia de investigação.

Quando circulou o rumor de que uma pintura havia sido roubada, e ainda por cima do altar, as pessoas ficaram mais indignadas pelo fato de algo ser roubado de uma igreja do que por qualquer apego em particular pela pintura desaparecida. A comoção não aumentou em nada pelo fato de a pintura ser um Caravaggio.

Gabriel Coffin atravessou a praça e avançou na direção da Santa Giuliana com seu guarda-chuva, que carregava apesar do sol romano, batendo-o de leve no piso da rua enquanto caminhava, alternando toques com balanços a cada passo. Coffin esgueirou-se por entre a multidão de curiosos, passando pelos *carabinieri* que guardavam a entrada da igreja.

No interior, vários policiais estavam vagando por ali, fingindo procurar algo, enquanto o padre, arrasado e sem fôlego, falava com o elegante e calvo Claudio Ariosto. Ele era um dos principais detetives da Unidade de Proteção ao Patrimônio Cultural dos *carabinieri*.

O Caravaggio que havia sido roubado era uma peça conhecida, única, universalmente identificável. Não poderia, portanto, ser vendido pelos ladrões. Devia ter sido roubado por ordem do crime organizado, como tem acontecido desde a Segunda Guerra, para ser usado como moeda de troca... Ou então, num caso mais raro, por ordem de um indivíduo que desejasse possuir a obra.

Lembrava o caso do roubo que havia levado à criação da Divisão de Artes e Antiguidades dos *carabinieri*: um outro Caravaggio, a *Adoração dos Pastores*, roubado de uma igreja em Palermo em 1969. Desde então, era um espinho encravado no departamento — nunca foi encontrado. De um Caravaggio a outro. Tenho certeza de que isso passou pela cabeça de Ariosto, refletiu Coffin. Fico imaginando se está mais preocupado em recuperar este ou se pensa que desapareceu para sempre, como a *Adoração* de Palermo.

Coffin pôs-se a examinar o interior ao dar seu primeiro passo para dentro. Três agentes, um detetive, um padre exaltado, um retábulo desaparecido. Três capelas laterais de cada lado da nave, cada uma com uma obra de arte ou uma relíquia como seu ponto focal, cadeiras alinhadas em cada uma delas, velas votivas apagadas, um confessionário de madeira escura e encerada, muito mais novo do que a própria igreja, a cortina no lado direito da parte da frente deve conduzir aos escritórios, a pia de água benta vazia, telefone do lado da entrada, o teclado do alarme, sensores de movimento a mais ou menos 1 metro do chão na área em torno e atrás do altar, nenhuma tranca nas janelas do piso inferior, nada bom, vitrais originais do Ciclo da Paixão, mas a vidraça do Caminho para o Calvário tinha sido restaurada, nenhuma parte do mobiliário fora do lugar, gesso se soltando no interior da cúpula, a cera das velas recicladas, igreja com poucos recursos, *Santa Giuliana* de Domenichino, não é das suas melhores obras... Então Coffin deu o segundo passo para dentro da igreja.

Seu olhar cruzou com o de Ariosto e ele caminhou em sua direção, a mão estendida.

— *Buongiorno, Claudio. Come va?*

— Gabriel. Deixe-me adivinhar. Você ouviu a palavra *Caravaggio* e farejou nosso rastro? — disse Ariosto segurando com as duas mãos a mão de Coffin, cumprimentando-o.

— Na verdade — começou Coffin num italiano quase sem sotaque — a companhia para a qual agora trabalho preferiria não ter de pagar por isso.

Com o polegar, ele apontou para o espaço vazio sobre o altar.

— Seguro? É claro.

Por um minuto Ariosto pareceu preocupado.

— Não se preocupe, Claudio. Vou ficar fora do seu caminho. Nós dois queremos a mesma coisa. Ver esse altar ocupado novamente.

— Não estava pensando nisso. Só estou curioso, embora ache que você não vá me dizer. Mas isso nunca me impediu de falar antes.

— Bem... — disse Coffin, erguendo os olhos para o altar e então os baixando na direção do perplexo padre Amoroso. — Não devia revelar isso.

— Como quiser — disse Ariosto, ligeiramente contrariado ao ver negada sua intenção de fofocar um pouco e retomando o hábito de remexer a corrente do relógio no bolso direito do paletó. Estava vestido, como sempre, com um terno de grife com corte fantástico, contrabalançado por uma gravata cuja cor fazia ecoar, sem obscurecer, sua camisa e seu paletó. — Mas seriam uns idiotas se o avaliassem em mais de quarenta milhões de euros.

Ariosto ergueu os olhos com um meio sorriso. Não conseguia ler nada no rosto de Coffin.

Coffin sorriu e balançou a cabeça.

— Conseguiu alguma coisa até agora?

— Estivemos olhando isso aqui desde ontem — começou Ariosto. — Mas sinto falta de alguma coisa.

— Eu reparei — disse Coffin. — É o retábulo.

— Muito engraçado. Senti falta de não ter você aqui conosco. Ainda está dando palestras?

— Sim. Não consigo tirar o pé da academia. E preciso encontrar formas criativas para complementar minha renda.

— E pagar pelo seu gosto por colecionar...

— Culpado, eu confesso — disse Coffin, girando o guarda-chuva na mão. — Você se importaria se eu...

— Fique à vontade — murmurou Ariosto. — Nada foi tirado do lugar. Mas conte-nos se achar alguma coisa.

— É claro.

— Acho que podemos ajudar um ao outro — disse Ariosto, passando uma pasta para Coffin com os dedos cheios de anéis. — A cada ano temos menos casos de roubo de obras de arte, mas ano passado o número chegou a quase vinte mil, e esses são só os registrados na Itália. Como sabe, tenho muito o que fazer. Se pudesse...

— É claro.

Coffin pegou a pasta e a abriu. Dentro havia documentos relacionados ao Caravaggio: fotos coloridas, detalhes da parte de trás da tela e do suporte, estatísticas, procedência. De modo incomum, nesse caso a procedência resumia-se a uma só informação: um único proprietário em toda a existência do quadro.

A fotocópia de um manuscrito, datado de 1720, tinha uma parte destacada que dizia: *Annunc. pict. Mich. Mer. da Carav. 120 d. 1598.* A folha era um inventário das posses da igreja de Santa Giuliana in Trastevere, feita a pedido de um novo padre. Uma cena da Anunciação pintada por Michelangelo Merisi da Caravaggio havia sido adquirida, ao que parece, diretamente do artista, em 1598 por cento e vinte *scudi.*

Coffin ficou pensando quanto valeriam hoje cento e vinte *scudi.* Trinta anos mais tarde, Claude Lorrain estava recebendo o maior preço pago por uma pintura, cerca de quatrocentos *scudi.* A fama de Caravaggio não era menor, mas ele parecia estar sempre em dificuldades financeiras ou com a justiça, o que implicava uma queda considerável do preço. Ele devia ter precisado do dinheiro vivo, e rapidamente, o que explicava o formato incomumente pequeno da pintura em questão. Torrou o quadro pelo dinheiro.

Coffin puxou uma das fotos coloridas de dentro da pasta. Não era um grande Caravaggio pelos padrões do próprio artista, mas, por quaisquer outros padrões, era uma tela fenomenal. Lá estavam Gabriel e Maria. A Anunciação é o momento no Novo Testamento em que Deus manda Gabriel, o anjo mensageiro, visitar Maria e contar-lhe que ela iria dar à luz o Filho de Deus.

Esse momento e a Crucificação eram os dois episódios mais comumente retratados na arte religiosa, e a iconografia seguia o padrão habitual. Maria era mostrada como uma mulher humilde e extremamente jovem, orando, muitas vezes meditando debruçada sobre um exemplar do Velho Testamento. Ela se mostra surpresa com a chegada de Gabriel, belo e andrógino, que transmite a palavra de Deus às vezes sob a forma literal de palavras ou de raios saindo de sua boca. Deus Pai olha para baixo de um canto superior do quadro, e freqüentemente emite um raio de luz na direção do ventre de Maria. Eventualmente, um pequeno menino Jesus ou uma pomba podem ser vistos deslizando sobre o raio na direção do ventre de Maria. Sempre achei isso um pouco esquisito, pensou Coffin. Parece que ele está esquiando. Como é que uma criança que ainda estava para nascer já sabia esquiar? O Filho de Deus, conjeturou Coffin, supostamente demonstra habilidade em todos os esportes de inverno.

Mas essa cena da Anunciação, a exemplo de todas as pinturas de Caravaggio, fugia completamente à norma iconográfica. Em termos de estilo ele era um pioneiro do barroco. Suas pinturas eram incendiárias, tanto por sua popularidade como pelo impacto sobre todos os artistas que vieram depois dele

– assim como era seu temperamento. Tinha sido obrigado a deixar Roma por ter assassinado um homem.

Coffin não se surpreendeu ao ver que a *Anunciação* de Caravaggio em nada se parecia com as descrições tradicionais. Maria estava de costas para o espectador, e se virava sobre o ombro esquerdo para ver Gabriel, enquanto este se esticava para tocá-la. Ela havia sentido a presença do anjo, e parecia existir algum tipo de descarga erótica entre os dois personagens. Isso, afinal, fazia sentido, pois as palavras de Gabriel seriam o equivalente de algo sexual, e levaram à fecundação de Maria. A expressão em seu rosto mostrava que reagia a isso com recatado sobressalto, como se surpreendida pela aparência do seu amante. Grande parte das costas de Gabriel, com suas asas, também estava voltada para o espectador, e a cena era recortada contra um pano de fundo negro amorfo, as figuras em *chiaroescuro* emergindo para a luz, como se emergissem de um mar de tinta.

Era evidente que Caravaggio havia gasto menos tempo com esse trabalho do que com outros. Uma parte maior do fundo estava simplesmente pintada de preto, num grau maior do que costumava ocorrer com a maioria das suas outras pinturas. Fazendo isso, ele tinha podido evitar pintar Maria e Gabriel da cintura para baixo. O ponto de vista adotado centrava o foco diretamente nas expressões faciais, e fazia com que o espectador se esforçasse para ver melhor os rostos, que estavam parcialmente obscurecidos devido à estranha posição dos corpos, reclinados para trás.

Coffin tomou nota das dimensões: 99 x 132 centímetros. Óleo sobre tela. Nenhuma assinatura, claro. Artistas raramente assinavam suas obras, costume que só seria adotado séculos mais tarde.

Então Coffin ficou apenas olhando. Concentrou-se na fotografia da pintura. Da mesma maneira que fazia nos museus, ao examinar uma pintura que a seus olhos fosse nova. Ele a memorizava, bebia dela tudo que lhe podia oferecer. Sempre começava da parte superior esquerda, avançando pela tela rumo à parte de baixo. Pinturas eram para ser lidas.

Ele devolveu a pasta a Ariosto.

— Vou só dar uma olhada por aí.

Caminhou pela nave lateral da igreja, passando entre fileiras de bancos de madeira, o guarda-chuva seguro firmemente pelas mãos, nas costas. Costumava exagerar ao se vestir, e invariavelmente com as mesmas roupas: o terno de três peças, camisa francesa de punho Charles Tyrwhitt. Era disso que ele gostava. Gostava de polainas, ainda que não usasse com freqüência. E chapéus-coco. E cães bassê. E de comer lagosta sem talheres — enquanto usava garfo e faca para comer barras de chocolate. E de seu guarda-chuva de punho de mogno James Smith & Sons.

Em termos profissionais, há muito Coffin havia sido classificado entre os personagens mais excêntricos do mundo da arte. Aqueles em quem o conhecimento e a paixão eram mais intensos, e altamente específicos. Mas, pressentia Coffin, muitas vezes especialistas como esses perdiam o contato com sua própria realidade e afundavam no mundo do escapismo de uma especialização excessiva. Para muitos experts do tipo tweed e gravata-borboleta, uma vida postiça em 1598 em Roma, ou em qualquer outro período, se fosse o caso, era mais segura do que o aqui e agora. E esse menosprezo pela aparência exterior da realidade conduzia a formas de se vestir nada habituais, entre outras coisas fora do comum. Coffin tinha consciência de ser um deles, mas preferia limitar seus contatos a encontros profissionais e conviver socialmente com um grupo que não aparentasse tanto ter saído das páginas de um romance. Jogava pôquer terça sim, terça não com um policial, um encanador e um mecânico — três das pessoas mais inteligentes, e ainda assim menos intelectuais, que já conhecera.

Coffin percebeu algo. Lá embaixo, entre dois bancos. Uma pena solitária. De um pássaro pequeno. Cinza. Um pombo? Estava prestes a se ajoelhar, mas mudou de idéia. Diminuiu o passo e depois foi em frente.

Coffin parou por um momento. Ele olhou para cima, e então através das janelas do piso inferior, e em seguida para as unidades de alarme, os sensores de movimento, e de volta para as janelas.

Ele sorriu.

Com um clique, o slide seguinte entrou em posição. O zumbido do projetor lançou a luz através dele, e sobre a parede vazia, produzindo a imagem de um Jesus iluminado.

O escritório estava tomado por livros, livros que se insinuavam pelas prateleiras e pareciam correr na direção da porta, espalhados como estavam pelo chão e sobre a mobília. Cópias de artigos e folhas cobertas de anotações estavam presas debaixo e dentro de tudo, por toda parte. Comparada a essa teoria do caos da arrumação, as ruas de Londres do lado de fora das janelas pareciam uma tranqüila paisagem marinha.

Uma jovem de saia preta e blusa branca abotoada até embaixo estava sentada na beirada de uma cadeira de veludo verde, o único espaço não ocupado por papéis.

— Professor Brown, já li o material para amanhã e ainda estou perdida nessa coisa da iconografia. Todos esses santos medievais parecem iguais, então como posso diferenciar um do outro?

Um velho de cabelos brancos e rosto vermelho se virou na cadeira diante da parede para ficar de frente para a jovem.

— Está querendo me dizer — começou, implacável, depois parando para criar um efeito — que você *fez* seu dever de casa?

— Ah, sim, senhor.

— Isso é terrivelmente brilhante, Abby! Nunca espero que meus alunos façam nada do que lhes digo para fazer, nem que escutem nada do que tenho a dizer. Este é realmente um momento de rara felicidade. Grande dia!

Ele olhou para a luz que entrava pela janela aberta, então debruçou-se sobre a mesa e retomou o trabalho.

— Mas, professor... E os santos?

— O quê? Ah, sim. Ah, certo. Vamos ver...

Barrow passou o slide seguinte, e mais outro novamente, até que um retábulo medieval italiano entrou lentamente em foco.

— Dê uma olhada nisso por um momento e me diga quem você consegue identificar.

Barrow pôs-se de pé, contornou a enorme mesa, a maior parte dela submersa em papéis, e abriu caminho entre as pilhas verticais de livros que jaziam, como minas detonadas, por todo o chão. Ele se aproximou da janela e olhou para fora. Então, subitamente se recolheu de novo.

Ele ainda está lá, disse Barrow para si mesmo. Que diabos está fazendo?

— Hum, professor, posso identificar Jesus e Maria, mas todos os outros têm a mesma barba e tudo mais igual.

Barrow virou-se para sua aluna. A barba completamente branca era dele, mas dava a impressão de ser postiça e defeituosa. Ele parecia estar sempre suando.

— Certo. Quem são todas essas pessoas estranhas carregando objetos mais estranhos ainda? Bem, você sabe que a única maneira de se tornar um santo era ter sido morto de algum modo obsceno e melodramático. Tradicionalmente, os santos são identificados pelos objetos que carregam, que representam a maneira como foram martirizados. Uma biografia dos santos foi escrita no século XIII por Jacobus de Voragine. É chamada de *A lenda dourada* e é a mais importante fonte em se tratando de iconografia dos santos. Se acreditarmos em tudo o que o senhor Voragine nos conta, então a única maneira de ir para o céu é morrermos pobres, virgens e assassinados de modo extremamente desagradável, se possível. Vou dar uma dica. Se ler a Bíblia, *A lenda dourada* e Ovídio, vai ser capaz de decifrar qualquer pintura que integre o cânone ocidental.

"Pode ser bem divertido brincar com esse jogo da identificação. Quem é quem? É preciso conhecer a história do martirológio para matar a charada. E você está certa se acha que vou pô-la à prova em relação a isso, querida.

"Como São Lourenço foi morto? Ele foi assado, sem molho, numa grelha. Então, ele é pintado carregando uma grelha. Suas famosas últimas palavras: 'Me vire, por favor. Este lado está bom.' São Sebastião? Bem, o caso dele é um pouco mais complicado. Foi crivado de flechas, mas não morreu, milagrosamente, de modo que depois foi atacado a pauladas até a morte, mas tradicionalmente é retratado com as flechas cravadas no corpo. É esse simbolismo que chamamos de *iconografia*. Podemos começar a associar determinado santo a certo objeto, de modo que um objeto pode funcionar tanto como o substituto de um santo quanto como um crachá de identificação.

"De modo que temos Lourenço com a grelha, Sebastião com as flechas e o coronel Mostarda com a chave inglesa na sala de música. Está compreendendo?"

Abby concordou com a cabeça, sorrindo, enquanto tomava notas freneticamente.

Barrow olhou pela janela de novo.

— Abby, acabo de ver que horas são e precisamos estar na National Gallery logo. Por que não vai na frente, enquanto arrumo umas coisas por aqui?

— Tudo bem, professor. Obrigada por tudo!

Abby saiu e fechou atrás de si a porta do escritório. Barrow foi até a janela mais uma vez e olhou com cuidado para fora.

Maldição, pensou. Com um lenço grande, roxo, tirado do bolso da camisa, enxugou as bochechas de sabujo.

Pendurou seu sobretudo no braço e deixou o escritório, fechando a porta atrás de si.

No térreo, parou por um momento na saída. Olhando através das portas de vidro para o outro lado da rua, Barrow podia vê-lo. De terno, usando óculos escuros. Apenas parado por ali. Provavelmente está atrás de uma avaliação, esses malditos americanos. Ele freqüentemente preferia esquecer que era um deles.

Barrow caminhou, passando pelas portas de vidro e descendo um corredor. Foi sair por uma outra porta, na lateral do edifício. A porta de metal bateu atrás dele, com um estrondo que o fez estremecer.

Sem problemas, pensou. Um céu azul impecável brilhava acima dele quando começou a caminhar pela Strand.

Na entrada da frente do Arts Building, o homem de terno verificou seu relógio e olhou para a porta de vidro. Então pegou o celular e discou.

Barrow movia-se lentamente, em virtude da cirurgia no quadril que fizera dois verões antes e que o deixara mancando desde então. Multidões, turistas e homens de negócios moviam-se à sua volta no dia ensolarado de verão. O sol batia direto em seu blazer espinha-de-peixe, pesado demais para o calor que fazia, mas ele não conseguia tirá-lo. Pensava naquilo como algo que contrabalançava a absoluta indecência das roupas vestidas pelos jovens de hoje.

Ele passou por uma vitrine e olhou para o interior, de modo a examinar um CD de Verdi que havia atraído sua atenção. Então viu o reflexo no vidro. O homem de terno. Barrow podia vê-lo de pé, do outro lado da rua. O que ele está esperando, pensou? Se quer falar comigo, por que não me aborda? Barrow fez meia-volta e seguiu mancando pela Upper Saint Martin's Lane, poupando sua perna esquerda desde a cirurgia. A multidão se tornou cada vez mais densa quando passou ao largo do monumento a Oscar Wilde, deitado em seu caixão, sorrindo e fumando.

Um trem deve ter acabado de sair, pensou Barrow quando uma multidão de corpos veio à tona saindo da estação do metrô de Charing Cross. Com o canto do olho, reparou no reflexo em outra vitrina. Lá estava o homem do terno novamente. Só que dessa vez havia mais alguém com ele. E ambos estavam andando na sua direção.

Capítulo 5

Barrow deu meia-volta e com os cotovelos abriu caminho em meio ao mar de gente que emergia do metrô. Avançando contra a corrente, desceu os degraus para o interior da estação Charing Cross que, como um labirinto, jazia sob a Trafalgar Square.

No subsolo, Barrow avançou aos tropeções por uma das galerias, e depois por outra, até alcançar um lance de degraus. Saiu aos pés do monumento de Lorde Nelson, ladeado por imponentes leões de pedra, no centro da Trafalgar Square, e a várias centenas de metros do monumento a Oscar Wilde. Abriu caminho entre turistas e pombos rumo à National Gallery.

Ao passar pela porta giratória e caminhar sobre o piso de mármore da Ala Sainsbury da National Gallery, viu um grupo formado por alunos seus, confraternizando e dando risinhos.

— Jesus, Maria e José, estou aqui, suas criaturas desprezíveis! Façam a gentileza de afastar a mente das suas calças e das calças dos seus vizinhos, e pensem na arte!

Sentia-se à vontade novamente dentro das paredes aconchegantes do museu. Os alunos eram quase que algo secundário. Eles mudavam de ano para ano. Mas, para o professor Simon Barrow, ensinar significava a comunhão com a arte de que ele tanto gostava, e um novo bando de estudantes era meramente uma desculpa para rever velhos amigos e desvendar seus mistérios.

— Vamos começar, como era de se esperar, pelo começo, e quando chegarmos ao fim do curso, se ainda tiver sobrado alguém, vamos parar.

Barrow subiu pela alta escadaria de pedra branca. O problema é que ele tentou fazer isso de costas, para tentar se fazer ouvir pelo grupo de cerca de vinte estudantes que o seguiam, e caiu sentado sobre o traseiro.

Barrow havia transformado muitos alunos da universidade inscritos no curso básico de História da Arte Ocidental em amantes da história da arte e em professores, mas aqueles eram os primeiros dias do semestre, e as relações sentimentais ainda precisavam ser consumadas. Era a fase do flerte.

— Senhoras e senhores, eu os estou conduzindo no circuito Barrow de alta velocidade pelas maiores atrações da National Gallery. Demonstrem, por favor, as necessárias reverência e veneração e o conseqüente enriquecimento.

Barrow virou à esquerda no alto da escadaria e enveredou novamente pelos aposentos que abrigavam as obras mais antigas da National Gallery. Seu sotaque da Nova Inglaterra havia muito se fundido com uma aristocrática pronúncia britânica, tantos anos depois de sua emigração forçosamente definitiva privá-lo da convivência com os integrantes do seu clã.

— Vamos começar por aqui.

Ele parou diante de um enorme retábulo coberto de ouro, talvez com 6 metros de largura e 2,50 de altura, sufocado por grandes figuras de santos e um vasto sortimento de clérigos.

— Antes de começar a palestra que vai mudar suas vidas insípidas, e para melhor, deixem-me acrescentar, vamos visualizar o cenário. Com sua MTV, seus filmes de ação e suas imagens pornográficas e câmeras digitais, é impossível para qualquer um de vocês imaginar o que era a vida antes da imprensa. Mas vamos tentar, pelo amor de Deus.

"Imaginem que vocês *nunca* viram uma imagem antes. Sei que é difícil conceber isso, mas a maior parte dos europeus na Idade Média, sem as grandes quantias necessárias para encomendar obras de arte particulares, jamais teria contemplado uma imagem. Sem a imprensa, qualquer imagem precisa ser feita à mão. Os materiais são muito caros, de modo que a única arte que existe é a encomendada. Espelhos e vidros também são muito caros. Na condição de camponeses medievais, seria bem provável que a única imagem vista por nós fosse nosso próprio reflexo na água.

"Imagine, então, que ao irmos à igreja nós nos víssemos diante disto!" — disse, fazendo um gesto na direção do retábulo magnífico, enorme, reluzindo com ouro.

— As figuras pintadas aqui podem parecer bidimensionais para vocês, suas ovelhas desprezíveis, mas imaginem quão realistas pareceriam se jamais tivessem visto estas imagens antes. A admiração que isso deve ter provocado, a reverência por Deus e pela Igreja é algo espantoso. Então, dispam-se dos seus egos surrados e banhem-se nisto! Alto lá, Tom! Pare de olhar para os peitos de Sophy e olhe isto aqui!

"Este retábulo é, em termos iconográficos, exemplar. Para aqueles de vocês que parecem confusos e embotados pelas drogas, a palavra *ikon* é grega, e significa 'imagem'. 'Iconografia', como a Abby aqui pode explicar a vocês, é o estudo das imagens simbólicas no interior da arte. Sempre houve uma espécie de fórmula para se apresentar as imagens mais comuns na Bíblia, e isso é uma pintura de um Coro Celestial.

"Nas pinturas mais antigas, as figuras mais importantes eram feitas num tamanho maior do que as demais, de modo que temos Jesus e Maria, entronizados e claramente vitaminados, no centro. Ocorre também que apenas personagens divinos eram retratados de frente, e esta é a razão pela qual os dois figurões, Jesus e Maria, são mostrados dessa forma aqui. Agora, quem pode me dizer qual é o aspecto que, por si só, é o mais caro desta pintura?"

Barrow olhou sobre um mar de perplexidade.

Uma resposta anônima.

— Ahn, o ouro?

— Ahn, não, mas isso é exatamente o que pensei que vocês iam dizer, de modo que você me proporcionou a deixa perfeita, Robert. Aquilo a que você está reagindo é o fato de ser folheado a ouro. O processo é delicado. Folhas de ouro são marteladas até atingirem uma espessura mais fina do que a de um papel, na realidade tão finas que iriam se desfazer se tocadas por um dedo gordo e pegajoso. Então, o que faziam esses brilhantes artesãos medievais? Pegavam um pincel feito com pêlo de animal e esfregavam nos cabelos de sua própria cabeça, criando assim eletricidade estática. Usando a estática, podiam pegar a lasca de folha de ouro e apertá-la no pedaço de madeira de choupo coberta com gesso, que viria a ser este retábulo, usando ovo como cola.

"Não, seus bocós! O aspecto mais caro dessa pintura é o azul! Podemos dizer quais pinturas medievais eram as mais caras reparando em quanto azul há nelas. O azul foi feito com lápis-lazúli, a famosa pedra filosofal dos alquimistas, um pigmento que era importado, à custa de muitos perigos, da região onde é hoje o Afeganistão, e que era o item mais caro que podia ser comprado durante a Idade Média. Artistas não iam até a loja da esquina comprar tubos de tinta juntamente com seus cigarros de maconha e tintura para cabelo. Não até meados do século XIX. Cada artista moía seus próprios pigmentos, mergulhava o pincel num ovo partido ao meio, molhava o pincel no pigmento e ia trabalhar. O que temos aqui é têmpera sobre madeira. Entre as obras da Itália, quase todos os retábulos são feitos sobre grandes pedaços de madeira, geralmente de choupos. A madeira é coberta com gesso branco... Lembrem que gesso é a camada preparatória de estuque branco pintada entre o suporte e a tinta colorida... Então, um desenho é feito a partir do contorno das figuras. E aí a tinta de têmpera é acrescentada.

"Só a partir do advento das pinturas a óleo, que vocês verão na próxima sala, é que a verdadeira sutileza e as nuances expressas por camadas puderam ser empregadas nas pinturas. Aplica-se a pintura em têmpera, que vem a ser pigmento misturado com clara de ovo, usada como uma liga, e *basta*, está pronto. Então entraria uma douração, acrescentando-se a folha de ouro, usando às vezes uma ferramenta para decorar com algumas impressões. E *voilà*, tem-se uma obra de arte extremamente cara. Essas iriam existir exclusivamente nas igrejas, pagas por mecenas ricos a quem diziam ser possível comprar o caminho que os levaria ao Paraíso, uma prática que continua a ser adotada pelos tele-evangelistas americanos. Podem ler mais sobre isso como dever de casa, pois terão um teste amanhã. Peçam a Abby que ajude vocês com a iconografia, já que em breve ela estará me superando como professora do Departamento de Artes. Próxima pintura!"

Barrow conduziu seus alunos para a sala seguinte.

Então ele os viu.

São aqueles mesmos idiotas, pensou. Mas agora há três deles. Estarão se reproduzindo?

Estavam de pé, no fundo da sala. Um deles falava ao celular. Um guarda do museu se aproximou.

— Desculpe, senhor. Não são permitidos celu...

O homem encarou o guarda, que saiu de fininho.

Deve ser minha imaginação, pensou Barrow. Tenho visto filmes demais.

Barrow tentou não olhar por cima do ombro enquanto o rebanho de estudantes rumava barulhento para a pequena sala periférica, contendo aquela que talvez pudesse ser considerada a maior e mais influente pintura já feita.

— Inclinem a cabeça, crianças. Estão na presença de algo impregnado de majestade. Esqueçam a *Mona Lisa*, esqueçam Whistler e sua mãe, esqueçam as *Ninféias* e qualquer outra pintura de que tenham ouvido falar e da qual não sabem nada porque são famosas por todas as razões erradas. Esta pode ser a pintura mais influente na história do universo!

Os alunos, coletivamente, reviraram os olhos expressando incredulidade.

— Não façam essa cara para mim, suas vacas ignorantes! Estou aqui para aumentar o conhecimento de vocês e, diabos, é isso que vou fazer! Este é *O Contrato de Casamento*, de Jan van Eyck.

— Nunca ouvi falar nele — subiu um grito anônimo vindo do bando de estudantes.

— Judas Iscariotes! Dissensão nas nossas fileiras. Não, nenhum de vocês tem a capacidade craniana nem os recursos necessários para ter pesquisado por conta própria antes do começo da minha aula. É por isso que estou aqui. Olhem mais fundo. Eu sou seu pastor. E há lobos nas imediações.

"Jan van Eyck foi pintor, intelectual e agente secreto. Ha-ha! Isso fisgou a atenção de vocês. Conhecem James Bond, não conhecem, seus consumidores de filmes e de sonhos eróticos capitalistas? Van Eyck trabalhava para o duque de Borgonha, e foi empregado em várias missões secretas, como são consideradas nos documentos da época, a serviço do duque. Ele era não apenas o pintor da corte, como também conselheiro e emissário. Um dos primeiros, ouso dizer, homens do Renascimento. Ainda que não tenha inventado a pintura a óleo, Jan van Eyck utilizou a técnica com uma perfeição nunca vista antes, e influenciou todos os artistas que vieram depois dele."

— Não parece um Jackson Pollock — murmurou alguém na multidão.

— Não parece um Jackson Pollock? Você está certo, mas pela razão errada. Senhoras e senhores! A arte se repete. A história da arte está coalhada de alusões e auto-referências. A arte é cumulativa. A arte mais moderna é um comentário sobre, e reflete, tudo o que veio antes. Assim, ainda que esse Van Eyck de 1434 não se pareça com um Pollock, Pollock não existiria sem Van Eyck, assim como todos os artistas que vieram entre eles. A arte que parece diferente é uma reação contrária, mas ainda assim é uma reação. Como exemplo, vou lhes dar uma seqüência.

"A escultura grega antiga influenciou a escultura da Roma antiga, que influenciou Cimabue, que inspirou Giotto, que influenciou Masaccio, que influenciou Rafael, que inspirou Annibale Carracci, que ensinou a Domeni chino, que trabalhou ao lado de Poussin, que influenciou David, que inspirou Manet, que era amado por Degas, que influenciou Monet, que inspirou Mondrian, que inspirou Malevitch, que trabalhou com Kandinsky, que levou a Jackson-maldito-seja-Pollock, muito obrigado! De Polidoro a Pollock em dezessete lições fáceis."

Os alunos abriram sorrisos e aplaudiram.

— Obrigado, obrigado. Vou ficar por aqui até quinta. Provem os bolinhos de carne... Me dêem os nomes de dois artistas quaisquer e posso rastrear a trajetória da influência entre eles. E vocês também podem, se prestarem atenção, pelo amor de Deus! Se deixarem que eu continue...

O ímpeto de Barrow diminuiu ao ver os três homens parados do outro lado do vão da porta, a única saída da sala.

— Mas antes vamos dar uma olhada rápida nesta pintura à esquerda. É o retrato de cabeça de um homem com um turbante vermelho. Um auto-retrato de Jan van Eyck.

— Mas não eram só as divindades que eram mostradas de frente?

— Ah, bem observado Lisa. Nosso amigo Jan tem a si mesmo em alta conta. Ele e outro homem, cujo nome deve ser familiar para vocês, Albrecht Dürer, foram os dois primeiros artistas a retratar a si mesmos em poses que tinham algo de divino. Até essa época, os retratos eram feitos de perfil, para imitar os retratos dos imperadores romanos fundidos nas moedas. Esses auto-retratos em posição frontal não têm a ver apenas com o ego, mas também com a filosofia do neoplatonismo. Isso é uma referência a Platão. E essa filosofia era bastante popular entre os artistas do Renascimento.

Os olhos de Barrow ainda estavam ligados nos homens no fundo da sala.

— Deus meu, onde eu estava? Ah, sim, neoplatonismo. Vão ter de me perdoar, crianças. Perdi o fio da meada. Para resumir, o neoplatonismo sugere que a arte era o que mais se aproximava da perfeição que deve existir no Céu, e que os artistas, portanto, eram um canal para reflexo, sombra do divino na Terra. Rafael é o exemplo mais óbvio dessa teoria. Em suas pinturas bíblicas, Rafael jamais retratava um modelo específico, em vez disso montava os aspectos mais belos dos rostos que tinha visto num conjunto ideal, que não existe, mas que, segundo ele, era um eco da perfeição que devia existir no Céu.

"Esse é um modo um tanto rebuscado de dizer que, ainda que Van Eyck tivesse em alta conta seu talento, e tinha razão em pensar isso, havia também uma filosofia legítima predominante afirmando que os artistas tinham algo de divino em sua capacidade de criar. Então, Van Eyck estava nos sugerindo que ele e Deus não eram assim tão diferentes. E tenho certeza de que a mãe dele iria concordaria.

"Vocês vão reparar que há alguma coisa escrita na parte de cima dessa pintura. Está em holandês, e diz 'O melhor que posso fazer'. Na parte de baixo está escrito '*Johannes van Eyck me fecit*', que em latim significa 'Jan van Eyck me fez'. Por meio da sua humildade, Van Eyck está contando vantagem, dizendo ao espectador: 'Tentei e isso é o melhor que pude fazer', sabendo muito bem que aquilo que tinha feito era soberbo. O que tornava Van Eyck tão notável era sua precisão, e ele a conseguia graças ao uso das tintas a óleo. A têmpera mal permitia a sobreposição de camadas, e dessa forma as cores pareciam chapadas. As tintas a óleo possuem uma translucidez que permite que uma camada se sobreponha a outra, de modo a se fundirem. Também eram usados pincéis pequeninos, para lidar com os detalhes mais delicados. Mas o segredo de tudo está na sobreposição de camadas. Por que acham que a *Mona Lisa* tem um sorriso enigmático? Porque Leonardo era capaz de pintar uma camada sem sorriso nenhum, outra com um pequeno sorriso, uma outra com um sorriso maior, uma com o cenho franzido, assim *ad infinitum*, até que obtivesse algo absolutamente sutil e que sugerisse todas as camadas que estavam por baixo. Não há mistério algum nisso.

"Olhem agora para *O Contrato de Casamento*. É um retrato de duas pessoas, o sr. e a sra. Giovanni Arnolfini. O cavalheiro era um italiano comerciante de tecidos que vivia em Bruges, no que é hoje a Bélgica. Ele está segurando a mão da sua cara-metade, que veste um verde suntuoso com detalhes em pele, algo visivelmente caro. O sr. Arnolfini se parece com um cogumelo, mas não é culpa dele, já que esse tipo de chapéu era popular na época. Madame parece grávida, certo? Errado! É claro que ela tem um estômago enorme, mas olhem com mais atenção. Mais perto. Ela apanhou e puxou para cima, à sua frente, o generoso vestido, exibindo o tecido que era a fonte da riqueza de seu marido.

"Ocorre também que o ideal de beleza de então era diferente. Podemos ver isso a partir de uma outra obra de Van Eyck, chamada *O Retábulo de Ghent*. Aliás, existe uma tradição medieval em Ghent segundo a qual, no ano-novo, um saco de gatos deve ser jogado do alto de uma torre, mas isso pode não ser verdade. Em *O Retábulo de Ghent* há um nu de Eva, como em Adão e Eva. Sem nenhuma roupa atrás de que se esconder, vemos Eva em toda a sua glória. E ela se parece com uma pêra. Ela tem uns peitinhos pequeninos empinados no alto do tronco e uma barriga enorme. Há um termo húngaro para esses pequenos peitos salientes, *speermel*, que sempre achei mais do que adequados. A mulher parece um pino de boliche. Esse era o ideal de beleza feminina da Idade Média. Assim, a sra. Arnolfini, provavelmente, não está grávida, mas foi concebida para parecer encantadora e fecunda.

"Há mais, muito mais. Durante o Renascimento no Norte da Europa, artistas empregavam uma técnica de nome curioso – simbolismo disfarçado. Basicamente, isso significava iconografia alegórica. Objetos eram colocados em pinturas como metáforas ou referências alegóricas a outras coisas. Vou dar um exemplo simples. Há uma fruta, provavelmente uma laranja, na mesa abaixo da janela à direita de Giovanni. Frutas simbolizavam prosperidade e fertilidade, tanto econômica quanto biológica. Há um cachorro no chão entre o casal. Olhem com mais atenção. Graças às tintas a óleo, a pincéis pequeninos e, provavelmente, a um enorme esforço, Van Eyck pintou cada um dos pêlos individualmente nesse cachorrinho com uma variedade de cores que, ao se acumularem, proporcionaram uma aparência muitíssimo natural. O cachorro é o símbolo disfarçado da lealdade.

"O que mais? Estão vendo a estátua na parede no fundo da sala? Lá está Santa Margarete, a santa para quem estariam rezando se quisessem ficar grávidas. Como sei que esse não foi um casamento no qual o noivo foi obrigado a subir ao altar? Olhem para o alto da pintura. Há um candelabro com uma vela acesa nele. Se a vela estivesse apagada, então a sra. Arnolfini estaria grávida, e esses dois já seriam casados. Mas eles estão *em vias de* se casar. E é por isso..."

Barrow não pôde deixar de perceber que os três homens de terno não tinham se movido da posição inicial, continuando a bloquear a porta.

— Há uma tradição germânica segundo a qual uma vela deve ser acesa durante uma cerimônia de casamento e colocada fora do quarto nupcial do novo casal. No momento em que o casamento fosse consumado, ou seja, no momento em que fizessem sexo... Vejo que captei a atenção de vocês... Os pais do casal sopravam a vela. *Voilà*, uma vela apagada significa consumação, uma acesa significa que eles mal podem esperar a hora de pôr a coisa em prática.

"Como um adendo interessante, vale lembrar que existe uma tradição durante o Renascimento do Norte da Europa de, nas cenas da Anunciação, quando Deus enviou o Anjo Gabriel para dizer a Maria que ela daria à luz o filho de Deus, mostrar-se sempre uma vela apagada no quarto. Isso indica que Maria consumou sua união mística com Deus, e que ela está grávida de Seu bebê.

"O simbolismo disfarçado permite que as pinturas sejam lidas como livros, mas primeiramente é preciso compreender o código. Cada pintura em cada museu do mundo está em código. É uma charada esperando para ser decifrada. Algumas são mais complicadas que outras. As pinturas do Renascimento do Norte da Europa são as mais codificadas. Exigem um conhecimento especializado capaz de associar objetos a idéias, identificando santos com utensílios e histórias. Algumas, como as dos adorados impressionistas, quase não exigem conhecimento especializado para serem apreciadas. São meros objetos de prazer. Outras, como as dos expressionistas abstratos, não exigem nada. São apenas projeções e estimuladores de emoções. Mas aprendam a ler arte e verão que é como aprender uma nova língua falada pelo mundo ocidental. Um cachorro pode significar lealdade, mas isso não é evidente por si mesmo. É um exemplo de conhecimento especializado. Um sujeito cheio de flechas é São Sebastião, e o que decorre disso? Um velho com barba, asas e uma ampulheta é o Tempo. As personificações assumem o gênero da palavra que representam. 'Tempo', *tempus*, é masculino, de modo que a personificação do Tempo é um homem.

"Há exemplos mais excêntricos. Um papagaio faz referência a uma estranha explicação para o fato de Maria ter engravidado e permanecido virgem. O raciocínio, se é que posso chamar assim, partiu de algum padre da Idade Média. Se um papagaio pode ser ensinado a falar 'Ave, Maria', então Maria pode ser uma grávida virgem. E as pessoas acreditavam seriamente nisso, pessoal, da mesma forma que vocês acreditam que dar um tapinha e ouvir Pink Floyd é o ápice de suas existências insípidas."

Um dos homens no fundo da sala falava ao celular novamente e olhava diretamente para Barrow, enquanto assentia com a cabeça.

— Por que essa pintura se chama *O Contrato de Casamento*? Vou contar a vocês, pois de outro modo ficaríamos aqui a semana toda. Antes de mais nada, lá para trás, em 1434, ninguém ia até uma repartição da Prefeitura para assinar uma licença de casamento. Tudo de que precisávamos para sermos fisgados era segurar as mãos da namorada e recitar um voto diante de duas testemunhas. Podemos ver que os Arnolfinis estão de mãos dadas. Estão também descalços. O que isso significa? Significa que estão sobre solo sagrado. Mas é um quarto. Sim, mas eles estão no meio da cerimônia do matrimônio *sagrado*.

"Agora, onde estão as testemunhas? Um de cada vez, deveriam olhar bem de perto. Existe um espelho redondo convexo no centro do aposento. Desde a Idade Média, espelhos convexos sempre foram um item básico no ateliê do artista. Mas o que vemos *no* espelho? Duas figuras. Uma com um turbante azul e outra... com um turbante vermelho. Olhem para a esquerda. Jan van

Eyck está usando um turbante vermelho em seu auto-retrato. Sim! Aleluia! Os curadores do museu são pessoas muito prestativas. Há duas testemunhas mostradas no espelho, o que significa que elas estão de pé na posição onde nos encontramos agora, observando a cena. Nós, então, nos transformamos nas testemunhas. A sutileza e a habilidade demonstradas por Van Eyck são assombrosas.

"E, só para o caso de vocês não estarem plenamente convencidos, bem no centro da tela há uma assinatura onde se lê 'Johannes van Eyck esteve aqui, 1434'. Assinou esta pintura como uma testemunha. A pintura é, literalmente, o contrato de casamento! Agora vamos para a próxima sala!"

Ao sair, Barrow caminhou em meio à multidão de estudantes, que empurrou os três homens de terno. Mas no vão da porta Barrow sentiu seu braço sendo agarrado.

— Professor Barrow. Poderíamos, por favor, conversar por um momento?

— Estou no meio da minha aula, cavalheiros. Ficarei contente em encontrá-los durante o expediente em meu escritório...

— Agora.

Barrow sentiu seu braço seguro pela mão de um dos homens de terno e alguma coisa dura e metálica pressionada contra suas costas.

— Hum, tudo bem — disse, olhando à sua volta procurando algum guarda do museu. Obviamente, não havia nenhum.

— Turma — disse, nervoso — Turma, vamos interromper nossa aula mais cedo hoje. Retomaremos a visita guiada pela National Gallery na próxima ocasião. Podem ir.

Em uníssono, os alunos emitiram um suspiro de alívio e se dispersaram. Os três homens rodearam Barrow e o acompanharam na direção da saída do museu.

— Não faça nenhum ruído. Você vem conosco.

Capítulo 6

— É um grande prazer dar início à primeira Conferência Anual Giovanni Pastore sobre Roubo de Obras de Arte aqui na Villa I Tatti, em Florença. Esta série de palestras foi patrocinada por uma iniciativa conjunta de instituições americanas e italianas devotadas a investigações envolvendo obras de arte para homenagear o atual diretor da Unidade dos Carabinieri para a Proteção do Patrimônio Cultural, que trabalhou por essa causa com dedicação e sucesso ao longo de sua carreira.

"Tenho uma satisfação particular em apresentar o primeiro orador de hoje. É um nome familiar para muitos de vocês, que possivelmente já leram seus artigos especializados, mas é mais conhecido por seu trabalho de campo na recuperação de obras de arte roubadas. É nessa condição que nós o recebemos hoje, para dizer algumas palavras introdutórias que sirvam como ponto de partida para a conferência.

"O currículo do dr. Gabriel Coffin impressiona. Criado na Escócia, formado nas áreas de humanidades e ciências pela Universidade de Yale, onde estudou história da arte, engenharia, matemática e também obteve um prêmio por seu trabalho artístico. Pós-graduação em conservação de obras de arte no Instituto Courtauld, Ph.D. pela Universidade de Cambridge em história do roubo de obras de arte; em seguida novo curso, dessa vez na Universidade de Edimburgo, sobre justiça criminal. O dr. Coffin trabalhou para a Scotland Yard na Divisão de Arte e Antiguidades antes de trabalhar como agente especial para a Unidade dos Carabinieri para a Proteção do Patrimônio Cultural.

"O dr. Coffin é filho de pais célebres, que dispensam qualquer apresentação. Além das inúmeras obras de popularização da história da arte, incluindo o best-seller internacional *A arte do mundo ocidental*, a obra do pai de Gabriel, Jacob Coffin, sobre a recuperação e a preservação de arte saqueada durante a Segunda Guerra, foi recentemente tema de um filme. Sua mãe, Katie Williams, foi uma das únicas mulheres a trabalhar na equipe de decodificadores que desvendou o código nazista enigma durante a Segunda Guerra Mundial. Ambos foram lembrados recentemente numa publicação que lhes rendeu homenagem.

"Gabriel Coffin tem feito palestras pela Europa e pela América do Norte, sempre na língua do país anfitrião. Mora em Roma e trabalha agora como investigador para uma seguradora de obras de arte e como consultor freelance para polícias de todo o mundo em crimes relacionados a obras de arte, sem falar em seu ininterrupto trabalho acadêmico e nas palestras de entretenimento e de cunho educacional. Depois dessas palavras iniciais, ele posteriormente apresentará um trabalho nesta conferência sobre sua contribuição na recente recuperação de um desenho de Michelangelo roubado. É um homem com muitas histórias para contar e nos sentimos honrados em tê-lo conosco esta noite. Vamos dar as boas-vindas ao dr. Coffin."

A sala revestida de madeira ressoou com aplausos. Coffin aproximou-se da tribuna.

— Boa-noite, senhoras e senhores. Fico satisfeito em dizer que tudo o que a srta. Plesch disse a meu respeito em sua encantadora apresentação é verdade. Esqueceu-se, no entanto, de mencionar meu Prêmio Nobel em química e minha fantástica coleção de saca-rolhas com temas humorísticos. Mas isso é uma digressão. Não quer dizer boa coisa. Talvez eu deva começar.

"Pensei que a título de apresentação poderíamos estudar um caso em particular que vem causando aflição aos agentes da lei. Oferece um bom tema para demonstrarmos as técnicas que uso nas investigações, técnicas que estão ao alcance de todos mas são aplicadas por poucos. Falo da observação, olhar com o objetivo de coletar informações, não apenas por olhar. Olhar mais a fundo. Observação seguida por dedução lógica conduz à solução. É o que veremos.

"Deixem-me pintar aqui um retrato do mais bem-sucedido e não solucionado caso de roubo de obra de arte do século. E então, juntos, vamos resolvê-lo."

— Seria demais perguntar para onde estou sendo levado?

Barrow estava sentado entre dois dos cavalheiros de terno, enquanto o terceiro dirigia o Land Rover escuro pelas ruas de Londres, agora molhadas mas até há pouco ensolaradas.

— Nosso patrão gostaria de falar com o senhor.

Barrow gaguejou como um motor engasgado.

— Bem, ele tem uma maneira incrivelmente... truculenta de lidar com negócios. Tenho um horário de trabalho no escritório por uma boa razão, vocês sabem. Tem um aviso pregado na minha porta...

— O homem que nos contratou está habituado a fazer as coisas à maneira dele, segundo sua própria programação. Sugiro que aceite isso.

O homem olhava para a frente, assim como seus colegas.

Barrow não reconheceu o caminho por Londres. Haviam deixado o centro da cidade, saindo da Trafalgar Square e indo na direção sul, atravessando o rio, passando por Vauxhall, ziguezagueando em meio a um vácuo não mapeado de estruturas industriais.

— Vocês todos deviam se dar por felizes por eu não ser do tipo que fica ofendido facilmente. Decidi não registrar nenhuma acusação, nem nocauteá-los até ficarem inconscientes, embora tenha pleno direito de fazer ambas as coisas.

— Pare de bancar o engraçado.

— Tudo bem, então.

Barrow cruzou os braços sobre o peito e ficou sentado em silêncio até o carro diminuir a velocidade e parar, diante de um vasto e anônimo armazém.

— Você vai entrar aí — disse um dos homens, enquanto o outro agarrava o braço de Barrow.

Um mar encapelado de rostos encarava Gabriel Coffin.

— Boston, Massachusetts. 1990. A uma e vinte e quatro da manhã, na madrugada que se seguiu à festa de São Patrício, dois homens com uniforme da polícia bateram na porta lateral da mansão em estilo veneziano que abriga o Museu Isabella Stewart Gardner. Disseram que estavam investigando uma ocorrência nas imediações da casa.

"Contrariando as normas do museu, os dois guardas de serviço deixaram que entrassem. Os guardas foram algemados, tiveram a boca tampada por esparadrapos e foram trancados em áreas separadas do porão escuro. Nenhuma arma foi vista ou usada durante o roubo. Os dois ladrões foram descritos assim:

"Ladrão Um: homem branco, com idade entre 28 e 35 anos, altura entre 1,65 e 1,75 metro, constituição física mediana, olhos escuros, cabelo preto curto, usando um pequeno bigode preto brilhante que parecia ser falso e óculos escuros com lentes quadradas e aro dourado, também provavelmente falso.

"Ladrão Dois: homem branco, trinta e poucos anos, medindo 1,80 a 1,85 metro, entre 80 e 90 quilos, olhos escuros e cabelos pretos de comprimento médio, um bigode preto lustroso que parecia ser falso, sem óculos.

"Vocês poderiam pensar nos bigodes e nos óculos falsos como um recurso óbvio, mas talvez não seja assim. Os ladrões roubaram obras cuidadosamente escolhidas, ignorando muitas outras bastante valiosas, como Fra Angelico, Ticiano e Rafael, mas carregando *O Concerto*, de Vermeer; *Chez Tortoni*, de Manet; e *Tempestade no Mar da Galiléia*, de Rembrandt, assim como cinco obras de Degas e um vaso chinês de bronze. Tentaram e não conseguiram abrir uma vitrina que continha uma bandeira de uma batalha napoleônica, e em vez dela levaram um acessório da bandeira em forma de águia. *O Rapto de Europa*, de Ticiano, possivelmente a pintura mais valiosa encontrada em qualquer museu dos Estados Unidos, não foi tocada.

"Além do botão de emergência na mesa do guarda, o alarme do museu não foi preparado para ser acionado de dentro, apenas a partir de aberturas existentes na parte externa. Ao sair, os ladrões carregaram com eles a fita de vídeo da vigilância eletrônica.

"Os ladrões permaneceram no museu de uma e vinte e quatro até as duas e quarenta e cinco da manhã. Pelas últimas estimativas, a lista de objetos roubados alcança um valor total de trezentos milhões de dólares, mas enquanto estimativa de preço a cifra é bastante arbitrária, e poderia ser bem menos do que isso, ou muito mais, dependendo do comprador e do mercado de modo geral.

"Em 1997, a investigação não tinha avançado, e o museu aumentou a recompensa pelo retorno das pinturas de um milhão para cinco milhões de dólares. Muitas pistas falsas surgiram, mas uma delas, que parecia promissora, veio de Boston, do antiquário William P. Youngworth III, na época na prisão. Ele atraiu atenção ao contar ao repórter de um jornal, Tom Mashberg, que ele e um personagem excêntrico, um ladrão de obras de arte preso chamado Myles

Connor, localizariam as obras roubadas em troca da recompensa, da imunidade para Youngworth e de sua libertação, assim como da de Connor.

"A credibilidade de Youngworth foi questionada, e assim ele providenciou que Mashberg fosse levado de olhos vendados até um armazém no qual lhe foi mostrado à luz de uma lanterna o que poderia — ou não — ser a *Tempestade no Mar da Galiléia*, de Rembrandt. Mais tarde deram a Mashberg lascas de tinta, supostamente da tela de Rembrandt. Testes revelaram que não pertenciam ao Rembrandt, mas poderiam ter vindo de um Vermeer.

"O gabinete do procurador dos Estados Unidos pediu que uma das pinturas fosse devolvida como prova de que as outras obras estavam em poder deles. Quando isso não aconteceu, as negociações foram suspensas. Connor já saiu da cadeia. Todas as obras continuam desaparecidas.

"Agora, o que podemos deduzir da situação? Várias coisas básicas estão claras, mesmo sem nenhum envolvimento mais profundo com o caso. Imaginem que fôssemos consultores que acabam de pegar o caso. As pistas já ficaram frias. Mas o que podemos dizer, com base no esqueleto formado pelos fatos que acabei de apresentar?

"Para começar, o crime foi cometido ao fim do Dia de São Patrício. Para os que não estão familiarizados com o assunto aqui na platéia, Boston é uma cidade na Costa Leste dos Estados Unidos, no centro da Nova Inglaterra, que abriga uma enorme população de ascendência irlandesa. Lá, o Dia de São Patrício é festejado com uma animação incomum, o que significa que é consumida enorme quantidade de cerveja. Se há algum dia em Boston em que é pequeno o número de pessoas com suas faculdades mentais plenamente funcionais, esse é o Dia de São Patrício.

"Isso sugere um conhecimento da área, seja de quem encomendou o roubo, seja da parte dos próprios ladrões. Digo que o mandante e os ladrões são elementos distintos porque quase todo crime relacionado a obras de arte é cometido em proveito de alguma outra pessoa, e todo ladrão de obras de arte bem-sucedido rouba por encomenda, já que obras de arte famosas não podem ser vendidas abertamente no mercado negro, ou seja lá qual for. Os que encomendam esses crimes possuem enormes fortunas e não precisam, eles mesmos, roubar. É como um ralo entupido no banheiro. É claro que talvez você conseguisse consertar, mas para que sujar as mãos se é possível contratar um bombeiro?

"Deveria, agora, deixar claro algo que com grande freqüência os filmes e as obras de ficção confundem. O roubo de uma obra de arte encomendado por um indivíduo é um fato raríssimo. Cerca de 80 por cento de todos os roubos de obras de arte ocorridos desde 1961 foram cometidos por, ou em benefício de, grupos do crime organizado internacional. Em 1961, a máfia da Córsega começou a atacar a Riviera, roubando particularmente pinturas de Cézanne e Picasso. Essa tendência culminou em 1976 no maior roubo de arte já cometido na história em períodos pacíficos, quando cento e oitenta Picassos foram roubados do Palácio dos Papas em Avignon. Essa foi também a primeira vez em que se tem notícia do uso de violência em roubo de obra de arte. Parece que o interesse do crime organizado pela arte foi despertado pela então recente paixão da mídia por divulgar os preços alcançados pelas obras em leilões. E com o crime organizado vêm os métodos usados tradicionalmente por eles, como a violência. Antes dessa época, os roubos de obras de arte em tempos de paz tinham sido uma atividade não violenta, cavalheiresca e que exigia destreza. Quase admirável, enquanto uma façanha em termos de engenhosidade. Mas não é mais assim.

"O que não quer dizer que não ocorram ainda alguns roubos de arte cometidos por particulares, e que não existam por aí alguns colecionadores que desejam possuir uma obra de arte, mesmo que por meios ilícitos. E esses casos não devem ficar sem ser estudados. Mas é importante compreender que eles são as exceções, não a regra.

"Com o crime organizado agora profundamente envolvido no roubo de obras de arte, deveríamos fazer uma outra distinção entre o *cliente* de um crime, o indivíduo que encomenda o crime a ser cometido, com o objetivo de ficar com a obra de arte ou o dinheiro que resulte da operação, e um *administrador*, o indivíduo que planeja o crime e contrata os ladrões. Pensem no administrador como o produtor de um programa de televisão, enquanto o cliente receberia um crédito como 'criado por': o primeiro se encarrega de que tudo corra bem e que o serviço seja feito, o segundo providencia o plano e mantém a bola rolando. Quando o crime organizado está envolvido, uma obra de arte vira uma mercadoria, como drogas ou armas, de modo que a escolha do que roubar é baseada na viabilidade de convertê-lo em dinheiro vivo ou de usá-lo como moeda de troca. Não há nenhuma paixão envolvida, só negócios.

"Podemos traçar o perfil de um cliente. Para o cliente, existe algum elemento de realização pessoal na aquisição de obras de arte específicas. Mas para o administrador de uma organização criminosa a arte é um objeto equivalente a uma determinada quantia. O primeiro passo mais importante numa investigação é tentar determinar se um roubo específico de uma obra de arte foi induzido por uma organização, para fazer negócio ou por um cliente, num crime movido por paixão. Acredito firmemente que o caso Gardner seja passional, devido à cuidadosa escolha feita pelos ladrões, e é por isso que sugiro que apliquemos aqui essa análise para buscar um perfil. Mas os ladrões em si, e na verdade o administrador intermediário, eram, acredito, integrantes de uma organização criminosa contratados por um cliente para realizar seu desejo. Vamos continuar...

"O cliente do crime deve ter sido um visitante regular do Museu Isabella Stewart Gardner. Pessoas não encomendam o roubo de obras de arte que nunca viram ou que tenham visto apenas uma vez. Elas se apaixonam por obras específicas e querem passar a possuí-las. Trata-se de um caso de amor. Do mesmo modo que podemos seguir uma mulher maravilhosa vista na rua, o roubo de obras de arte é o equivalente da sedução e da conquista. Lindas obras de arte, assim como lindas mulheres, despertam o desejo. Um desejo de possuir e de ser possuído, o desejo de ter criado algo, uma sensação de paz e de grandeza, de ter essa prova sublime da existência de Deus, que deve ser mesmo supremo para ter criado algo de tamanha beleza. Desse modo, se me perdoam a analogia, o cliente está solicitando uma prostituta; a maravilhosa cortesã é a obra de arte, e os ladrões que a conseguem, os cafetões. Se pensarmos em arte em termos de beleza comprada e vendida a quem dá o maior lance, essa comparação parece menos cômica.

"Assim, sugeriria que o cliente é alguém familiarizado com a área de Boston, e com o museu. O cliente visitou o museu inúmeras vezes. Mas é perigoso roubar em seu próprio quintal. Aposto que o cliente já não mora mais em Boston. Mas talvez se trate de alguém que cresceu ali, ou cursou universidade na região...

"Nunca fui consultado a respeito desse caso, mas, se isso acontecesse, há algumas coisas que a polícia talvez já pudesse ter feito, ou não, mas que eu certamente poria em prática. Uma delas seria vasculhar os registros de leilões atrás de compradores de obras de arte que tivessem crescido nas imediações de Boston. Pode parecer que, com isso, estejamos lançando nossa rede numa área grande demais, mas o mundo da arte é pequeno. Arriscaria um palpite de que existem menos de vinte colecionadores de arte sérios donos de fortunas consideráveis que tenham crescido em Boston e que ainda estejam vivos. Essa estatística não é baseada em nenhuma pesquisa de minha parte, mas é fácil traçar perfis quando se trata de roubos de obra de arte.

"Mais de 90 por cento de todos os criminosos envolvidos com roubos de arte são pessoas ricas, que freqüentam a alta sociedade, geralmente homens, quase sempre brancos, que têm algum envolvimento com o mundo da arte no nível legal e que têm colecionado objetos de arte por vias legítimas, recorrendo a galerias e leilões. Também sentem algum tipo de vínculo com a arte que roubam, e é uma tarefa do investigador competente descobrir que vínculo poderia ser esse.

"Então, no caso do Museu Gardner, provavelmente estamos lidando com um homem branco, com idade suficiente para ter acumulado uma fortuna, digamos que acima de 35 anos, que tenha crescido na área de Boston mas que provavelmente não mora mais ali, e que tem colecionado objetos de arte por meios legais.

"O que ele tem colecionado? Bem, examinemos o que escolheu para roubar. Esse é um crime por amor, não por dinheiro. Ignorou o Ticiano, o Fra Angelico, o Rafael. Também podia ter levado esses. Estavam pendurados na parede bem ao lado das obras que decidiu levar. Seu valor monetário e seu prestígio são bem maiores que os dos itens que queria ver roubados. Então, por que não levá-los, afinal?

"Esse homem tem seus princípios morais, na medida em que isso é possível em se tratando de um criminoso procurado. Sempre senti que existia um código de honra entre os ladrões, dignidade tranqüila e elegância num roubo não violento e engenhoso, milimetricamente executado. Os melhores ladrões são honestos e profissionais, jamais maltratam alguém, a não ser que sejam maltratados, cautelosos, mas nunca brutais. Ladrões de alta categoria são guiados por certa virtude; reconhecem o próprio valor e a importância da confiança, mesmo no crime. Dos ladrões do Gólgota, o bom ladrão foi salvo. Um crime honesto é bem-sucedido porque não se desvia do seu objetivo. Crimes honestos são polidos e planejados. Podem ser contemplados com o prazer, intelectual e físico, produzido por uma partida de xadrez profissional. Sentimos mais prazer ainda ao detectar a falha no mecanismo, e é por isso que adoro meu trabalho.

"Mas é preciso admirar certas qualidades do nosso cliente que encomendou o roubo. Ele não é um glutão. Pegou exatamente o que queria, uma lista de compras precisa, nada mais. Ele gostava de Rembrandt, Manet, Vermeer e Degas. Dois franceses, dois holandeses. Queria uma bandeira de guerra napoleônica e levou um vaso chinês. Ele também é humano. Os ladrões não carregavam armas, nem machucaram os guardas. Não quebraram a vitrina que continha a bandeira, desistindo dela quando não conseguiram desatarraxar as dobradiças. Empenhavam-se em manter a elegância.

"O cliente. Vamos traçar um perfil dos seus interesses. Podemos dizer, com certeza, que não comprou nenhum Vermeer por meios legítimos, já que conhecemos apenas trinta e seis pinturas desse artista e sabemos o paradeiro de todas elas. Rembrandt e Manet seriam adquiridos a preços consideráveis. Eu checaria os registros de vendas de ambos os artistas. Se realmente comprou obras desses pintores, seria bem mais fácil fecharmos o cerco em torno dele, porque a referência para o seu padrão de renda subiria bastante. Existe um número restrito de pessoas nesse mundo capazes de gastar milhões num Manet ou num Rembrandt, e de encomendar o roubo de obras de arte.

"As obras de Degas em papel me intrigam. Normalmente seriam mantidas em compartimentos especiais no museu, guardadas em caixas tipo Solander para serem protegidas da luz quando não estivessem expostas. Estavam expostas num suporte especial quando esse roubo ocorreu, e isso é digno de nota. Não costumam ficar expostas, de modo que em algum momento ele pode ter pedido pessoalmente para vê-las, e nesse caso seu nome estaria incluído nos registros do museu. Mas entre os objetos roubados os pastéis sobre papel de Degas são os mais acessíveis em termos de preço e, assim, são a pista mais útil para sabermos algo que ele já colecionava.

"Questione tudo, não confie em nada. Nas palavras do meu modelo, Sherlock Holmes: 'Elimine o impossível. O que sobrar, não importa quão improvável seja, deve ser a verdade.'"

— Tem alguém aí?

Barrow engoliu em seco ao sair do carro, escoltado pelos homens de terno. Olhou à esquerda e à direita ao longo da rua infinita e deserta. As paredes dos armazéns se erguiam formando um cânion, e pareciam se debruçar sobre ele. Não havia ninguém à vista, apenas uma floresta de metal e pedra. Barrow parou de se mexer.

— Professor Barrow, isso pode ser muito simples. Ou não. Decida agora.

Barrow recomeçou a avançar.

Um dos homens teclou um código num painel na parede do lado de fora e um portão vermelho de metal ondulado começou a se mover lentamente. Um outro ligou do celular e murmurou apenas "Estamos aqui" antes de fechar o telefone.

Lá dentro, os homens conduziram Barrow, passando por máquinas abandonadas cheias de rodas e engrenagens, como esqueletos adormecidos de dinossauros metálicos em meio à escuridão em tom *sfumato* do armazém. Eles abriram caminho até um elevador na parte de trás e subiram três andares.

As portas se abriram para um corredor silencioso, com escritórios dispostos dos dois lados. Uma luz podia ser vista através do vidro no último escritório no fim do corredor.

— Você vai na frente.

Os homens empurraram Barrow para fora do elevador e depois seguiram atrás dele.

Barrow caminhou lentamente ao longo do corredor, que parecia a um só tempo aumentar e se fechar em torno dele. Iluminado, o vão da porta brilhava através do vidro fosco.

Os homens de terno pararam diante da porta fechada.

— Suponho que esperam que eu...

Os homens ficaram parados, de braços cruzados.

— Certo.

Barrow esticou a mão para a maçaneta. Suada, a palma da mão se fechou sobre o metal frio. Ele girou. Barrow ouviu o estalido do fecho. A porta se abriu.

À sua frente estendia-se um escritório decorado com revestimento de madeira escura e mármore, um contraste gritante com o ambiente metálico, sombrio e anônimo do interior do armazém.

A única iluminação na sala vinha de uma luminária com luz halógena, que exibia um pescoço prateado como o de uma garça em cima da mesa de mogno. Cadeiras pretas Barcelona desenhadas por Mies Van Der Rohe estavam espalhadas nos limites da área escura atrás de uma mesa de vidro para café, à esquerda, e uma pintura fauvista com uma moldura dourada pendurada sob um facho de luz sobre a parede revestida de nogueira à direita. Um rádio tocava Debussy.

— Entre dr... dr. Barrow.

Com a luz voltada na sua direção, Barrow não conseguia ver o homem sentado atrás da mesa de mogno, e só percebeu o rosto na sombra. Eram visíveis apenas os punhos da camisa, bem passados e com abotoaduras, além dos braços de um terno cinza-claro. Barrow avançou lentamente, e a porta foi fechada atrás dele.

— Deve perdoar a intimidação. E o melodrama. Digo perdoar, mas não me desculpo nem por um nem por outro. Sei tudo a seu respeito, dr. Barrow, e sobre o que aconteceu com o museu... nos Estados Unidos. Tenho uma pro-proposta de negócios a fazer ao senhor. O senhor, é claro, tem o direito de recusar, mas não é de seu interesse fazer isso. Será recompensado pela cooperação, ou pu-punido por desobediência. Li Pavlov...

— Mas o que é isso...

— Dr. Barrow, o senhor é um especialista de renome no campo da história da arte. Necessito... dos seus serviços profissionais — disse, inclinando-se para a frente com uma expressão severa. — Quer um cappuccino?

— Estamos nos aproximando do alvo, mas podemos chegar ainda mais perto. O Degas e o Manet — continuou Coffin —, associados à bandeira de batalha napoleônica, sugerem um elo com a França, um sentido de patriotismo. É claro que tanto Vermeer quanto Rembrandt eram holandeses, mas isso parece casual, assim como o vaso chinês, enquanto há algo de intencional nas peças francesas.

"Imaginem que estivessem para encomendar esse roubo. Eu faria o que a maioria daqueles que vão às compras faz: dar uma olhada na loja. Há uma forte possibilidade de que o cliente tenha andado pelo museu, fazendo mentalmente uma 'lista de compras' dos itens que queria. E tem de haver um motivo para cada um deles. Ele não tem como mostrar seus troféus para os amigos. Esses são agora objetos cuidadosamente selecionados para sua admiração particular. Estão num closet no seu quarto, debaixo do seu sofá, atrás de um painel secreto no sótão, numa caixa-forte de um banco suíço. Se algum dia puderem ser vistos, tudo estará perdido, já que são obras únicas e podem ser reconhecidas. Então, afirmo que esse é um crime movido pela paixão, e existe algo que atrai nosso cliente para essas obras de arte em particular. Deduzo a partir daí que esse cliente tem um vínculo com a França.

"O que temos agora no nosso perfil? Homem branco, 35 anos ou mais, cresceu ou viveu na área de Boston, vive atualmente em outro lugar, muito rico, colecionador de arte, talvez de pastéis de Degas, uma conexão familiar com a França, exigente e com princípios morais, não é um glutão, não é violento e é inteligente, provavelmente tem algum envolvimento com o mundo da arte num nível legal, sem interesse por arte italiana e talvez com alguma ligação com Myles Connor e William Youngworth III, os homens responsáveis pela pista até agora mais promissora a vir à tona no caso.

"O que conseguimos concluir nos últimos dez minutos é substancial. Todos são testemunhas de que não tomo notas, minhas palestras são feitas de improviso e, juntos, montamos um perfil bastante razoável tomando como base apenas dedução lógica e observação, duas características que constam do arsenal de qualquer pessoa. Todos deveríamos nos oferecer à polícia de Boston como investigadores especiais. Traçamos um perfil do cliente com medidas exatas. Também precisamos manter em mente a possibilidade de múltiplos clientes. É claro que haverá anomalias que não se enquadrarão no perfil, mas essas discrepâncias são raras. Assim como 95 por cento dos assassinos em série têm sido homens brancos com idade entre 35 e 60, com uma inteligência tranqüila e reclusos, e com um histórico de relações tensas com as mulheres, colecionadores criminosos constituem uma parcela finita e identificável da população.

"No interior desse círculo incestuoso de riqueza e alta sociedade os detetives especializados em roubos de objetos de arte trabalham contra criminosos de poder e recursos infinitos, e muitas vezes até somos bem-sucedidos. Ainda que a maior parte dos roubos de arte seja cometida por organizações criminosas, devemos examinar cuidadosamente incidentes que sugiram um crime particular ou um crime praticado por uma organização a pedido de um indivíduo que terminará ficando com o objeto roubado. Tenho certeza de que esta última possibilidade é o caso em questão.

"Espero que esse rápido estudo de caso tenha aberto o apetite para o resto da conferência. Muito obrigado."

A multidão aplaudiu com entusiasmo, enquanto Coffin agradecia inclinando a cabeça e voltando para o seu lugar. Os outros palestrantes da programação daquele dia estavam sentados a seu lado ao longo da parede, todos rostos que ele conhecia bem.

O apresentador da conferência aproximou-se mais uma vez da tribuna.

— Obrigado, dr. Coffin, por esta maravilhosa introdução ao tema do roubo de obras de arte e sua detecção. Nosso próximo conferencista é uma conhecida estudiosa de Florença, *professoressa* Carrabino...

À medida que o dia ia se impondo sobre a noite e se afirmando no horizonte, um trem deslizava sobre os trilhos, como uma gota de mercúrio no vidro. Coffin estava sentado no trem, voltando para Roma, os joelhos dobrados e o queixo apoiado no punho fechado, perdido em reflexões, enquanto manchas indistintas passavam rapidamente diante da janela e de seus olhos insones e distraídos.

À frente, um homem dobrou seu jornal. Insatisfeito, desdobrou-o, mas os vincos do papel dificultavam seu trabalho e ele começou a dar tapas no jornal para alisá-lo, enquanto murmurava algo para si mesmo. Coffin olhava para o anel no dedo da mão esquerda do homem e balançava a cabeça de forma imperceptível. A seu lado jazia o exemplar do *International Herald Tribune*, primeiramente maldobrado ao meio, depois alisado. À sua esquerda, uma menininha estava sentada no colo da mãe, concentrada nas imagens que passavam correndo lá fora. A mãe passou os dedos pelas costas da filha, completamente absorta em olhar o rosto de porcelana da menina, salpicado pela luz do sol.

Coffin desviou os olhos, distraído com a janela do trem. Seu trabalho era proteger a arte das pessoas más, os criminosos. Perseguir ladrões. Mas poderia haver um ladrão bom? Um ladrão havia sido salvo. Lá em cima, no Gólgota. Se pecamos e nos arrependemos... Ou se roubamos por um bom motivo? Sua mente divagava.

Havia se sentido ao mesmo tempo honrado e irritado pela forma como foi apresentado na conferência naquele dia, horas antes. Não voltara desde o funeral, não muito tempo atrás. Os dois. Na véspera do seu 34° aniversário. Havia descoberto no dia seguinte. O telefone tocou, ele o pegou e pôde ouvir apenas o barulho da respiração do outro lado, seguido de alguém respirando fundo, e... Não sentia muita saudade de casa. Sempre preferiu o continente. Na verdade, o lugar mais ao norte que desejara se aventurar foi Cambridge. Isso já parecia bastante perto. Talvez pudesse ter sido suportável, se pelo menos ele tivesse tido irmãos.

Esticou os dedos. Vazios. Ah, bem. Talvez. Logo. Não existe nada que não possamos *pensar* que vamos fazer. Imagino que horas serão, pensou. Levou a mão ao pulso para consultar seu Rolex 1920, com uma pulseira marrom, presente que tinha recebido... Ah, não se lembrava mais por qual aniversário. Isso, e o guarda-chuva James Smith & Sons cor de mogno que pertencera a seu... Bem, aquelas eram as únicas coisas que se tinha permitido conservar.

Coffin passou o dedo pela fenda no lado debaixo do cabo do guarda-chuva. Pelo menos posso sublimar minhas tendências obsessivo-compulsivas, pensou. Olhou para o jornal e o alisou mais uma vez.

Capítulo 7

A fachada de mármore branco da Sociedade Malevitch mantinha-se firme, imprensada entre dois edifícios de tamanho bem maior, naquela rua estreita, rue d'Israel. O inspetor Jean-Jacques Bizot julgou que se parecia com a última fatia de um bolo de casamento, enquanto subia até a porta de madeira com placas de metal.

Empurrou, mas a porta não se abriu. Então empurrou novamente, com o mesmo resultado. Confuso, Bizot empurrou de novo. Então bateu. Nenhuma resposta. Será que só abririam à tarde? Bizot olhou o relógio. Eram dez da manhã. Mantendo seu centro de gravidade, inclinou-se para espiar através da janela que seguia verticalmente ao lado da porta. Havia alguém sentado numa escrivaninha lá dentro. Então eles não iam abrir só à tarde.

Bizot já ia bater de novo quando a porta se abriu em sua direção. Uma jovem vestindo um terninho escuro olhou para fora. Era mais alta que ele por uma cabeça, e muito mais bonita.

— *Monsieur?*

— *Bonjour, mademoiselle*, se me permite, eu me chamo Jean-Jacques Bizot. Liguei mais cedo. Estou investigando o roubo de uma obra de arte ocorrido nessas dependências. Estou com La Sûreté.

— *Ah, oui, merci, monsieur, entrez s'il vous plaît.*

Ela ficou de lado para deixar que Bizot entrasse. O piso do saguão brilhava com o mármore branco; espelhos com frisos dourados e detalhes elaborados contrastavam com os pôsteres de Malevitch emoldurados pendurados na parede. Ele admirou a arte nas paredes à sua volta. Devia conseguir uns desses, pensou. Então se deu conta de que não eram pôsteres.

— *Bonjour, monsieur.* Vejo que é um admirador de Kasimir Malevitch.

Bizot torceu o pescoço gordo para dar de olhos com o peito de uma mulher com uma blusa lilás. Então, ergueu mais um pouco o olhar. Ela era maravilhosa, de um modo imponente, mas provavelmente fazia o gênero dominadora, pensou. Cabelo preso num coque e tudo mais. Sucesso demais e sexo de menos acabam fazendo isso com uma mulher. Pelo menos era o que tinha ouvido falar.

— Meu nome é Geneviève Delacloche — disse, estendendo a mão. Um momento depois ele percebeu isso e apertou a mão dela.

— Inspetor Jean-Jacques Bizot, madame. Estou aqui a respeito do...

— ... Sim, *monsieur*, sei a razão pela qual o chamei aqui. É muito angustiante. Quer que mostre de onde foi levado, ou... Desculpe. Por onde quer começar?

— Madame Delacloche, a senhora é...

— ... Vice-presidente e principal investigadora da Sociedade Malevitch. Meu trabalho é encontrar falsificações ou obras equivocadamente atribuídas a Malevitch que possam denegrir seu nome. O que faço é basicamente isso...

— E o que mais? — perguntou Bizot, mais uma vez atrapalhado com o elástico que prendia seu caderno de anotações, que insistia em lhe escapar antes que conseguisse abri-lo.

— Quer ajuda com isso aí, inspetor?

— O quê? Não, não. Continue, por favor.

— Também sou chamada para examinar obras supostamente de Malevitch, manuscritos e coisas assim. Devo mostrar ao senhor o...

— E quando essa obra foi vista pela última vez?

— Tinha sido emprestada ao Guggenheim em Nova York para uma exposição há dois anos, e fora isso permaneceu aqui. Houve um pesquisador que veio olhar o quadro há alguns meses, mas...

— Vou precisar de todas as informações relativas a essa pesquisa, madame. Agora poderia me mostrar a cena do crime?

Delacloche o guiou, descendo pela escada em espiral, as paredes imaculadamente brancas se fechando em torno deles à medida que desciam e o corrimão projetando uma sombra de metal em função de uma luz lá embaixo.

— Como vê, inspetor, são necessárias uma chave e uma senha para ter acesso aos cofres aqui embaixo. Só três de nós têm as duas coisas. Eu, o presidente da Sociedade Malevitch, que está viajando a negócios, e...

— ... E quem?

— A terceira chave é mantida num cofre de banco, juntamente com a senha.

— E quem tem acesso a esse cofre?

— Pode ser retirada em nome da sociedade, logo, apenas pelo presidente e por mim.

— Então, na verdade, só vocês dois têm a chave e a senha.

— Certo. Desculpe.

— Vamos lá dentro. Mostre-me como funciona.

Tinham se detido do lado de fora de uma porta de aço escovado, com um painel com teclas numeradas, à esquerda, embaixo do qual se abria um pequeno buraco marrom para uma chave.

Delacloche enfiou uma chave e digitou uma série de números. Bizot reparou que ela ocultou os dedos com a palma da mão, mas ele contou dez momentos de pressão feita com o indicador. A cada um, o nó do dedo avançava e o ligamento se tencionava e levantava. Esse negócio é mesmo sério, pensou. Nem consigo me lembrar do código de três números do cadeado da minha bicicleta.

O som de um clique de metal veio de trás da porta de aço, e Delacloche girou a maçaneta, abrindo a porta. Automaticamente, luzes se acenderam lá dentro. Bizot entrou, dando um passo, com o cuidado de ficar um pouco de lado para passar melhor pela porta.

A sala era comprida e estreita, e parecia o aparelho digestivo de um computador. Painéis verticais sobre trilhos estavam alinhados em seqüência, como cartas de baralho mal empilhadas. Pinturas estavam presas aos dois lados dos painéis, numa quantidade grande demais para ser contada. No fim da sala, um armário preto de metal continha uma torre de gavetas fininhas. Para obras em papel, ele pensou.

Delacloche tinha passado à frente dele, avançando até o último dos painéis. Ela o puxou. O painel de metal tremeu antes de parar a poucos centímetros da corpulência de Bizot. Ele deu um passo para trás e então enxugou o suor da testa, enquanto via a esguia Delacloche encolher seu peito encantador para se deslocar entre os dois painéis móveis. Pele clara, ligeiras sardas pelo nariz, olhos azul-claros, cabelos pretos presos por um lápis e aqueles óculos quadrados com fina moldura de metal.

— Estava bem aqui — ela chamou, fora do campo de visão de Bizot, do fundo de um vale feito de arte e metal.

— Será que... quero dizer, posso me juntar à senhora, madame?

— É *mademoiselle*, e acho que provavelmente dá para o senhor ver... Espere um momento — disse, empurrando o painel mais um pouco para fora, e com um bem-vindo clique ele chegou à posição em que ficava travado.

Bizot examinou a parede com pinturas abstratas a óleo, algumas emolduradas, algumas apenas penduradas pelos chassis, como pedaços de carne em ganchos. Um espaço bem destacado estava vazio. Debaixo, um papel informava "*Branco sobre branco suprematista, sem título*, 119".

— São o título e o número do catálogo — mostrou Delacloche. — Mas também achamos isso — disse, apontando para a área escura no fundo da sala, entre dois painéis de metal quase encostados.

— Suponho que espera que eu... — começou Bizot.

— Achei que o senhor gostaria, inspetor. Tem alguma coisa ali embaixo.

— Obrigado por se encontrar comigo, Claudio.

No centro de Roma, Coffin estava sentado na extremidade da grosseira escrivaninha verde de metal, *circa* 1950, que jazia solitária no meio do escritório sem decoração ocupado há trinta anos por Claudio Ariosto. Fotografias de Ariosto em seu uniforme oficial dos *carabinieri* desenhado por Armani, azul-escuro com listas vermelhas, espalhavam-se pelas paredes. Apertando a mão de Mitterrand, do papa João Paulo II, de Berlusconi, de seu herói e chefe, Giovanni Pastore; mostrando numa entrevista coletiva um retábulo de Perugino recuperado...

— *Non è un problema, Gabriel. Come posso aiutarti?*

— *Allora*, é sobre o Caravaggio.

— Imaginei que fosse isso. Você não vem para me visitar.

— Não costumo ser convidado.

— É justo. Ainda mora na via Venti Settembre, 99? Em cima da fonte Moisés?

— Sim, bem lembrado.

— Não é um endereço que a gente esqueça facilmente. Muito bem, Gabriel, o que posso fazer por você?

— Acho que talvez possamos ajudar um ao outro. Temos os mesmos objetivos. Os cavalheiros que represento não querem pagar pelo Caravaggio desaparecido e você não quer que o altar permaneça vazio.

— Tudo isso é verdade. Estou surpreso que a Igreja tenha conseguido dinheiro para pagar sua seguradora, ou qualquer seguradora, aliás...

— Por falar nisso, como vão as coisas?

— Vou ser franco, Gabriel. Estou cheio de serviço. Sabe quantos casos tenho em aberto neste momento? Um monte deles. É isso que temos. Só na semana passada, tivemos a mão de mármore de uma estátua do século II roubada de uma coleção particular na Úmbria, e um manuscrito com iluminuras do século XVI desapareceu de uma biblioteca de livros raros na Calábria.

"Outro dia estava fazendo uma palestra para novos agentes e descobri algumas estatísticas. Aqui estão. Quero dizer, você sabe melhor do que eu... Mas desde que a Unidade dos Carabinieri para a Proteção do Patrimônio Cultural foi fundada, em 1969, já recuperamos 455.771 objetos roubados de escavações arqueológicas e 185.295 obras de arte roubadas, a maior parte de igrejas e residências particulares. Além disso, investigadores desmascararam 217.532 falsificações e incriminaram mais de doze mil pessoas. E isso só na Itália. No ano 2000, apenas na Itália, a Interpol registrou 27.795 roubos de objetos e obras de arte. Só para comparar, na Rússia, no mesmo período, foram registrados 3.257 roubos. Mais da metade dos itens roubados é recuperada no país em que ocorreu o roubo. Então, sim, estou até aqui de serviço."

Coffin sorriu.

— O destino inevitável de um país que insistiu em produzir um número absurdo de artistas fabulosos. Vocês põem alguma substância mágica no macarrão?

— É a espuma no capuccino — disse Ariosto, permitindo-se um pequeno sorriso e depois retomando seu discurso com eloqüência. — Mas isso não dá a nenhum filho-da-mãe caçador de recompensas pago por essas grandes corporações o direito de vir de Nova York ou Tóquio e usar meu país como uma espécie de supermercado. Agora temos muitos agentes, uns trezentos. Enquanto só existem oito trabalhando para o FBI e seis para a Scotland Yard. Mas todos os nossos agentes estão em campo, trabalhando. A última coisa de que precisamos é de mais um roubo, especialmente com a dimensão desse Caravaggio. A maioria dos casos em que trabalhamos fica fora das manchetes dos jornais, e é muito melhor que seja assim. É diferente de quando você estava trabalhando por aqui. Um dos problemas é que agora ficamos sabendo de um número imensamente maior de roubos graças a essa abençoada, mas não tão abençoada assim, tecnologia. Por exemplo, uma igreja na Lombardia que não consegue achar um ícone bizantino agora tem como mandar um e-mail para nós, avisando. Tudo isso é maravilhoso, só que nosso orçamento é muito minguado e o dos ladrões é muito generoso, nem preciso falar da burocracia italiana... Eu faço parte da burocracia italiana, então... Para responder à sua pergunta da maneira mais rebuscada possível, *non abbiamo trovato niente*.

— Nada, é? Bem, então as coisas só podem melhorar.

— Muito engraçado, Gabriel. O que tem para mim?

— Um dos meus contatos me informou que existe certo personagem inescrupuloso... Uma pessoa condenada por roubo de obras de arte que já cumpriu metade de uma pena de quatro anos perto de Turim. O nome é Vallombroso. Apanhada, não em flagrante durante o serviço, repare bem, mas como coadjuvante. Está claro que Vallombroso não é do tipo que comete um erro, e foi para a prisão graças à interferência por parte do cliente do roubo. É claro que não vai admitir nada, mas existe uma lista de objetos de arte de grande valor desaparecidos aos quais seu nome pode ser associado como principal suspeito. De qualidade. Sutil, inteligente, com a posição social adequada para estar em contato com muitas das pessoas certas...

— Vallombroso. *Valle ombroso*... vale das sombras. Já ouvi o nome antes. Fale mais.

— *Allora* — disse Coffin, consultando uma pasta que tirou de sua valise —, o dossiê é limitado a indícios empíricos, com ênfase em dados circunstanciais, como ocorre com qualquer bom ladrão. Sabemos muito bem que Vallombroso *poderia* ser o principal operador em pelo menos oito roubos não solucionados, mas nunca houve nenhuma prova. Seria a única possibilidade, mas não temos nada bastante forte para justificar uma ordem de prisão, muito menos uma condenação. É a marca de um trabalho bem feito. Idade, 34, natural de Amalfi, infância e juventude em Nápoles, diploma de engenharia pela Universidade de Bolonha, e depois perdemos seu rastro. Um tipo atlético, ginasta e corda branco em capoeira, por mais estranho que pareça... Fala pelo menos seis idiomas. Parece que a família tem uma longa tradição em matéria de roubos de obras de arte, remontando talvez a quatrocentos anos, mas isso não foi confirmado.

— Parece mesmo um pesadelo — disse Ariosto, reclinando-se na cadeira e acendendo um cigarro.

— É verdade. É perfeito. Pensei que tivesse largado o cigarro.

— Eu vou, assim que você sair. Alguma condenação anterior? — perguntou Ariosto, inclinando-se para a frente, esfregando as têmporas com a mão, com o cigarro preso entre o indicador e o dedo médio, enquanto a fumaça subia em círculos.

— Nenhuma. Mas isso só confirma tudo, não é?

— Infelizmente.

— Tem uma coisa.

Ariosto olhou para cima.

— O que é?

— Na prisão, houve um...

— O quê?

— Um incidente. O guarda relatou como sendo em defesa própria, mas... Tirando isso, bom comportamento.

— Vá em frente, Gabriel. Estou ouvindo, mas...

— Vai gostar disso, Claudio. Alguns dos presos arrumaram uma briga...

— Alguns?

— Eram cinco. Adivinha quantos ainda estavam conscientes quando tudo acabou?

— É mesmo?

— Cinco deles, Claudio. Todos nocauteados, inconscientes e esparramados pelo chão. Ossos quebrados, tração. E adivinha quem saiu sem nenhum arranhão?

— E o guarda disse que foi em defesa própria?

— Oficialmente, sim. Aparentemente, alguns dos presos se sentiram ofendidos, mas depois sentiram muito mais do que isso.

— Também oferece perigo, Gabriel? Sabe o que está fazendo?

— Conheço esse pessoal, Claudio. Não ameaçam quando são bem tratados. Não são traiçoeiros, mas isso porque trabalham num negócio baseado no jogo duplo. Existe um código entre ladrões profissionais, aqueles que vêem seu trabalho como uma forma de arte. Serão furiosamente leais se isso for do interesse deles. Só precisamos nos assegurar de que vamos continuar sendo do interesse de Vallombroso.

— Nós?

— Confie em mim.

— Acha que Vallombroso tem alguma coisa a ver com esse caso?

— Melhor que isso. Meu informante diz que Vallombroso vai me levar até o Caravaggio. Com uma condição...

Recorrendo a uma enorme força de vontade, na avaliação de Bizot, ele inspirou o ar o mais que pôde, encolheu a barriga e andou meio de lado, como um caranguejo, no espaço entre as fileiras de painéis móveis nos quais as telas estavam armazenadas. Tomando impulso, avançou, como uma cobra serpenteando no vale, para longe da luz. No fundo, a parede de concreto exibia uma inscrição rabiscada. Ainda bem que não sou claustrofóbico nem tenho medo de escuro, pensou ele enquanto gotas de suor brotavam de sua nuca.

— Dá para ter uma luz por aqui? — grunhiu.

— Espere.

Os passos de Delacloche ecoaram para longe e depois voltaram. Ela colocou uma lanterna na mão direita de Bizot. Ele pensou por um momento. Soltou a respiração sem querer e suas costas tocaram numa pintura que estava num painel atrás dele.

— Atenção. Cuidado, por favor!

Bizot sorriu sem jeito para Delacloche e tentou se corrigir deslocando o corpo para a frente, chocando-se com uma outra pintura à sua frente.

Bizot parou para pensar por um momento. Então teve a revelação. Ergueu o braço direito acima da cabeça, passando dessa forma a lanterna para a mão esquerda. Sorriu um pouco, então acendeu o facho de luz. Ele projetou uma mancha amarela sobre o concreto frio ao fundo, no qual, escrito com o que parecia um lápis vermelho, lia-se:

CH347

— *Alors*, o que acha que isso quer dizer?

— Não faço a menor idéia, inspetor. Devo confessar que não tenho pensado de forma muito clara desde que isso aconteceu, e essa mistura de letras e números não significa nada para mim.

— Bem, isso não ajuda muito.

Com um esforço fabuloso, Bizot se deixou escorregar para fora daquela prisão de metal. Devia ter comido mais manteiga no café-da-manhã, pensou com seus botões, mas o esforço o impediu de sorrir.

— Vamos ver o que podemos fazer.

— Deixe-me adivinhar. Se providenciarmos sua soltura antes do tempo, em condicional. Certo, Gabriel. Já ouvi a história antes, e não me cheira bem. E... — continuou Ariosto, enquanto andava para lá e para cá com seus sapatos de couro preto e fivela prateada no interior ensolarado de seu escritório em Roma. — Turim está fora da minha jurisdição. Não conheço o pessoal de lá. Teria de pedir a Pastore. O chefão lá em cima não vai gostar da idéia. Um condenado perigoso.

— Foi em defesa própria, Claudio.

— E você está impressionado com isso. O que o faz pensar que Vallombroso pode cumprir o que promete?

— Confio no meu informante, e, como sabe, o mundo da arte é muito pequeno. O mundo dos roubos de obras de arte é ainda menor. O que dizem é que é mesmo excelente. Falta um ano e meio para completar a sentença e...

— Tenho uma pergunta — disse Ariosto, inclinando-se para a frente na cadeira. — Você vai assumir a responsabilidade por isso? Quero dizer, não tenho tempo, paciência nem homens para desperdiçar com um *talvez*. Vamos investigar, mas minha confiança no sucesso não é lá essas coisas. Se eu telefonar para você, isso significará que você vai aceitar total responsabilidade pelas suas ações, e se alguém bancar o esperto, se houver uma fuga, ou se você acabar sendo o sujeito inconsciente e esparramado no chão...

— Entendo. Confio no meu informante, e bons ladrões estão entre algumas das pessoas mais profissionalmente honestas que conheço quando têm algo a ganhar com essa honestidade... Eu sei, Claudio. Ponha Vallombroso em condicional sob minha custódia e terá esse altar ocupado de novo.

— Você compreende que se eu fizer isso, e digo *se*, você terá um prazo. Não vão deixar você sair por aí com um conhecido ladrão de obras de arte por tempo indefinido...

— Eu sei. Confie nos ladrões, Claudio. Lembre-se: um ladrão foi salvo — disse Coffin, agarrando seu guarda-chuva com cabo de mogno atrás da escrivaninha. — Acho que podemos precisar de um ladrão para pegar um ladrão. Acredito que isso vai funcionar, Claudio. Também penso que, se não der certo, nunca mais veremos essa pintura de novo. Isso não é um roubo de pé-de-chinelo. Não foi um rádio de carro o que foi levado. Obviamente, foi um roubo encomendado, muito bem planejado. Como sabe muito bem, a maior parte desses roubos de obras de arte é cometida pelo crime organizado internacional, que usa arte roubada para fazer negócios num mercado negro fechado. Se algum milionário quis a pintura, contratou ladrões profissionais recorrendo a uma série de intermediários, e agora está com a *Anunciação* de Caravaggio pendurada em sua sala de bilhar, isso seria mais fácil. Poderíamos trabalhar num perfil e fechar o foco num suspeito, conseguir um mandado de busca etc. Mas se a pintura está simplesmente em algum depósito, esperando para ser trocada por uma quantidade x de drogas ou armas, só para ser trocada novamente alguns meses mais tarde, para não reaparecer nunca mais... praticamente, não temos chance de recuperá-la. Conseguimos recuperar a maioria das obras quando os criminosos tentam passá-las adiante, vendendo-as e as convertendo em dinheiro. Se nunca tentarem fazer isso... bem, temo que nunca mais a vejamos de novo se ela desaparecer sob o manto do crime organizado.

— Se conseguirem tirá-la do país, Gabriel. Com um alerta geral e o país vigiado, não dá para pôr um Caravaggio na sua bagagem e passar despercebido.

— Talvez o ladrão viva na Itália?

— Não se nossos perfis acumulados no último meio século estão corretos.

— Acho que você provavelmente está certo. Não consigo imaginar que um italiano fosse roubar seu próprio patrimônio cultural para mantê-lo em seu quarto, perto da cena do crime. Se esse roubo foi um serviço tão limpo quanto parece, então tenho certeza de que terão arrumado um jeito de tirar a pintura do país. Coloque-se no lugar dos ladrões. O que você faria?

Ariosto se reclinou para trás na cadeira e ficou rodopiando de um lado para o outro.

— Poria a pintura num caixote e a despacharia como carga, uma parede oculta no caso de vinho ou um fundo falso se fosse num caminhão de carne, uma coisa assim. Por quê? O que você faria?

— Eu? Me mudaria para a Itália. De qualquer jeito, a comida é melhor aqui.

Ariosto sorriu.

Houve uma pausa antes de Coffin continuar.

— Então, Cláudio? *Che ne pensi?*

Uma semana depois, Coffin saltou do táxi na entrada da prisão de muros brancos nos arredores de Turim. O sol estava forte e seco, impiedoso e sem nuvens para atenuá-lo, e a grama que ondulava ao vento de uma brisa fraca parecia trigo. Tratou de tudo com o diretor da prisão, que em tom severo explicou-lhe a respeito da custódia e as regras para a volta do prisioneiro no caso de as condições não serem satisfeitas.

Certa vez, Coffin tinha ficado com um criminoso sob sua custódia numa situação semelhante: um traficante condenado que tinha feito uma experiência no ramo do contrabando de obras de arte e havia sido apanhado em flagrante. Um suíço, Bertholdt Dunderdorf. Quinze anos como traficante bem-sucedido e bastou um serviço no mundo da arte para mandá-lo para trás das grades. Havia sido libertado para fisgar o cliente do crime pelo qual tinha sido preso. A pequena vingança somava-se ao desejo de ser liberado da cadeia um ano antes. Uma velha história.

Quase tiveram sucesso. Mas mesmo assim tinham concedido liberdade a Dunderdorf, por causa de sua cooperação e do bom comportamento. Dunderdorf fora apanhado porque havia tentado dar um passo maior do que as pernas. Coffin já tinha visto coisas parecidas antes. Um criminoso procurando se elevar acima de seu status social e que, no fim da linha, não consegue deixar de afundar. Poucos costumavam fracassar com tanta empáfia quanto Dunderdorf, mas isso era uma outra questão.

Esse era o verdadeiro problema com o crime em arte. Era considerado de alta classe. No topo do sistema de castas, o crime ligado à arte era socialmente aceitável, e até mesmo considerado prestigioso e fascinante. Era o único crime sério em que o público tendia a ter empatia com os criminosos. Mas o público não tinha consciência de como os crimes no mundo da arte financiavam outros crimes mais sinistros, como o tráfico de drogas e armas, e até o terrorismo. O cidadão comum se sentia bastante distante e até ameaçado pela arte. Considerada de difícil compreensão e território de uma elite, era algo além de sua capacidade mental e, portanto, para muitos, algo assustador. Era com alguma satisfação que o público lia a respeito de roubos de obras de arte cuidadosamente orquestrados. Um misto de voyeurismo — num mundo elitista e glamouroso — e um golpe reconfortante numa instituição que se pretendia exclusiva.

E a recompensa para o cliente do roubo era fenomenal: possuir um exemplo palpável de beleza. A punição era o fato de que ninguém jamais poderia saber da recompensa. O troféu que precisa ser mantido numa caixa preta.

Coffin permaneceu do lado de fora do portão do presídio, erguendo os olhos para o azul cristalino do céu de Turim. O calor se fazia sentir em suas costas, sob seu terno escuro de três peças e ao longo da barba bem cuidada.

Ele girou o guarda-chuva fechado na palma da mão. Havia aquele entalhe mínimo na parte de baixo do cabo de mogno que sempre atraía seu dedo indicador. Olhou o relógio.

Através dos óculos escuros com aros de tartaruga Coffin viu Vallombroso emergir da prisão, uma forma alta e esguia, toda de preto, piscando os olhos diante da luz do sol. Parou por um momento, apreciando o calor.

— *Buona giornata*, Daniela — disse Coffin, sorrindo. — Bom ver você. Para onde iremos hoje?

— Para Londres — disse ela. — Para a vingança.

Capítulo 8

Uma cacofonia fazia-se ouvir no ambiente da principal sala de leilões da Christie's de Londres. Nas paredes revestidas de tecido castanho-avermelhado podiam ser vistas obras de artistas obscuros da Europa Oriental do início do século XX, obscurecidos ainda mais pela massa formada por curiosos e participantes do leilão. Pelos padrões da Christie's, aquele não era um leilão particularmente importante, ainda que, por razões promocionais, todos os seus leilões fossem rotulados de "importantes". O item mais valioso à venda era *Branco sobre Branco*, de Malevitch, avaliado entre quatro e seis milhões de libras. Certamente, atrairia atenção e, a julgar pela multidão, já tinha feito isso.

Os participantes mais poderosos faziam seus lances por meio de representantes: um proprietário de galeria, talvez um especialista ou curador, compradores profissionais. Também os museus, às vezes, contratavam compradores profissionais recrutados entre integrantes da *intelligentsia* do mercado de arte, em vez de colocar seu próprio pessoal no fogo cruzado. O ato em si de fazer lances em leilões era uma arte. Espirre na hora errada e lá se vão embora outras dez mil libras. É muito fácil fazer um lance um degrau — ou muitos mais — acima do que seria conveniente para um orçamento. Ninguém quer mostrar as cartas que guarda na manga antes da hora.

Se é possível fazer subir o preço de uma peça gastando o dinheiro do adversário que disputa um lote menos importante, melhor ainda, diminuindo o cacife do oponente. Se é possível distrair, embora seja considerado desonesto, também se faz isso. Pode haver uma equipe trabalhando para um único comprador: um fazendo os lances, outro na porta, outro observando da parte da frente do salão, outro na rua lá fora, todos de celular. Tudo pode acontecer. E acontece.

Delacloche estava sentada em um bom ponto de observação. Ao se virar para olhar por cima do ombro ela podia ver o rosto dos que faziam lances. O estrado onde ficava o leiloeiro erguia-se diante dela, tendo atrás dele a tela pintada no marrom-avermelhado da Christie's. Vindo de trás dessa tela surgia o exército de funcionários com suas camisas brancas e aventais cinza com letras marrons carregando os objetos à venda. As duas coisas de que Delacloche mais gostava se misturavam naquela sala de leilões: arte e compras.

Delacloche deu uma boa olhada na sala diante dela. Fez um rápido contato visual com um homem bonito bem à sua direita e então desviou os olhos rapidamente. Abriu o catálogo com as mãos cuidadosamente manicuradas e deixou escapar um breve sorriso.

Delacloche se lembrava de sua primeira experiência com arte de alto nível. Vestida de branco com um arco azul nos cabelos, sua pequena mão presa na do pai, foi conduzida pelo Musée Rodin em Paris. Seu pai havia parado diante do *Beijo* de Rodin. Ele tinha se ajoelhado para sussurrar: "É assim que eu me lembro da mamãe, Geneviève. Você também, sempre que quiser se lembrar dela, é só vir aqui."

Os que iam fazer lances estavam vestidos com suas melhores roupas naquela noite. Leilões, quase que exclusivamente os da Christie's e da Sotheby's para ser preciso, eram situações para ver e ser visto. Eram reuniões sociais. A Christie's é um museu rotativo, a cada semana há uma diferente coleção de obras de arte disponível para venda à mostra nas suas paredes, para quem quiser ver. Mas o acontecimento em si era o leilão, aquilo que mantinha no ramo instituições respeitáveis como a Christie's, sem temer maquinações como a Internet.

Os que pertencem ao estreito círculo de riqueza privada que adquire obras de arte invariavelmente preferiam pagar mais para comprar um Renoir na Christie's do que fazê-lo de um modo menos nobre. Para os vendedores, a natureza internacional da Christie's e da Sotheby's atrai compradores de todo o mundo, invariavelmente despertando mais atenção e produzindo valores mais altos do que eles conseguiriam em leilões locais ou em galerias por um preço fixo.

A sala estava repleta de pessoas: cumprimentando-se, sorrindo, falando, telefonando, lendo, conspirando, calculando. Delacloche examinou o lugar à procura de rostos conhecidos. Era bem mais fácil contar os desconhecidos. Sempre havia um casal de turistas que tinha ido lá depois de ler que "assistir a um leilão pode ser uma boa sugestão para um dia chuvoso em Londres". Havia alguns integrantes de uma clientela menos cobiçada: os proprietários de galerias do Norte, que brincavam de ser milionários; um ou dois vendedores de tralhas do mercado de pulgas de Portobello Road que prefeririam não vender tralha, ou que pelo menos gostariam de compensar a tralha vendendo alguns bons itens para dar à sua tralha uma ilusão de valor; colecionadores particulares, novatos no ramo, novatos em Londres, ou em pessoa, rompendo o hábito de dar seus lances por terceiros ou por telefone. Delacloche sabia como isso funcionava graças aos dois anos em que havia trabalhado no Departamento de Pinturas do Século XX da Christie's de Paris.

Quando a sala já estava lotada, e quando o murmúrio das vozes já sugeria o rumor do mar, o leiloeiro subiu no estrado. A multidão ficou em silêncio.

Capítulo 9

— Senhor, acho que devia ver isso. Talvez tenhamos um problema.

A central de computadores do quarto andar era o centro nervoso do sistema de segurança da National Gallery of Modern Art, em Londres, a 800 metros da sala de leilões da Christie's. A sala estava repleta de computadores e telas do circuito interno de tevê. Dois integrantes da equipe de vigilância, incluindo Jillian Avery, estavam sentados, alertas, com suas roupas pretas. Jillian agora chamava seu supervisor.

— Temos uma anormalidade no subsolo, na central elétrica. Registramos algum movimento, mas o circuito fechado não está mostrando nada. Está vendo?

O coordenador de segurança da noite, Toby Cohen, inclinou-se sobre o ombro de Avery enquanto seus olhos escaneavam o monitor do computador dela e dali saltavam para as telas do circuito de tevê nas paredes. A televisão mostrava uma sala vazia.

— Alguma informação sobre o tipo de anormalidade?

— Uma porta foi detectada como destrancada. A porta principal da sala. Deve estar totalmente aberta. É tudo o que temos — disse Avery, clicando no computador. — O que devemos fazer?

— Fale por rádio com Stammers e Fox. Diga para eles darem uma olhada.

Avery clicou em seu computador e se conectou com o walkie-talkie da segurança. Ela falou no microfone.

— Controle para Segurança Dois. Controle para Segurança Dois. Estão ouvindo? Controle para...

— O que está havendo? O que há de errado com eles? — perguntou Cohen, chegando perto do computador.

— Não estão respondendo, senhor.

— Sei que não estão respondendo — disse, inclinando-se sobre o microfone. — Aqui é o Controle e Segurança Um para a Segurança Dois, responda, por favor. Controle para Segurança Dois! Que porra é essa? Onde eles estão? Controle para Segurança Dois?

— Devemos tentar Hammond e Hess?

— Sim, me passe a Segurança Três.

Avery acionou o computador.

— Eles deveriam estar na escuta na linha da Segurança Dois — disse Cohen, inclinando-se para a frente. — Controle para Segurança Três. Controle para Segurança Três, responda, por favor. Controle para...

— Senhor, olhe no circuito de tevê.

Avery apontou para a parede de monitores, que mostrava uma seleção de salas do museu, assim como corredores, pontos de entrada e saída. Todos os monitores mostravam salas vazias.

— Não tem ninguém lá. Nenhum dos guardas está lá. Que diabo está acontecendo?

Furioso, Cohen avançou para a parede cheia de telas.

— Quando foi nossa última comunicação com uma equipe?

— Ah — murmurou Avery, verificando no computador. — Foi há vinte e três minutos.

—Volte o vídeo do circuito interno.

Avery teclou no computador e as telas mostraram as imagens gravadas. De repente a imagem dos guardas entrou em foco nos monitores.

— Quando foi isso?

Avery examinou o registro.

— Há vinte e nove minutos. Depois disso, nada.

Cohen andou por um momento, então olhou para os monitores.

— Espere. Volte e deixe o vídeo avançar de novo.

Cohen permaneceu de braços cruzados diante da parede cheia de monitores.

— Está vendo? Eles desaparecem. Os guardas não caminham para fora do quadro. Eles estão ali e depois somem. Que porra é essa?

— Senhor — chamou Avery, e Cohen caminhou na direção dela. — Estamos com uma anormalidade novamente. É alguma coisa na central elétrica.

"Boa-noite, senhoras e senhores, e bem-vindos a este leilão de Obras de Arte Importantes da Rússia e da Europa Oriental. Começaremos pela página 6 do catálogo, lote número 1, uma fotografia de suas esculturas por Constantin Brancusi, que podem ver com o funcionário à minha esquerda. Tenho um lance de oito mil para começar. Ouvi oito mil e quinhentos? Oito mil e quinhentos, obrigado. Nove mil, lance de uma pessoa ausente, comigo. Nove mil e quinhentos? Nove e quinhentos? Nove e quinhentos? Pessoal, nove... Obrigado, nove mil e quinhentos no lance do cavalheiro lá atrás. E tenho dez mil aqui no livro. Dez e quinhentos? Obrigado à senhora na segunda fila. Onze mil? Estou em dez e quinhentos. Ainda dez e quinhentos na segunda fila. Uma peça muito bonita, em ótimas condições. Onze... Obrigado, madame, onze mil com a senhora agora. Ouvi onze e quinhentos? Estão deixando em onze e quinhentos? Estou vendendo a onze mil e quinhentos. E... oh, a estou vendo, Jessica. Temos um novo lance a onze mil e quinhentos no telefone, obrigado. Doze mil aqui na sala. Temos doze mil na sala, doze e quinhentos? Doze e quinhentos no telefone, obrigado, Jessica. Treze? Tenho treze? Não? Estou vendendo, então, a doze mil e quinhentas libras pelo lance feito ao telefone. E vendido", disse o leiloeiro batendo o martelo com um forte estalo na madeira, "a quem fez o lance pelo telefone. Se puder ter o número do autor do lance, um-dezenove, obrigado, Jessica. Lote 2..."

O leilão foi encontrando seu ritmo à medida que os autores dos lances se remexiam em suas cadeiras, folheavam páginas do catálogo e trocavam sussurros. Acima do leiloeiro ficava a tela do preço, mostrando o valor do último lance em libras, dólares, euros e ienes. Um assistente do leiloeiro permanecia sentado num nível um pouco acima, à direita do estrado, com um laptop. À esquerda do leiloeiro, numa fila contínua, funcionários carregavam os objetos à venda. É claro que todos os interessados em dar lances já tinham ido ali para ver as peças expostas durante a última semana, mas essa era uma formalidade que Delacloche sempre apreciava.

No fundo do salão, uma equipe de especialistas da Christie's vigiava a sala. Da posição que ocupavam podiam ver todos que estavam ali. Embora nada pudessem fazer para intervir, podiam identificar todos os procedimentos ilícitos que inevitavelmente ocorrem durante qualquer leilão.

Um magnífico arranjo floral resplandecia, impedindo que qualquer um ficasse diretamente atrás do grupo. Na ante-sala, o assistente da Christie's permanecia sentado atrás de uma pequena escrivaninha, a postos para responder a perguntas dos autores dos lances e levar as plaquinhas com números para os que haviam comprado. Guardas que faziam a segurança permaneciam dos dois lados da ante-sala. Atrás ficava a escadaria que conduzia ao saguão e para a rua abaixo, desembocando na noite lá fora.

Delacloche se lembrava de seu primeiro leilão, em Paris. Não muito tempo depois daquela visita com o pai ao Musée Rodin. Ele tinha chorado e deixou a sala no momento em que a pintura foi levada para ser posta à venda. *Branco sobre branco suprematista, sem título*, de Malevitch. Tinha estado com a família de sua mãe desde que havia sido pintada. Seu pai tivera muita vontade de conservar a pintura. Mas devido às circunstâncias financeiras... Tinham conseguido no leilão dinheiro bastante para resolver todos os seus problemas, seu pai havia contado, e para mandar a pequena Geneviève estudar nas melhores escolas e na universidade no exterior, e para comprar um lugar para ela morar. Tudo isso por um pedaço de tecido pintado todo de branco por um russo havia uns cem anos. Sabia que o pai teria ficado orgulhoso com o fato de a filha estudar Malevitch, e de ter seguido a pintura rumo à Sociedade Malevitch, que comprara a tela deles havia tantos anos. No passado, a pintura tinha estado sob sua posse, sob sua proteção, ela não a perderia. Não outra vez. E agora...

Delacloche folheou o catálogo e se virou para ver os rostos atrás de si, enquanto a voz do leiloeiro ressoava. Raphael Vilaplana na quinta fila, ao centro, pensou. Tenho certeza de que vai dar um lance na Popova do lote 20. Mas ele já contava com um comprador a postos. Fico imaginando quanto que ele acredita que pode conseguir? Delacloche conhecia ou ouvira falar a respeito de todo colecionador ou especialista em pintura russa do início do século XX. Nomes reconhecíveis vinham à tona quando se mexia naquele caldo restrito que era aquele ramo. Em sua analogia, ela considerava que o colecionador e advogado de estrelas Thomas Frei seria um bolinho particularmente grande. O mundo da arte é pequeno. Quando nos concentramos em qualquer período específico da história da arte, esse mundo se estreita ainda mais.

Uma escultura bizarra e particularmente pouco atraente surgiu para ser leiloada. Meu Deus, pensou Delacloche, isso é horrível. Mas se um comprador acredita que aquela merda vale alguma coisa e está disposto a pagar por ela, então seu valor será tão alto quanto o que ele aceitar pagar. A questão é que se uma pessoa pensa que aquilo é maravilhoso, então outros vão atrás. Delacloche sorriu para si mesma quando primeiramente dois, e em seguida mais dois compradores, mergulharam na disputa pela escultura.

"Quinze mil... Obrigado, madame, e dezesseis com o cavalheiro..."

Uma menina de quatro anos poderia espirrar numa folha de papel e, se alguém gostasse e se dispusesse a pagar cem mil libras por aquilo, seu valor seria de cem mil libras, ponto. Delacloche folheou seu catálogo, virando a página seguinte. Mas, pensou, se um concorrente vê o resultado do espirro e, mais importante, ouve o preço, lá se vai o valor subindo cada vez mais. Se pararmos para refletir, pensou, isso é uma idéia brilhante. Eu deveria garantir os direitos a Damien Hirst e fazer o mercado se concentrar na arte-espirro. Da próxima vez que minha sobrinha pegar um resfriado...

O preço de venda nada tem a ver com o fato de a obra de arte ser boa ou não. Tem a ver com quanto as pessoas se dispõem a pagar por aquilo em determinado momento. Em grande medida, a casa de leilões determina o valor quando estabelece uma estimativa de preço. Fazem a estimativa baseando-se numa pesquisa sobre preços obtidos no passado por objetos similares. Se fazem uma estimativa alta, então talvez os compradores considerem a obra mais importante do que ela realmente é. Mas se a estimativa é alta demais, o mercado não fará lances por ela. Se é subvalorizado, o item perde o que seria uma marca de distinção, mas o mais provável é que as pessoas sigam a indicação, se deixem levar pelo impulso, e o preço final batido pelo martelo seja mais alto. A Delacloche tudo parecia arbitrário demais. Talvez sacrifiquem galinhas e façam suas estimativas com base na disposição das suas entranhas. Ela sorriu para si mesma.

E agora? O que iriam trazer? Lote 8, um pequeno desenho de Kuznetzov. Ele, provavelmente, levou menos de dez minutos para fazer isso, talvez um esboço traçado enquanto estava na banheira, algum projeto abstrato que imaginou por um momento e então pôs de lado, para nunca mais retomar. Talvez estivesse destinado a se transformar em uma pintura monumental, o núcleo de uma obra-prima, mas nunca veio à luz. De modo que aqui estamos, com uma folha de rascunho nas mãos, com algumas linhas de caneta riscadas nela. E é bem bonito. Tem algum interesse, mas nenhuma história por trás para fazer aumentar seu valor. Não pode ser localizada com segurança no contexto da obra do artista. Mas no auditório, hoje, Delacloche, ao olhar por cima do ombro, viu que havia três participantes interessados. E a estimativa, ela baixou os olhos para o catálogo, três mil libras, foi forçada para cima. Uma tentativa de despertar interesse por um item que poderia muito bem passar despercebido.

"Quanto acha que realmente vale?"

Delacloche ouviu alguém falar atrás dela. Com certeza, não um freqüentador habitual de leilões. Não há nenhuma entidade que possa ser chamada de "valor real". Não existe. Se alguém diz o contrário, está cheio dele. O valor é algum número extraído miraculosamente da estratosfera. Uma combinação de raridade, execução, raridade e execução como são percebidas, número de compradores interessados e o dinheiro que estão dispostos a gastar, e a propaganda que o item recebeu. Se ganhou uma foto colorida no catálogo, vai atrair mais interesse do que se a imagem fosse em preto-e-branco ou se não tivesse imagem nenhuma. Uma página inteira, talvez aberta em duas páginas? Quanto mais, melhor. E para obras como aquele Ticiano, vendido há não muito tempo por treze milhões, um catálogo inteiro e um leilão exclusivo só para ele, e cobertura por parte da imprensa internacional semanas antes do evento. Então, a pergunta mais apropriada é quanto você, como indivíduo, paga pela peça, e não qual é o valor dela.

Na sala de leilões, os altos e baixos do ritmo ditado pelo leiloeiro continuavam a fluir, com muito mais altos do que baixos. Ele era habilidoso. Seu ritmo era descontraído, mas ele sustentava aquela certa tensão de que os participantes tanto gostavam. Os turistas curiosos estavam surpresos com a calma e a premeditação das palavras usadas pelo leiloeiro, algo muito diferente das suas outras únicas experiências em leilões, que tendem a ser vendas-relâmpago ou leilões de gado. Nesses, os leiloeiros falam em alta velocidade, de modo ininteligível, levando os compradores a um frenesi, e os que fazem os lances não têm noção exata do que estão fazendo, do que estão comprando, de onde deixaram as chaves do carro, do nome de solteira de sua mãe... Um jorro furioso de palavras animado por duas intenções: velocidade e desorientação. Eles têm oitocentos novilhos para vender em quatro horas, e um comprador confuso está mais propenso a gastar do que um capaz de refletir.

Esse leilão não tinha nada daquele tom delirante, mas era uma experiência intensa, concentrada. Os corações disparavam. Era como assistir a um thriller, um suspense palpável, fôssemos ou não participantes, ou até se não conhecêssemos os compradores. E a emoção deles era contagiosa.

O leiloeiro articulava, tornava tudo claro, mas nunca perdia o controle constante da situação. Nunca mencionava nomes dos autores dos lances, limitando-se aos de seus colegas ao telefone e dos que apresentavam os objetos para vender. Nunca havia períodos de silêncio que não fossem deliberados. Esperava-se que os autores dos lances estivessem dispostos, mas eles nunca eram intimidados. E era quase impossível dizer quem estava fazendo lances. Para o olhar não treinado, parecia que o menor tremor de uma narina, piscadela ou comunhão telepática com o leiloeiro indicava algum propósito. Depois que o lance inicial de alguém tinha ficado claro, todos os lances seguintes daquele mesmo lote podiam ser administrados de maneira tão sutil quanto possível.

Havia razões para que esse anonimato fosse desejado. Para um comprador particular, ninguém queria publicidade descontrolada em torno da compra, nem queria gente cumprimentando ou marchands perguntando se eles revenderiam sua nova aquisição. Essa era uma das razões pela qual Delacloche estava no centro da movimentação, tomando nota de cada lance e, mais importante, de cada comprador. E o motivo pelo qual comparecia a todo leilão em que uma obra de Malevitch estivesse à venda. Esses objetos poderiam desaparecer completamente depois do leilão. Dissolvidos na distância, em qualquer cidade ou casa de campo do outro lado do planeta, sem deixar traços, a não ser que o comprador quisesse se deixar conhecer. Museus gostariam de saber a quem deveriam solicitar um empréstimo da obra. Um concorrente derrotado em seu lance poderia tentar fazer um negócio a dois. A imprensa poderia querer dar seqüência à matéria por trás de uma compra que tivesse suscitado interesse. Mas o código de honra da casa de leilões protegia o anonimato, tanto de quem vendia quanto de quem comprava, contanto que os dois desejassem ser protegidos.

A rede de fofocas no interior da Christie's, é claro, dava margem a vazamentos. Quando celebridades faziam uma compra ou compareciam a uma das muitas festas e coquetéis promovidos pela Christie's para manter a casa firmemente enraizada no mundo dos socialites, a equipe falava a respeito. Delacloche mantinha contato com alguns poucos amigos no mundo dos leilões, como fontes exatamente para esse tipo de informação.

Lembrava-se em especial de uma venda dos seus tempos na Christie's, em Paris. Havia seis grandes marchands especializados em russos que ficaram entrando e saindo para examinar itens de uma venda que estava para acontecer.

Todos tinham olhado aquele caderno de esboços de Rodchenko, com cerca de cinqüenta desenhos, mais anotações. Em uma estimativa conservadora, estava avaliado em duzentos e cinqüenta mil.

Todos tinham demonstrado interesse significativo, apesar de tentarem esconder isso. Ela havia assistido tantas vezes àquela dança de bazar turco de desinteresse fingido que já havia se tornado mera formalidade. Era de se esperar que todos os seis marchands fizessem lances, competindo furiosamente e fazendo o preço subir. Era claro que todos estavam com água na boca por causa daquela peça. Mas quando o lote chegou, houve apenas um comprador particular e apenas um dos marchands fazendo lances. O caderno foi vendido por cento e setenta e cinco mil, pouco acima do preço mínimo, abaixo do qual não pode ser vendido.

Lá do fundo da sala, observando o leilão, Delacloche compreendera o que estava acontecendo. Mas não havia nada que alguém pudesse fazer. Mais cedo tinha visto todos os seis marchands no bar Red Lion em volta do balcão, bebendo cerveja e rindo. Então sentaram juntos no centro do salão enquanto o leilão estava acontecendo, e nenhum deles fez nenhum lance contra o outro. Sim, ela sabia exatamente o que tinha acontecido. O crescendo da voz do leiloeiro acabou despertando-a para longe de seus pensamentos.

"Lote 13..."

Capítulo 10

— O que quer dizer com essa história de que tem alguma coisa errada na central elétrica? Por que não podemos ver o problema?

— Não tenho certeza, senhor — disse Avery, os dedos percorrendo o teclado enquanto os olhos de Cohen se fixavam no monitor que mostrava a central elétrica.

Nada se mexia. A sala parecia vazia. Então, por que o monitor de movimentos estava detectando alguma coisa? E o que tinha acontecido com todos os guardas?

Cohen olhou por cima do seu ombro.

— E nós estamos trancados aqui?

— Senhor?

— Esta sala está fechada?

— Não, senhor.

— Bem, então tranque a gente aqui na sala! Que diabo, faça isso agora!

Avery manuseou nervosamente as chaves e os ferrolhos na porta da sala de controle se encaixaram em seus lugares.

— Trancada, senhor.

— Agora, o que nós sabemos? Perdemos qualquer comunicação com o pessoal da segurança. Há uns vinte e oito minutos, todos eles desapareceram do circuito interno de tevê. Nós...

— Voltou de novo, senhor. Tem alguma coisa se mexendo na central elétrica.

— Continue tentando fazer contato com os guardas. Não gosto dessa história de não conseguirmos ver o pessoal... Espere um momento. O que poderia fazer com que tanto as comunicações quanto o sistema de vigilância por vídeo... Coloque de novo no circuito interno as imagens do momento em que eles desapareceram.

Avery apertou algumas teclas, enquanto menus se abriam e fechavam na tela do computador. Os monitores mostravam os guardas em várias salas do museu às escuras. Passaram-se dez segundos e as figuras desapareceram.

Avery retrocedeu e avançou a fita, fazendo com que os guardas se materializassem e desaparecessem nos monitores.

— Está vendo isso? Deixe que o vídeo continue.

— Estou acompanhando, senhor.

A imagem piscou avançando e voltando. Lá estava de novo.

Sala 12. Um facho de luz fraca vinha de trás do vão de uma porta. Então um guarda surgia.

Mas a luz continuava atrás do vão da porta.

— A luz que vem da lanterna...

— Estou vendo, senhor. A luz da lanterna do guarda está vindo do salão. O guarda entra na sala, então desaparece, mas a luz ainda está na sala. O vídeo foi manipulado.

— Como é que alguém consegue fazer isso?

— O sistema deve estar em pane. É por isso que também perdemos o contato pelo rádio. Tem alguém mexendo nos nossos computadores.

— Bem, ponha-os para fora!

Cohen tentou respirar fundo, permanecer calmo sob pressão, reagir como tinha sido ensinado por seu ídolo profissional e chefe, Dennis Ahearn, diretor de segurança de todos os museus Tate. Ahearn dirige uma fortaleza inexpugnável. Aja como ele agiria, a saída é essa. Cohen andou até a parede dos fundos e pegou o telefone. Uma linha direta com a polícia.

— Se fomos invadidos e cortaram nossos olhos e ouvidos, então isso significa que alguém poderia estar dentro da...

— ... central elétrica.

— Mas por que ali? Eles poderiam levar qualquer pintura se os guardas estivessem... Oh, Deus...

— Ainda não sabemos se foi isso, senhor.

— Não quero saber, vou chamar a polícia.

Cohen levou o telefone ao ouvido. Apertou de novo o receptor, e de novo.

— Está mudo.

O leilão continuou no seu melhor ritmo. O lote 27 estava se aproximando, e esse era o que interessava. Delacloche olhou em torno da sala enquanto o lote 26 se erguia no horizonte. Por hábito, esfregou o polegar contra o indicador e baixou os olhos para o catálogo, aberto na página do lote 27. Uma pintura toda branca, escola de Kasimir Malevitch, avaliada entre vinte e vinte e cinco mil libras. Examinada de modo superficial no catálogo, parecia exatamente o Malevitch verdadeiro de quatro a seis milhões de libras. Mas ocorre que Malevitch havia pintado várias telas semelhantes com o mesmo branco sobre branco. E pinturas branco sobre branco não abrem muito espaço para grandes variações.

Estava listada como "escola de Kasimir Malevitch". O vocabulário da avaliação hesitante. Havia tanto temor de se atribuir erradamente autoria a alguma obra, particularmente associando-a a algum artista famoso, inflando assim o interesse por ela, juntamente com seu valor e status, para em seguida tudo desaguar num equívoco, que especialistas das casas de leilões e curadores de museus desenvolveram um léxico específico para a incerteza.

"Escola de..." significava que a obra era influenciada pelo artista em questão, nesse caso, Malevitch, e talvez fosse o trabalho de um aluno copiando o estilo de um mestre. "Círculo de..." significaria que o estilo se aproxima do de Malevitch, mas por vários motivos a obra não era considerada dele. "Atribuído a..." teria significado que alguém, em algum momento, pensou que a pintura fosse de Malevitch, mas por alguma razão o especialista da Christie's não se sentia confortável ou seguro com essa atribuição, mas não tinha nenhuma alternativa específica para propor. "Estilo de..." quer dizer que parece com um Malevitch, tem cheiro de um Malevitch, mas quem diabos pode garantir? Existiam algumas variantes para esses termos, mas o princípio por trás deles continuava firme: não dê um alerta falso.

"Tenho agora uma oferta por uma pintura encantadora, lote 27 listada como *Sem título: Branco sobre branco suprematista*. Escola de Malevitch, senhoras e senhores, sem dúvida inspirada pela grande obra que estaremos mostrando em breve. Se não têm intenção de gastar milhões, sempre podem comprar esta maravilha e ninguém ficará sabendo a diferença. Pelo menos nós prometemos não contar. Uma aproximação muito interessante da obra do pintor, uma tela bastante grande para a época. Vão ter um bocado de tinta pelo seu dinheiro, senhoras e senhores. Tenho uma primeira oferta de oito mil libras. Ouvi nove? Alguém? Nove? Obrigado, nove do cavalheiro da fileira do meio. Tenho nove e quinhentos. Dez? Dez, obrigado, senhor. Dez e quinhentos. Onze? Onze, obrigado. Onze e quinhentos..."

A disputa era entre um comprador ausente e um cavalheiro de terno preto e gravata vermelha sentado no centro da sala. Delacloche não o reconheceu. A cada vez que fazia um lance, erguia sua tabuleta. Ela o espiou cheia de suspeita, então olhou ao redor. Sentados ao lado dele havia dois outros homens, vestidos de modo parecido. Um estava ao celular, trocando sussurros entre o aparelho e o colega que fazia os lances a seu lado. O que estava do outro lado examinava a sala enquanto cruzava e descruzava as pernas. Ninguém mais parecia interessado naquela pintura enjeitada. Mas aqueles sujeitos com ar de homens de negócios pareciam determinados a respeito dela.

Delacloche desviou sua atenção para a pintura sobre a parede castanho-avermelhada, mostrada pelo funcionário de avental. Era bem grande, talvez do mesmo tamanho do *Branco sobre Branco* de Malevitch que havia desaparecido da sociedade. Sim, era do mesmo tamanho. Isso significava que devia ter sido diretamente inspirada pela tela da sociedade. E agora aparecia no mesmo leilão. Isso é interessante... e um pouco esquisito.

Leilões não foram concebidos para funcionar como exposições de museus, justapondo obras de arte numa perspectiva ditada pela história da arte, estimulando comparações. Um leilão era governado pelo acaso. Ocorriam vários por ano dedicados a todas as categorias de objetos: livros e manuscritos, pinturas e desenhos de antigos mestres, artistas dos séculos XV a XVIII, prata, arte africana, jóias, móveis e artes decorativas, escultura, arte vitoriana, britânica e irlandesa e assim por diante. A Christie's seguiria acumulando peças de um determinado tipo, neste caso pinturas e obras sobre papel da Rússia e da Europa Oriental, para leiloá-las num mesmo evento. Assim, era por pura sorte que duas pinturas que pareciam ter uma ligação surgissem no mesmo leilão. Talvez viessem do mesmo vendedor? Talvez. Ou...

Mas por que esses homens de negócios, visivelmente inexperientes em matéria de leilões, estariam tão interessados nesse item? Não seria de modo algum estranho se houvesse apenas um deles. Isso poderia ser explicado. Um novo comprador que, atendendo a um capricho, quisesse adquirir um pouco de cultura, mas que fosse um novato no mundo dos leilões. Talvez endinheirado, mas pouco instruído. Talvez, conduzido por alguma leitura equivocada, acreditasse que se tratava de um Malevitch verdadeiro. Mas os três sentados juntos, todos com a mesma roupa e ao celular enquanto faziam lances? Não estão fazendo lances para si próprios.

"Dezessete e quinhentos com os cavalheiros. Temos dezessete e quinhentos aqui no salão. Uma obra adorável, senhoras e senhores. Vão ter um bocado de tinta e tela brancas por seu dinheiro. Excelente combustível para os meses de inverno. Estou vendendo por dezessete mil e quinhentas libras. Vendido."

O martelo foi batido. O homem de negócios sussurrou algo com animação. Depois fechou o telefone.

"Nosso próximo lote..."

Dois dos homens, o que fazia lances e o sujeito ao telefone, agora se levantavam de seus lugares e se deslocavam até o fundo da sala, deslizando entre a multidão. Delacloche ficou olhando para eles enquanto desapareciam escada abaixo. Se quisessem se informar sobre a entrega da peça e o pagamento teriam de ter feito isso na mesinha da ante-sala, não indo lá para baixo.

"Os lotes de número 31 até 33 foram retirados. Chegamos, portanto, ao lote 34, uma pintura suprematista anônima com uma mistura de cores... um tanto fora do comum."

Meu Deus, isso é horrível, pensou Delacloche.

"Qual será o lance por esta obra suprematista com uma combinação de cores... interessante? Posso começar por mil e quinhentos? Mil e quinhentos. Posso ver sua tabuleta, senhor?"

O que ele está fazendo? Delacloche agora percebia que o terceiro dos homens de negócios, o único ainda na sala, parecia aflito e tinha tentado fazer um lance por aquela pintura suprematista repugnante. A expressão no rosto dela se enrijeceu. Mas a tabuleta de participante do leilão tinha ficado com um de seus amigos. Olhando por cima do ombro, ele procurava desesperadamente pelos outros dois. Sem a tabuleta com seu número ele não podia ser considerado um participante registrado.

"Temo que seja preciso ter uma tabuleta para fazer lances, senhor. Alguém? Não posso vender por menos de mil e quinhentos. Obrigado, senhor!", disse o leiloeiro, traindo seu entusiasmo ao apontar para um cavalheiro de pé no fundo da sala. Delacloche se virou para ver quem era.

"Alguém mais? Alguém? Estou vendendo, então, por mil e quinhentas libras para aquele cavalheiro lá atrás..."

Um ruído no fundo do salão. Delacloche se virou para olhar no momento em que os dois sujeitos com ar de homens de negócios que haviam sumido voltavam correndo à sala de leilões, com seu companheiro lá dentro acenando para eles desesperadamente.

"... e vendido."

Ouviu-se a batida do martelo. O homem de negócios, agora com a tabuleta na mão, levantou a placa com violência num protesto silencioso.

"Sinto muito, senhor. Já tinha batido o martelo. Vendido por mil e quinhentas. Lote 34..."

Os homens se viraram para o canto no fundo da sala e fixaram os olhos no comprador. Ele tinha cabelo grisalho, olhos escuros, barba por fazer, vestia uma camisa branca sem colarinho, paletó esporte azul e jeans. O rosto estava voltado para baixo, olhando o catálogo. Tomava notas com uma caneta. Óculos escuros presos num cinto marrom de couro de jacaré, o volume do celular aparecendo no bolso do paletó, dedos sem anéis bronzeados por igual, um relógio prateado grande demais no pulso. Os homens ainda permaneceram no fundo da sala, examinando a cena, por muitos minutos.

"Lote 39. Aquele pelo qual vocês estavam esperando. Senhoras e senhores, tenho o prazer de oferecer *Composição suprematista branco sobre branco*, de Kasimir Malevitch. Uma obra substancial, considerada a primeira da série de telas branco sobre branco. Esta é a obra suprematista por excelência, de magnífico significado em uma escala magnífica, de propriedade de um cavalheiro. Começarei os lances com setecentos mil. Ouvi oito? Obrigado, madame. Nove? Nove com Caroline, ao telefone. Um milhão. Será que... Obrigado. Um milhão aqui na sala. Um-um? Um-um. Um-dois, obrigado. Um-três no telefone. Um-quatro. Um-cinco. Um-seis. Um-sete. Um-oito? Obrigado. Um-nove..."

Delacloche olhou para a pintura que estava sendo vendida. Não é a pintura da Sociedade Malevitch, ela pensou, e não é sequer a pintura da foto no catálogo. Que estranho! Ela estava um pouco agitada, tentando registrar todos os que faziam lances. Alguém estava ao telefone. Estou vendo uma mulher no centro, de rosa. O cavalheiro do lado, aquele com barba. Um outro no fundo à esquerda. Tem dois perto da fileira da frente...

"Três milhões e quatrocentos? Obrigado. No telefone de novo. Três-cinco? Três-cinco. Três-seis. Três-sete. Três-oito? Três-oito. Três-nove? Caroline está fora. Estamos com a senhora, aqui na sala, madame. Será que temos quatro... Quatro? E... obrigado, senhor. Quatro-um? Sim, com a senhora de novo, madame. Quatro-dois. Quatro-três? Quatro-três. Quatro-quatro. Quatro-cinco. Quatro-seis..."

A mente de Delacloche estava a mil por hora. Parece que a coisa agora está resumida a dois. Seus olhos iam e voltavam pela sala, no esforço para seguir o ritmo calmo, de trem desgovernado, das palavras do leiloeiro.

"Cinco-dois. Cinco-três. Com a senhora, madame. Será que tenho... obrigado, senhor, cinco-quatro. Cinco-cinco com a dama. Cinco-seis. Cinco-sete. Cinco-oito. Cinco-nove. Seis. Estamos com seis. Que tal seis-um, madame? Estamos com seis. Gostaria de dar seis-um? É com a senhora, se quiser dar seis-um. Tenho um lance estupendo de seis com o cavalheiro. Será... que tenho... seis-um? Seis... Obrigado, madame. Seis-dois. Senhor? Muito bem, seis-três. Seis-três com a dama de rosa. Seis-quatro? Senhor? Não? Tem certeza. O cavalheiro desistiu, então, é com a senhora, madame, com seis-três. Alguém mais? Estou vendendo, então, a essa dama, por seis milhões e trezentas mil libras. Para acabar. E..."

— A linha está muda, Avery! E todos os guardas...

— Senhor! Estamos com movimento de novo na central elétrica.

— Para o inferno com isso. Eu vou lá embaixo.

— Senhor, se os guardas estão...

— Eu sei. Mas, porra, não vou ficar trancado aqui em cima como um maldito prisioneiro em meu próprio castelo.

Cohen destrancou o armário preto de aço preso na parede. As portas se abriram.

Ele vestiu o colete à prova de balas e prendeu à coxa um coldre. Apanhou uma escopeta da estante de armas e enfiou no bolso alguma munição.

— Esse babaca não sabe com quem está se metendo.

— Leve este fone de ouvido — disse Avery, passando a Cohen um discreto par de fones pretos com microfone acoplado. — Com isso vamos poder nos comunicar diretamente, sem passar pelo computador.

Cohen prendeu o fone atrás da orelha, deixando o pequeno microfone correr ao longo do queixo.

— Avery. Quero que corte as luzes de segurança.

— Tem certeza, senhor?

— Tenho, porra. Tenho certeza sim — disse, enfiando a mão no armário e tirando dali óculos especiais com visão noturna.

— Boa idéia, senhor — disse Avery, voltando ao computador.

Aquele museu, como muitos outros, usava luzes vermelhas mais fracas, dispostas ao longo das paredes rente ao chão, para orientar os guardas durante a noite. Isso poupava energia e limitava a exposição das pinturas à luz forte. Ao apertar de uma tecla, as luzes vermelhas que corriam as paredes pelas galerias se apagaram em meio à escuridão. O museu permaneceu sem nenhum movimento; só o azul da noite entrava pelas frestas de ventilação e pelas janelas.

— Fique trancada aqui dentro, Avery. Não abra a porta de novo.

— Sim, senhor. Boa sorte.

— É foda.

— É foda, senhor.

Cohen baixou os óculos de visão noturna e engatilhou a escopeta. Avery destrancou a porta. Cohen saiu e fechou a porta atrás de si. Os ferrolhos de metal estalaram ao voltar a seus lugares no momento em que ele se viu parado no corredor, totalmente às escuras.

Capítulo 11

O martelo foi batido pela última vez.

O leilão continuou. Não havia nenhuma tradição de se colocar os itens mais caros no fim das vendas. A coisa não era tão teatral assim. Tampouco eles seriam programados para o início. A idéia era deixar que os participantes entrassem no ritmo, aquecendo-se para tomar parte do leilão. Então, em algum momento entre o 20° e o 50° lotes, encaixa-se o filão principal. O Miró de um milhão, o Mondrian de três milhões, o Modigliani de quatro milhões, o Malevitch de seis milhões, o Magritte de sete milhões, o Matisse de oito milhões, o Manet de quinze milhões, o Monet de vinte milhões. Os preços eram arbitrários.

Mas, como Delacloche pensou com seus botões, ao visitar museus sempre gosto de fazer o jogo do preço. É possível quantificar o gênio? É possível quantificar qualquer coisa. Mas por que a cifra de quatro milhões vem à minha mente quando penso num Modigliani e vinte milhões quando se trata de um Monet? A gente começa a fazer estimativas por osmose. Em algum momento no último período de um ano e meio devo ter visto ou ouvido algo sobre um Modigliani ter sido vendido por quatro milhões. Mas também já não ouvi que uma de suas pinturas foi vendida por oito?

Continuava-se a comprar, mas a atenção se concentrava na senhora de vestido rosa e colar de pérolas, com seus cabelos louros já embranquecidos presos num coque com dois pauzinhos espetados. Delacloche tinha reconhecido imediatamente dois dos participantes que tinham feito lances. No fim das contas, tinham se reduzido a um comprador particular e a um museu. O particular, um colecionador com uma área de interesse bem ampla, que fazia compras regularmente, era um homem rico e ligado à alta sociedade, e conhecia o ofício. O superadvogado suíço Thomas Frei — dos pontos de vista social, econômico e cultural, o cliente ideal da Christie's. Assim como era o museu.

O museu, provavelmente, também estava fazendo aquisições usando capital privado. Mas numa situação como essa, os funcionários da Christie's acabarão inevitavelmente torcendo pelo museu. Tal opção significa que eles, e o resto do mundo, poderão desfrutar daquela obra a qualquer hora, e que ela será bem cuidada e preservada. O que não quer dizer que numa coleção particular ela fosse maltratada, porém o mais provável seria o proprietário não vir a permitir seu empréstimo durante pelo menos alguns anos, de modo que ela poderia nunca mais ser vista de novo.

A Christie's precisava, ao bater o martelo, obter o mais alto preço possível, e com grande freqüência isso acontecia quando a obra ia parar em mãos de particulares pouco educados — de modo que esta venda para um museu era motivo de uma satisfação especial. E o lance havia sido dado por um conhecido personagem do mundo da arte de Londres.

Elizabeth van der Mier, diretora da nova National Gallery of Modern Art, bem aqui em Londres. Interessante, pensou Delacloche. A diretora em pessoa fazendo um lance em nome do seu museu. Com o dinheiro de quem, fico imaginando. Delacloche apertava os olhos no esforço para, em meio àquela massa de cabeças, poder enxergar a mulher bem cuidada de rosa-claro.

Ela estava surpresa tentando dar sentido àquele quebra-cabeça. O *Branco sobre Branco* de Malevitch é uma obra importante. Vai fazer muito barulho e abrir uma série de oportunidades para o museu. Sem dúvida, no ano que vem, vão organizar uma exposição especial de boas-vindas, provavelmente bem rápido, para capitalizar a publicidade. Em geral, são apenas os compradores particulares que não desejam que outros saibam o que compraram, com exceção dos amigos da alta sociedade, é claro. Nesse caso, quanto mais publicidade, melhor.

Seus pensamentos foram interrompidos quando uma velha amiga da Christie's a cumprimentou. Delacloche abriu um meio sorriso e trocou algumas frases vazias enquanto lote após lote passavam na sua frente. Era Jenny ou era Jackie? De um ou outro departamento. Delacloche aproveitou a oportunidade.

— Diga — perguntou ela —, a autenticidade daquele Malevitch, lote 39, chegou a ser posta em dúvida?

Sua antiga colega olhou para ela, sorriu e sussurrou em meio àquele alarido.

— Não é do interesse de ninguém achar que uma obra não é autêntica ou que houve um erro de atribuição. Mas, francamente, *parece* estar tudo certo. Todos nós sentimos que, simplesmente, é autêntico. E a procedência é impecável.

— Não tem algo de esquisito na procedência ser assim tão impecável?

— É, eu suponho. Mas ninguém quer ver o quadro desmascarado como falso. Essa é a verdadeira questão. E não parece nem dá a impressão de ter algo de errado. Nossos especialistas aqui baseiam suas opiniões em vibrações ou intuição, como queira chamar, apóiam-se mais nisso do que em algo mais científico. A gente reconhece a autenticidade do jeito que reconhece os amigos. Depois que já vimos o suficiente, esses artistas e suas crias se tornam mais nossa família do que nossos próprios familiares. As pessoas podem ser muito chatas.

— Ninguém questionou a procedência?

— Acho que ao preparar este leilão eles tinham muita coisa para ver. Por quê?

— Nada.

— Então, se para eles as vibrações são boas e a procedência parece não ter problemas, damos graças a Deus à nossa sorte e passamos para o item seguinte. Mas você conhece tudo isso, não, Geneviève?

— Acha que o museu vai fazer sua própria investigação?

— Só se tiver uma excelente razão para isso. Eles serão os mais prejudicados, pelo menos aos olhos da opinião pública, se levarem para casa seu presentinho de Natal de seis milhões e descobrirem que pagaram cinco milhões e novecentos e cinqüenta mil libras a mais do que o preço justo. A Christie's vai entregar o quadro dentro de uma semana. Eles vão dar uma geral rápida no setor de conservação, talvez uma limpeza e uma nova moldura, e então organizar uma coletiva com a imprensa, anunciando uma exposição para apresentar seu novo tesouro e pendurá-lo na parede, tudo no máximo em uma semana. Pelo menos é isso o que eu faria. Vão conseguir publicidade: matérias sobre a exposição na tevê, nas revistas e nos jornais. Vai ser como se uma peça nova tivesse estreado no West End. Vai atrair milhares de novos visitantes. Vão fazer *mouse pads* e guarda-chuvas com o *Branco sobre Branco*. E todos vão viver felizes para sempre. Isto é, contanto que aquela seja a coisa de verdade.

— Então está dizendo que nem mesmo o museu vai checar? Mesmo depois da minha ligação e das minhas suspeitas...

— É o que estou dizendo. Geneviève, ninguém sabe das suas ligações e das suas suspeitas. A não ser que conte a eles.

— Certo — disse Delacloche fazendo uma pausa. Seus olhos examinaram cuidadosamente a sala. — O que a pessoa que está vendendo acha? Acho que nunca ouvi sequer falar em quem...

— Você sabe que não posso lhe dizer isso. Entenda. Alguns vendedores ficam felizes em revelar sua identidade, eu poderia até deixar escapar o nome de outros numa fofoca. Mas alguns clientes exigem que seu anonimato seja mantido rigorosamente, e é este o caso. Só alguns poucos de nós sabem.

Delacloche olhou para o outro lado, e Jackie, ou seria Jenny, deu-lhe um tapinha no ombro e se esgueirou entre a multidão.

"Lote 77..."

Ah, merda, ponderou Cohen, enquanto ajustava os óculos de visão noturna. O corredor aparecia num borrão, que variava do preto a um verde luminoso.

Vamos nessa.

Cohen desceu o corredor suavemente até pôr o pé esquerdo na frente do direito e tropeçar. Seu último treinamento havia sido há muito tempo e vários centímetros a menos na circunferência de seu estômago. Não tinha passado por nada tão emocionante quanto aquilo.

Fique de pé, seu idiota, pensou. Aposto que essas merdas não acontecem com Dennis Ahearn na Tate.

— Controle, aqui, senhor. Está ouvindo?

O som no seu ouvido fez com que desse um pulo para trás.

— Porra, Avery. Você quase me fez ter um ataque do coração. Sim, estou ouvindo. Me ajude a sair daqui.

— Vai ter de descer cinco andares pela escada. Os elevadores iriam revelar sua posição.

— Você não vai me fazer descer cinco andares pela escada, vai?

— Acho aconselhável, senhor...

— Bem, você tem razão. Corta fora essa porra de "senhor". Cacete, nós agora vamos nos chamar pelos nomes.

— Sim, senhor.

Cohen se esgueirou pelo corredor até as escadas e começou a descer.

— A movimentação na casa de máquinas parou há quarenta segundos, senhor. Mas, pelo que eu posso saber daqui, a porta continua aberta.

— Avery, até onde esse hacker conseguiu penetrar no nosso sistema? Como é que podemos detectar o movimento mas perdemos contato por rádio e vídeo?

— Eles furaram nossas barreiras de comunicação, mas as trancas e os alarmes internos são controlados separadamente, e parecem estar intactos. Isso significa que eles não podem retirar nada do interior das paredes do museu, a não ser que...

— ... a não ser que cortem completamente a energia...

— ... da central elétrica.

Descendo o último lance de escadas, Cohen se esgueirou para o porão. A porta de metal cinza, verde através das lentes dos óculos de visão noturna, o espreitava à sua frente, conduzindo aos setores de armazenagem e aos equipamentos de energia e infra-estrutura do museu.

Ele esticou a mão na direção da maçaneta e a puxou.

— Está trancada, Avery.

— Devem ter entrado por outro lugar. Estou destrancando agora, senhor.

A tensão no braço de Cohen diminuiu um pouco quando a porta abriu. Ele deu um passo para dentro e fechou a porta cuidadosamente atrás de si.

— Para a central elétrica é preciso virar logo adiante. A porta deve estar escancarada, não apenas destrancada.

— Certo.

Cohen avançou cautelosamente pelo piso de linóleo, a visão reduzida a um mar verde-garrafa com sombras. Sua arma estava engatilhada e erguida, a respiração quente e entrecortada.

— Não estou ouvindo nada — sussurrou. Nenhuma resposta.

Estava apenas a alguns passos do corredor perpendicular e da sala de máquinas à esquerda. Seu ombro roçou na parede ao fazer pressão nela com as costas, a alguns centímetros de onde o corredor fazia a curva.

Segurando a arma à sua frente, ele dobrou o corredor.

Nada. Apenas a escuridão silenciosa e a iridescência monocromática de sua visão. Mas no fim do saguão a porta estava escancarada.

— Estou vendo a porta.

Cohen se deslocou silenciosamente na direção da porta. Não conseguia ouvir nada a não ser sua respiração ofegante, e sentia apenas o calor da transpiração por baixo do colete à prova de balas. O peso da escopeta em suas mãos transmitia uma sensação agradável.

A porta foi crescendo à medida que ele se aproximava. Atrás dela, a sala esperava por ele. Agora estava a apenas alguns passos.

— Detectamos movimento na sala número 9, senhor! O sensor foi acionado, e a parede de laser na frente dos quadros foi rompida. Eles estão no andar de cima!

Merda, merda, merda, merda, merda, merda, merda, pensou Cohen. Eles já devem ter passado por aqui. A central elétrica era apenas um chamariz para despistar!

Ele se virou, afastando-se da porta e desceu o corredor correndo, de volta à escada.

Não estão fazendo nada em segredo agora. Estão atrás do que eles querem.

Ele subiu correndo pela escada de trás.

— Sala 9, ainda há movimento na sala 9!

— Estou quase lá! Feche as portas de segurança nos dois lados da sala. Feche agora!

Cohen passou correndo pela porta que levava ao andar principal do museu quando ouviu as pesadas portas de aço se fechando várias salas à frente.

— Portas baixadas, senhor. O movimento parou.

— Luz! Me dê luz!

Cohen tirou os óculos de visão noturna quando as luzes acima dele piscaram e se acenderam.

Ele atravessou a sala 7, a sala 8. Lá estava o portão de aço bloqueando a entrada para a sala 9. Ele se aproximou do portão, segurando a arma na frente.

— Aqui é a segurança — berrou. — Mãos para cima e fiquem com elas aí. Não resistam. Não tentem nenhum movimento brusco.

Ele pulou agarrando o topo do portão e olhou para dentro, por cima dele.

A sala estava vazia.

— Senhor!

O som veio de trás. Cohen se virou.

Quatro guardas da segurança, de armas na mão, se aproximaram.

— Porra, onde vocês estavam? Que porra está acontecendo por aqui?

Capítulo 12

O garçom tinha acabado de trazer duas porções do prato que dava nome ao Au Pied de Cochon quando Jean-Jacques Bizot chegou, faces ruborizadas e sem fôlego. Jean-Paul Lesgourges não parou para erguer os olhos de seu prato, enquanto sua faca e seu garfo, ligeiros, cortavam com precisão cirúrgica, penetrando na pele quebradiça do pé do porco, afastando os ossos nodosos da carne suculenta.

— *Et bien?*

Bizot não respondeu enquanto estava com as mãos ocupadas, tentando se espremer para alcançar seu lugar, passando entre uma coluna espelhada e a superpovoada mesa atrás dele, lotada de crianças bem-educadas e tias detestáveis. Lesgourges olhou por cima do pé de porco com um olho, emitiu uma risadinha silenciosa, e voltou a comer.

— Fiz o pedido por você porque a cozinha queria fechar — disse ele.

Bizot não respondeu, porque estava tentando jogar o corpo por cima do braço da cadeira para se sentar em seu lugar.

— Jean, você é tão gracioso quanto um tatu ferido. Coma seu porco.

Bizot, finalmente e firmemente sentado (ele agora percebia que estava entalado entre e sob os braços da cadeira), deixou cair verticalmente o guardanapo sobre o peito e depois horizontalmente por cima do estômago, pegou uma faca e um garfo e murmurou num sopro de suor:

— *Bonsoir.*

— *Bonsoir* uma ova — retrucou Lesgourges enquanto enfiava pela boca um osso arredondado de pé de porco, para chupá-lo completamente. — Então você queria comer mais tarde porque tinha algum negócio para resolver. Está há uma semana nessa investigação e só agora vai me deixar participar da brincadeira. *Et alors...*

— Um momento, Jean. *Je mange, donc je suis.* O estômago primeiro, depois a mente — disse Bizot, começando a comer com voracidade.

— Como foi no começo, como é hoje e será para sempre... Uma comilança sem fim... amém — entoou Lesgourges solenemente, antes de fazer um gesto para o garçom, pedindo mais vinho.

Em questão de minutos a pele cor de açúcar mascavo e a carne branca do *pied de cochon* desapareceram e tudo o que restou no prato de Bizot outrora cheio foram alguns pedaços espalhados de minúsculos ossos de um cinza cor de metal de revólver, que brilhavam como tinta contra o branco do prato debaixo deles. Com uma delicadeza absurda, tendo em vista sua circunferência, Bizot enxugou os cantos da boca com um dedo enrolado no guardanapo.

— Vai me contar ou...

— Eu vou — disse Bizot, pousando o guardanapo e se inclinando para trás na cadeira. — O que quer saber?

— Sua galinha recheada, não banque o tímido comigo. No telefone você me contou sobre a investigação na Sociedade Malevitch, disse que havia um quebra-cabeça a ser resolvido e que iria esperar para me contar pessoalmente, porque assim era mais divertido. Bem, agora estou aqui. E você já comeu...

— Certo — disse Bizot, sorrindo apenas o suficiente para erguer e deixar cair os cantos da sua barba. — C-H-3-4-7.

— *Quoi?*

Bizot repetiu.

— C. H. Três. Quatro. Sete.

— É esse o quebra-cabeça? — perguntou Lesgourges, parecendo decepcionado.

— É isso que estava escrito na parede atrás do painel móvel onde ficava pendurado o Malevitch, antes de ser roubado.

Bizot revirou os bolsos da calça com os dedos, que reapareceram com um maço de cigarros retorcido e dilacerado. Retirou um deles entre dois dedos rechonchudos. A ponta estava quebrada e presa por um pedaço do papel de seda. Lesgourges começou a rir. Bizot arrancou a ponta quebrada e acendeu seu cigarro com um fósforo de uma caixa com as palavras "Crazy Horse" impressas em letra cursiva cor-de-rosa.

— *Alors, qu'est-ce que tu en penses?*

— Não tenho certeza do que pensar — disse Lesgourges inclinando-se para trás e abrindo a cigarreira de prata. Seus dedos deslizaram pela fileira de dez cigarros finos, pretos, cada um envolvido por uma tarja dourada. O cheiro de cravo-da-índia subiu da cigarreira e uma película adocicada prendeu-se às pontas dos dedos de Lesgourges. Escolheu um cigarro e retirou-o. Enquanto falava, regia com sua batuta de cravo.

— Não é muito para se começar, mas a primeira coisa que vem à mente é que se trata de uma declaração.

Bizot levantou os olhos do cigarro mutilado e baixou-os novamente.

— Também foi o que pensei.

Lesgourges finalmente enfiou o cigarro entre seus lábios de cavalo e acendeu-o com sua própria caixa de fósforos, idêntica à de Bizot.

— Os ladrões queriam que a Sociedade Malevitch soubesse...

— ... o quê?

— Bizot, é isso que estou tentando descobrir. Estou pensando em voz alta. *Silence et prepare-toi!* — reclamou Lesgourges, tragando com força seu cigarro. A ponta ficou em brasa e crepitou. Ele exalou uma nuvem de algodão-doce. — Os ladrões queriam contar à Sociedade Malevitch que, um: eram capazes de roubar, com sucesso, uma pintura do cofre-forte; e, dois: os que fizeram isso se chamam CH347.

Bizot ficou olhando por um momento não para Lesgourges, mas para a fumaça que dançava à sua frente.

— Você é um semi-idiota, Lesgourges — confidenciou Bizot. — Metade da sua afirmação faz sentido e a outra metade... não muito. Concordo que esse crime parece uma afirmação de habilidade, de força, não da necessidade de possuir nem de vender a pintura. Se não é uma declaração, então por que eles nos deixariam uma pista para trabalhar? Se queriam se dissolver no meio da noite, então por que nos deixariam um cartão de visitas? Você está certo. Isso é uma declaração. Mas CH347 parece mais com nome de um detergente lava-louça do que com o de um criminoso.

— E se fosse um palíndromo?

— *Quoi* – 743HC?

— Não, não um palíndromo... *Qu'est-ce que je veux dire...* Um acrônimo.

Bizot girou o cigarro preso na boca, usando o indicador e o polegar.

— Estava errado, Jean. Você é um completo idiota.

— Isso não responde à questão de saber se é um acrônimo.

— Não — disse Bizot. — Estava apenas dizendo que, em termos gerais, não consigo pensar em nenhuma instituição, grupo terrorista ou...

— Que tal um número de vôo? — disse Lesgourges, tentando e repetidamente fracassando em soltar anéis de fumaça.

— O fumo de cravo é fino demais — observou Bizot —, como disse a você.

— Pena que o mesmo não possa ser dito a seu respeito — retrucou Lesgourges. — Como disse a você.

— Rá. Rá. Mas essa não é má idéia. Exceto pelo fato de que não faz nenhum sentido escrever um número de vôo na parede de onde você acabou de roubar uma pintura.

— Talvez os ladrões estivessem preocupados em não esquecer em qual vôo planejavam fugir — retrucou Lesgourges, inclinando-se sobre o cardápio. — Quer sobremesa?

—Vou checar se há algum vôo com esse número. Pode haver uma ligação qualquer, mas não apostaria um centavo nisso. Que tal *mousse au chocolat*?

— Hummm — disse Lesgourges, virando-se para falar com o garçom.

— *Deux tartes Tatin, s'il vous plaît.*

O garçom afastou-se vagarosamente.

—Você prefere *tarte Tatin*. Quais são as outras opções?

—Tinha também *crème caramel* e um...

— Não — interrompeu Lesgourges —, quero dizer outras opções para o CH347.

— Certo. Bem, temos também um bolo de chocolate...

— *Salaud! Je vais te frapper!*

Bizot esquivou-se das tentativas fingidas de Lesgourges de espetá-lo com um garfo, seu rosto vermelho de dar risadas. A barba de Bizot balançou para cima e para baixo com seu riso abafado, a parte superior de seu corpo mexendo-se enquanto a de baixo continuava encaixada entre os braços da cadeira.

— Acalme-se, Lesgourges. Nós... — disse Bizot, recuperando a compostura — ... precisamos desvendar isso, mas é melhor pensar com o estômago cheio.

— Até onde pensa que pode encher o estômago?

— Ainda não comemos a sobremesa.

Capítulo 13

Elizabeth van der Mier levantou-se para sair quando o leilão já se aproximava do fim. Os funcionários da Christie's gentilmente se aproximaram para acompanhá-la, tendo cuidado para não serem inconvenientes, mas procurando marcar presença e ser prestativos no que fosse necessário. Ela desapareceu com seu *entourage*, que incluía dois outros representantes do museu que tinham ficado à espreita pelos cantos do salão.

Delacloche sempre achara que tudo aquilo parecia muito com um filme de James Bond. A sala de leilões cheia de gente rica, vestida para a ocasião, com coadjuvantes a postos e milhões em jogo. Os preços sempre tinham lhe parecido uma afronta, em tal medida que se tornaram inconcebíveis. Tratava-se de dinheiro de brinquedo para os que o possuíam, e para os que não o possuíam era algo que estava além da compreensão. Gastar centenas de milhares de libras num capricho, num objeto para decorar a parede... Então por que ela estava naquele ramo? Ela adorava arte, mas também o mundo que gravitava em torno da arte. Adorava tudo aquilo.

Quando o cavalheiro grisalho que tinha comprado o horroroso quadro suprematista saiu da sala de leilões, Van der Mier já havia deixado o edifício. Delacloche esperou por um momento, depois o seguiu. A maior parte do público já tinha ido embora e, ainda que os lugares estivessem na maioria ocupados, a área na periferia da sala estava quase vazia. Muitas das pinturas que haviam decorado as paredes tinham sido levadas para a reserva, embaladas ou apanhadas pelos compradores.

O homem grisalho aproximou-se da caixa.

— Boa-tarde, senhor. Seu número?

— Bem, eu na verdade não deveria. Acabamos de nos conhecer.

— Posso saber o número da sua tabuleta?

— Ah. É claro.

O cavalheiro empurrou sua tabuleta por cima da mesa na direção da jovem elegante, com um colar de pérolas, atrás do balcão. Ela abriu uma pasta e retirou um formulário, preparando-se para preenchê-lo.

— Sr. Robert Grayson?

— Correto — disse ele com um sotaque americano, mas não muito ofensivo.

— Lote 34, tela suprematista anônima?

— Certo.

— Como gostaria de pagar por sua compra, senhor?

— Acho que em dinheiro vivo, se for possível.

— É claro, senhor — disse ela, começando a preencher um formulário, lançando um rápido olhar para Grayson e depois baixando os olhos para a mão esquerda dele. — São mil e quinhentos pelo preço na sala de leilões, mais uma comissão de 17,5 por cento para vendas abaixo de cinqüenta mil, dando um total de mil, setecentas e sessenta e duas libras e cinqüenta pence. É uma obra realmente encantadora, senhor.

— Obrigado, querida. É algo que só com o tempo aprendemos a apreciar, admito. Vai combinar muito bem com as minhas cortinas.

— Sem dúvida — disse ela rindo, sem ter certeza de que se tratava de uma piada.

— Agora gostaria que me entregassem a pintura. Quando poderiam fazer isso?

— Assim que quiser, senhor, ela estará lá.

— Posso ficar em casa amanhã, quinta-feira, entre nove e meio-dia.

— Sem problemas, senhor. É só preencher este formulário.

Concluída a transação, Grayson deu uma piscada para a caixa, antes de lhe dar as costas e descer a grande escadaria. O saguão se espalhava lá embaixo, com pessoas conversando e olhando, congratulando-se e lendo. A prateleira com os catálogos dos leilões seguintes ficava à esquerda dos degraus, pequenas correntes douradas entre livro e prateleira. Havia a televisão, exibindo o que acontecia na sala de leilões. Havia livros à venda e o balcão para inscrições, onde estava sentada outra jovem encantadora, com os cabelos puxados para trás e presos. Essa era a função carinhosamente apelidada pelos funcionários da Christie's de posto "caça marido" — uma oportunidade para ter contato com a afluência de homens ricos, e freqüentemente solteiros, que faziam seus lances, e cujos gostos, posição social e educação ficavam patentes devido à sua própria presença nos leilões. Mas Grayson não sabia disso.

Parou no saguão e seus olhos foram atraídos para um dos catálogos dos próximos leilões: *Obras importantes de arte decorativa do século XIX*. Ele se aproximava do livro quando bloquearam seu caminho.

— Sr. Grayson?

— Sim. Eu conheço vocês? — perguntou para três homens com ternos escuros quase iguais.

— Não, senhor. Somos colecionadores e aficionados de arte como o senhor. Já o vimos aqui antes.

— É mesmo? Viram alguma coisa de que gostaram hoje?

— Na verdade, sim. Fizemos uma compra. Na realidade é sobre isso que gostaríamos de falar com o senhor.

— Ah?

— Queríamos parabenizá-lo pela compra do lote 34. É uma belíssima obra.

— Bem... obrigado. Acho que é um tipo de gosto que aprendi a cultivar, mas acho que...

— A questão é que nós mesmos tínhamos muita esperança de poder fazer um lance por ela, mas estávamos fora da sala quando foi posta à venda.

— Muito azar. Recebeu um telefonema?

— O fato é que representamos alguém que gostaria muito de ficar com a obra que o senhor acaba de comprar. Ele está pronto para oferecer uma quantia significativamente maior do que aquela que o senhor pagou.

— É verdade mesmo? — respondeu Grayson, lançando um rápido olhar em torno da sala.

— Exatamente — disse um dos homens, fazendo a seguir uma pausa. — Não vou esconder o jogo, sr. Grayson. Estamos preparados para lhe pagar dez mil libras pela pintura que o senhor acaba de comprar.

— Dez mil libras? — disse Grayson, sorrindo e recuando um pouco. — Vocês devem ser malucos. Sabem quanto paguei por ela? Mil e quinhentos. Isso é mais do que... Nem posso fazer a conta, mas isso é muitas vezes o...

— Sabemos disso. É algo que particularmente nos interessa, e dinheiro não é problema. Podemos chegar a um acordo?

— Muito obrigado, cavalheiros. Estou profundamente tocado. Mas a questão é que dinheiro também não faz muita diferença para mim, e minha mulher vai adorar essa pintura. Bom-dia.

Grayson abriu caminho em meio aos três homens e à multidão cada vez maior que se misturava no saguão. A multidão se fechou atrás dele e os homens, em meio à infinidade de corpos, ficaram assistindo enquanto Grayson deixava o edifício. Quando chegaram ao lado de fora, ele já tinha desaparecido.

Delacloche acompanhou toda essa movimentação atentamente. Permaneceu no saguão, espremendo-se no meio da multidão à procura de Jeffrey, o especialista com quem tinha falado ao telefone. Queria perguntar por que o *Branco sobre Branco* apresentado no lote 39 era diferente daquele exibido no catálogo. Certamente estava no saguão. Mas ela não conseguia achá-lo, ou talvez ele tivesse dado um jeito para que ela não o achasse.

Ela reparou em dois ex-amantes entre os homens de terno de risca e punhos com abotoaduras. Um medíocre, o outro absolutamente horrível. Os dois únicos representantes das suas breves incursões na seara dos amantes ingleses. Infelizmente, hesitantes e reprimidos não são lá grandes companheiros de cama. Seu arquivo mental fez rodar uma série de rostos e sensações de mãos. Rodrigo Garcia e Marco del Basso davam um banho em todos os outros. Sorriu para si mesma ao repassar suas lembranças. Esses dois poderiam até virar profissionais. Tenho de experimentar um mediterrâneo um dia desses.

Os especialistas da Christie's riam e batiam papo com seus clientes, muitos deles conhecidos há anos e com os quais mantinham relações fora do escritório. Havia alguns poucos colecionadores ali, particularmente em áreas específicas. Os melhores fregueses eram os que compravam repetidamente, e apenas a arte não era capaz de garantir a lealdade. Os que compravam queriam comprar de amigos, e era parte do trabalho dos funcionários da Christie's fazer e manter amizade com seus clientes. Para alguns isso poderia representar um fardo. Mas outros adoravam. Isso lhes permitia levar uma vida de riqueza e glamour por meio dos outros. Os especialistas da Christie's podiam ser convidados para se hospedar na *villa* toscana de algum cliente, comer no Taillevent com outro, fazer um cruzeiro pelas ilhas gregas a bordo de um iate particular, receber vinhos de presente. Era tudo muitíssimo agradável, especialmente para aqueles sem família, ou para quem a vida familiar não era o refúgio idílico que deveria ser. Para alguns, o trabalho era como um sonho maravilhoso do qual não queriam acordar.

Delacloche conhecia a maior parte da equipe em todos os departamentos do século XX na Christie's em vários países. No passado os tinha encontrado em leilões, em exposições e nos meios acadêmicos. Todos eram mercadoria conhecida, mas esse mundo entre paredes estreitas freqüentemente se tornava bastante incestuoso, tanto no sentido literal quanto no intelectual. Dificilmente haveria algo mais exótico do que uma convenção acadêmica de historiadores da arte. Um personagem altamente idiossincrático era uma coisa, uma sala com sessenta deles, alternadamente discutindo e dando livre vazão às suas paixões, era um acontecimento digno de ser contemplado.

Delacloche havia presenciado muitos eventos desse tipo. Ficava surpresa ao constatar que nunca tinha ido para a cama com nenhum integrante da equipe da Christie's. Não que lembrasse. Então não podia compreender por que ninguém estava falando com ela. No meio do saguão, enquanto os insetos zumbiam a seu redor adotando o tom da fofoca e dos elogios, ficou se perguntando o motivo.

Grayson sentou num táxi para voltar a seu apartamento em St. John's Wood. Não viu o Land Rover preto que o estava seguindo até sua casa.

Capítulo 14

— Explique isso para mim, desde o começo.

Na manhã seguinte, ainda dominada pela sensação de triunfo proporcionada por sua aquisição, Elizabeth van der Mier, diretora da National Gallery of Modern Art, estava sentada na beirada de sua mesa, de braços cruzados, parecendo pouco animada e vestindo um conjunto preto. Seu cabelo louro já embranquecido estava preso, bem justo, atrás da cabeça com uma fita preta, e seu batom vermelho tinha sido aplicado com menos cuidado do que costumava fazer. Seus olhos perscrutavam a equipe noturna da segurança, sentada no seu escritório todo em madeira e vidro. Quatro guardas, um técnico e um chefe.

— Na noite passada, às vinte e uma e vinte e dois, registramos uma interrupção na comunicação com os agentes da segurança — começou Cohen, passando a mão no cabelo cada vez mais ralo. — Tentamos fazer contato com eles por rádio a partir da sala de controle e não obtivemos resposta. Verificamos os monitores do circuito fechado de tevê e não conseguimos achar ninguém. Todas as salas e os corredores vigiados pareciam estar vazios. Retrocedemos a fita e descobrimos que os guardas tinham aparecido no vídeo vinte e nove minutos antes, mas então desapareceram da tela de repente. Depois descobrimos que isso acontecera porque alguém tinha invadido nossos computadores e programado o circuito de tevê para exibir e ficar repetindo os mesmos trechos anteriores da fita, mostrando em todos os monitores as imagens de salas vazias gravadas um pouco antes naquela noite.

"Aparentemente, ao mesmo tempo os guardas desaparecidos haviam sido informados pelo rádio de que havia algo anormal no terceiro andar. As duas patrulhas separadas receberam instruções diferentes, sendo enviadas para áreas opostas do terceiro andar. Receberam a comunicação de uma voz feminina, que parecia a da srta. Avery aqui. Avery percebeu que tínhamos perdido o controle das comunicações e dos vídeos, mas os sensores de movimento foram acionados na sala das máquinas. Tentei telefonar para a polícia, mas a linha estava muda. Então fui investigar, como contei.

Van der Mier bateu no braço esquerdo com o indicador direito e mordeu o lado de dentro da bochecha esquerda.

— O que eu não gosto... — começou — ... por onde vou começar? Alguém invadiu nossos computadores. Não gosto disso. Mas então parece que ninguém chegou a entrar no edifício, o que é estranho. Qual era o movimento na sala das máquinas e na sala 9?

— Nós investigamos — suspirou Cohen —, mas não achamos nada. Parece que enquanto pensávamos que ainda tínhamos controle dos alarmes internos eles na verdade estavam sendo manipulados eletronicamente por meio da nossa rede de computadores a partir de fora. O hacker estava fazendo com que os sensores de movimento fossem acionados nas duas salas. Não encontramos nenhum indício de invasores reais.

— A outra coisa de que não gosto — continuou Van der Mier — é que não parece haver nenhuma lógica por trás desse ataque. Porque se trata de um ataque.

— Às vezes hackers cometem esse tipo de invasão só para mostrar do que são capazes — sugeriu Avery, cautelosamente.

— Isso não basta, querida. O sistema de segurança codificado de um museu não é o monte Everest, e não vou acreditar que alguém com algum problema de falta do que fazer o escalou só porque ele estava ali. Houve premeditação e má-fé ao separarem intencionalmente os dois grupos que faziam ronda e ao atrair Toby para o porão antes de acionar o alarme no andar principal para fazer com que ele voltasse. O que me deixa mais furiosa é o fato de saber que um ladrão poderia ter escapado com um punhado de telas na noite passada, e seja lá quem for que está por trás de tudo parece querer que nós saibamos disso, graças a essa demonstração de força.

Com um ar marcial, ela caminhava de um lado para o outro diante de sua escrivaninha.

— Mas um computador não pode tirar pinturas da parede e carregá-las para fora do edifício. É preciso que haja um ser humano, uma criatura viva para fazer isso. E se o hacker pode invadir o sistema, pode colocar uma pessoa aqui dentro, e isso não vai acontecer.

Ela parou e se empertigou.

— Quero uma revisão completa de todos os bloqueios e códigos, para impedir futuro acesso aos nossos computadores. Vamos torcer para que esta tenha sido uma demonstração de capacidade, a flexão de um músculo, não um ato mal-intencionado. Mas não vamos permitir que isso volte a acontecer. Não é culpa de nenhum de vocês. Todos agiram de modo apropriado. Mas vou alertá-los para mais uma coisa. Nenhuma palavra sobre isso deve circular por aí. A polícia não deve ser envolvida. Nada foi roubado e ninguém se machucou. Devemos dar graças a Deus por isso. Mas não podemos arcar com a publicidade negativa que resultaria de uma brecha como essa em nossa segurança, nem queremos alertar o público formado pelos criminosos a respeito de nossa vulnerabilidade. Acabamos de comprar uma pintura muito importante. Na verdade, na noite passada, enquanto toda essa confusão acontecia. Vamos anunciar a aquisição numa coletiva para a imprensa esta tarde. A pintura será foco de muita publicidade positiva para o museu e não quero que toda a atenção que estamos recebendo venha a ser ofuscada. Portanto, mantenham silêncio sobre os acontecimentos da noite passada. Obrigada.

A pintura suprematista anônima, lote 34, acabara de ser entregue no apartamento do sr. Robert Grayson, em St. John's Wood. A caixa de madeira grosseira jazia recostada na parede da sala, no apartamento de três aposentos no qual ele vivia sozinho, por enquanto. Os carros de luxo e as donas-de-casa cheias de jóias que pululavam na vizinhança permaneciam lá fora, enquanto ele botava para tocar um CD de Bruce Springsteen.

Havia um outro item em exposição no apartamento que Grayson poderia considerar arte de verdade. Era uma gravura de Jasper Johns da bandeira americana numa moldura de tamanho exagerado, feita de madeira de balsa, o que lhe conferia um aspecto rústico, que lembrava Cape Cod e um capitão de navio, como ele gostava de descrever. Tratava-se da gravura mais vendida na história, o dono da galeria lhe dissera. Tirando isso, suas paredes eram esparsamente povoadas por pôsteres e fotografias emolduradas. Uma foto em preto-e-branco do jogador de beisebol Ted Williams rebatendo uma bola, enquanto um apanhador e um juiz olhavam perplexos. *Lavender Mist*, de Jackson Pollock, com as letras M-O-M-A impressas embaixo. Um pôster longo e horizontal de Boston vista a partir do porto, à noite, numa moldura de metal prateada. Uma citação impressa em branco sobre fundo preto, em letra cursiva em itálico, dizendo "Dinheiro e tempo estão inextricavelmente ligados. Descubra por quê".

Grayson estava vestido com uma camisa pólo verde, com um pequeno jogador de pólo vermelho na altura do coração, e calça cáqui. Tinha a guimba de um cigarro em uma das mãos e um copo de vidro na outra. Estava se sacudindo ao som da música numa admirável, porém frustrada, tentativa de dançar.

Seu celular tocou.

— Alô? Ah, oi, Charlie. Claro, claro. Sem problema. Então, o que tem para mim? Estarei no vôo que chega ao aeroporto John Kennedy às onze da noite, hora de Nova York. É, quero que ele me encontre lá. Bem, tenho o encontro no Centro às dez, e um almoço com Harry Hancock, no café da Union Square, à uma e meia. É claro, vou pedir o hambúrguer de atum. Mas vamos nos encontrar para jantar. Só vou passar uma noite lá, antes de voltar para cá. Sei que parece maluquice, mas estou trabalhando que nem um filho-da-mãe, e o Manchester United vai jogar com o Liverpool, de modo que gostaria de voltar o mais rápido possível. Você pode dizer que aquilo não é futebol de verdade, mas pode enfiar esse seu time de futebol americano, esse 49ers, no... O quê? Não, está bem. Isso não vai ser um problema. Gramercy Tavern às oito, para mim está bom. Vou estar naquela delicatessen, Barney Greengrass, logo antes do Sal me pegar para levar ao aeroporto para voltar. Vou contrabandear um pouco de morsa defumada para o outro lado do Atlântico. É meu único vício. Isso e os charutos. E uísque, é claro. Bem, então tenho três vícios. Tenho certeza de que você ainda pode se lembrar de mais alguns, mas isso não vai ser necessário, obrigado. Certo, então, Charlie. Vejo você amanhã, à tarde. Vou sair daqui a algumas horas. Certo, tchau."

Grayson pôs o celular de lado e cruzou a sala indo até o engradado de madeira ao lado da porta. Ele se ajoelhou e correu os dedos pelo compensado áspero.

— Boa-tarde, queria dar as boas-vindas aos representantes da imprensa e ao público — disse Elizabeth van der Mier, plantada, com toda a sua exuberância reforçada pela altura e o tailleur preto, atrás de uma tribuna na sala de conferências Michael Marlais da National Gallery of Modern Art. — Temos o enorme prazer de anunciar a aquisição da mais importante pintura suprematista de autoria do brilhante Kasimir Malevitch, a primeira e maior das obras-primas da série *Branco sobre Branco*. Ela terá um lugar de destaque na coleção permanente do nosso museu, mas poderá antes ser vista em breve na mostra especial intitulada "O que não está aqui: A beleza e a eloqüência do minimalismo". A pintura será exibida na abertura da exposição. Ela está no Departamento de Conservação para receber uma nova moldura, e então ficará à mostra como atração principal da exposição "O que não está aqui: A beleza e a eloqüência do minimalismo". Até lá...

— Não é só uma coisa toda branca? — sussurrou um jornalista para outro.

— Acho que sim — respondeu o segundo. — Então, para que tanto estardalhaço, afinal?

— Nem desconfio. Mas sei muito bem o que eu gostaria de fazer com aquela coisinha lá em cima da tribuna, né?

— Nossa. Sobre o que ela está falando, hein?

— Nem desconfio. Só tire a foto e vamos tomar uma cerveja.

Um homem no fundo da sala sorriu ao entreouvir o diálogo. Ele estava usando uma camisa de mangas com abotoaduras caprichosamente passadas à ferro 14 por baixo do terno bem cortado.

Elizabeth van der Mier olhava por cima de cabeças, câmeras e laptops, vigiando seu feudo. Tudo tinha ido muito bem. Todas as pessoas certas estavam ali. Aquilo apareceria em todas as revistas, todos os jornais e telejornais. A atração principal era uma entrevista com ela, programada para sair na semana seguinte na revista *Time Out*. Seria vista por milhões de pessoas e garantiria o interesse popular pela sua exposição, o que é raro quando não se trata de exposições centradas em um único grande nome ou dos impressionistas. As pessoas vão em bandos a exposições intituladas "Vermeer" ou "A Paris de Manet" ou "Os impressionistas em Argenteuil", mas a arte russa costumava ser menosprezada.

Não podia ser considerada esquecida, já que isso exigiria que alguém a tivesse conhecido em primeiro lugar. Agora essa era a sua chance.

Ela não viu Delacloche, que estava sentada no fundo da sala, esperando.

Horas depois, Robert Grayson bebia seu bourbon, relaxando em seu assento da classe executiva quilômetros acima do Atlântico. Ele olhou pela janela para o céu sem estrelas no qual parecia que haviam derramado tinta, escurecido por um véu de neblina formado por nuvens impenetráveis. À sua frente, Nova York estava bem acordada e em alvoroço. Às suas costas, Londres dormia.

A National Gallery of Modern Art pairava como uma grande mariposa branca na margem sul do rio Tâmisa. Envolta em concreto, aço e vidro, a noite de Londres estava tomada por chuva e neblina suaves, que cobriam como se fossem uma gaze as superfícies duras do edifício. Luzes fracas e amarelas se espalhavam a partir do chão em volta, projetando sombras ao longo das paredes. Bocejando, as janelas se abriam para a escuridão, enquanto as pinturas dormiam em silêncio. O sinal luminoso no gramado na frente do museu emitia um zumbido silencioso.

Então, todas as luzes se apagaram.

Capítulo 15

— Porra, você está brincando comigo!?

Toby Cohen gritou dentro da sala de controle do museu, enquanto Avery pressionava teclas inúteis e lançava seu olhar sobre uma rede de telas apagadas, quase imperceptíveis em meio à absoluta escuridão, fechada e desprovida de janelas.

— Que porra de sacanagem está acontecendo nesta porra de lugar!?

— Senhor, tivemos uma queda total de energia, incluindo a dos geradores de emergência.

— Droga, posso ver isso muito bem, Avery. De qualquer modo, onde está você?

— Um momento, senhor.

Avery avançou às cegas em meio à escuridão palpável da sala, então acendeu um facho concentrado de luz branca.

— Aqui, senhor.

Ela entregou a Cohen a luz de emergência e acendeu uma outra para si mesma. Pela segunda vez em uma semana Cohen abriu as portas dos armários de aço e puxou para fora os armamentos. Estou ficando velho demais para isso, pensou.

— Depois de termos consertado os computadores para eles ficarem à prova de hackers, alguma coisa ainda sai errada. Bem, vai ver que essa maldita tecnologia...

— Esta é a questão, senhor. Este não é um problema com o computador, e isto não é uma invasão de um hacker. O novo sistema de proteção do computador é invulnerável. Exceto por uma coisa. Precisa de eletricidade.

— Eles cortaram a energia do edifício inteiro?

— Essa é a única maneira de neutralizar os computadores. E eles também têm de cortar o gerador de emergência. Toda esta área pode estar às escuras.

— Então alguém se deu conta de que não podia entrar pela porta da frente e a contornou.

— É o nó górdio, senhor.

— Não estou nem aí para saber que merda é essa, mas ninguém vai roubar este museu enquanto eu estiver em serviço.

— Tem certeza de que eles vão roubar alguma coisa? Talvez seja apenas uma demonstração de poder, como da última vez.

— Por que mais iriam querer ficar curtindo com a nossa cara, pelo amor de Deus!? Bote os meninos para falar comigo no rádio.

— As comunicações por rádio são via computador, senhor. Mas agora temos walkie-talkies manuais — disse Avery, procurando com sua luz até encontrar o que estava procurando. Ela ligou o walkie-talkie, produzindo um zumbido, e apertou o botão na lateral do aparelho. — Controle para Equipes de Segurança Dois e Três. Estão ouvindo?

Houve uma longa pausa. Cohen parou de se mexer e ficou ouvindo, com a respiração suspensa.

— Aqui é a Equipe Três. Estamos ouvindo.

Cohen e Avery suspiraram, aliviados, quando a voz áspera e metálica se fez ouvir.

— Aqui a Equipe Dois, estamos ouvindo, câmbio.

Cohen arrancou o walkie-talkie da mão de Avery.

— Aqui é o Toby. O que está acontecendo?

— Aqui a Equipe Três. Estávamos no segundo andar fazendo a ronda quando as luzes se apagaram de repente. Vou falar francamente. Não consigo ver porra nenhuma.

— Que porra é essa de falar palavrão para mim, Summers? Que merda, não quero nenhuma boca suja por aqui. Equipe Dois, onde estão?

— Estamos no térreo, chefe, e ouvimos uma explosão antes de as luzes se apagarem. Mas foi um som abafado, então não dá para dizer de onde veio. Parecia grande.

— O que quer dizer com essa história de parecia grande?

— O chão tremeu.

— O chão tremeu, maravilha.

— O que devemos fazer agora?

— Muito bem. Equipe Dois, fiquem no térreo. Equipe Três, fiquem no segundo andar. Avery e eu vamos cobrir o primeiro andar. Estarei com os óculos de visão noturna, mas só temos um par aqui em cima, então vão ter de usar suas luzes de emergência. Quero que fiquem parados e escutem. Não podemos ver merda nenhuma, mas podemos ouvir.

Cohen prendeu o walkie-talkie no cinto. No meio da escuridão, pôs um revólver na mão de Avery.

— Senhor, não fui treinada para...

— Cale a boca. Temos de contatar a polícia.

— Mas, senhor...

— Não me venha com nenhum *mas*, eu...

— ... o alarme de emergência é elétrico, assim como o telefone e os rádios. Nossos celulares estão nos armários, no porão. Não podemos falar com a polícia. Estamos presos aqui dentro.

— Então vamos ter de sair daqui.

A Equipe de Segurança Três vagou pelos salões silenciosos, vazios e tomados pelo vácuo da escuridão. A noite estava encoberta e sem lua. Parecia que tinham jogado um lençol preto sobre o céu do lado de fora das janelas. Não havia nenhum sinal de luz. O único socorro vinha dos finos e claros feixes de luz das lâmpadas de emergência, que brilhavam ao longo das paredes.

Havia muitas pinturas, cada uma delas incapaz de se defender, como um cordeiro desamparado, vulnerável. Com a eletricidade ligada, havia a vigilância do circuito fechado, alarmes internos e externos, trancas nas portas, portas de ferro que desciam nos pontos de saída para isolar áreas por medida de segurança. No entanto, sem eletricidade, as únicas defesas que existiam eram as trancas nas portas e as molduras aparafusadas na parede. Não era muita coisa. Museus não prevêem um ataque, de modo que havia apenas os seis guardas do turno da noite. Desde a noite do incidente eles não tiveram tempo de reforçar a proteção além dos programas de proteção dos computadores. Agora os guardas não conseguiam sequer enxergar.

Os guardas Stammers e Fox andaram pelas salas que pareciam ter encolhido, enquanto suas lanternas iluminavam obras de arte que eles temiam não poder proteger. Como pastores numa tempestade de neve. Os lobos podiam estar em qualquer parte, e havia ovelhas demais a defender.

Então eles ouviram um ruído.

— Ouviu isso? — perguntou Fox, imóvel.

— Hu-hum.

Os dois sacaram suas armas.

De novo. Talvez um passo. Os guardas se viraram e então pararam.

— Tenho absoluta certeza de que ouvi isso — disse Stammers, avançando na direção do som. Parecia estar vindo da sala próxima.

Fox o seguiu.

— É a sala 9, não é?

— É.

— Não está com a impressão de que já fizemos tudo isso antes?

— É.

Avançaram lentamente, armas nas mãos, braços flexionados, os fachos de luz projetados no chão.

— Desta vez não podemos fechar os portões.

— Eu sei.

Eles pararam. O ar à sua volta era de uma escuridão submarina. A sala vazia se abria à sua frente.

Então alguma coisa correu na direção deles.

Um vulto saiu da sala 9. Passou rapidamente por Stammers e Fox antes que pudessem reagir. Eles se viraram e ouviram uma voz.

— Porra, somos nós!

Toby Cohen emergiu da sala 9. Ele ergueu o facho da lanterna sobre o próprio rosto, os óculos de visão noturna suspensos na testa.

— Buuu — disse. Então jogou o facho da lanterna sobre o vulto que acabara de passar por eles e que agora estava na sala. Era Avery, também usando óculos de visão noturna. — Quero que Avery chame a polícia. Alguma coisa está errada. Não vou correr riscos. Vamos levá-la até a porta de saída.

Eles se deslocaram pelas salas cavernosas até alcançarem uma das portas que davam para o exterior. A pouca luz que havia se infiltrava pelas portas de vidro da frente, hermeticamente fechadas. Avery destrancou a porta manualmente.

— Encontre o telefone mais próximo e então chame a polícia aqui para dentro. Estaremos aqui e talvez não possamos escutar você. E pelo amor de Deus diga a eles que tragam algumas luzes — disse Cohen, mantendo a porta aberta para Avery, que saiu para a noite lá fora. Ele fechou e trancou a porta atrás dela.

— Estamos trancados aqui dentro, pessoal. Vamos torcer para que não haja nada capaz de nos assustar.

Do outro lado do Tâmisa, a vários quilômetros dali, fica o apartamento de Robert Grayson em St. John's Wood. No porão escuro do edifício a tranqüilidade foi interrompida pelo ruído abafado de um passo. E então outro.

Os pés, enfiados em sapatos envoltos em feltro, se arrastavam ao longo de um corredor, e empurraram uma porta de metal, abrindo-a silenciosamente. Então, um instrumento longo e fino alcançou uma caixa de metal presa na parede e penetrou no buraco da fechadura prateada. Um minuto depois a tranca deu um estalido e a portinhola se abriu. A mão envolta por uma luva fina percorreu a fileira de fusíveis até encontrar sua vítima.

Com o ruído de algo que se estilhaçava, pedaços de vidro partido caíram pela clarabóia quebrada até o chão do quarto de Robert Grayson. Foram seguidos por um vulto negro, que pousou no chão com uma habilidade felina, o salto amortecido por pernas musculosas e pelos joelhos flexionados. O alarme não disparou.

Sem encontrar nenhum obstáculo, o vulto avançou a passos largos pela sala, onde uma pintura suprematista anônima dormia sob a proteção de seu engradado de madeira, recostado contra a parede.

Uma chave de fenda surgiu de um coldre preso à cintura e a tampa, firmemente presa, foi desaparafusada e removida. Lá, no interior da caixa de madeira feita sob medida, estava a pintura terrivelmente feia, lote 34. Estava envolta num estofamento de isopor cortado com precisão.

O vulto sacou um bisturi longo e fino e pressionou-o contra a carne da tela. A lâmina correu ao longo da sua extremidade externa, logo abaixo dos pregos que prendiam a tela, e se estendeu pelo chassi de madeira que lhe dava forma. A tela se soltou do chassi, como se fosse pele seca. Com cuidado, foi enrolada frouxamente e colocada num tubo de plástico preto posto a tiracolo, fechado e pendurado nas costas.

Subindo pela corda que ainda pendia da clarabóia arrebentada, o personagem desapareceu no meio da noite.

Capítulo 16

Os guardas do museu vagavam de sala em sala. Ainda que em duplas, era como se estivessem sozinhos, já que o denso céu noturno no interior do museu deixava-se ver apenas ao ser cortado pelas lâminas mais do que finas das luzes das lanternas.

Cohen podia sentir a presença das pinturas à sua volta, aquele jardim suspenso feito de pano, madeira, pigmento e óleo. Ele nunca compreendeu a atração exercida por um caos de manchas ou por um quadrado preto, mas os tinha defendido com o risco da própria vida. E nunca tinha parado para se perguntar o porquê. Talvez porque temesse não conseguir obter uma resposta, e isso reduziria a nada qualquer sentido que sua vida pudesse ter. "Evite o vazio", tinha ouvido alguém dizer certa vez. Se ele se permitisse pensar, bem, isso não era do interesse da classe trabalhadora. Sabia que era bom em seu trabalho, e isso era o bastante. Sabia que era valorizado por pessoas muito mais inteligentes do que ele, e isso lhe dava alguma satisfação. Para que tentar se deixar levar a uma condição de infelicidade, tudo em nome do pensamento? Será que os guarda-costas precisavam amar, e compreender, o primeiro-ministro? Não, apenas sabiam que seu trabalho era protegê-lo a qualquer preço. Não eram para eles esses circunlóquios existenciais. Mas Cohen também não tinha absoluta certeza de saber exatamente o que a palavra "existencial" significava.

A ausência de luz ao redor era tamanha a ponto de ele não conseguir distinguir as paredes. Seja lá quem tenha feito aquilo, escolheu a noite certa, pensou. Encoberta e sem lua. Uma alma solitária, subindo e descendo num mar à meia-noite, Cohen sabia que navios estavam passando dos dois lados, podia senti-los, mas não vê-los. Os sons desse oceano também debochavam dele, mas faziam isso por meio do silêncio. Seus ouvidos estavam à espera de qualquer som, mas nenhum chegava até ele, extraviado ou não, para satisfazer sua hipótese. Aquilo era um ataque, ele estava certo disso, um seqüestro. Então, por que os bárbaros iriam tomar de assalto o castelo para saqueá-lo e depois sair sem emitir um som, sem uma moeda sequer para se justificar? Teria sido isso mais uma demonstração de força? Duas na mesma semana. Ele colocou os óculos de visão noturna e, então, o preto voltou a ficar verde mais uma vez.

Van der Mier tinha insistido em que muralhas de defesa fossem erguidas para bloquear o acesso de hackers ao sistema dos computadores. Tinham assegurado a eles que agora era impossível que alguém tivesse acesso ao sistema sem recorrer a uma série de códigos apropriados. Mas não havia nenhuma defesa da tecnologia contra a remoção daquele que era seu sangue e sua vida, a eletricidade, da mesma forma que os exércitos mais poderosos cairiam por terra se o céu fosse privado de oxigênio.

Era um modo muito simples de desarmar a tecnologia. Cohen sentiu-se constrangido pela confiança indevida que, agora estava claro, havia depositado nela. E se seu equipamento de visão noturna apresentasse um defeito? Ele avançaria com dificuldade em meio a sombras infinitas, sombras projetadas sem qualquer luz, tendo na mão apenas uma pequena lanterna, abrindo caminho por uma selva armado apenas de um canivete, impotente para proteger os inexplicáveis tesouros pendurados à sua volta, sua única incumbência.

Tinha lido certa vez que os cegos compensavam sua deficiência afiando seus outros sentidos, como a audição, para monitorar o que acontecia à sua volta. Foi com isso em mente que Cohen tinha ordenado a seus guardas pisar de leve e desligar os walkie-talkies. Não estava muito claro qual som ele esperava ouvir. Não seria melhor não ouvir nada, fazendo daquilo um caso de alarme falso? Não para ele. Mas o quê? O som de uma tela sendo cortada da sua moldura em alguma sala distante? O som abafado de passos sobre o piso de madeira na outra ponta da galeria? O museu havia sido desarmado com enorme elegância. Parecia absurdo pensar que o roubo em si seria de algum modo menos delicado.

Cohen parou por um momento. Ficou no meio da galeria, desligou seu equipamento de visão noturna e olhou ao redor. Não viu nada, é claro, mas ficou olhando. Seus olhos penetraram através daquele grosso nevoeiro em toda a sua escuridão, aquele abismo no qual ele flutuava, tendo como único sinal de sua ligação com o solo a sensação dos pés no chão. Uma calma dominada por um espírito meditativo permeava o ar. O museu, como um túmulo, o privava dos sentidos. Estava enterrado vivo, e, contudo, respirava acima da superfície. Mas sua mente não estava lhe pregando peças. Inspirou profundamente. Ele não viu o que não estava lá. Ele simplesmente não viu.

Capítulo 17

Roncos retumbantes escapavam da boca aberta de um Jean-Paul Lesgourges adormecido. As várias obturações de ouro em seus dentes refletiam a única luz que brilhava no quarto mantido escuro pelas cortinas fechadas: o trêmulo feixe que cortava caminho entre as duas cortinas estampadas, vindo da lâmpada do poste lá fora. O telefone na cabeceira estava tocando havia alguns minutos.

Na terceira série de chamadas do telefone, Jean-Paul permitiu que um de seus olhos se abrisse e lançasse um olhar para o vil aparelho que retinia junto à sua cabeça. Com o olho esquerdo ainda firmemente fechado na esperança de voltar a dormir, ele esticou o braço acima da cabeça e, depois, para baixo, e, depois, em frente, até encontrar a curva branco-porcelana do telefone, que arrastou por cima do travesseiro vago na cama king-size. Ele acabou achando o ouvido, sob um emaranhado quente formado pela fronha e pelo lençol.

— *Oui?*

A voz do outro lado da linha chegou rápida e sem nenhum indício de sono.

— CH é a abreviatura de Crônicas.*

Era Bizot.

Lesgourges resmungou.

— Quem é?

— *C'est moi, Bizot! Tu sais bien que c'est moi, putain!*

---

* Tanto em francês como em inglês o termo Crônicas, do Livro das Crônicas da Bíblia, começa com Ch. (*N. do T.*)

Lesgourges virou-se com a barriga para cima.

— É claro que é você, Jean. Quem mais me liga às... meu Deus... quatro da manhã. Agora que diabo você quer? Preciso voltar a dormir. Estava sonhando com...

— CH é a abreviatura de Crônicas.

Lesgourges ficou em silêncio.

Bizot continuou:

— É um livro da Bíblia.

— Ah, tá bom. *Sans blague?*

— Não, não estou brincando, Lesgourges. Acho que isso é uma referência a uma citação bíblica.

— Como diabos você descobriu isso? Pensei que tivesse decidido que aquilo era um palíndromo para...

— Falei com Geneviève Delacloche.

— *Qui?*

— Aquela com os *beaux seins*, a Sociedade Malevitch...

— Ah, sim — respondeu Lesgourges, bocejando. — Você falou dela.

— Olhe, vou lhe contar tudo a respeito disso em pessoa. Você tem uma Bíblia?

— Que espécie de católico é você, Bizot, morando numa casa sem uma Bíblia? Devia ter vergonha de si mesmo. Você foi criado por lobos?

— Então posso ir aí e usar a sua?

— Ah, eu não tenho uma. Vai ter de roubar uma de um hotel. Acho que eles têm sempre uma nas gavetas das mesas-de-cabeceira...

— Não vou me hospedar num hotel às quatro da manhã só para roubar uma Bíblia. Você não tem Internet em casa?

— Não me diga que está tão desesperado assim a ponto de dormir com o inimigo.

— Contanto que eu mesmo não tenha de tocar num computador, posso dormir tranqüilo à noite. Não tema por mim. Você mesmo pode encostar na coisa.

— Não estou gostando dessa história, mas tudo bem. Vamos lá, Bizot. Quanto tempo você vai levar?

— Três segundos. Estou falando do celular em frente ao seu apartamento.

A polícia chegou ao museu antes do raiar do dia que se aproximava. Treze minutos depois que Avery tinha saído, ouviu-se o barulho dos freios de seis carros de polícia parando ao redor do museu, e o edifício foi cercado. Entraram com grandes lanternas halógenas e vasculharam as salas, agora azuis à luz da primeira claridade da manhã. Fachos de luz dançavam pelas paredes, sobre telas penduradas. Os guardas foram encontrados, e cada galeria de cada andar foi cuidadosamente examinada na busca por obras que pudessem ter desaparecido.

Nada havia sido retirado das galerias. Cohen começou a se sentir envergonhado, e quase ficou aliviado quando se descobriu uma janela quebrada no porão.

Lesgourges mexeu o leite quente, jogando nele as bolas bem escuras do Chocolat Africain de Angelina, dissolvendo o leite até ele adquirir uma cor castanha consistente e espessa. Então, empurrou a caneca na direção de Bizot, que estava sentado num tamborete na cozinha moderna, toda em vidro e aço, do impecável apartamento de Lesgourges, no décimo sexto *arrondissement*, às quatro da manhã, em Paris.

— Então, estava entrevistando essa Delacloche a respeito do caso — começou Bizot — e lhe falei da minha idéia sobre a inscrição na parede, transformando o roubo numa espécie de declaração...

— ... minha idéia...

— Minha idéia — continuou Bizot —, e ela achou que era brilhante... Então eu lhe perguntei que espécie de significado o roubo dessa pintura em particular poderia ter. E ela me falou um pouco sobre ela. Sabe alguma coisa a respeito, Jean?

— Sei... não, acho que na verdade não sei muito sobre Malevitch.

— Humm, *comme c'est bon* — disse Bizot após bebericar seu chocolate. — Bem, vou esclarecê-lo. Na realidade, a razão para a pintura em questão ser toda branca é que foi concebida como uma negação de um ícone. Malevitch a considerava espiritual, uma forma de se aproximar de Deus melhor do qualquer imagem formal. Malevitch pensava que nenhuma imagem formal faria justiça ao retratar Deus, então escolheu uma abstrata, que sugeria a ele a idéia de Deus. Deixava de lado coisas como a iconografia, que exige um conhecimento especializado da parte daquele que contempla a obra para que ela seja compreendida. Está aberta a qualquer um. Malevitch pendurou a pintura no canto superior à esquerda de quem entrava na galeria quando ela foi exposta. Isso reproduzia a posição na qual, num lar russo, um ícone seria colocado. Em vez de Maria e do menino Jesus, tínhamos uma pintura completamente branca. Está me acompanhando?

— Quer um biscoito? — perguntou Lesgourges com a atenção voltada para um pacote de madeleines que ele lutava para conseguir abrir. Quando conseguiu, mergulhou um dos bolinhos de amêndoa no chocolate. — Isso vai ficar bom. Como Proust, mas bem mais achocolatado.

— Jean, você estava ouvindo alguma coisa do que acabei de falar?

— Claro. Branco, Deus, chocolate. Você devia mesmo provar isso.

— Pensando no assunto, parece mesmo bom — disse Bizot molhando ele mesmo uma madeleine.

— Não tenho certeza se estou entendendo — disse Lesgourges, que estava vestindo seu pijama azul-bebê, com a cara amarrotada de sono, o pouco cabelo que lhe restava se destacando num ângulo perpendicular à cabeça.

— Se o roubo é uma declaração de algum tipo, então deve ser a favor ou contra alguma coisa. Se a pintura nega os ícones, então vai contra a doutrina da Igreja. Talvez, então...

— Entendo. Então CH347 poderia ser uma referência a um trecho da Bíblia, do Livro das...

— Crônicas.

— Bizot, como teve a idéia de que era uma referência a um desses livros? Isso é brilhante. Não é muito a sua cara.

— Na realidade, tive uma ajuda nessa parte. Não estava conseguindo descobrir, mas Delacloche sugeriu...

— Você ligou para ela a esta hora da noite?

— Não, falamos por telefone há muitas horas. Ela tinha estado fora a trabalho, e acabara de chegar. Eu ia ligar para você, mas acabei dormindo. E depois fiquei com fome, então comi um quebab atrás de St. Michel.

— A barraquinha perto do cinema?

— É. Essa mesma. É muito boa, se bem que geralmente é preciso pôr mais sal.

Estavam sentados na cozinha em silêncio.

Lesgourges acabou falando.

— Devemos procurar por uma Bíblia na Internet?

— Acho que sim. Somos homens sem Deus, não?

— Só se você acredita que Deus tem alguma coisa a ver com a Bíblia. O computador está no outro quarto.

Lesgourges sentou diante do computador, mostrando inexperiência ao navegar com a ajuda do mouse, com Bizot de pé, atrás, a uma distância segura, de braços cruzados.

Bizot resmungou.

— Não gosto de nada...

— ... novo. Eu sei. Isto não é novo — disse Lesgourges. — Computadores estão por aí desde antes de você nascer.

— Não venha confundir minha cabeça com fatos. Não gosto deles. Não gosto de nada que seja mais inteligente do que eu.

— Mas você gosta de mim.

— Bem... Apenas digite, Lesgourges.

— Certo.

A tela emitia a única luz no aposento, banhando os dois homens numa brancura absurda, típica do néon. Eram silhuetas invertidas: brancas sobre preto. Os olhos de Bizot percorreram preguiçosamente as estantes de livros. Uma fina camada de poeira cobria a maior parte das superfícies horizontais expostas.

— Você tem alguma literatura? — perguntou Bizot.

— É claro.

— Isso tudo parece mais auto-ajuda. Quero dizer, *A vida é uma linha reta*, de Macarena Plaza, *Como achar as coisas muito interessantes*, de Alen Balde, *Como achar tudo maravilhoso*, também de Alen Balde... *Mon Dieu... Manual de técnicas sexuais galesas*, de Davyth Nelson...

— Não é auto-ajuda. Achei esses na seção de filosofia — disse Lesgourges, clicando algo na tela do computador.

Bizot tirou um livro da estante. *O sentido de tudo: o jeito canadense de viver*, de Andrew Hammond...

— Quer parar de ficar remexendo? Aqui, estou conectado à Internet. O que estamos procurando?

— Estamos precisando — disse Bizot — de uma Bíblia... Eh... como é que se chama quando puxamos uma série de coisas interligadas, você sabe, de modo que a gente clique uma palavra e venham todos os exemplos...

— Um dicionário? — perguntou Lesgourges, parecendo confuso.

— Não. Não um dicionário. Você sabe, onde eles listam...

— Um léxico?

— Não! Já ouviu falar de um léxico da Bíblia? Qual é o... Precisamos de um dicionário para olhar uma palavra para dicionário... Ah! É isso. Um guia.

— Ah, certo.

Na mesa perto do computador havia uma foto de Lesgourges em preto-e-branco emoldurada, com a cabeça cheia de cabelos, os braços em torno de uma jovem. A moldura da foto estava sem pocira.

Lesgourges manipulava o teclado com um dedo esticado de cada vez.

— E agora o que fazemos? — perguntou Bizot. — Podemos apenas digitar o nome e o número de um trecho e isso vai encontrar para a gente?

— Nunca mais precisaremos abrir um livro de novo. O que eu ponho aqui?

— Delacloche sugeriu que CH seria uma abreviatura para o livro das Crônicas. Mas 347 parece um número alto demais para indicar um capítulo ou um versículo. Devíamos tentar todas as combinações e ver se alguma das passagens faz sentido. Tente — refletiu Bizot — Crônicas, capítulo 3, versículo 4.

Lesgourges digitou e a tela pôs-se em movimento.

— Isso não parece fazer sentido — disse Lesgourges, lendo em voz alta: "*O vestíbulo que se achava na frente tinha vinte côvados de comprimento, correspondendo à largura do edifício, e uma altura de cento e vinte côvados. Salomão revestiu seu interior de ouro puro.*" Estamos à procura de uma pista, não de instruções do tipo faça você mesmo para construir um abrigo.

Bizot descansou o queixo sobre o punho.

— Isso não faz o menor sentido. Tente o próximo. Experimente Crônicas 3:7.

Lesgourges catou milho com o indicador e então falou novamente:

— "*Recobriu com ele a sala, as vigas, os umbrais, as paredes e as portas e depois mandou esculpir querubins nas paredes.*"

Bizot parecia incomodado.

— Parece uma revista de decoração de interiores.

— Será que poderia ser a descrição de um local? — perguntou Lesgourges, acendendo um de seus cigarros pretos e adocicados. — Algum lugar aonde nós supostamente deveríamos ir, encontrar... Ahn... E o que mesmo nós deveríamos encontrar?

— Não consigo imaginar essa gente deixando pistas para nós sobre onde poderíamos recuperar o quadro roubado. Que sentido faria isso? Ou talvez possa imaginar — Bizot sussurrou. — Se isso é alguma espécie de declaração política, ou demonstração de força, então talvez eles não queiram a pintura, afinal de contas. Só querem nos dar uma lição ao tentarmos recuperá-la. Como no caso, não muito tempo atrás, em que pinturas foram roubadas do Museu de Arte de Manchester, na Inglaterra, e então encontradas num banheiro público das redondezas, sem terem sido danificadas. Os ladrões queriam apenas chamar a atenção para a falta de segurança do sistema e dizer que se dá atenção demais à arte, o que os ladrões achavam ser algo insignificante. Ou mesmo o primeiro roubo do *Grito*, de Munch, quando os ladrões deixaram um bilhete dizendo "Obrigado pela péssima segurança". Se estamos lidando com algo semelhante, e estão tentando nos dar uma lição, então os ladrões podem estar nos oferecendo pistas para serem seguidas. Nesse caso, isso pode ser a descrição de um lugar. Mas não parece com nenhum lugar que eu conheça. O interior de uma casa pintada toda de dourado, com bebês angelicais esculpidos nas paredes? Eu não conheço. Tente o seguinte. Tente Crônicas 4:7.

Lesgourges recomeçou a falar por entre os lábios que prendiam um cigarro.

— "*E ele fez os dez candelabros de ouro, segundo o modelo prescrito, e os pôs no Hekal, cinco à direita e cinco à esquerda.*" Poderiam ser instruções quanto à direção, como numa caça ao tesouro — disse Lesgourges, derrubando com um tapinha as cinzas dentro de uma garrafa de vinho vazia, sem rótulo. — Você sabe, dê cinco passos para a direita, então cinco para a esquerda...

Bizot concordou com a cabeça.

— ... acrescente uma pitada de sal e leve ao fogo até ferver... Precisaríamos de um ponto de partida para que esses números se tornassem indicações de direção. Não podemos dar cinco passos à direita, então cinco para a esquerda, se não sabemos de onde começar. Deve haver algo nos números dez, cinco e cinco. Mas também é possível que esses trechos não façam sentido para nós, não porque não saibamos interpretar as pistas, mas sim porque eles não são pistas, afinal de contas. Nenhuma delas nos disse algo que pareça indicar uma conexão óbvia. Se olharmos com muita vontade vamos descobrir que qualquer coisa *pode* ter um vínculo com o caso. Poderemos ler os ingredientes de uma caixa de cereais e, se nos esforçarmos bastante, poderemos aplicá-los a esse caso. Portanto, cautela, Lesgourges. Não percorremos a escala inteira. Tente Crônicas 3:47.

O mecanismo de busca zumbiu.

— Esse trecho não existe.

— Então podemos riscá-lo da lista de suspeitos — disse Bizot, que fumava o quarto cigarro. — O que sobrou? Existe um 34:7?

Lesgourges digitou.

— Aqui está: "*Ele demoliu os altares, as aserás, quebrou e pulverizou os ídolos* (...)", que merda, Jean, é isso.

— O quê, o quê? Leia.

— "*Ele demoliu os altares, as aserás, quebrou e pulverizou os ídolos, derrubou os altares de incenso em toda a terra de Israel, e depois voltou para Jerusalém.*" É isso, Bizot. O que você estava dizendo sobre o *Branco sobre Branco* ser um antiícone, negando a imagem de Jesus e Maria. É um *falso* ídolo. Este trecho é sobre a destruição dos falsos ídolos. Não é uma declaração política, ou uma demonstração de força. É uma cruzada religiosa, e Kasimir Malevitch é o infiel.

Capítulo 18

Foi só quando o sol já tinha nascido completamente que Elizabeth van der Mier chegou ao museu. Tomada pelo pânico, ainda que com elegância, pensou Cohen. Ela reprimiu o melhor que pôde sua cólera, mas só por não saber contra o quê dirigi-la. Iria enterrar a faca até o cabo, mas precisava de uma vítima. Dois ataques em dois dias. Ainda bem que a culpa não é minha, pensou Cohen.

As luzes haviam se apagado, uma explosão havia sacudido o térreo, uma janela estava quebrada, a eletricidade havia sido cortada. Com luzes potentes, a polícia dera uma busca no porão enfumaçado. A janela quebrada era um fato significativo. O espaço deixado pela placa de vidro ausente era de 60 centímetros quadrados, grande o bastante para uma pessoa pequena ou para uma pessoa grande que se contorcesse. Mas não havia pegadas à mostra.

A sala de energia era de particular interesse. Quando a polícia conduziu Cohen e Van der Mier em meio à nuvem de partículas de poeira para o interior da sala, ela viu o motivo da pane na energia elétrica. O painel de controle, que abrigava todos os fusíveis do prédio inteiro, incluindo o do gerador de reserva, havia sido destruído. Mas o mais estranho é que tinha sido detonado enquanto ainda estava no *interior* da caixa de aço trancada.

— Senhor Cohen, se importaria em me explicar como diabos isso aconteceu? — perguntou Van der Mier, com a paciência no limite.

Cohen e Van der Mier estavam no porão quando se ouviu o walkie-talkie de um agente da polícia.

— Llewellyn para Jones, na escuta.

— O que é, Llewellyn?

— Acho que a sra. Van der Mier deveria subir aqui.

— Estamos aqui embaixo no porão, dando uma olhada. Vamos subir depois...

— Acho que ela devia subir agora.

— O que é?

— Estou no Departamento de Conservação...

Van der Mier ameaçou ir ao chão e foi segura pela parede.

— Ah, meu Deus — sussurrou ela.

O inspetor Harry Wickenden chegou à National Gallery of Modern Art com um rosto que só mesmo uma mãe poderia admirar. Carregava um copo de isopor de tamanho exagerado com uma tampa de plástico que removia para bebericar a intervalos regulares, sob olhos sombrios que exibiam bolsas e um bigode que caía pelo lado dos lábios. Sua postura era desleixada e seus olhos pareciam estar eternamente se revirando. Ele era muito baixo e caminhava pisando com sapatos ortopédicos que se arrastavam sob uma capa de chuva cáqui de corte militar. Seu porte deixava algo a desejar, assim como sua aparência, não muito diferente da de um cachorro bassê. Contudo, alguma coisa brilhava por trás dos seus olhos.

Um agente da polícia correu ao encontro de Wickenden quando ele entrou no museu.

— Bom-dia, senhor.

— Não há nada de bom num dia que começa antes das dez. Seria de se esperar que o mundo do crime tivesse a delicadeza de não arrombar nada antes do café-da-manhã.

— Sim, senhor. Vou levá-lo até a sala da diretora do museu, a sra. Elizabeth van der Mier. Aviso logo que ela não está de bom humor.

— Eu também não, mas para tranqüilizá-lo vou exibir um ar de felicidade. Leve-me até ela.

Wickenden e o agente avançaram pelas galerias sob a luz fraca do início da manhã.

— Vamos ter de caminhar até o último andar, já que a eletricidade foi...

— Já notei a ausência de eletricidade, muito obrigado. Explique o que é sabido, mas não evidente.

Começaram a subir pela escada de mármore em espiral.

— Ah, certo. Chegamos por volta das cinco da manhã, depois de termos sido chamados por uma funcionária da segurança do museu, uma certa srta. Jillian Avery. Ela teve de sair do prédio para nos telefonar, já que a eletricidade tinha sido cortada, tanto a fonte normal quanto a de emergência, neutralizando todos os sistemas de comunicação e de segurança, que passam todos pelos computadores.

— Não dá para confiar em tecnologia.

— Sim, bem...

— Você não usa um desses Palm Pilots, usa?

— Ah, não, senhor. Não tenho...

— Ótimo. Caneta e papel não podem ser deletados. Pode gravar isso no meu túmulo.

— Muito bem, senhor. Com a eletricidade cortada, a única defesa que restava eram as trancas nas portas de saída. O chefe da segurança no turno da noite, um sr. Toby Cohen, mandou que os guardas restantes se dispersassem pelo museu e tentassem ouvir algum ruído que indicasse roubo. Eles mantiveram contato por walkie-talkies a pilha. Não registraram nada, exceto o som abafado de uma explosão que sacudiu o térreo e que foi ouvida quando as luzes se apagavam. Tirando isso, nada.

— Esquisito. Esse é o meu diagnóstico clínico. Mas a verdade é mais estranha do que a ficção, suponho. Em matéria de coisas bizarras, nada que um autor possa imaginar chega perto daquilo que realmente aconteceu. Não concorda?

— Ah, sim, senhor. Chegamos e cercamos o edifício por medida de segurança. Então vasculhamos todas as galerias e não descobrimos nada que estivesse faltando. Fomos até o porão e achamos uma janela quebrada, mas nenhuma pegada; e a causa da pane na energia: os restos mortais da caixa de fusíveis, assassinada por um explosivo. Mas a coisa mais estranha é que a explosão se deu numa caixa de metal que continua trancada.

— Um mistério do quarto fechado? Talvez valha a pena ter acordado tão cedo afinal de contas. Algo mais?

— Nesta quarta-feira agora um hacker tinha encontrado uma brecha no sistema dos computadores e manipulado as comunicações. Pareceu apenas um gesto sem sentido para anunciar sua habilidade, mas pode ter algo a ver com a noite passada.

— Humpf. Computadores.
— Também descobrimos o que foi roubado, senhor...

O sol fazia cintilar a superfície do rio Sena, com os palácios de pedras amarelas decorados com seus telhados cor de carvão erguendo-se ao longo das margens. Bizot estava em seu segundo *pain au chocolat* quando dobrou a esquina da rue d'Israel e se aproximou da estreita torre retangular da Sociedade Malevitch. Os dedos pequeninos espalharam farelo pelo paletó enquanto tirava gordura e massa da mão com que cumprimentava.

Deixou uma impressão digital gordurosa na maçaneta da porta e logo foi recebido pela mesma secretária de peitos grandes. Gostaria de trabalhar aqui, pensou Bizot ao entrar na sala.

— Falsos ídolos, quanta besteira — disse Delacloche, irritada, ao ouvir a descoberta de Bizot.

Ele olhou para ela com nervosismo, e depois em torno do seu escritório cuidadosamente desarrumado.

— Quer dizer que a senhora não...

— Não, *monsieur* Bizot, não é isso. Tenho certeza de que está certo. Tudo faz sentido. Só estou furiosa com a ignorância. Por que o ignorante precisa atormentar o instruído? Um veneno cíclico. Não há nada tão repulsivo quanto empunhar a violência como uma arma. A idéia de que essa gente inculta e vulgar é capaz de destruir...

— Pretendo impedir que isso aconteça, *madame... moiselle*. Se contar com sua cooperação, acho que poderemos impedir qualquer vandalismo.

Delacloche mordeu a ponta de sua caneta-tinteiro e se reclinou na escrivaninha, apoiando uma perna nela. No escritório à sua volta, cada gaveta e arquivo tinham sido meticulosamente etiquetados, com letras maiúsculas escritas a mão. Mas os papéis estavam espalhados por toda a sala a ponto de ficar difícil imaginar que aqueles arquivos ainda contivessem alguma coisa.

— O que precisamos, *mademoiselle* Delacloche, é de um ponto de partida. E acho que ele está aqui em algum lugar. Agora temos o motivo. Os ladrões podem ter marcado sua posição, mas ao fazer isso nos deixaram alguma coisa com que nos alimentar. Penso que estamos lidando com um grupo religioso, violento. Não em termos de derramamento de sangue, mas em termos de capacidade destrutiva e na disposição para violar a lei deliberadamente. Fanáticos perigosos. Mas isso, até o momento, foi concebido com muita sofisticação. Um crime bastante limpo.

Delacloche ofereceu a Bizot um cigarro e acendeu outro para si.

— Eles fizeram sua declaração de princípios, mas para quem? Mantivemos esta história longe da imprensa. Quem sabe disso, além de mim e você, e dos outros que trabalham aqui na Sociedade?

— Talvez esperassem que a imprensa cobrisse a história.

— Talvez. Mas não vamos dar isso a eles. Acha que querem destruir...

— Não tenho certeza. Parece não ser do interesse de ninguém destruir a obra. É como pôr fogo numa valise cheia de notas de cem euros. Nós, como polícia especializada em arte, raramente levamos a sério ameaças de destruir objetos de arte roubados. Mas quais são as opções, no final? Um: podem mantê-la trancada com eles. Dois: podem pendurar na parede deles. Três: podem vendê-la. Em vista do motivo que estabelecemos, a opção Dois não é possível. Isso nos deixa com Um e Três. Há algum indício de que alguém poderia tentar vendê-la?

Delacloche olhou para cima e para a direita. Ela pensou na viagem de quarta-feira para Londres, então respondeu.

— Não. Pensei que poderiam, mas... não.

— Nós... Eu acho que isso pode ser mais uma declaração política ou religiosa do que um crime por lucro ou necessidade. Não podem vendê-la em nenhum mercado aberto. Teria, então, de ser vendida para um comprador particular que não fizesse perguntas. É aí que a maior parte dos ladrões de obras de arte é apanhada. Não é tão difícil roubar uma pintura, mas é muito difícil converter uma pintura em dinheiro vivo. A maioria das obras de arte ilícitas rende apenas sete a dez por cento do valor legítimo estimado, e isso no caso de encontrarem um comprador. Então, se para começar eles não pretendem vendê-la...

— Isso faz mais sentido. Ao vendê-la — ponderou Delacloche — eles perpetuam seu legado. Se o propósito deles é iconoclástico, se querem derrubar o antiícone, então vendê-la a um comprador que irá reverenciá-la como uma grande obra de arte... Bem, isso devolveria a ela seu status de ícone. Qualquer um que queira comprá-la estará, ao fazer isso, adotando-a como um ídolo.

— De modo que isso nos deixa com a opção Um: eles querem guardá-la longe e trancada... Ou destruí-la de uma vez, sendo que as duas opções atingiriam o mesmo objetivo — disse Bizot, oscilando sobre os calcanhares em pensamento. — Se são realmente um grupo religioso violento e não estão atrás de dinheiro, então o risco de destruição se torna real.

Delacloche estava mastigando de novo sua caneta.

— Estou um pouco nervosa, *monsieur*, a propósito dos outros *Branco sobre Branco* de Malevitch.

— A senhora tem outros?

— Não aqui. Mas eles foram pintados como uma série. Há muitos deles, em museus e em coleções particulares pelo mundo todo. Um deles foi vendido na Christie's outro dia...

— Espere, o que quer dizer com muitos?

— Tenho todos os outros catalogados aqui, mas talvez haja alguns que nós não conheçamos. Estou preocupada...

— ... com a possibilidade de que os outros também estejam em perigo. Entendo.

Bizot fez uma longa pausa, observando o tapete cinza. Delacloche o interrompeu.

— *Monsieur?*

— Acho que temos de insistir na concentração. Vou precisar de sua ajuda, *mademoiselle*. O motivo é o segredo da elucidação dos crimes. Não existe essa entidade, um crime sem motivo, e o motivo, uma vez conhecido, invariavelmente nos leva à solução. A parte mais difícil é o passado. O que eu preciso da senhora é o ponto A. O início da trilha. O que encontrou a respeito da última pessoa que pediu para ver o *Branco sobre Branco*?

Delacloche caminhou ao redor da mesa, tendo o cuidado de não pisar nas resmas de papel espalhadas em pilhas pelo tapete. Sentou-se à sua mesa e pôs sobre ela as pernas envoltas por meias pretas.

— O nome dele é Christien Courtil. Ele é o curador de uma galeria em Paris, perto de Invalides. Chama-se Galerie Sallenave. São especializados em gravuras de antigos mestres, coisas sofisticadas.

— Não é estranho, então, que ele tenha pedido para ver uma pintura moderna?

— Sim. Mas ele disse que estava fazendo uma pesquisa para um cliente.

— Isso não lhe parece suspeito, *mademoiselle*?

— No mundo da arte, *monsieur* Bizot, ou tudo parece suspeito ou nada parece. É como o tempo na Inglaterra. Ou se carrega um guarda-chuva o tempo todo ou nunca o levamos. Mas, certamente, vale a pena dar uma olhada nisso.

— Quem é o proprietário da galeria. Não é esse Courtil?

— Não. Ele administra o negócio, mas a galeria pertence a um viticultor. É de uma antiga família aristocrática. Vivem em um castelo no Sudoeste, entre Biarritz e Pau. Sua riqueza é de berço, mas ele cuida de alguns negócios: o vinhedo em torno do castelo da família no Sul, a galeria de gravuras de antigos mestres aqui, em Paris, e exporta vinhos de outras vinícolas. Seu nome é Luc Sallenave. Já tem uma idade bem avançada agora. Deve estar com uns 80. Encontrei com ele uma vez, num baile de gala beneficente no Musée Marmottan. É generoso no patrocínio das artes. Que eu saiba, coleciona apenas antigos mestres, e quase exclusivamente gravuras e livros raros. Um Malevitch certamente está fora do seu perfil. Talvez...

— Acho que sei como marcar uma entrevista com ele. Qual é o endereço dele em Paris? — perguntou Bizot, sacando sua agenda Moleskine sem o menor embaraço, tirando o elástico e começando a tomar notas.

— Não está na lista, mas acho que tenho em algum lugar aqui. Me dê um momento — pediu Delacloche, que remexeu um pouco mais, vasculhando um arquivo num armário até que seus dedos encontraram o alvo. — Aqui está. Seu endereço postal é aos cuidados da galeria, mas parece que ele é proprietário do prédio inteiro. A galeria fica no térreo e no primeiro andar, mas o segundo e o terceiro andares formam um grande apartamento particular. Sua residência principal é seu château, mas parece que seu *pied-à-terre* em Paris fica bem em cima da loja de gravuras.

— Qual é o endereço?

— É na rue de Jérusalem, número 47.

— Foi de grande ajuda, *mademoiselle* Delacloche. Uma última coisa. Acho que devemos checar a caixa-forte e ver se a senha e a terceira chave continuam onde deveriam estar. Talvez amanhã de manhã?

— Ah! — disse Delacloche, passando o dedo sobre o calendário. — Acho que... acho que tudo bem. Nos falamos pela manhã.

— Muito bem. *À demain.*

Lá fora, Bizot fechou a porta ao sair da Sociedade Malevitch. A nova informação estava se acomodando entre os seus pensamentos.

A memória, sempre gostara de pensar, era como uma enorme biblioteca de arquivos e livros em nossa cabeça. Uma biblioteca da memória não *para* alguém, mas *de* alguém. Imaginou sua biblioteca da memória pintada de um claro verde-hortelã, com armários de arquivos empilhados até as vigas, mais alto do que o olho podia alcançar. Uma enorme escada que sumia nas alturas estava apoiada contra uma das várias paredes cobertas de prateleiras e gavetas que rodeavam uma pequena escrivaninha de madeira, na qual estava sentado seu bibliotecário mental. Bizot imaginava o bibliotecário como um homem mais velho, curvado e de cabelos brancos cacheados, usando suspensórios e calça de lã levantada até a cintura, com uma viseira transparente verde e o toco de um lápis mastigado atrás da orelha.

Quando Bizot quisesse evocar uma lembrança obscura o pedido viria por um alto-falante. O bibliotecário iria resmungar surpreso e dizer: "*O que* você quer agora?" Então ele se poria em movimento para atender ao pedido, murmurando pragas à meia-voz, ao longo de um dos corredores cheios de prateleiras de livros se irradiando, como os raios do sol, a partir da escrivaninha central e da frágil cadeira de madeira, o assento da Memória.

Ao chegar ao fim da rua, Bizot se virou para contemplar a Sociedade Malevitch. Então seu olhar captou algo. A princípio ele não registrou o que era, mas sabia que era importante. Ele parou de andar. Olhou ao redor.

A rua estava vazia, a não ser por algumas folhas sopradas por uma leve brisa às margens do Sena. O que vira que tinha mexido com ele? Ele se virou lentamente até perfazer um círculo completo. Então compreendeu.

Capítulo 19

— O *Branco sobre Branco* de Kasimir Malevitch que nós compramos há apenas dois dias e que estava na Sala de Conservação! É claro que era isso que tinha sido roubado! Merda, merda, merda, merda... — disse Van der Mier andando para cima e para baixo diante de sua mesa, enquanto o inspetor Harry Wickenden, Toby Cohen e um agente da polícia afundavam nas cadeiras. — Foi a aquisição de maior destaque em anos, era a principal atração de uma grande exposição a ser montada e...

— ... e a senhora diz que é apenas branco? — perguntou Wickenden remexendo no cachimbo dentro do bolso de sua capa, um hábito que indicava nervosismo. Ele nunca fumava.

— Sim, *Composição suprematista em branco, sem título*, de Kasimir Malevitch, que acabamos de comprar por seis milhões e trezentas mil de libras. E é claro que levaram apenas essa, para meu azar. O seguro ainda estava sendo negociado, pelo amor de Deus! A pintura não estava sequer presa à parede, estava num cavalete. As únicas defesas da Sala de Conservação são o alarme e a tranca na porta, que não funcionam sem eletricidade!

— Por que, sra. Van Der... A senhora sabe... — começou Wickenden —, por que a pintura estava na Conservação?

— Estava sendo examinada e limpa antes de ser exibida, como parte de uma exposição de alto nível que começa mês que vem. A exposição vinha sendo preparada há mais de um ano, e esperávamos... acrescentar essa aquisição recente. Quero dizer, pense na publicidade negativa. Já fizemos até a entrevista coletiva e tudo mais.

— Não posso me dar ao luxo de levar em conta a senhora, e a sua reputação, senhora, ahn...

— Van der Mier. Elizabeth van der Mier. Está escrito nesse pedaço de plástico na minha mesa — disse ela, indicando a plaquinha com o nome.

— Não importa. Não vou mesmo conseguir lembrar. Sou terrível para nomes. Mas vou encontrar sua pintura. Se a senhora cooperar comigo durante a investigação.

— Inspetor, já cuidou de roubos de obras de arte antes?

— Se examinar minha brilhante carreira descobrirá que já cuidei sim, madame. Sou integrante da Divisão de Arte e Antiguidades da Scotland Yard. Não tenho formação em história da arte, mas até agora isso não empanou meu índice de sucesso, que é considerável. Tenho confiança, madame...

— ... mas você sequer ouviu falar do *Branco sobre Branco* de Kasimir Malevitch...

— Conhecimento prévio do artista não é um requisito para o sucesso. Posso, como se diz no ramo, "Dar uma checada" — disse Wickenden em um tom de voz monótono, como um zumbi, o que rapidamente irritava os frenéticos e os neuróticos, como neste caso. — A detecção é um ato ligado à solução de um problema, não um ato acadêmico — continuou ele. — Talvez a pesquisa seja uma espécie de trabalho de detetive, mas lido com pessoas que estão vivas, e pensam, e agem de modo tão racional quanto possível. Matemáticos não precisam saber de cor suas tabelas de multiplicação. É por isso que existem calculadoras. Se precisar fazer algum dever de casa sobre a arte de Klezmer Malich, ficarei feliz em fazer isso. De qualquer jeito, isso impede que o cérebro se calcifique. Ou farei perguntas a um especialista. Enquanto isso, até encontrar sua pintura, o que farei, se a senhora aceitar me...

Van der Mier agora estava sentada, apoiada na beirada de sua mesa, os braços cruzados, sem saber ao certo o que dizer. Finalmente se decidiu por um:

— Tudo bem.

— Acho que vou dar uma volta até as instalações. São para que lado?

Cohen deu um passo à frente.

— Vou acompanhá-lo, inspetor.

— Não — disse Wickenden. — Quis dizer as instalações sanitárias. E algumas coisas, senhor, fazemos melhor sozinhos.

Bizot permaneceu no meio da rua, olhando para a placa: rue d'Israel. O endereço da Sociedade Malevitch. Por que aquilo havia feito com que parasse? Ele podia sentir o nó da inspiração armado. Mas o quê? Onde estava a conexão? O que ele acabara de discutir com Delacloche? Bizot tentou se lembrar. Ele abriu sua caderneta e deu uma olhada. O endereço da Galerie Sallenave... Rue de Jérusalem. O que tinha... E então a coisa se encaixou.

"*Ele demoliu os altares, as aserás, quebrou e pulverizou os ídolos, derrubou os altares de incenso em toda a terra de Israel, e depois voltou para Jerusalém.*"

"A terra de Israel." Rue d'Israel. "Voltou para Jerusalém." Rue de Jérusalem. Era isso. Bizot procurou às pressas o celular e teclou um número.

— Jean, *c'est moi*. Você não vai acreditar nisso...

— Então isso é tudo que sabemos até agora, senhor.

Wickenden andava a um passo atrás de Cohen, que agora se aproximava de uma porta de madeira clara fechada com a inscrição DEPARTAMENTO DE CONSERVAÇÃO. Havia uma caixa preta no lado direito da porta, com uma pequena luz verde e vermelha. Havia também uma pequena fenda correndo ao longo dela no sentido vertical.

Cohen empurrou a porta, abrindo-a. Wickenden pareceu surpreso.

— Não há uma tranca...

— ... só com...

— ... eletricidade. Certo. Por que com a pane as portas não ficam na posição de trancadas? Isso não faria mais sentido?

— São as normas para o caso de incêndio. Essa porra é um saco, se não se incomoda que eu diga isso.

— Não me incomodo — disse Wickenden, que não se incomodava. Entraram na Sala de Conservação.

O teto se erguia diante deles tão alto quanto o de qualquer uma das galerias. As paredes revestidas de madeira cor de mel eram interrompidas a intervalos regulares pelas grandes janelas de um lado e por quadros pendurados do outro. Uma porta no fundo da sala estava marcada com a inscrição Ciência & Tecnologia. Pelo chão estavam espalhados enormes cavaletes, alguns deles sustentando obras de arte. Um cavalete no centro da sala parecia especialmente vazio. No piso, ao lado, havia um chassi de madeira sem a pintura, as pontas da tela cortada ainda pregadas no lugar.

— Isso era a... — Cohen começou.

— Eu sei.

Wickenden acenou com a cabeça na direção do chassi vazio com três tamboretes diante dele. Examinou lentamente a sala e então simplesmente ficou parado bem no centro. Com os dedos, remexeu com força o cachimbo no bolso da capa, enquanto fazia seu olhar girar pela sala lentamente, detendo-se em cada objeto visível. Seus olhos acariciaram e digeriram os detalhes intrincados feitos de forma e sombra. Sua respiração era lenta, agitando as bordas de seu bigode, que sacudiam a cada expiração.

— O que há lá dentro? — perguntou Wickenden, apontando para a porta marcada Ciência & Tecnologia.

— Isso é, ahn... — respondeu Cohen, coçando a cabeça.

— ... Eu posso ler o que está escrito na porta. Seja mais didático, por favor.

— Contém o equipamento técnico utilizado pelo Departamento de Conservação e Restauração — disse Elizabeth van der Mier, vindo de trás deles e atravessando o umbral. — Quero saber em primeira mão o que vocês descobriram, inspetor.

— Com prazer, madame.

— Vou mostrar.

Van der Mier conduziu Wickenden para o interior da Sala de Ciência & Tecnologia, sem janelas e escura. O agente da polícia e Cohen lançaram à sua volta os fachos de suas lanternas, iluminando computadores, armários de arquivo, um microscópio, um cavalete e o que parecia um equipamento mais apropriado à higiene dental.

— Raios X, luz ultravioleta, luz negra, microscópios, unidades de análise química... Tudo que usamos para análise de obras de arte com o objetivo de conservação. Equipamentos no valor de milhares de libras estavam aqui à disposição. Mas tudo parece estar intacto.

Eles saíram da sala. Wickenden falou:

— O que me chama atenção como algo estranho é a abundância de "roubáveis".

— De quê?

— "Roubáveis", srta. Van Dyke. Objetos de valor que poderiam ser facilmente carregados. Um anel de ouro na cabeceira de uma cama é um exemplo. Uma pilha de notas de cinqüenta libras enrolados num elástico dentro da geladeira é um "roubável". Um...

— E uma pintura num cavalete numa sala destrancada.

— Precisamente, madame. Assim como as centenas de pinturas nas paredes do museu que poderiam ter sido levadas. Um ladrão sem cobiça é um ladrão com um propósito. Focado, prático, inteligente, moderado, limpo. Já temos uma pilha de adjetivos que limitam de forma radical nossa lista de suspeitos. Quantas pessoas a senhorita conhece que satisfariam os requisitos mencionados? Acho que "limpo" é o único adjetivo que posso aplicar ao meu círculo de amigos. E eu mesmo não acredito ser dotado dessa qualidade em porções generosas.

— Estou ouvindo, inspetor — disse Van der Mier, escoltando o grupo para fora da Sala de Conservação, na direção do porão.

— Foi encomendado; de outro modo os ladrões teriam levado mais coisas. E quem encomendou sabia de sua recente aquisição. É trabalho de alguém de dentro.

— É o quê? Tome cuidado, inspetor, antes que eu comece a acusar meus funcionários de terem tomado parte nisso. Por que acha que é um trabalho feito por alguém de dentro?

— Vou evitar emitir opiniões conclusivas. Mas os ladrões sabiam que a pintura estava no setor de Conservação.

— Mas qualquer um poderia ter sabido que estaria inicialmente na Conservação.

— Por que, madame?

— Por que anunciei isso na coletiva para a imprensa ontem.

— Oh!

Wickenden continuou a andar, com os olhos abaixados para o chão. Depois de uma longa pausa, ele continuou.

— Como disse, vou evitar emitir opiniões conclusivas...

No porão do museu, lanternas iluminavam o corredor que levava à sala da central elétrica. Wickenden mantinha seu olhar no chão e nas paredes. Ele parou diante dos pedaços de vidro quebrado. A janela aberta, onde antes havia a vidraça, ficava acima de seu ombro esquerdo.

— Aqui estamos — disse Cohen, esticando a mão para a porta metálica da sala das máquinas, então notando que Wickenden ainda estava lá atrás, diante da janela quebrada no corredor.

— Um momento — murmurou Wickenden.

Van der Mier tentou seguir seu olhar, mas ela não podia dizer o que ele estava investigando tão cuidadosamente. Wickenden estava murmurando algo para si mesmo.

— Esse ladrão dos ladrões sabe ou sabia o que ele ou eles estavam ou estão fazendo.

— O quê? — perguntou Van der Mier, se esforçando para ver o que havia chamado a atenção de Wickenden.

— Olhe para o vidro que continua na janela quebrada.

Van der Mier seguiu o dedo dele até a parte de cima da vidraça, onde, entre alguns poucos pedaços de vidro ainda intactos, uma linha vertical fina e bem definida podia ser vista.

— Um cortador de vidro — disse Wickenden, descrevendo uma cruz com seu dedo ainda esticado e dando uma risadinha. — E olhe para os seus pés, sra. van Damme.

Ele se agachou junto ao chão, equilibrando-se sobre pés que pareciam duas bolas. Wickenden correu as mãos um pouco acima dos fragmentos de vidro espalhados pelo chão. Então ergueu os olhos para cima, na direção das vidraças ainda intactas. E então de volta para o chão.

— Por que vocês não têm vidraças de alarme nessas janelas do porão?

Van der Mier olhou para as vidraças. Não tinham as marcas com as linhas pretas que corriam por dentro do vidro e que teriam feito soar o alarme se a vidraça fosse quebrada e as linhas rompidas.

— Nem tinha notado isso desde que assumi.

Cohen se aproximou.

— Permita-me, madame. Inspetor, estou aqui desde que o museu foi fundado, durante as duas administrações anteriores, antes que a sra. Van der Mier assumisse a direção há um ano e meio. O vidro de alarme só foi colocado nos andares superiores porque as portas que levam do porão às galerias ficam trancadas dos dois lados. Então, será preciso ter cartões de acesso da segurança para subir para as galerias se alguém quiser arrombar as vidraças do porão.

— A não ser, é claro, que se corte a eletricidade antes — disse Wickenden, enterrando a língua na bochecha esquerda, como costumava fazer ao ficar preocupado ou aborrecido.

— Certo.

— Sugiro que abordem esse ponto em futuras deliberações em relação à segurança — disse Wickenden pisando nos vidros e avançando rumo à sala das máquinas enquanto prosseguia. — Não há pegadas no vidro.

— Como conseguiram não mexer neles quando subiram para entrar? — perguntou Cohen, olhando mais uma vez para o vidro.

— Não faço a mínima idéia — disse Wickenden sem diminuir sua marcha. — Mas vou voltar a falar com você sobre isso.

Wickenden empurrou a porta da sala das máquinas e entrou.

— Não vai querer colocar um pouco de pó para impressões digitais antes de tocar nisso? — Cohen perguntou atrás dele.

Opa, pensou Wickenden, e então disse:

— Esses ladrões são espertos demais para deixar impressões, meu caro. Com toda certeza, estavam usando luvas.

A sala das máquinas estava coberta de poeira, e havia fragmentos de metal espalhados pelo chão. Enquanto os fachos de luz das lanternas cortavam a escuridão que era amenizada apenas por algumas poucas e finas réstias de luz das janelas, Wickenden fez uma avaliação do massacre. Uma gaiola de aço, antes orgulhosa, com sua tela de abertura de pouco mais de 1 centímetro, agora jazia dilacerada e retorcida, aberta por uma explosão de impacto significativo. O facho de luz de Cohen iluminou a área preta vazia onde antes estava a caixa de fusíveis.

— O problema — começou Cohen — é que a gaiola de aço estava trancada, e a chave dela estava na sala de controle. Então não havia como passar por essa gaiola, e os explosivos não poderiam ter sido empurrados pelas frestas, já que são pequenas demais. Ainda, a caixa de fusíveis fica trancada com uma chave separada, que também é mantida na sala de controle. São duas portas trancadas.

— Adoro mistérios de quartos trancados — disse Wickenden. Seu rosto não transmitia nenhuma emoção, mas o espaço atrás de seus olhos o traía.

Avançando cuidadosamente, mas mesmo assim tropeçando, Wickenden abriu caminho em meio aos destroços em direção à carcaça na parede que antes tinha sido uma caixa de fusíveis. Correu o dedo indicador ao longo da curva do cachimbo em seu bolso. Esticou o pescoço e colou o rosto junto à parede. Van der Mier não tinha certeza, mas ele parecia estar cheirando.

— O explosivo foi colocado dentro da caixa de fusíveis — disse Wickenden para a parede suja de fuligem, a poucos centímetros de seus olhos inquiridores.

— Como sabe disso? — perguntou van Der Mier.

Sem se virar, Wickenden apontou para trás, na direção da porta pela qual tinham passado. Van der Mier baixou os olhos para o chão, no ponto ao lado de seu pé direito. Ali estavam os vestígios retorcidos da porta da caixa de fusíveis, com a parte interna carbonizada.

— O que significa — prosseguiu Wickenden — que a gaiola também foi violada. Mas como? Com uma chave ou com uma ponta de metal?

Um agente de polícia pegou seu walkie-talkie.

— Sam, pode checar a sala de controle? Queremos muito saber se as chaves da caixa de fusíveis e da gaiola de proteção na sala da central elétrica ainda estão onde deveriam estar. E procure por impressões digitais nisso.

— Então... — disse Wickenden se virando e erguendo as mãos de modo dramático. — O que temos até agora? Uma janela quebrada com a ajuda de um cortador de vidro. Nenhuma pegada. Uma explosão ocorrida dentro da caixa de fusíveis, que estava trancada e ficava dentro de uma gaiola trancada. A eletricidade cai. O museu está desarmado e às escuras. Um ladrão, ou ladrões, penetra, ou penetram, na Sala de Conservação e dá, ou dão, o fora com uma pintura toda branca recém-adquirida de Kramer Malevitsky que estava sendo limpa, e que se sabia que estava ali. Eles fogem com a tela enrolada, provavelmente pela mesma janela por onde entraram, sem serem detectados. Agora, o que há de errado com esse quadro? — perguntou, fazendo uma pausa. — Contem de novo o que aconteceu há duas noites, com aquela coisa que deu no computador.

Mais tarde, no dia seguinte, Robert Grayson voltou para sua casa depois de sua rápida viagem de negócios a Nova York. Quando abriu a porta do seu apartamento e carregou a mala até o quarto, encontrou a clarabóia arrebentada, cacos de vidro pelo chão e o cheiro da chuva da noite, que havia caído pela janela quebrada sobre as pranchas de madeira de lei do chão do seu quarto.

Foi só depois de ter chamado a polícia que ele caminhou até a sala e viu o engradado de madeira aberto e vazio, no qual estivera sua nova e feia pintura suprematista.

Capítulo 20

Delacloche e Bizot, como um pingente de gelo e a poça abaixo dele, saíram do elevador atrás de uma funcionária do banco. Ela os conduziu, passando por um guarda da segurança e por um portão de ferro, ao longo de um corredor forrado por um carpete verde desbotado, em meio a odores de bolor, sujeira e poeira, e o entardecer lentamente foi surgindo lá fora, atrás das janelas gradeadas.

Viraram-se para caminhar entre duas fileiras de caixas de metal idênticas, cada uma delas dotada de um pequeno buraco de fechadura. A seqüência daquelas caixas parecidas com bolinhos deixou Bizot tonto, e ele desejou que no caminho tivesse feito uma pausa para comer algo. Finalmente pararam, e a funcionária enfiou sua chave na caixa, puxando-a um pouco para fora.

— *Voudriez-vous l'examiner dans une chambre privée?*

Delacloche hesitou, então Bizot respondeu.

— Não, obrigado. Não precisamos de uma sala particular. Podemos olhar aqui mesmo.

— *D'accord. Appelez-moi quand vous êtes prêts à partir.*

A funcionária afastou-se, desaparecendo por uma fileira paralela de caixas de metal reluzentes.

Bizot virou-se para a caixa diante dele. Tinha cerca de 1 metro de comprimento, 30 centímetros de largura e a mesma medida de altura. Uma tampa de correr escondia seu conteúdo. Bizot fez um movimento com a cabeça para Delacloche na direção da tampa, e ela se abriu.

No interior havia várias pastas cuidadosamente empilhadas, uma valise preta e um pequeno cofre com um cadeado de combinação. Havia também um envelope pardo fechado com um cordão vermelho. Delacloche apanhou o envelope e abriu o fecho. Virou-o de cabeça para baixo e o conteúdo caiu na mão dela: um pedaço de papel com números impressos e uma pequenina chave prateada.

— Está aqui — sussurrou ela, num tom que Bizot interpretou como parecendo ao mesmo tempo aliviado e confuso. — O que isso significa?

— *Permettez-moi, mademoiselle.*

Delacloche pôs-se de lado para dar lugar a Bizot, que apanhou a chave com seus dedos curtos. Ele a examinou com as mãos enluvadas, sua borda, levou-a até pesada luz fluorescente típica dos interiores nos anos 50. Bizot rodou a chave sob a luz. Então parou de repente.

— O que é? — perguntou Delacloche, que não conseguia ver o que o outro enxergava.

Bizot se virou, afastando-se da caixa-cofre, e caminhou até a mesa onde o conteúdo das caixas era examinado, com a chave na mão. Acendeu a luminária instalada na mesa e segurou a chave junto à luz. Rodou-a para vê-la de todos os ângulos.

— *Putain de merde...* — sussurrou ele.

— O que é?

— Veja isso.

Bizot se pôs de lado quando Delacloche se aproximou. Ela se debruçou, aproximando-se da luminária, e apertou os olhos examinando a chave que Bizot prendia entre o indicador e o polegar. Rodando o pulso esquerdo, ele a girou para a direita e depois para a esquerda de novo.

— A luz — disse Delacloche, contendo a respiração — A chave não reflete nenhuma luz. Isso significa...

— ... Isso significa que existe alguma substância na superfície da chave que não devia estar ali. Algo que deixou uma película, um resíduo, que impede que a luz brilhe ao refletir no metal. Um resíduo oleoso de...

— ... cera.

— Bom trabalho, *mademoiselle.* Cera. Alguém pressionou a chave contra um bloco de cera e não se preocupou em limpá-la depois. Esta chave foi copiada.

Harry Wickenden terminava seu pudim enquanto sua mulher, Irma, de proporções mais do que generosas, recolhia os pratos.

— Quer mais? — perguntou ela.

— Não.

— Quer café?

— Não.

— Chá?

— Não.

— Certo — disse Irma, escapando para a cozinha. — Então vou fazer um pouco para mim.

Ouviu-se algum barulho de pratos, e o ruído da louça sendo enxaguada, e então o apito da chaleira e depois o som da água sendo despejada. O leite sendo derramado e o tilintar da colher. Os ombros tensos de Harry se retraíam a cada novo som. Com os dedos, apertou levemente os olhos fechados.

Levantou de sua cadeira de vinil rachada junto à mesa da cozinha, limpa e impecável como tudo mais no pequeno apartamento em South London. Arrastou seus chinelos surrados pelo tapete verde enquanto Irma resmungava em voz alta, de boca cheia:

— A crosta de maçã está ótima.

Harry subiu para seu estúdio, anteriormente o segundo quarto da casa, vazio já há muitos anos. Fechou a porta empenada atrás de si, o máximo que podia ser fechada, então passou pela estante feita com uma imitação de madeira de nogueira à sua esquerda antes de chegar à mesa com tampo de feltro. Era o único dos cinco aposentos que Irma Wickenden permitia que contivesse poeira e entulho, porque não se dava ao trabalho de entrar nele.

Harry desabou na cadeira atrás da escrivaninha. Tentou pôr os pés sobre a mesa, mas não conseguiu, e eles caíram no chão. Não tentou de novo. Seu olhar vidrado percorreu as paredes. Uma coleção de fotografias desbotadas, espetadas em cima e embaixo, e com as bordas enroladas. A flâmula triangular amarelada dos Tottenham Hotspurs. Um desenho de criança de uma casa e três pessoas, duas grandes e uma pequena, feito com lápis de cera preto e vermelho. O porquinho de porcelana branca com uma fenda para pôr moedas estava no alto de uma estante de livros que chegava à altura do peito, ao lado de um troféu de futebol já empoeirado. Havia uma fotografia numa moldura, mas estava virada para a parede. Na época, o filho deles tinha apenas 10 anos. Mas isso acontecera havia muitos anos.

— Vou ligar a tevê — veio a voz do ponto mais distante da parede.

Wickenden tirou o elástico da pasta parda que ocupava um lugar de destaque em sua mesa. Delicadamente, seus lábios se separaram em antecipação do caso que seria revelado. Estalou os nós dos dedos um a um. Seu nariz se contraiu em meio ao ar parado e poeirento. O sol tinha acabado de se pôr na janela atrás dele. O telefone tocou.

— Telefone, querido — gritou a voz vinda do aposento ao lado.

Harry pegou o aparelho.

— Ah, é. Não. É. Não. Não. É. É isso aí. Mas não há mais alguém? Estou até o pescoço em... É mesmo? Alarme desarmado. Foi assim? Você está brincando. Suprematista? Como o... É. Como ele se chama? Robert Grayson. E o endereço? Certo. Não, foi ótimo ter me ligado, Ned. Vou checar isso de manhã. Certo, vai ser a primeira coisa que vou fazer. Não, pode ser. Pode ser. Mal não vai fazer. Dê um abraço em... Você sabe. OK.

Ele botou o fone de volta no gancho.

Harry ficou sentado por um longo tempo. Então apanhou um dos cachimbos sobre a mesa, um no qual era possível ver os nós da madeira, e começou a manuseá-lo carinhosamente.

Ficou sentado por mais algum tempo, sem olhar diretamente para lugar nenhum em especial.

Bem cedo, na manhã seguinte, a campainha da porta do apartamento em St. John's Wood tocou.

Robert Grayson, vestindo apenas seu roupão felpudo azul-marinho, com uma xícara de café na mão, abriu a porta. No vestíbulo estavam Gabriel Coffin e Daniela Vallombroso. Com um gesto, Robert convidou-os a entrar.

— Estava imaginando quando você iria aparecer por aqui — disse Grayson. — Que diabos aconteceu com minha pintura?

Várias horas mais tarde a campainha tocou novamente.

Robert Grayson, agora de banho tomado e vestindo uma camiseta branca e jeans, e com uma xícara de café na mão, abriu a porta de seu apartamento em St. John's Wood. No vestíbulo havia um homem baixo, ligeiramente corcunda, vestido dos pés à cabeça em vários tons de marrom, que, como um pneu flácido, parecia estar precisando de um pouco mais de pressão. Grayson ficou ali por um momento antes que o homem falasse.

— Desculpe, não tenho dinheiro trocado.

— Como?

Um tanto murcho, o personagem no vestíbulo parecia confuso, mas não bêbado. Grayson correspondeu à perplexidade.

— Minhas desculpas. Posso ajudá-lo?

— Você é o americano Robert Grayson, o morador deste apartamento?

— Não. Eu o matei e o comi. Os restos estão na geladeira, estava descongelando o almoço agora mesmo, se quiser ter a bondade...

— Piadas sem graça.

— Depende de quem está contando — disse Grayson, fazendo uma pausa. — E se o final delas inclui algum alce.

Fez-se uma longa pausa.

—Vou partir do pressuposto de que é o sr. Grayson, e que eu não gosto de você. Mas isso não importa. O senhor teve ou não uma pintura suprematista anônima roubada da sua residência?

— Ah, sim, eu tive.

— Então é, efetivamente, o sr. Grayson.

— Sou.

— Humph.

O homem marrom passou por Grayson e entrou no apartamento.

— Sou o inspetor Harry Wickenden, do Departamento de Arte e Antiguidades da Scotland Yard. Fui contatado pela polícia depois que eles foram notificados ontem, a respeito do roubo. Estou aqui para ajudar... Acredite ou não.

Grayson fechou lentamente a porta da frente. Wickenden, assumindo a dianteira com ar decidido, já estava saindo da sala e entrando no quarto. Grayson o seguiu.

Wickenden ficou no quarto, o pescoço esticado na direção da clarabóia.

— Desculpe, inspetor. Fico sinceramente grato por o senhor ter vindo. Mas antes de começarmos poderia ver sua...

Sem se virar, Wickenden estendeu a mão para trás, na qual estava sua identificação.

— Certo. Café?

— Não, Wickenden. Agora, onde estava a pintura?

— Na sala. Fico honrado que a Scotland Yard leve esse roubo tão a sério, mas, francamente, vocês lá não têm coisas mais importantes para fazer? Quero dizer, essa pintura só me custou mil e quinhentas libras. Ganho isso em poucas horas. Existe alguma outra razão para o Departamento de Arte e Antiguidades estar tão interessado nisso?

Eles entraram na sala, Wickenden à frente.

— Não tenho autorização para lhe dizer.

— Isso me parece um sim, inspetor.

— Alguém veio aqui antes de mim?

Grayson tentou descobrir o que Wickenden olhava. Não conseguiu.

— Não, por quê?

— Tem certeza?

— Bem, eu... Quero dizer, vieram os dois policiais quando dei queixa do roubo.

— Só isso?

— Ah, e o investigador da empresa de seguros.

— Tão rápido assim?

— Liguei para a companhia assim que a pintura sumiu.

— Hoje é domingo.

— Sou um bom cliente.

— Aposto que sim. Vamos repassar o que aconteceu.

Grayson falava da cozinha. Estava fazendo um sanduíche.

— Fiz um relato completo para a polícia.

— Faça isso para mim.

— Tudo bem. Voltei para casa depois de uma rápida viagem de negócios a Nova York e vi que tinham arrebentado a clarabóia e entrado por ali. Levaram a pintura do engradado no qual havia sido transportada, a tela cortada do suporte de madeira onde estava presa. Nada mais foi levado, nada foi tirado do lugar. Percebi que o relógio digital estava piscando. O policial me disse que os fusíveis do meu apartamento tinham sido desligados.

— Eu sei. Por isso o alarme não disparou quando a clarabóia foi quebrada.

— Mas como os fusíveis foram desligados?

— Boa pergunta, sr. Grayson. Estou trabalhando nisso. O que pode falar sobre a pintura?

— Não muita coisa. Ei, sentiu o cheiro dessa maionese? — perguntou Grayson, inclinando-se sobre a bancada que separava a cozinha da sala, empunhando um pote aberto. — Já está por aqui há algum tempo e acho que está cheirando a mofo. O que acha?

— Não como maionese. E isso se chama "molho de salada". E a pintura?

Grayson enfiou o nariz no pote, deu de ombros e começou a espalhar seu conteúdo sobre duas fatias de pão integral.

— Não sei nada sobre ela. Comprei o quadro por um capricho. Paguei o mínimo que alguém pode pagar num leilão da Christie's. Acho que gostei dele. As cores podem ser um pouco esquisitas, mas tem alguma coisa, não sei. Não fiz nenhuma pesquisa, se é isso que quer dizer. Por quê, estão achando que vale mais do que paguei? Até onde sei, é uma obra anônima, pintada lá por 1920, na Rússia, no estilo suprematista. Mas você sabe tudo isso. Devo botar peru ou presunto?

— Peru. Faz alguma idéia de quem sabia que a pintura estava aqui? Se, como diz, nada mais foi levado, então o ladrão, ou os ladrões, queriam apenas ela. Isso significa que sabiam o que estavam procurando, não eram gananciosos.

— Quem iria encomendar o roubo de uma pintura de mil e quinhentas libras que todo mundo exceto eu considera horrendamente feia?

— Não falei nada sobre uma encomenda de roubo, sr. Grayson. O que sugere essa idéia ao senhor?

— Bem, se eu fosse roubar uma pintura, contrataria um profissional para fazer isso para mim. Mas se vou me dar ao trabalho de roubar um quadro, certamente escolheria algo mais emocionante do que uma tela suprematista anônima que custa menos do que uma noite no Ritz.

— Sim. O senhor está certo, tenho certeza. Quem poderia ter sabido que o senhor comprou essa obra?

— Bem, qualquer um que estivesse no leilão da Christie's. Alguns dos meus colegas nos Estados Unidos. Agora que pensei no assunto, aconteceu uma coisa estranha no leilão. Pode ter alguma ligação com isso. Nem acredito que não lembrei disso antes. Quando estava saindo da sala de leilões, aqueles três caras, tipo homens de negócios, me pararam. Foram perfeitamente educados, mas pelo jeito deles pareciam estar tentando me intimidar, sabe? De qualquer modo, disseram que o patrão deles tinha pedido que eles comprassem a pintura que eu acabara de comprar, mas não tinham conseguido fazer o lance, algo assim. Eles me ofereceram dez mil libras por aquilo, ali na hora. Disse a eles que não era o dinheiro que estava em questão e que gostava da tela, então ficaria com ela. Francamente, acho que eles estavam brincando. Não consigo imaginar querer pagar isso tudo por qualquer obra de arte, muito menos a que eu tinha comprado.

— Fico feliz que tenha lembrado do incidente. Não é um colecionador de arte, sr. Grayson?

— Eu? Não. Tenho algumas fotos antigas, mas só isso. Não, gosto de algumas coisas, mas não entendo muito a respeito. Sei do que gosto, e gostei dessa. Mas se os lances tivessem sido um pouco mais altos, ficaria feliz em deixar passar. Gosto mais da emoção do leilão do que daquilo que a gente leva para casa depois.

— Reconheceria os três homens que o abordaram?

— Não tenho certeza. Acho que poderia. Não olhei os três com muita atenção. Estavam todos vestidos do mesmo jeito, e não tinham nenhuma característica que me parecesse gritante. Não sei, talvez.

— Certo, sr. Grayson, obrigado por ter me concedido seu tempo. Vou deixá-lo para que se delicie com seu sanduíche de peru e molho de salada. Vamos avisá-lo se descobrirmos alguma coisa. Espero que seu quadro seja restituído ao senhor.

— Eu também. Obrigado por ter vindo. Cara, este país é mesmo demais, pensar que iriam mandar um detetive importante do Departamento de Artes e Antiguidades por causa de um quadrinho que nem aquele. Fico muito grato por isso. Realmente gostaria de tê-lo de volta.

Grayson acenou um até logo para Wickenden e fechou a porta da frente. Virou-se e voltou a seu apartamento, jogando seu sanduíche intacto no lixo ao passar pela cesta.

Capítulo 21

Harry estava debruçado sobre os restos de sua carne enlatada com repolho. Irma levou embora as últimas louças. Ela estendeu a mão para o prato dele.

— Ainda estou comendo.

— Ah, desculpe, querido. Quer um pouco de pudim de frutas secas com creme?

— Não.

— Chá?

— Não.

— Acho que vou tomar uma xícara.

Irma levou os pratos para a pia e limpou a bancada por duas vezes com um pano. Abriu a torneira, derramou água, fechou a chaleira, a água apitou, dali para o bule, despejou, pôs o leite, depois para a xícara.

Harry estava no estúdio e não ouviu nada. Houve uma batida na porta do escritório. Harry ergueu os olhos da pasta aberta. A porta rangeu ao ser entreaberta. Irma, uma xícara na mão, olhou para dentro.

— Como o caso está andando, querido?

— Muito bem.

— Acho que vou dar uma olhada na tevê — disse Irma, saindo do pórtico e fechando a porta atrás de si.

Harry olhou por cima do aparelho de telefone com disco que ficava na beira de sua mesa. Os sons de um programa sobre jardinagem da BBC vinham do outro aposento. Harry voltou-se para a pasta e apanhou um cachimbo, que esfregou entre os dois dedos.

Sozinha, Irma estava dando risinhos enquanto Charlie, Alan e Tommy refaziam o jardim de uma vítima inocente. O rosto de Irma estava iluminado pela luz azulada da tela. A xícara estava pousada sobre o roupão rosa em seu colo generoso.

— Irma?

Harry estava parado junto à porta. Irma não disse nada.

— Será que eu poderia... Estou tendo alguns... Posso assistir com você um pouquinho?

— Claro, querido — disse ela dando um tapinha na almofada do sofá de veludo verde a seu lado e se inclinando um pouco para a frente.

Harry estava sentado, os braços cruzados.

Os créditos terminaram. Irma levantou-se e desligou a televisão. Voltou ao sofá.

— E então?

Harry não tinha se movido.

— Estou enfrentando um... Talvez pudéssemos...

— Vou pôr a chaleira para ferver. Quer um pouquinho do que sobrou do pudim?

— Ah. Não. É que me ajuda a...

— ... Sei. Só vou dar um pulo até a cozinha para pegar um pouco para mim.

Irma saiu e foi vasculhar a geladeira. Harry pôs seus pés, com chinelos, sobre a mesinha de café.

— Então, alguns dias antes algum hacker invadiu o sistema deles...

— Você sempre alerta as pessoas contra os computadores...

— ... Eu sei, e como se não bastasse, eles mantinham todas as ligações internas por meio dos computadores, além de todas as funções de segurança. Quero dizer, eu estava no banheiro e um computador deu a descarga para mim assim que eu me levantei. Pode cortar fora as minhas mãos, já que eu logo não vou mais precisar delas.

— Você sempre disse...

— ... Eu sei, obrigado. E alguém escuta? Não, eu...

— Eu escuto.

— ... Então eles descobriram que os detectores de movimento estavam sendo manipulados por esse hacker. O que havia de errado com o fichário de papel? Não dá para um hacker entrar num fichário!

— O termo é *invadir*, querido.

— Então eu chego ao museu depois da segunda crise da semana. É claro que da primeira eles não registraram queixa. Pode me dar mais um pouco de chá?

— Claro, benzinho — disse Irma, servindo uma nova xícara, o leite primeiro.

— Ah! Então eles chamam a infantaria na outra noite, quando a eletricidade foi cortada. Reforçaram a segurança, só que dos computadores *para dentro*, mas não dos computadores para fora! Dá para acreditar? Então, de repente, ocorre uma pane na energia que tira da jogada o computador de brinquedo e os telefones, então eles precisam mandar um de seus homens lá para fora para nos chamar. Então notam que uma pintura de Kamiser Malich desapareceu, uma, diga-se de passagem, que eles acabaram de comprar por seis milhões. E todas aquelas peruas de colares de pérola por ali, parecendo arrasadas, e lá estou eu no banheiro diante de um vaso com descarga automática, dá para acreditar? Bom, no final das contas, alguém estourou os fusíveis do edifício inteiro, e tinham plantado a bomba no interior de uma caixa de fusíveis fechada, que por sua vez estava dentro de uma gaiola de aço. Escapuliram para dentro e para fora por uma janela quebrada no subsolo. E esse é mais ou menos o resumo da história.

— Mais alguma coisa, benzinho?

— Não tenho certeza se tem alguma ligação com o caso, mas o Ned me ligou para falar de um roubo em um apartamento chique em St. John's Wood. Normalmente, ele não teria ligado, mas era uma pintura suprematista, do mesmo estilo daquela do museu, e comprada no mesmo leilão. E a eletricidade do apartamento também foi cortada, o que dá para desconfiar. O que você acha?

— Qual parte que está fazendo você sofrer mais? — perguntou Irma, bebericando seu chá e comendo um pequeno pedaço do pudim.

— Bem, não gosto da facilidade com que as medidas de segurança são neutralizadas, mas isso não é meu serviço, acho. Meu trabalho não é prevenir, e sim resolver. Mas esse roubo é muito específico. Não levaram nada, a não ser essa nova aquisição. Então, amanhã vou dar uma olhada nos vídeos de segurança da Christie's, para ver quem estava no leilão. Meu palpite é que se trata de alguém com muito dinheiro que participou do leilão. Talvez tenham perdido o quadro para o museu ou não quisessem pagar o preço total. Ladrões custam mais barato do que a arte que roubam. Por que os ladrões não roubaram na primeira noite, quando tinham total controle sobre os computadores? Por que esperaram até que a eletricidade faltasse, um dia depois?

Irma bebericava. Depois pôs sua xícara na mesa apenas para apanhá-la de novo. Então bebeu mais um pouco.

— É a Linha Maginot. Eles contornam as defesas, em vez de enfrentá-las, benzinho. Dão a volta — disse, e ficou em silêncio por um momento. — Quando disse que a pintura roubada foi comprada?

— O quê? Ah, na última quarta-feira à noite, no dia do leilão.

— E quando aconteceu a coisa do computador no museu?

— Na última qua... Irma, você é brilhante.

Pálidas luzes fosforescentes piscavam ao longe. A área em torno da estrutura do armazém estava imersa nas sombras e a noite esperava pacientemente do lado de fora. A pouca luz existente vinha de pequenas lâmpadas fluorescentes e revelava cinco personagens.

Um deles, o professor Simon Barrow, tinha olhos escuros e vermelhos e vestia pijama por baixo do sobretudo. Dois permaneciam com os braços cruzados, com volumes na altura do coração, por baixo do paletó, postados um de cada lado da única figura vestida com formalidade. Era alto e mantinha a postura ereta, cabelos louros já ficando grisalhos, num terno azul riscado, com punhos presos por abotoaduras. A quinta figura era uma mulher. Tinha cabelos louros presos num coque, e um jaleco branco de laboratório. Estava sentada num tamborete, de costas para os quatro homens. Havia também duas telas na sala, pousadas nos cavaletes. A mulher com o jaleco estava debruçada sobre um deles.

Barrow apertou os olhos. Não tivera tempo de colocar suas lentes de contato. Então se lembrou dos óculos, no bolso do sobretudo, no qual meteu a mão. Seu mundo — borrado — entrou em foco. Barrow não esperava ver o que enxergou.

Que diabos está acontecendo?, pensou. Então falou:

— Que diabos está acontecendo?

— Pa-paciência, dr. Barrow — disse o homem louro com um sotaque britânico sofisticado, aristocrático. — Tudo será revelado. Literalmente.

— Então a ação do hacker serviu de preparação para o roubo real. A pintura que os ladrões queriam roubar ainda não estava no museu!

Wickenden agora estava de pé, dançando, no sentido mais amplo da palavra, sobre seus chinelos.

— Muito bem pensado, Harry. Que tal um pouco de pudim?

— Sim. Pode trazer, Irma. Isso exige uma comemoração.

— A próxima pergunta é, me parece, a que horas o *hasher* pôs o computador fora de ação...

— ...Acho que o termo é *hacked*, querida...

— Desculpe, é claro que está certo. Gostaria de saber se...

— ... Se a pintura foi comprada antes ou depois de o computador ser *hashed*, é claro! A coisa deve ter acontecido mais ou menos na mesma hora, na mesma noite — disse Harry, enchendo a colher de pudim e o engolindo de uma só vez, enquanto dava uma risada. — O organizador do roubo devia saber que o museu ia comprar a pintura.

— Ou estava no leilão e viu quando o museu comprou o quadro. Ou seja, isso significa que... Harry, não acha que o leilão foi armado, acha?

—Você acha?

— Não, acredito que não.

— Provavelmente não, Irma, mas vou examinar todas as possibilidades.

— Disse que a caixa de fusíveis na sala de máquinas foi explodida a partir de dentro?

— Certo.

— E que o computador detectou movimento na sala da central elétrica durante a noite em que o computador foi invadido, na última quarta?

— Ei. Espere aí! Isso explicaria tudo. O explosivo foi plantado durante o primeiro arrombamento, mas só foi detonado depois que a pintura estava no museu, pronta para ser roubada!

— Você fica muito sexy quando está trabalhando num caso, Harry.

— Hum, benzinho.

— Na outra noite você disse que precisava de mim para identificar uma...

— Um momento, dr. Barrow. Po-por favor, continue, Petra — disse o homem com o terno azul, fazendo um gesto para a mulher com guarda-pó.

Barrow não conseguia entender. Jamais tinha visto as duas pinturas que agora estavam nos cavaletes à sua frente.

Uma era uma obra suprematista abstrata horrendamente feia.

A outra era toda branca.

— Só estou lhe dizendo. Não sei nada a respeito destas telas. Sou um homem do *seicento*. Um precursor dos modernistas. Não sei nada sobre o que veio depois de 1800. Nem sei que dia é hoje.

Enquanto Barrow falava, um dos dois sujeitos atendeu o celular e o passou ao homem de terno azul. De telefone na mão, ele andou até sair do campo de visão dos outros em meio à colossal escuridão do armazém.

Barrow voltou sua atenção para as pinturas à sua frente. Uma era realmente atroz, uma confusão doentia de cores incompatíveis que faziam lembrar um queijo velho. Para Barrow, parecia ser algo do início do século XX, estilo suprematista, provavelmente russo, entre 1915 e 1930. Isso foi tudo o que conseguiu concluir. Não conseguia ver o que Petra, com seu jaleco branco, estava fazendo no canto superior esquerdo da tela.

A outra pintura era completamente branca. Não branco sobre branco, pensou Barrow, lembrando do recente leilão de grande repercussão, na Christie's, de uma famosa pintura de Kasimir Malevitch. Essa pintura era apenas toda branca.

Em um exame mais atento, Barrow descobriu o motivo dessa aparência. A camada de tinta externa da pintura havia sido removida da tela, revelando o gesso bruto por baixo: a mistura branca preparatória de estuque e cola que é colocada nas telas como base, antes de a verdadeira pintura começar a ser feita.

O canto superior direito da tela coberta de gesso era de um tom de branco ligeiramente diferente, e exibia uma textura. A pintura, pelo que parecia, tinha sido branca em sua forma final, mas havia sido raspada, e apenas um canto da obra permanecia na condição original. Mas por quê?

Então Barrow viu o que Petra estava fazendo. No seu colo ela mantinha uma pequena bandeja contendo potes de produtos químicos, pincéis e espátulas para pintura. Barrow inclinou-se para ver o que havia ao redor dela. Qualquer que fosse o produto que estava usando, aquilo estava dissolvendo a tinta na superfície da feia pintura suprematista. O canto inferior do quadro estava agora exposto, revelando uma suave tinta preta por baixo.

Era uma pintura oculta.

Barrow ficou ali, de sobretudo e pijama, tentando compreender aquilo em que estava tomando parte. Produtos químicos haviam dissolvido a maior parte da pintura suprematista. Ela estava sendo trabalhada de baixo para cima, revelando com uma lentidão dolorosa a preciosidade que havia embaixo.

A metade inferior da pintura era preta. Um tom uniforme, sem parecer pintado. Qualquer vestígio de pincelada havia sido apagado, de modo que a escuridão tinha uma aparência aveludada, e envolvia a tela como água à noite. Parecia haver ali o torso de duas figuras, mas elas não tinham sido pintadas da cintura para baixo. Elas pareciam se dissolver no fundo amorfo e negro. Então, a base de uma asa surgiu.

Barrow juntou as peças do quebra-cabeça. Tirou um lenço do bolso do sobretudo e enxugou a testa franzida e branca. O cavalheiro com as camisas de punho e abotoaduras voltou. Seu rosto deixava transparecer raiva. As mãos tensas correram entre seus cachos louros.

— De-desculpe minha ausência. Negócios — disse ele, e depois sussurrou algo no ouvido de um de seus asseclas. Barrow mal pôde distinguir algumas palavras: — Estou cheio da porra desses joguinhos... Dê uma checada...

O homem virou-se para Barrow.

— Suponho que tenha deduzido o motivo de ter acordado o senhor de forma tão abrupta esta noite. Sua opinião é inestimável e o senhor será recompensado pelo incômodo.

— Não dá para acreditar nisso.

— Im-impressionado ou horrorizado, dr. Barrow?

— Um pouco dos dois, acho. Ainda não me decidi.

As últimas porções de tinta foram descascadas da pintura, e a tela antes oculta agora havia sido plenamente revelada. Uma jovem de azul, surpreendida por uma figura alada atrás dela. Ela está se virando, o pescoço delicadamente encurvado, sua pele clara e seus úmidos olhos castanhos sublimes e graciosos.

Barrow enxugou a nuca e a bochecha. Apenas ficou parado diante da tela, sem ter certeza sobre o que deveria fazer. O lenço estava úmido. Ele o agarrou dentro do bolso, sentindo o pano molhado contra sua mão lisa.

— Como o conseguiu?

— Espere aí, doutor, não está sendo pa-pago para fornecer perguntas. Apenas respostas — disse o cavalheiro, fazendo a seguir uma pausa significativa. — Consultei muitas fontes, dr. Barrow, e o senhor, de um modo geral, foi considerado a mais destacada autoridade a respeito de pintura barroca romana, do *caravaggesco* e dos *caravaggisti*. Seus colegas têm escrito sobre seu dom extraordinário para fazer atribuições corretas. Não sou um especialista, mas também não sou um idiota. Acho que não me trataram corretamente. Preciso de uma autenticação — disse, cruzando os braços sobre o peito e tamborilando furiosamente o antebraço esquerdo com os dedos da mão direita.

Barrow sentiu seus calcanhares fraquejarem ao cambalear para trás por um momento. Seus punhos estavam cerrados, metidos em ambos os bolsos. A respiração ficou ofegante.

— Relaxe, dr. Barrow. Se mentir, só vou matá-lo.

Barrow sabia a resposta, mas não sabia o que dizer. Seu dilema não era moral, mas corporal. Toda a sua mente vibrava de hesitação. Então, ele optou pela verdade.

— Sinto muito. É uma falsificação.

O cavalheiro esperou por um período bastante longo, antes de falar.

— Tem certeza?

— Não há nenhuma dúvida. Sinto muito.

— Eu também, dr. Barrow. Permita que pergunte como pôde ter tanta certeza em tão pouco tempo?

— Sinto muito, soube que era falso mesmo antes que ela retirasse toda a tinta que recobria o quadro.

— Como?

— Você não seria capaz de me reconhecer?

— Entendo. O senhor, então, não i-imagina sua resposta antes de uma confirmação?

— Olha, já disse! Eu...

— ... sinto muito. Sei. Pode parar de apresentar suas des-desculpas. Não vou atirar em você. No momento, a explicação não interessa. Pelo menos o senhor não é o único que precisa dar explicações. Passe o telefone.

Um de seus cúmplices truculentos lhe passou o celular. Ele digitou o número. Quando ia começar a falar ao telefone, despachou o outro com um gesto da mão.

— Leve o dr. Barrow de volta para casa.

Os dois subordinados silenciosos caminharam, levando Barrow para fora do ambiente cavernoso do armazém. Antes de sua saída, Barrow escutou algumas poucas palavras ditas ao telefone.

— Não há nada debaixo daquele que eu comprei, só gesso branco e mais nada. Havia um Caravaggio debaixo da pintura de Grayson, o lote 34. Mas Barrow disse que é uma falsificação. É claro que acredito nele, por que ele mentiria? Bem, podemos saber quem o pi-pintou, mas não há muita coisa que possamos fazer agora. Não, não acho que devamos partir para o confronto... Ainda não. Vou pensar em alguma coisa. Mas ainda precisamos dele para o...

E a porta foi batida.

Barrow ficou do lado de fora, do modo que estivera, havia não muito tempo, no meio da rua, num cânion formado por armazéns anônimos. Em uma noite que tinha algo de aquática, os reflexos azulados emitidos pelas construções metálicas pareciam grandes tartarugas marinhas flutuando num poço sombrio, a quilômetros de profundidade. Barrow não percebera que um dos homens o havia deixado e agora voltava a bordo de um Land Rover preto. Parece ser esse o meu meio de transporte involuntário, pensou. A porta foi aberta para ele, que entrou. Durante o trajeto de volta para casa o homem no banco da frente, ao lado do motorista, virou-se e presenteou Barrow com um gordo envelope branco.

— Com nossos cumprimentos e nosso reconhecimento — disse o assecla anônimo. — Vai receber pelo menos mais uma ligação nossa. Se informar alguém a respeito, será morto. Se continuar a colaborar, vai receber mais. Em nome do nosso patrão, pedimos desculpas pelo modo ameaçador e melodramático com que foi tratado. Também pedimos desculpas, antecipadamente, por situações semelhantes no futuro. Isso foi uma piada, dr. Barrow — disse o homem, que não estava sorrindo.

Barrow abriu o envelope. Estava recheado de dinheiro vivo em cédulas de valores altos. Barrow ensaiou um meio sorriso.

Bizot se debruçou sobre sua mesa de trabalho. A luz da luminária, como uma gaze, espalhava-se sobre ele, enquanto o restante do escritório permanecia às escuras. O tampo de fórmica exibia as cinzas não limpas de antigos cigarros. Um cinzeiro preto grosseiro estava transbordando, repleto das carcaças brancas, finas e amassadas de pensamentos de muito tempo atrás.

Bizot agarrou a extremidade inferior de sua barba grisalha e desgrenhada. Ergueu o olhar para a fotografia emoldurada pousada na beira da mesa.

Primeiro foi a mãe, depois o pai, no ano seguinte. Cadeiras de rodas vazias e tanques de oxigênio descartados, ainda cheios. Olhou para seus próprios cigarros amontoados numa pilha no cinzeiro. Agora ele estava sozinho. Havia ficado para trás o fardo do cuidado em relação a eles, substituído pelo peso oco de sua ausência. Antes era demais, agora, muito pouco. Era a vez deles, supôs. Mas quando seria a dele? Desviou o olhar. Então voltou à direção anterior. E depois para a pasta aberta entre seus cotovelos, vergados sob o peso de seu queixo.

Uma série de pastas fechadas estava empilhada à sua esquerda, e o rádio consertado, recuperado de algum brechó, na prateleira do outro lado da sala emitia a zoeira em tom estridente de uma peça qualquer de música clássica. Bizot não estava ouvindo. Correndo os olhos por uma página após outra, ele fez anotações na agenda Moleskine até que a última página do último dossiê fosse virada e a pasta fechada. Bizot empurrou a agenda para a frente, fazendo com que caíssem sobre as páginas algumas cinzas que haviam se desprendido dos fósseis de cigarros. Não se deu ao trabalho de soprá-las dali. Sentado, debruçou-se para a frente em sua cadeira, a espuma sob seu volumoso traseiro à mostra em alguns lugares e achatada a ponto de ficar totalmente deformada. Apoiou o pé na base da cadeira. O cotovelo estava firmado no joelho, o queixo na palma da mão, que segurava a cabeça. Com a língua, rolou para o canto esquerdo da boca o cigarro que fumava e inclinou o caderno de anotações para ler melhor. A página lhe falou algo com clareza.

Luc Sallenave era o 13° conde de Vieuquont e habitava o *château* de mesmo nome, construído por seu antepassado, o terceiro conde de Vieuquont, no século XIV. Havia sido um cavaleiro da Ordem de São João, nos dias de hoje uma posição honorífica, mas um posto ocupado por inúmeros personagens notáveis ao longo da história, de Diego Velásquez a Paulo I, imperador da Rússia, e Caravaggio, desde a criação da ordem no século XI. Também era maçom, sempre algo altamente suspeito. Todos os presidentes dos Estados Unidos tinham sido maçons, e o símbolo da maçonaria — um olho dentro de um triângulo — decorava as cédulas de um dólar, tal era a força dessa organização secreta nos círculos do poder em todo o mundo. O olho no interior do triângulo pairava no segundo plano de muitas obras de arte ao longo da história do Ocidente. Isso significava que Sallenave era capaz de atuar com desenvoltura, e provavelmente o fez, em círculos subterrâneos, com raízes que davam origem a árvores imponentes na superfície.

Sallenave era um ardoroso colecionador de borboletas, assim como de gravuras e livros raros, especialmente os impressos antes de 1501, os chamados incunábulos. Tinha compras registradas em todas as grandes casas de leilão, mas não havia registro de que tivesse comprado nada de depois de 1700. Possuía um número razoável de gravuras de Rembrandt, assim como de Dürer, Goltzius, e xilogravuras religiosas muito antigas. Comprava livros, nenhum dos quais Bizot reconheceu, mas a quantidade e as cifras impressionavam, indo além de sua compreensão. Em um aspecto Bizot sentia-se intimamente ligado a Sallenave: havia ficado bêbado em várias oportunidades consumindo vinho Château Vieuquont.

Mas Bizot havia marcado apenas um grupo de anotações: as doações beneficentes feitas por Luc Sallenave. Pelo que se depreendia das isenções de impostos, Sallenave tinha dado enormes somas, ano após ano, para diversas organizações cristãs conhecidas, que poderiam — ou não — empregar o dinheiro para fins beneficentes. Eram instituições que tendiam para a extrema-direita, mais políticas do que eclesiásticas. Estavam mais empenhadas em empunhar a cruz que em se penitenciar diante dela. Bizot fez um círculo em torno desses donativos. Seu lápis descreveu grossas linhas ao redor deles, repetidas vezes. Não tinha ouvido falar em nenhuma das instituições listadas. Le Pacte de Joseph. A Irmandade de José. Seu endereço, sem especificar o número, limitava-se a rue de Jérusalem. Mesma rua da galeria de Sallenave.

Isso basta, pensou Bizot. *On verra.* Veremos.

Olhou por cima das escrivaninhas de seus colegas de trabalho, adornadas com canecas de café com monogramas e fotografias emolduradas. Então levantou-se, desligou a luminária da mesa e voltou para casa.

O telefone tocou com estridência. Jean-Paul Lesgourges virou-se na cama para acender a luz de cabeceira, derrubando um despertador e um copo vazio. Puxou o telefone até o ouvido.

— Jean.

Era Bizot.

— Jean, eu... Eu só...

Uma respiração arfante em meio ao silêncio.

Lesgourges sentou-se na cama.

— Tudo bem. Estou aqui. Vou para aí agora.

Capítulo 22

A manhã que acabava de surgir passava por entre as frestas das janelas, e era refratada para se derramar sobre a cama quente e imóvel. Macios cobertores de algodão deixavam-se encharcar pelo calor. A luz se arrastava na direção da cabeceira, os cobertores se mexeram.

Coffin apertou os olhos antes de abri-los. A brancura estourava através da vidraça. Ele rolou para o lado direito e lançou o braço sobre ela. Estava cálida e macia, como o sol e os cobertores. Ela se inclinou para beijá-lo.

— *Buongiorno, bello.*

— *Buongiorno a te. Come va?*

— *Bene, con te, tesoro. Dobbiamo andare subito?*

— *Non ancora. È meglio dopo. È troppo comodo a letto.*

Coffin se aninhou de forma a se aproximar dos lábios dela, e separou-os usando os seus.

— É como uma visita íntima, não é?

Daniela riu.

— É uma visita íntima.

— Todas as vantagens da vida conjugal, sem as coisas desagradáveis.

— Por que sempre tem de haver algo desagradável? É que nem ter de avançar em meio à água do mar cheia de areia.

— Você tem um modo delicioso de se expressar, Dani.

— Li muito lá dentro. Não tinha mais nada para fazer enquanto esperava por você...

— Sempre mantenho minha palavra. Se alguém joga limpo comigo, nunca quebro minha promessa. A você, especialmente...

Coffin fez sua mão correr ao longo do estômago dela, descendo até o osso do quadril, e agarrou delicadamente sua coxa.

— Mas você deu duro mesmo por aqui. Estão mais fortes do que eu me lembrava.

Com um sorriso, ela o virou de costas e subiu em cima dele.

— Confia tanto assim na sua memória? — perguntou, apertando as pernas com força em torno do peito dele.

— Estou impressionado.

— E você ganhou uma barriga desde a última vez em que o vi.

— Bem, eu... Hum, sim, talvez.

— Eu ainda gosto de você.

— Fico feliz. O que tem para o café?

— Ei, agora tenho de fazer café para você?

Coffin empurrou-a, fazendo com que caísse de barriga para cima, seus cachos negros se derramando sobre o travesseiro branco.

Vallombroso riu.

— Sabe muito bem que eu poderia acabar com você.

O bacon chiou na frigideira, ao lado de dois ovos com gemas bem definidas. Coffin vestia seu roupão, nada além disso. Ele manipulou a escumadeira.

— O segredo está no pulso — disse.

— É nojento o que os ingleses comem no café-da-manhã.

— Preferia o quê? Massa?

— Não seja idiota, Gabriel. Ainda que eu não elimine inteiramente a possibilidade.

— Duro ou mole?

— O que acha?

— Não, estou falando dos ovos.

— Tanto faz. Vou gostar de qualquer jeito que você faça. Tudo o que você faz sai perfeito.

— Veja só — disse Gabriel —, também é o que eu acho.

Daniela pegou o jornal da mesa da cozinha diante da qual estava sentada. Ela olhou para fora, pela janela.

— Há dez minutos o tempo estava bonito e fazendo o maior sol! O que há de errado com este país?

Uma trovoada ecoou ao longe.

— Diga, Dani, você jogou xadrez enquanto estava lá, você sabe...

— Não, porque sabia que você iria perguntar e querer jogar comigo quando eu saísse, e então eu teria de suportá-lo quando o derrotasse! — disse ela, rindo e espetando Coffin com seu garfo.

— Mais que justo — disse Gabriel. — Estou um tanto enferrujado. Nesses últimos tempos. Não jogo desde que derrotei no computador aquele game que você comprou para mim, no qual os peões animados aparecem brigando uns com os outros.

— Seus pais teriam ficado muito orgulhosos.

Coffin baixou os olhos para o prato. Daniella roubou um pedaço de bacon dele. Olhou-o nos olhos, e então rapidamente para o jornal que tinha nas mãos.

— Esta manchete diz que os índices de assassinato caíram 30 por cento este ano, mas o subtítulo diz que o número de baleados aumentou. Você sabe o que isso quer dizer, não?

— O quê?

— Quer dizer que existem tantos criminosos quanto antes, mas a pontaria deles piorou.

Os pratos vazios foram empurrados para o lado, e o café foi servido.

— *Vuoi ancora del caffè?*

— *No, grazie. Abbiamo qualcosa da fare, no?*

— *Si.* Tenho de dar alguns telefonemas, e então o que faremos até o anoitecer?

— Isso vai ser resolvido logo, não vai? Quero dizer, estamos no caminho certo.

— Eu prometo — disse Coffin, servindo mais uma xícara de café e colocando os pés sobre a cadeira à sua frente.

Vallombroso se levantou.

— Vou tomar uma ducha.

Coffin sorriu.

— Não se preocupe em vestir alguma coisa depois.

Rajadas de uma chuva tépida golpeavam a vidraça suja do apartamento dos Wickenden no térreo do edifício. Silhuetas se atropelavam passando ali em frente, os ombros erguidos para levantar a gola do casaco e se proteger, mas a chuva era incontornável. A maioria deles se virava para dar uma olhada no interior da cozinha com paredes cor de mostarda e viam Harry Wickenden comendo um pedaço de torrada escura com geléia de laranja, do tipo que tinha alguns pedaços de casca de laranja misturados, vestindo o surrado roupão azul que ele se recusava a aposentar.

Harry odiava ficar no térreo, "o aquário", como ele costumava chamar; alvo dos olhares de transeuntes distraídos e apalermados. Havia considerado a possibilidade de comprar um vidro que não fosse transparente de fora para dentro, mas achara essa opção drástica e óbvia demais, uma fuga daquela que seria a cura mais lógica: mudar-se. Mas Harry, e especialmente Irma, eram dominados por uma incomensurável inércia, e o único acontecimento capaz de levá-lo a se mudar para outro lugar seria o fato de sua atual residência pegar fogo. Com Irma, a inércia era física, não mental, já que não conseguia se imaginar fazendo a pé todo o caminho até a loja e então voltando para casa num andar *em cima*. E, assim, os Wickenden tinham mantido sua residência no número 82 de Ferraby Rows, apartamento 1A, por vinte e sete anos, que seriam completados no próximo dia 18 de fevereiro. Nesse ínterim, não havia lhes ocorrido a possibilidade de colocar cortinas, mas isso poderia ter acontecido se tivessem dedicado ao assunto atenção suficiente.

Harry baixou os olhos para sua torrada, erguendo-os depois para a janela. Um menino de cerca de 10 anos, lambido pela chuva, magro como um palito, estava olhando para ele, um gorro de um vermelho quase translúcido puxado sobre a cabeça. Talvez eu devesse pintar os vidros de preto, pensou Harry, sabendo que nada era mais improvável.

Irma estava cortando em fatias seu segundo prato de ovos, nem bem nem malpassados, com bacon e tomates. Seus olhos pequenos brilhavam por trás dos cachos grisalhos, num corte há décadas fora de moda, captando e refletindo a luz das lâmpadas fluorescentes acima de sua cabeça, que ricocheteavam na prataria. O olhar de Harry, enquanto isso, detinha-se pesadamente em sua face, fixado na ação minuciosa da faca da mulher, uma ação que o aborrecia diariamente, e a respeito da qual ele, em seus trinta dois anos de casado, não manifestara nada mais eloqüente do que um revirar de olhos, jamais percebido por Irma.

Sem erguer o olhar do prato, ela disse:

— Por que não dá uma chance ao remédio e o experimenta?

Silêncio.

— O dr. Wild acha que ele pode ajudá-lo.

Silêncio.

— Mal não pode fazer.

— Pode.

— Bem...

— Não preciso...

— É claro que não, mas...

— Eu não quero...

— Sei, benzinho.

Pelos sete minutos e meio seguintes, Harry ficou olhando a mulher cortando as fatias.

Então o telefone tocou.

Wickenden apanhou o telefone no terceiro toque, como sempre.

— Tá. Ele. Você está brincando comigo. Maldição. Vou já para aí.

Wickenden subiu os degraus de entrada da National Gallery of Modern Art. O sol estava anormalmente radiante e o cegou para a avalanche de degraus de mármore branco. Foi recebido por Elizabeth van der Mier.

— Dá para acreditar numa merda dessas?

Wickenden ergueu os olhos para a claridade. Van der Mier exibia por trás dela um halo de luz brilhante, como uma auréola.

— Dá sim — disse Harry.

Eles caminharam para o interior do museu.

— Minha avó me ensinou uma palavra para isso: *chutzpah*.

— Não sei o que quer dizer, mas sei o que você quer dizer — disse Harry, tentando não ficar para trás, acompanhando os passos das longas pernas de Van der Mier. — Não posso dizer que a idéia não passou pela minha cabeça. Isso significa que o quadro pode não ter sido roubado por encomenda, e isso torna meu trabalho bem mais difícil.

— Porque elimina...

— ... elimina o motivo para a escolha do objeto roubado. Qualquer um poderia ter ficado sabendo da aquisição, e ficado sabendo que a pintura de Malimitch estava no setor de Conservação, já que teve a bondade de anunciar isso na coletiva de imprensa...

— ... Poupe-me de suas farpas, inspetor...

— ... E isso diminuiria a possibilidade de um perfil se encaixar com o do criminoso.

Eles avançaram por um corredor iluminado e entraram no elevador.

— Então — continuou Wickenden —, quanto eles pediram pelo quadro?

— Seis milhões e trezentos.

— Isso não é uma coincidência.

— Eu sei.

— Isso não é bom.

— Eu sei.

Van der Mier ficou batendo com o pé no chão enquanto o elevador subia. Wickenden percebeu as luzes e o movimento do elevador. A eletricidade tinha voltado.

— Isso também sugere — disse ele em seu habitual tom meio ausente — um crime não encomendado, cometido talvez por ladrões profissionais, mas não por ladrões experientes especializados em roubar obras de arte. Provavelmente, fazem parte de um grupo maior ligado ao crime organizado. Parando agora para pensar, é a pior quantia que eles poderiam ter pedido, do meu ponto de vista. Mostra que eles... Não. Sugere que eles não têm a menor idéia do valor real do objeto, de modo que acabaram pedindo exatamente o que vocês pagaram por ele, uma cifra alardeada pela imprensa.

— Certamente, o roubo foi profissional demais para amadores, inspetor.

O elevador produziu um som e eles entraram na sala de Van der Mier.

— Verdade — disse Wickenden, sentando-se. — Mas ladrões de quadros experientes não roubam para pedir resgate. É algo perigoso, incerto. Não há garantia alguma de que o dinheiro será pago. Então, terão corrido o risco por nada, e estarão presos a um quadro que não querem. E qualquer idiota com um mínimo de conhecimento sobre o mercado negro sabe que não dá para ir às compras por aí em se tratando de obras de arte de alto nível roubadas. Não, é preciso que seja um serviço feito por ladrões profissionais, mas sem vínculo com o mundo da arte. Teriam sido contratados por alguém que sabe o que eles estavam fazendo, mas a venda deu errado. No momento, essa é a hipótese mais provável. Não se rouba por resgate. O plano A deles fracassou. Agora o resgate é o plano B. O resgate tira toda a graça do crime.

— Bem, desculpe bancar a estraga prazeres, mas, francamente, para mim, foda-se a diversão. O que vou dizer aos integrantes do conselho? O que a gente faz com os pedidos de resgate? Respondemos ou o quê? — perguntou

Van der Mier, sentando-se atrás de sua escrivaninha para conceder a si mesma, naquele momento de confusão, uma ilusão de autoridade.

— Podemos chamar reforços lá do departamento. Mas a questão mais pertinente é: você quer pagar?

— É claro que não.

— Quero dizer, em vista da situação.

— O dinheiro não é meu. Preciso levar a questão ao conselho. Posso convocar uma reunião de emergência, se acha que devo considerar...

— ... Considerar todas as opções, srta.Van der Pfaff. Se ignorá-los completamente, então a pintura, de algum modo, continuará em poder dos ladrões. Sempre vou achar que a ameaça de destruir o quadro é um blefe. Não faz sentido algum para ninguém destruí-lo. O objeto de valor terá sido perdido, e ele não pode oferecer uma informação sobre o criminoso como acontece com uma vítima seqüestrada. Eles querem se livrar da coisa. Pode voltar para as suas mãos ou desaparecer. Se responder e se dispuser a pagar, então eles provavelmente devolverão seu quadro. Meus chefes não gostam que eu diga isso, mas estou jogando limpo com você. Provavelmente...

— Provavelmente?

— Leve em consideração o fato de que os ladrões não podem fazer mais nada com o quadro a não ser pedir um resgate para devolvê-lo a vocês ou pendurá-lo na sala de visitas deles. Como eu disse, querem se livrar daquilo. É uma batata quente. O roubo foi bem planejado; mas o resgate, por natureza, não. Aqui não estamos lidando com gente familiarizada com o mundo da arte, senão os ladrões teriam pensado melhor. Ou, então, alguma coisa bem planejada saiu errado. Roubo de obras de arte feito por encomenda é a única maneira de se dar bem — disse Wickenden, depois fazendo uma pausa.
—Você conseguiria arranjar o dinheiro?

— Não sei. Com certeza, não pode sair do orçamento do museu, não depois da compra no leilão.Temos recorrido a verbas privadas. O conselho pode se sentir na obrigação de arrumar o dinheiro, para preservar sua reputação. Sou grata por o senhor ter mantido isso longe da atenção do público...

— ... Na medida do possível, até agora. Ainda que seja impossível controlar as fofocas.

– É, bem...

– Então... posso beber algo?

Van der Mier pareceu surpresa.

— Ah, é, claro. O que quer tomar?

— Tem algum chá verde?

— Como?

— Chá verde. É bom para o sangue. Estimula o cérebro. É verde.

— Ah, certo. Bem, hum — disse, e apertou o botão do interfone em sua mesa. — Sarah, pode me trazer um pouco de, hum, chá verde para o inspetor Wickenden? Obrigado.

Ficaram em silêncio.

— O que você achou?

— Como?

— O pedido de resgate. O que achou dele?

— Recebi a ligação logo depois de chegar ao escritório hoje de manhã. Não tenho um identificador de chamadas aqui. Sarah me passou a ligação. Parecia a voz de um homem, mas era grave demais...

— Um aparelho para disfarçar a voz.

De repente Van der Mier pareceu empalidecer.

— Isso é real, não é? Quero dizer, parecia uma espécie de sonho ruim, como algo em que eu estivesse flutuando. Mas isso é real. É como no cinema.

— Temo que sim. O que ele disse?

— Mandou que deixasse acesa a luz do meu escritório amanhã durante a madrugada se quisesse ter de volta a pintura, e ele entraria em contato comigo. Foi isso. Ele ficou ao telefone por menos de um minuto.

— Tem certeza de que era para valer?

— Quer dizer, se era uma ligação de um maluco? O número de pessoas que sabem do caso é, espero, pequeno demais para uma coisa desse tipo.

— Se quisesse ganhar tempo para conseguir o dinheiro poderíamos pedir alguma prova de que o quadro está em poder deles — sugeriu Wickenden.

— Mas como eu poderia entrar em contato com ele?

— Vou ser honesto, madame. Sou bom no trabalho de investigação, mas não lido muito bem com essa coisa de resgate. Só me vi nessa situação antes em duas ocasiões, e recentemente chamamos para o caso uma outra pessoa que sabe muito mais do que eu sobre isso.

Van der Mier andava de um lado para o outro.

— O senhor não inspira muita confiança, inspetor.

— Só quero ser honesto com a senhora, madame.

— Estou pensando... — disse Van der Mier, andando atrás de sua mesa e folheando pastas espalhadas em ângulos incongruentes sobre o tampo de vidro. Ela ergueu os olhos para Wickenden. Ele estava mexendo em alguma coisa dentro do bolso enquanto olhava para o chão.

— Conhece a diretora do Museu de Arte Britânica da Universidade de Yale, inspetor? Não? Ela foi minha colega de escola, e estamos sempre em contato, já que nós duas estamos no mundo da arte, o senhor sabe. Bem, há alguns anos eles deram falta de uma pintura...

Wickenden ficou alerta.

— Nunca ouvi falar...

— É aí que está a questão, inspetor. Eles não queriam que a notícia se espalhasse, mesmo nos órgãos de segurança. Alguém tentou fazer com que um resgate fosse pago para que um Joshua Reynolds fosse devolvido ao museu. A tela estava coberta pelo seguro, e havia um superinvestigador da área de seguros acompanhando o caso, que acabou conseguindo a tela de volta para eles. O ocorrido nunca veio à tona, as aparências foram mantidas, tudo certo. Fico pensando se não deveria chamar esse sujeito...

– A Scotland Yard vai lhe garantir tudo o que...

– Não tem nada pessoal nisso, inspetor. Só estou tentando afastar o ventilador antes que comece a voar merda para todo lado, se me perdoa a expressão. Aprecio sua franqueza quanto a seus pontos fortes e fracos. É preciso ser forte para ter coragem de pedir ajuda. Está aqui...

Van der Mier mostrou a Wickenden um cartão de visitas cor de marfim. Ele o apanhou como se se tratasse de um metal precioso. Olhou para o nome no cartão. Van der Mier pensou ter percebido o bigode franzir por um momento. Mas talvez fosse só impressão.

— Veja, eu vou seguir qualquer conselho que o senhor dê, inspetor. Mas não quero publicidade em torno dessa história se puder ser evitada. Tudo está correndo de forma bastante discreta, e se pudermos manter assim, bem, todos ficaremos muito agradecidos. Uma tragédia particular é uma coisa, uma pública é muito pior.

Wickenden ainda estava olhando o nome no cartão.

Gabriel Coffin e Daniela Vallombroso estavam terminando a sobremesa, um tradicional bolo inglês caramelizado com sorvete, no restaurante Rules, quando a calça de Coffin começou a vibrar.

— *Daniela...* — disse, a cutucando com o pé por baixo da mesa.

— *Ma, cosa?*

— Ah — disse ele —, *scusa.*

Ele enfiou a mão no bolso e apanhou o celular.

— *Sì?* Quer dizer, alô? Ah... Harry, faz séculos que...

Daniela olhou ao redor da sala. Imperava o horror ao vácuo. Não havia um único espaço vazio à vista. Cada trecho de parede amarela estava coberto por pinturas, aquarelas, cabeças de animais empalhados, cartuns da *Vanity Fair*, plantas, citações ou quaisquer outros excessos atordoantes de cunho vitoriano. Garçons de camisa branca e colete preto perambulavam, as bandejas balançando precariamente, mas com a máxima precisão. Um maître supervisionava tudo e captava cada detalhe despercebido pela equipe. Um garfo caído, um copo de água vazio, um novo pedido, onde é o toalete, conhaque, por favor. A circulação de toda aquela atividade tinha um efeito hipnotizante, e, contudo, inspirava uma atitude meditativa de ficar sentado, olhando, enquanto aquilo se desenrolava ao nosso redor, no casulo aconchegante criado pelos grandes restaurantes. Não importa quantas centenas de jantares fossem servidos, eles nos transmitiam o sentimento de que éramos os únicos ali que realmente importavam. E havia poucos melhores do que o mais antigo restaurante de Londres, Rules.

— ... Não ouvi falar. Na verdade, acabei de chegar a Londres. Mas isso é incrível. E até mais do que isso, já que conseguiu manter a mídia longe. É compreensível, mas mesmo assim é mais fácil falar do que fazer. Não, não trabalho como profissional já há algum tempo. Estou ficando velho, acho. Não, não achei que você fosse parar algum dia. Na verdade estou em Londres para fazer uma palestra. Sim, hoje à noite. No Instituto Courtauld. É isso que ainda me mantém longe das ruas. Estou meio de férias. Tenho de revisitar meus esconderijos sempre que venho à cidade. Agora mesmo estou no Rules. Sim, você já... Ah, deve experimentar um dia. É mesmo? Bem, suponho que... Sim, acho que para mim está bom. Por que não... Escute, pode me encontrar depois da palestra? Então poderíamos ir a algum lugar e conversar reservadamente. Certo, das cinco às seis da tarde, então... Ah, isso seria... fantástico. Um abraço, vejo você depois.

Coffin fechou seu telefone e ficou sentado por um momento, encarando a cabeça de uma corsa serrada e empalhada, sorrindo no alto da parede.

Daniela inclinou-se para a frente.

— *Allora...*

— Você não vai acreditar nisso...

Capítulo 23

— Consegui finalmente entrar na casa de Sallenave, mas temo que as notícias não sejam promissoras. Já provou o de pêra?

Lesgourges e Bizot sentaram-se às margens do Sena, sob um sol acolhedor. As pernas de Lesgourges pendiam balançando sobre a água verde e lodosa, enquanto as de Bizot se estendiam no plano horizontal. Consumiam pequenas bolas de sorvete Berthillon.

Bizot retrucou através da barba suja de chocolate.

— Mmmph.

— É gostoso, você deveria. É como comer uma pêra.

— Mmmph.

Ficaram sentados em silêncio, digerindo sua discussão.

— Bem, a má notícia — prosseguiu Lesgourges —, no que diz respeito ao caso, é que Luc está doente. Está de cama e não sai de casa há algum tempo. Christien Courtil está no *château* com ele. Falei com o secretário de Luc, mas ele foi reticente. É meio austríaco, claro.

— Ah, Deus!

— Eu sei. Mas ele e eu sempre tivemos respeito um pelo outro. Isso já tem muito tempo. Já faz seis ou sete anos desde a última vez em que estive no *château*. Tínhamos conversado sobre a possibilidade de exportar meu Armagnac, mas ele estava pedindo uma pequena fortuna, e de qualquer jeito prefiro manter meu néctar como algo exclusivo. Mas não consegui extrair mais nada do secretário. Não sei até que ponto a coisa é séria, mas na idade de Luc... De qualquer modo, deve ser bem ruim, se Courtil voou até lá para ficar ao lado dele. Talvez seja até caso para o testamento e os últimos desejos...

— Certo. Então isso significa que Courtil está fora da cidade e que a Galerie Sallenave estará fechada — disse Bizot, com a última das casquinhas de sorvete desaparecendo no vácuo aberto em meio à sua barba. — Acho que deveria fazer uma visita à galeria. Tenho o suficiente para um mandado de busca.

Lesgourges pareceu desapontado. Bizot então fez uma pausa, antes de prosseguir.

— Então, você vem também?

"... O que vem a ser outro dos grandes perigos do mercado de arte. Os melhores falsificadores são aqueles no interior do mundo da arte. Devido ao íntimo conhecimento dos métodos disponíveis, não apenas para falsificar, mas também para detectar falsificações, os técnicos em conservação costumam ser suspeitos populares. Seu trabalho é autenticar obras de arte e pôr de lado as fraudes. Habilidosos e bem informados a respeito dos métodos mais avançados de detecção, estão em ótima posição para explorar as fraquezas do próprio ramo."

A sala de conferências no quarto andar do Instituto Courtauld, na Somerset House, em Londres, com seus assentos castanho-avermelhados dispostos em declive, estava repleta de estudantes de olhos brilhantes, em maioria um público feminino, enfeitado com pérolas, ou gay. A maior parte estava sentada e atenta. Outros tomavam notas, ou talvez fizessem esboços, em seus cadernos.

"No trabalho de detecção, a lógica é uma ferramenta mais importante do que um conhecimento amplo de história da arte. A formação acadêmica pode apenas ajudar e acelerar o processo, mas nos dias de hoje é possível obter qualquer informação, e especialistas podem ser consultados a respeito de pontos específicos. Vamos então usar o extenso conhecimento de vocês e tentar compreender como um mestre da falsificação tem sucesso e, desse modo, como podemos apanhá-lo."

Harry Wickenden estava de pé num canto, no fundo da sala. Tinha visto Gabriel Coffin antes apenas duas vezes e o tinha encontrado numa única ocasião. Ficara surpreso pelo fato de Gabriel aparentemente ter reconhecido seu nome e sua voz. Talvez sua reputação o tivesse precedido numa medida maior do que tinha imaginado. Ou talvez Gabriel estivesse apenas sendo bem-educado.

"Tomemos como exemplo uma pintura. Por que um falsário escolheria uma pintura? Certamente, há entre elas obras mais fáceis de falsificar? Um desenho tem menores dimensões, exige apenas a tinta e o papel. Discutiremos a falsificação de desenhos num minuto. Mas, por enquanto, consideremos uma pintura. Uma dificuldade inerente a ela é que a maior parte dos artistas famosos já foi intensamente catalogada. Suas obras de arte que sabemos terem sobrevivido encontram-se em locais identificados. De modo que um falsificador precisa pintar uma obra inventada, anônima, ou pesquisar obras de artistas conhecidos que estejam listadas como 'perdidas'. Ambos os métodos têm funcionado, mas o segundo é melhor. Podem adivinhar por quê?"

A primeira vez que Wickenden viu Coffin tinha sido numa palestra, muito parecida com esta, feita no Victoria and Albert Museum, em South Kensington, quase dez anos antes, quando Wickenden estava com quarenta e poucos anos. Na época, tinha ido por entusiasmo e interesse. Ambos tinham decaído, ao menos no que diz respeito às suas atividades extracurriculares. Ele só conseguia recobrar seu ardor no calor de uma caçada, e tinha percebido, para sua própria consternação, que seu gosto havia se embotado para qualquer coisa extraprofissional.

"O segredo do sucesso de qualquer obra de arte que está sendo vendida é a procedência. Se a história documentada de uma determinada obra de arte for sólida, sua autenticidade não será questionada. A procedência mais segura seria um contrato assinado pelo artista, vendendo a obra à família do atual proprietário, com o preço indicado e a assinatura das duas partes. Se, por exemplo, fosse comprar uma obra de arte original hoje, eu guardaria o contrato, que se tornaria a procedência do objeto. Ao longo dos séculos, poucas obras de arte apresentam uma procedência tão irrefutável, mas vocês ficariam surpresos em saber quanta coisa foi preservada. A arte sempre foi reconhecida como algo de grande valor, e documentos relacionados a transações envolvendo obras de arte freqüentemente foram preservados. Um dos perigos da atualidade é que os computadores eliminam os registros em papel que são tão importantes para a pesquisa histórica. É muito fácil deletar documentos relevantes ou perdê-los nas profundezas de um computador.

"Mas estou me desviando do assunto. Se um falsificador puder achar a documentação de uma obra de arte desaparecida, um desenho de Michelangelo, por exemplo, que não tenha sobrevivido, mas que seja mencionado numa carta que chegou até nós, então o falsário estará basicamente casando uma obra de arte de sua própria criação com uma procedência já existente. Isso desperta o apetite dos estudiosos, que muitas vezes mostram-se tão ansiosos por uma nova descoberta que não dão a devida atenção aos detalhes e se esforçam para confirmar todas as hipóteses. Desse modo, um especialista perspicaz pode cair nas mãos de um falsificador e, involuntariamente, acabar colaborando com um crime."

A palestra no Victoria and Albert Museum também tinha sido sobre roubo de obras de arte. Parecia ser a especialidade do sujeito. Mas Harry tinha ouvido falar de Coffin, e seus caminhos profissionais também tinham se cruzado. Nos bastidores, Coffin tinha se envolvido nos esforços para evitar a tentativa de cobrança de resgate pelo *Grito*, de Edvard Munch, na primeira vez em que fora roubado diante das câmeras do circuito interno de tevê da Galeria Nacional de Oslo, na Noruega. Todo o serviço havia sido captado em vídeo. Dois homens encostaram uma escada na lateral do museu, subiram uma janela e saíram com *O Grito* debaixo do braço. Estava tudo na câmera. É claro que, na segurança, ninguém estava olhando os monitores, de modo que eles foram embora. Tudo aquilo fora trabalho de amadores, caras ligados à máfia do bloco soviético que haviam entrado na marra no museu e não tinham a menor noção do mundo da arte. Foram pegos, nem é preciso falar, assim que o pedido de resgate foi feito.

"Então, o melhor tipo de falsificação, e digo 'o melhor' no sentido de ter mais chance de sucesso, exige uma procedência sólida. Quanto melhor a procedência, menor será a verificação a que será submetida antes de ser considerada autêntica. Mas um falsificador não pode sobreviver apenas com base em procedência e especialistas famintos. Tomemos como exemplo um pequeno painel anônimo italiano pintado na Idade Média. Falsificar é como cozinhar. É preciso conhecer os ingredientes com que produzir um prato antes de começar a cozinhar. Quais são os ingredientes de uma pintura como essa?

"Bem, para começar, qual é o suporte? Estamos fazendo linguini ou capellini? Ou é uma tela ou um painel, e naquele período teria se tratado quase que exclusivamente de um painel de madeira, de um choupo. Mas precisa ser de madeira que possa ser datada como sendo do período da pintura falsificada. É aí que está a questão.

"'Qual o meio?' é a questão número 2. É pesto ou à bolonhesa? Terão de desculpar minhas analogias simplistas, mas, eu prometo, elas funcionam. Vão sair desta palestra esta noite e não vão ficar pensando: 'Ele disse que a madeira do choupo ou da pereira é que era a mais comum como suporte para pinturas religiosas medievais?' Vão sentir uma inexplicável compulsão para comer massa e vão se pegar pensando em falsificações no meio de seu *penne all'arrabiata*. O meio? Se for bastante antigo, e o estilo estaria sugerindo isso, então se trataria de tinta têmpera. Agora, pinturas do Renascimento e do início da Era Moderna são mais difíceis de se falsificar do que as modernas. Podem me dizer por quê?"

Wickenden estava tentando classificar o sotaque de Coffin. Não era de um lugar nem de outro, com uma entonação americana misturada com a pronúncia que ensinam aos locutores britânicos e aos atores estrangeiros que interpretam ingleses. Wickenden era capaz de descobrir muita coisa sobre a história de um homem a partir de seu sotaque, mas esse o deixara sem pistas.

"Foi só no século XIX que os artistas começaram a comprar tintas prontas. Os artistas cozinhavam suas próprias tintas em seus estúdios, o que significa que cada um tinha uma receita ligeiramente diferente para cada cor. Para falsificar de modo satisfatório qualquer pintura de um período anterior, o falsificador precisa saber a composição das cores específicas daquele artista. E essas cores precisam ser reproduzidas do zero. Os materiais estão disponíveis. Por mais primário que soe isso, um ovo é quebrado e usado como o elemento que dá liga à têmpera, e então misturado com um pigmento em estado bruto, como lápis-lazúli, para o azul, ou sépia, feito de tinta de lula, para um âmbar laranja-queimado. Os materiais orgânicos na tinta precisam, porém, sob um teste de carbono, ser datados até o século correto."

O segundo encontro de Wickenden com Coffin em pessoa tinha sido numa situação de trabalho. Coffin, pelo menos até algum tempo antes, trabalhara para os *carabinieri*. Havia um caso que extrapolava as fronteiras e os *carabinieri* sempre tinham desejado trabalhar com órgãos de segurança de outros países. Harry os admirava por isso. Por experiência, a Scotland Yard assumia uma postura mais isolacionista. Talvez tenha a ver com a coisa de ser uma ilha.

"Esse conhecimento químico necessário permite que nós, caçadores, fechemos mais o foco na hora de traçar o perfil. A inteligência exigida, no sentido de um conhecimento específico e de capacidade intelectual geral, pode limitar drasticamente o número de suspeitos. Em termos simples, lá fora há um número muito menor de gente esperta do que de idiotas, e isso acaba se revelando uma vantagem para os que estão do lado da lei. Falsificar bem não é fácil. Na realidade, há algo de milagroso no fato de criminosos se disporem a tentar isso, e de serem efetivamente bem-sucedidos. O sucesso exige realmente determinação e uma cumplicidade, ainda que involuntária, da parte da vítima. Um exame cuidadoso acabará revelando as inevitáveis fissuras na armadura do falsário. Na minha opinião, se o trabalho de um falsário se revelar perfeito, então ele merece escapar. Mas nunca encontrei uma falsificação que se aproximasse da perfeição. Os que se deixaram enganar sempre revêem o acontecido sem nenhuma indulgência consigo mesmos, pelo fato de terem sido passados para trás pelo que, à luz do dia, é claramente um falsificação.

"Uma vez que tenhamos os ingredientes, precisamos da habilidade artística para reproduzir obras-primas de forma convincente. A obra de arte precisa ser 'envelhecida' de modo convincente. Uma história inventada sobre como foi 'descoberta' e que se relacione com sua procedência. Depois a coisa toda, produto, procedência e história, precisa ser *acreditada por alguém*. É um caminho longo e tortuoso.

"Outras formas de arte são mais fáceis de ser falsificadas, vocês poderiam pensar. O número de componentes pode ser menor, mas isso não as torna necessariamente mais fáceis de falsificar. É preciso também pensar no valor. Não é do interesse de ninguém falsificar uma gravura de Piranesi. Não quero dizer que isso não tenha sido feito, mas o potencial de retorno, na casa de uns poucos milhares de libras, provavelmente não compensa o esforço exigido. É preciso arrumar a tinta certa, encontrar o papel da época. De modo que, ainda que haja menos componentes envolvidos, apenas tinta e papel da época, o mesmo acontece com a recompensa. A falsificação de qualidade é um empreendimento de alto custo."

O departamento de Wickenden na Scotland Yard tinha estado no rastro de algumas estatuetas pré-colombianas que haviam desaparecido da casa de um colecionador idoso. Eram tão pequenas que o conjunto completo das seis estatuetas podia ser escondido num kit de toalete de viagem, como de fato foi. Acreditava-se que o suspeito, um milanês, tinha voado para Roma, e os *carabinieri* foram acionados. Gabriel Coffin, na qualidade de britânico trabalhando com os *carabinieri*, era o principal elemento de ligação e tinha trocado muitos telefonemas com Wickenden. Tinham se visto pessoalmente apenas uma vez, pouco antes da prisão. Mas nos últimos anos Coffin tinha conquistado uma reputação como consultor, desde a aposentadoria antecipada que o retirou do serviço ao lado dos *carabinieri*. Não podia ter mais de 40, pensou Wickenden, um garoto, o filho-da-mãe. Era em caráter informal que Wickenden planejara falar com ele. Não gostava de que Van der Mier mandasse, ou melhor, *sugerisse* o que fazer. Mas reconhecia uma boa idéia quando lhe mostravam uma.

"Nem preciso dizer que o universo dos falsificadores realmente bons é minúsculo. Os melhores ganham reputação e são, freqüentemente, mas nem sempre, apanhados. Quando isso acontece, não costuma ser devido aos seus próprios erros. Arrogância parece ser o único defeito constante nos grandes falsificadores capturados.

"Como já estou falando há muito tempo, darei a vocês um exemplo extraído da vida real de uma falsificação magistral. O caso envolve o Museu Getty e a prestigiosa Galeria Colnaghi, vingança e desgraça.

"A história começa quando um mestre na arte da falsificação encontra um desenho no mercado de pulgas, que é comprado por ele na esperança de que seja mais valioso do que o preço indicado. Não tinha nenhuma idéia específica de que poderia se tratar, mas apostou na possibilidade. Trouxe o desenho para a Galeria Colnaghi, um dos mais antigos e renomados antiquários de Londres, na Old Bond Street. Lá um especialista disse que sim, aquilo valia mais do que ele pagara, e disse que a Colnaghi o compraria por duzentas libras. Um lucro significativo, o homem aceitou a oferta e saiu dali satisfeito.

"Uma semana depois ele estava mais uma vez andando pela Old Bond Street e parou junto à vitrine da Colnaghi. Descobriu que o desenho que tinha vendido estava à venda. Por sessenta mil libras. Ficou furioso, e decidiu que uma vingança mais sutil e engenhosa teria um sabor mais doce, podendo tornar-se lucrativa. Ensinou a si mesmo, sem se basear em nenhuma experiência anterior, a falsificar desenhos. Era um homem inteligente, com considerável talento artístico, e tinha feito leituras sobre a arte da falsificação. Comprou livros do século XVI de baixo valor, para usar as páginas como suporte de suas falsificações. Estudou o estilo dos desenhos dos artistas italianos do período. Dissolveu a tinta dos livros para usar como matéria-prima dos seus desenhos. E criou sua primeira obra falsificada. Um amigo propôs-se a ser o vendedor e procurou a Colnaghi. Eles disseram que teriam prazer em olhar o desenho. O amigo levou a obra e disse não saber nada a respeito do artista, mas a peça estaria com a família havia muito tempo. Os especialistas da

Colnaghi identificaram a obra como sendo de um conhecido artista italiano do século XVI, e se ofereceram para comprá-la por cem mil libras. Com esse sucesso, nascia um falsificador.

"Ao longo das décadas seguintes, esse mestre da falsificação, que foi apanhado já há muito tempo, diz ter feito e vendido centenas de desenhos falsos de antigos mestres por meio da Colnaghi. A Colnaghi não sofreu monetariamente com isso, e foi apenas a sensação de satisfação do falsário por enganar os supostos especialistas que recompensou seu esforço para se vingar. Mas sua conta bancária foi muito bem reforçada por seus trabalhos manuais, e a Colnaghi tornou-se seu principal financiador. Ele evitava ser detectado trocando a identidade de seus vendedores e copiando, com a mesma habilidade, uma ampla variedade de artistas diferentes. A dimensão do seu sucesso só veio à luz durante um pedido de negociação enquanto ele estava preso, e foi aí que seu nome tornou-se sinônimo de sucesso nesse ramo do crime que exige grande competência.

"O Museu Getty adquiriu vários desenhos da Colnaghi que um de seus curadores denunciou como falsificados. Com milhões de dólares em jogo, o Getty refutou as alegações de seu próprio especialista e se recusou a submeter os desenhos a um teste. O curador chegou até a acreditar ter reconhecido o estilo do falsificador como sendo o do então já falecido vingador do caso Colnaghi. Mas o Getty se recusou a ceder. Despedido, o curador caiu em desgraça por ter feito uma acusação pública de falsificação que jamais foi provada. Incluído numa lista negra, nunca mais foi contratado na comunidade artística. Trabalha no exterior, com outro nome..."

A mente de Wickender começou a divagar. Tinha ouvido a história antes. Colegas seus tinham colocado o falsificador na cadeia. Seu olhar se deteve nas nucas das cabeças à sua frente. Tantas louras com penteados elaborados. Não que ele se importasse.

Ele foi despertado de seu devaneio pelos aplausos da platéia, antes de novamente voltar a fazer silêncio à medida que a professora Sheila McLeod se aproximava do púlpito. Wickenden já a tinha visto e sempre se sentia um pouco atraído por ela.

"Em nome do Instituto Courtauld de Arte gostaria de agradecer ao dr. Coffin por sua palestra fascinante e esclarecedora. Na semana que vem teremos o professor David Simon, estudioso de renome internacional especializado em arquitetura e escultura românicas, fazendo uma palestra sobre seu trabalho a respeito da catedral de Jaka. Obrigada."

Os estudantes murmuravam algo enquanto saíam da sala de conferências. Coffin trocou algumas palavras com McLeod, e, com o canto do olho viu um homem de aparência curvada, de pé, com os ombros caídos, perto do fundo da sala.

Quando a maior parte da multidão já tinha saído, a professora McLeod ainda estava ao lado de Coffin. Wickenden acenou com a cabeça do outro lado da sala, mas Coffin não o viu. Harry fingiu que tinha um torcicolo. Finalmente, os olhos de Coffin cruzaram com os de Harry, que se aproximou.

— Inspetor. É bom vê-lo novamente — disse Coffin estendendo a mão, que roçou na de Wickenden, fazendo com que a dele recuasse. Wickenden não estava habituado a contatos humanos não anunciados, que avançassem sobre seu espaço pessoal. Ele a olhou por um momento, e então agarrou-a e apertou-a. O cumprimento de Coffin era firme. Estava vestindo um terno preto de corte italiano, com uma camisa engomada, de colarinho azul, por baixo.

— Dr. Coffin.

— Por favor, me chame de Gabriel — disse ele, se virando para McLeod. — Somos velhos amigos de trabalho. Na época em que eu era um *carabiniere*, se é que você acredita nisso. Harry, tenho de sair e beber com alguns estudantes por um momento. Quer vir comigo? Espero que não se importe.

— Eu, é, tudo bem.

— Você primeiro, Sheila.

Gabriel e Harry seguiram Sheila para fora da sala de conferências, descendo os degraus que descreviam uma curva delicada no setor acadêmico do Instituto Courtauld. Lá fora, no pátio, ao entardecer, as luzes no interior da Somerset House brilhavam com um branco suave, projetando sombras verticais e uma luminosidade azul-coral sobre a pedra cinza-claro. Os reflexos reluziram pelas bicas por onde jorrava a água do chafariz.

Entraram na galeria do outro lado, subindo os degraus em espiral que Rowlandson havia caricaturado. No andar de cima, como se fossem jóias, obras impressionistas e pós-impressionistas salpicavam as paredes. Estudantes se misturavam à multidão, sem jamais se afastar muito do vinho servido no térreo. Coffin perambulou pelas galerias. O *Déjeuner sur l'Herbe* de Manet; *Don Quixote*, de Daumier. Monet, Cézanne. Bebericou seu vinho. Tinha gosto de tanino e sulfeto.

— São capazes de dar qualquer coisa para alimentar os estudantes — disse ele. Harry esboçou um meio sorriso, depois se retraiu enquanto Coffin olhava para o outro lado. — Adoro Degas — continuou. — Os estudiosos dizem que seus pastéis de mulheres se banhando expressam misoginia, porque ele as fazia posar em posições desconfortáveis. Erguendo-se da banheira, passando um pente pelas longas cabeleiras ruivas. Mas sempre as vi como expressando uma paixão pelos mecanismos sutis do corpo feminino.

— Humph — disse Harry.

— Você não é nenhum fã dele, certo Harry? — disse Coffin, encaminhando-se para uma outra sala.

— Eu persigo criminosos, dr. Coffin. Sou mais esperto que eles, e gosto disso. Se roubaram um carro, um saco de dinheiro ou um pedaço de pano com alguma tinta em cima, isso não me importa. Gosto de resolver a charada. Gosto de compreender. Mas o dinheiro envolvido nesse ramo me dá indigestão, e não sou capaz de distinguir um Degas de um Manet ou de um sei-lá-quem. Não ligo para isso, em matéria de entusiasmo não passo daí. Graças a Deus não preciso ser um entusiasta para fazer um ótimo trabalho na minha profissão, o que eu consigo. Admiro uma demonstração de habilidade nesse ramo, como, parece, você também admira. Qual é o jogo exatamente, damas, xadrez ou arrombamento, não estou nem aí...

— Eu costumava jogar xadrez — interrompeu Coffin, o olhar perdido pelas paredes das galerias. — Jogava muito quando era mais jovem. Ah... você vai achar isso interessante, Harry.

Coffin acenou para duas pinturas na parede, vácuos pretos nos quais flutuava um padrão de formas e cores, como que suspensos na tinta. Harry parou ao lado de Coffin, uns bons 30 centímetros mais baixo, e mais envelhecido.

— Bem — continuou Coffin —, essa pintura à esquerda é um original do russo Vassily Kandinski. Ele, como seu contemporâneo e compatriota Kasimir Malevitch, usava a pintura abstrata como veículo para uma projeção concentrada da espiritualidade. Pintava o que achava espiritualmente comovente. E vale milhões. Mas é aqui que a coisa fica interessante. Essa pintura à direita...

— Para mim parece a mesma.

— Certo Harry. E é. Mas essa pintura ao lado é uma réplica moderna, que vale algumas centenas de libras, talvez, se tanto.

Harry olhou de uma pintura para a outra, e então de novo e de novo.

— Mas é fantástico, doutor. Tenho que confessar, está aí algo que realmente admiro. Como eu estava dizendo, é uma demonstração de habilidade... Capacidade, não importa... Agora, como sabia que o falso era o da direita? Parecem exatamente iguais.

Coffin sorriu e apontou para a parede. Ao lado da pintura da direita estava pendurada uma plaqueta indicando RÉPLICA. Harry exibiu e recolheu um curtíssimo sorriso.

— Olhe mais a fundo. Observação, Harry. Podemos fazer uma opção consciente por *ver*, não apenas olhar. Ver de maneira ativa, não passiva. Observação e dedução lógica, as...

— ... duas ferramentas de que todos dispõem, e que ninguém usa. Ouvi sua palestra, doutor. Há uma lição aí em alguma parte para ser aprendida... Mas pelo menos você pratica o que prega. Há anos venho dizendo que preciso cortar a cafeína, mas ainda estou nas dez xícaras por dia. Abstinência me dá indigestão.

Na sala seguinte, Coffin se deteve por um bom tempo. Os olhos de Harry estavam baixados para os próprios pés, mas ele olhou para cima quando viu que Gabriel havia parado.

— *Bar no Folies-Bergères*, de Manet. Não é a coisa mais incrível já pintada?

O uso incomum da negativa confundiu Wickenden. Não sabia bem o que dizer.

— Adoro isso — continuou Gabriel. — Ela parece muito infeliz. Mas parece muito mais que isso.

Uma estudante deu um risinho ao avançar até onde Coffin, McLeod e Wickenden estavam, provocada por seus colegas.

— Professor Coffin?

Gabriel sempre gostava quando o chamavam desse jeito.

— Se fosse surrupiar alguma coisa desse museu, o que escolheria?

— Lucy Jarvis, não é uma pergunta nada...

— Não. Tudo bem, Sheila. Acho que é uma excelente pergunta, Lucy. Muitas vezes gosto de brincar desse jogo quando ando pelos museus. Mas faço a brincadeira a cada nova sala — disse Coffin, apoiando o queixo no punho, uma referência da história da arte, ao lançar um olhar pela sala. — Mas é uma decisão fácil. Levaria este aqui — anunciou, apontando para o Manet.

— Por quê?

Vários outros estudantes haviam se aproximado depois de encher seus copos. Wickenden não tinha certeza se estava irritado ou apenas curioso. Decidiu que estava curioso.

— É uma obra-prima que tem consciência de si mesma. Manet sabia que este era seu grande trunfo, pintado pouco antes de ele morrer. A escala revela sua importância. E o tema tem a ver com o espírito da época. A mulher está de pé, olhando direto para nós. Parece triste, assustada, mas há mais do que isso em seu olhar. No que me diz respeito, a *Mona Lisa* pode ir para o inferno.

Risinhos dos estudantes.

Coffin continuou:

— A mulher é uma bartender numa casa noturna, o Folies-Bergères. Estão vendo atrás dela? A casa tem dois andares, com o espaço de um teatro aberto no meio, onde espetáculos podiam ser apresentados. No alto, à esquerda, dá para ver um acrobata no trapézio. Sei que parecem borradas, mas as figuras na platéia são identificáveis, personagens reais da Paris do fim do século XIX.

"Agora podemos ver que a bartender foi abordada por um cavalheiro de terno preto e cartola. Ele está confinado a um ângulo. Mas como podemos vê-lo? Certamente, ele está na frente da mulher, de pé onde nós, que contemplamos o quadro, estamos. É porque tudo que está atrás da bartender é um reflexo no espelho. Podemos ver as linhas sutis das luzes sendo refratadas na superfície do espelho, em todo o fundo.

"O cavalheiro deseja alguma coisa. Uma bebida? Uma laranja da tigela do bar? Uma caneca de cerveja? Vocês pensam que estou brincando, mas reparem na garrafa marrom com sua marca de um triângulo vermelho. É isso aí. Ótimo posicionamento do produto.

"Talvez queira um drinque. Mas o mais provável é que ele deseje sexo. Certo. Ela é uma prostituta. A prostituição era diferente naquela época. Esse período via a prostituição como a norma. Cavalheiros tinham prostitutas que os acompanhavam nas ocasiões sociais, freqüentemente desempenhando tanto o papel de gueixas quanto o das que oferecem sexo por dinheiro. Uma mulher poderia tornar-se uma bartender em estabelecimentos como o Folies-Bergères para arrumar clientes.

"Mas o que está se passando na mente dessa mulher? Olhem nos olhos dela. Ela acabou de ser abordada. Precisa do dinheiro, mas odeia o que tem de fazer em troca dele. Talvez tenha uma criança para sustentar. Está dilacerada. Precisa de um cliente para satisfazer, mas não pode tolerar sua vida. Contudo, não consegue ver uma saída no horizonte. Outros lhe dizem que ela tem um bom emprego, numa boa posição. Os homens que encontra são ricos e limpos. Ela tem um salário para complementar o da sua verdadeira profissão. Habita o próprio centro pulsante da sociedade parisiense, o torvelinho de arte e literatura do final do século XIX. Folies-Bergères, Moulin Rouge, Toulouse-Lautrec, Émile Zola... Mas não ficamos com a sensação de que ela preferiria ser uma dona-de-casa? Uma Emma Bovary em vez de uma Nana? Sim. Eu apostaria nessa opção. Mas, nesse caso, ela não estaria aqui para que todos vocês a apreciassem."

Os estudantes ficaram parados por um momento. Lucy falou.

– Uau. Eu ficaria com o que estivesse mais perto da porta.

Todos riram, menos Harry. Os estudantes se misturaram ao grupo por mais algum tempo.

Wickenden vagou pelas salas, passando pelos Kandinski, fauvistas, Rousseau, até Coffin finalmente alcançá-lo.

— Que tal transferirmos a conversa para um drinque num lugar adequado?

Desceram a escada tortuosa e saíram para a agradável noite londrina.

— Não sabia que era um especialista em Manet — disse Harry.

— Aquilo? Não sei mais sobre Manet do que uma pesquisa de um colegial. Aquela palestra improvisada foi baseada apenas em lógica e observação. Você sabe, na Escola de Medicina da Universidade de Yale existe uma matéria na qual estudantes visitam o Museu de Arte Britânica de Yale e fazem diagnósticos clínicos dos personagens nas pinturas. Eles têm testes nos quais os estudantes recebem trinta segundos para olhar uma pintura e então precisam descrevê-la no maior grau de detalhamento possível, ou diagnosticar a figura representada. Isso é brilhante. Lógica e observação são as duas ferramentas universais que ninguém se dá conta de que possui.

Viraram à direita na Strand, passando pelo Superior Tribunal de Justiça, e saíram. Logo chegaram à reclusão silenciosa da rua pouco movimentada atrás do Tribunal.

— Este é o meu pub favorito na cidade. Seven Stars. Costuma estar lotado de advogados, mas apesar disso é um cantinho magnífico.

Wickenden não tinha estado ali. Preferia o Coach & Horses do outro lado da rua, em frente a seu apartamento, e se sentia cometendo uma infração ao beber em outro lugar. Mas em Roma... Ele lançou um olhar para a longa vitrine que cortava as janelas do Seven Stars. Era iluminado por um brilho âmbar, mais para sépia, pensou Harry. E estava cheio de objetos estranhos. Uma coruja empalhada. Um crânio de cavalo exibindo óculos de aro de tartaruga e uma peruca de juiz. A placa preta surrada, com sete estrelas douradas, como asteriscos, balançava ao vento suave.

Lá dentro, Coffin pagou dois copos da melhor cerveja e carregou-os cuidadosamente para a mesa abaixo do pôster amarelo de um filme com história de advogado estrelado por Peter Sellers.

— É bom saber de seu trabalho, Harry. As histórias correm nesse meio, como você sem dúvida sabe. Você goza de uma reputação respeitável de sucesso graças a seu bom senso. Na verdade, ainda não ouvi falar de um caso que não tenha resolvido.

— Há alguns que considero decepções. Tenho tido sorte. Sempre consegui pôr as mãos nas obras de arte, ou no ladrão, mas às vezes só uma das duas coisas. Nunca saí de mãos vazias.

Harry bebericou a cerveja, molhando sem querer as bordas caídas de seu bigode, e olhou ao redor do interior do pub. Comprido e estreito, como a cozinha de um barco, os copos redondos juntos ao bartender careca, um sexteto de advogados rindo de pé no balcão.

— Devo dizer que sua carreira nos *carabinieri* foi muito impressionante.

— Ah, eu não me saí mal. Mas para dizer a verdade aquela vida era demais para mim. Tinha muitos outros interesses, e ser bom nesse trabalho era extenuante.

— Não li em algum lugar que você foi campeão de xadrez quando garoto?

Ao falar, Wickenden evitava firmemente qualquer contato olho no olho.

Coffin reclinou-se para trás e sorriu.

— Era mais uma fantasia dos meus pais. Mas, sim, foi mais ou menos isso. Prefiro ficar no presente.

Wickenden podia ver que tinha deixado Coffin constrangido.

— Saiu-se muito bem. Altamente elogiado...

— Meus poucos triunfos foram parte de um trabalho de equipe. Mas você costuma trabalhar sozinho, não é?

— Eu... prefiro. Pessoas são um saco.

— *L'enfer, c'est les autres.*

Harry não sabia o que isso queria dizer. Coffin continuou.

— Você vai se aposentar em breve? Está chegando à época de se aposentar, não? Devia pegar uma bela pensão e ficar de pernas para o ar.

Harry olhou para sua cerveja.

— Bem, já fui mais jovem. Mas não. Que diabo eu ia fazer em seguida? Nunca me destaquei antes, e não vou conseguir depois. Viva fazendo o que faz de melhor e dê sua contribuição enquanto pode. E então... bem...

— Entendo — disse Coffin, se recostando na cadeira. — É por isso que ainda estou no circuito de palestras. Não dá para pagar todas as contas, posso garantir. Sou obrigado a pensar em todo tipo de expedientes criativos para complementar minha renda. Mas, como você disse, se fazemos alguma coisa bem, é um crime não fazer isso. A maior parte do tempo.

— Estava pensando, ah, Gabriel... na última vez em que trabalhei com você... foi o caso daquele arrombador surpreendentemente inepto, peixe miúdo, que queria elevar seu status na cadeia alimentar do crime. Parece um pouco familiar em relação ao caso em que estou trabalhando agora. Eu poderia usar... Bem, vou lhe falar... Quero dizer, estava imaginando o que aconteceu ao...

Coffin sorriu e balançou a cabeça.

— Ah, Dunderdorf. Não é do tipo fácil de esquecer. Engraçado você perguntar. Uma boa história. Ele tem saído e voltado à prisão, sempre com pequenas sentenças... Você sabe de tudo isso. Mas temo que não o vejamos por alguns anos, agora.

— É? — perguntou Harry, tomando a cerveja sob seu bigode coberto de espuma.

— Está totalmente correto, ele estava tentando comer num nível acima de seu status social, um intocável tentando se passar por um brâmane, não podia dar certo. Mas sua última extravagância foi deliciosa demais. Ele estava determinado a deixar sua marca no mundo da arte, e certamente deixou, mas acho que não da maneira que esperava — disse Coffin, inclinando-se para a frente. — Tinha decidido que não havia glória alguma em roubar uma pintura ou escultura. Isso já tinha sido feito.

— Então o que ele fez?

Coffin sorriu.

— Tentou roubar uma sala.

— Como é?

— Tentou roubar uma sala inteira, de uma só vez. Do Museu de Arte da Filadélfia, nos Estados Unidos. Há uma instalação de uma sala trazida da Holanda... Da Haarlem do século XVII, uma sala de estar no estilo Vermeer, com todos os painéis de madeira originais, um candelabro, o teto com talhas de madeira, mobília... Uma cama, sabe Deus lá mais o quê... Tentou surrupiar a coisa toda, de fio a pavio. A história foi ainda mais divertida por causa da maneira como tentou fazer isso. Nem é preciso dizer que a coisa foi mal concebida e estava fadada ao fracasso, de modo que pode cortá-lo da sua lista de suspeitos. Mas tenho certeza de que não foi a última que ele aprontou. Espero que não. Eu até gostava dele.

Ficaram sentados por um momento em silêncio, interrompido por goles intermitentes de cerveja.

– Agora, como posso ajudá-lo, Harry?

Capítulo 24

A sala do conselho da National Gallery of Modern Art era uma cacofonia, cada um de seus assentos ocupado por um personagem bem-vestido e falante. Um guarda do lado de fora fechou cuidadosamente a porta e permaneceu vigiando.

A reunião estava acontecendo depois do expediente. A maior parte da equipe do museu já voltara há bastante tempo para suas casas. A mesa de carvalho branca e redonda no centro da sala estava rodeada pelos membros do conselho diretor sentados em doze cadeiras, pelo diretor do museu e por outras figuras poderosas. O inspetor Harry Wickenden e Gabriel Coffin permaneceram no fundo da sala.

Ao som da porta que se fechava, Elizabeth van der Mier ficou de pé e se dirigiu aos presentes à reunião.

— Obrigada a todos por terem vindo depois de convocados de forma tão abrupta e numa hora... tão imprópria. Esta é uma reunião de emergência. Falei com cada um de vocês individualmente, para informá-los sobre a situação. Precisamos agora, coletivamente, decidir o que fazer a respeito. Gostaria de lhes apresentar alguns... profissionais, que estão aqui para nos aconselhar e nos ajudar a enfrentar... essa situação. O inspetor Harry Wickenden, do Departamento de Arte e Antiguidades da Scotland Yard, está encarregado do caso, e tem sido bastante prestativo e compreensivo mantendo tudo isso até agora fora do alcance da mídia. Seus homens estão lá em cima em meu escritório neste momento, na... expectativa de receberem uma ligação telefônica. E temos alguém somando forças conosco na condição de... consultor. Esse é o dr. Gabriel Coffin, ex-integrante dos *carabinieri* e conhecido especialista em crimes ligados a obras de arte.

Nesse momento Van der Mier tirou os óculos de aro pretos. Gotas de suor se formaram em suas têmporas.

— De modo que estamos todos no mesmo ponto da história, aqui estão os fatos. Na última quarta-feira à noite, enquanto estávamos no leilão adquirindo a obra em questão, nosso computador foi invadido e nossos sistemas de comunicação e segurança passaram a ser controlados de fora, externamente. Graças à detecção do inspetor Wickenden, sabemos que durante a invasão do computador a sala de equipamentos foi arrombada e um explosivo foi plantado no interior da caixa de fusíveis.

"Na noite de quinta-feira o explosivo foi detonado e nossa eletricidade, cortada. Durante o blecaute, nossa nova aquisição de seis milhões e trezentas mil libras, o *Branco sobre Branco* de Malevitch, foi roubada do Departamento de Conservação. Foi o único objeto roubado. Havia acabado de ser entregue pela Christie's, depois que fiz a compra, em nome do museu. A pintura estava segurada pela Christie's até sua entrega bem-sucedida. No momento estamos debatendo o assunto com nossa seguradora, para concluir se o Malevitch estava ou não sob cobertura do seguro no momento do roubo. Como podemos imaginar, em se tratando de companhia de seguros, a resposta provavelmente será não.

"A pintura passou apenas algumas poucas horas no museu até ser roubada. Estava na área de conservação para ser limpa e ganhar uma nova moldura, mas seu exame havia apenas começado. Com a eletricidade ligada, a pintura e o museu estariam em perfeita segurança. Sem ela, como medida de precaução contra incêndios, as portas internas ficam destrancadas. Por isso, todas as portas estavam abertas na hora do roubo. A caixa de fusíveis fica trancada e protegida, além disso, por uma gaiola de aço. Ainda não sabemos como os ladrões inicialmente romperam nossas defesas. O inspetor Wickenden continua a investigar. Mas nosso foco agora deve se voltar para o pedido de resgate que recebi ontem. Passo a palavra ao inspetor."

Wickenden murmurou algo ao subir à tribuna e dirigiu-se aos que estavam reunidos ali sem erguer uma vez sequer os olhos do chão.

— Obrigado. Ontem pela manhã a srta. Van der Mier recebeu uma ligação, passada para seu escritório, de uma pessoa anônima cuja voz era distorcida eletronicamente. Parecia ser de um homem, mas a tecnologia nos leva a deixar a questão em aberto. A voz pedia um resgate de seis milhões e trezentas mil libras em troca da devolução da pintura de Malevitch. A srta. Van der Mier foi orientada a deixar acesa a luz do seu escritório durante a madrugada de hoje caso a exigência seja aceita. Caso contrário, ela foi informada, o quadro jamais seria visto novamente.

"Existe certo número de dados que nos permitem traçar o perfil de quem está pedindo o resgate, e que, muito provavelmente, é também o ladrão. Infelizmente e paradoxalmente, as pistas tornam a busca mais difícil. O pedido de seis milhões e trezentas mil libras, o custo exato da obra, mostra falta de imaginação e premeditação ao fixar o resgate, o que sugere ausência de profissionalismo ou inexperiência em relação ao mundo da arte. Também sugere que os ladrões desenvolveram a trama do roubo depois que souberam da compra feita pelo museu, e que sabiam da probabilidade de a pintura se encontrar na Sala de Conservação, depois que isso foi anunciado na coletiva de imprensa.

"A investigação mostrou, contudo, uma informação muito interessante. Na última quarta-feira à noite o computador foi invadido *antes* de o museu ter adquirido a pintura."

O burburinho de um início de discussão correu pela sala. Van der Mier parecia nervosa.

Harry continuou a falar, mais alto que o alarido.

— Por favor, mais um momento. Esse fato nos leva a uma de duas conclusões. Uma: os ladrões estavam planejando um roubo e depois decidiram levar o Malevitch como um crime de oportunidade, porque não estava num cofre nem preso à parede, e eles conheciam seu valor monetário. A outra possibilidade não é tão agradável. Significa que isso pode ter sido feito por alguém daqui de dentro.

A sala mais uma vez manifestou seu espanto. Van der Mier pôs-se de pé e tomou a palavra.

— É apenas uma possibilidade, meus amigos. Mas isso, juntamente com o desejo de evitar publicidade, é o motivo de a maior parte da equipe do museu não estar presente nesta reunião. Só o staff do museu e os integrantes do conselho poderiam saber da intenção do museu de comprar a pintura e do alto preço que estávamos dispostos a pagar para obter uma peça fundamental para nossa exposição programada e para ajudar a divulgá-la. Teoricamente, apenas alguns poucos membros da equipe sabiam disso, mas não sou ingênua o bastante para acreditar que vazamentos não ocorrem. A fofoca é um barco cheio de buracos. Mas esta é a situação, como as coisas estão agora. Precisamos decidir aqui como lidar com o pedido de resgate. Eu cedo a palavra. Gostaria de ouvir o que o dr. Coffin pensa a respeito.

Ouviu-se uma voz no meio da multidão, e todos os olhos se voltaram para o integrante do conselho que estava no canto, usando camisa Tyrwhitt azul, colete cinza e paletó cinza combinando, pendurado sobre o braço.

Coffin deu um passo à frente.

— Tenho alguma experiência em assuntos como este, que adquiri ao longo da minha carreira profissional. Não quero fazer o grupo aqui reunido mudar de idéia quando não se trata do meu dinheiro que está em jogo. Mas tenho a convicção de que o modo mais seguro de ter de volta o objeto roubado, por mais indigesto que pareça, é ceder à exigência e pagar o resgate. No entanto, os senhores precisam fazer isso de um modo que os ladrões se sintam seguros, e se certifiquem de que a pintura será devolvida.

"Quem está pedindo o resgate está assustado. O inspetor Wickenden está certo ao dizer que os indícios sugerem que não se trata de veteranos no universo da arte, e esse pode muito bem ter sido seu primeiro roubo nesse ramo. Eles querem se livrar da pintura. Não a roubaram para usar na decoração. Querem dinheiro. Considerem as opções. Se não fizerem nada e ignorarem a exigência, provavelmente tentarão fazer contato mais uma vez, para aumentar a pressão. Eles estão, se me perdoam a expressão, fodidos se vocês não quiserem lhes pagar. Se não tiverem um comprador por trás e tentarem sondar o mercado negro, a polícia irá rastreá-los e pegá-los. De modo que ou vão guardar o quadro ou destruí-lo."

A assembléia não gostou nem um pouco dessa idéia, e as vozes começaram a se manifestar. Uma voz do fundo da sala gritou:

— Suponham que ofereçamos o pagamento e apanhemos os ladrões?

— Se levarem os criminosos a acreditar que vocês aceitarão a proposta deles, mas planejarem fazer jogo duplo e armarem para que a polícia fique à espreita... Bem, diremos apenas que as probabilidades não são a favor do sucesso. Os criminosos teriam de cometer um erro grosseiro para nos levar até eles de modo que a polícia consiga pôr as mãos tanto neles quanto na pintura. Uma tentativa frustrada de capturá-los irá certamente resultar no desaparecimento e na possível destruição do Malevitch. Acredito que seja mais seguro usarmos o roubo como indício para avaliarmos a capacidade dos criminosos, em vez do valor do resgate pedido. O roubo foi maravilhosamente bem executado. Isso me leva a crer que aqueles que estão envolvidos não cometeriam erros na fase das operações ligada ao resgate, apesar de sua inexperiência no mundo da arte.

"Obviamente, o desfecho ideal de tudo isso seria a descoberta e a prisão dos ladrões pela polícia, assim como a localização e a devolução da pintura, intacta. Mas, a menos que os criminosos cometam um erro, a vantagem está com eles. Acredito que as perguntas a serem respondidas são: vocês querem a pintura de volta e vocês têm o dinheiro para o resgate? Se a resposta para ambas as perguntas for não, então o problema está resolvido. Vocês podem ignorar o pedido de resgate e torcer para que a polícia localize a pintura, ou podem tentar atrair o criminoso para uma armadilha, ajudando a polícia. Mas vocês correm o risco de levar à destruição do Malevitch ou, o que é mais provável, a seu desaparecimento por tempo indefinido. Se a resposta para as perguntas for sim, então... podem alimentar a esperança de ver a prisão dos ladrões, mas acho que eles têm vocês... na palma da mão."

Coffin recuou, afastando-se da mesa silenciosamente. Pareceu dizer algo para Wickenden, que concordou com a cabeça. Ao sair, Coffin ouviu Van der Mier levantar a voz e a porta se fechar delicadamente atrás dele.

— ... Compreendo que gostaria de se manter informada sobre o progresso das investigações, *mademoiselle* Delacloche, e, como disse, vou mantê-la a par. Tem sido extremamente prestativa até agora. Mas não sou obrigado a contar... Entendo, é claro. Só posso lhe dar as notícias velhas, não as atuais, se estamos numa situação precária, e que pode ficar facilmente comprometida. Certo. É claro, é claro. Ótimo. *Au revoir.*

Bizot fechou o celular e o enfiou no estojo preso à cintura, abaixo de sua considerável circunferência.

— Vamos querer *fondue* de queijo e de carne, *s'il vous plaît.* E dois vinhos brancos.

O garçom, abrupto e brusco, com um bigode que lembrava um rabo de esquilo que caía de ambos os lados ao longo do queixo, tornando sua mandíbula invisível, fez uma rápida meia-volta na direção da cozinha.

Bizot estava sentado no longo banco que tomava uma parede inteira do Refuge des Fondues, atrás e debaixo da Sacré Coeur, ao pé de Montmartre. Cada centímetro das paredes, dos bancos, das mesas e das cadeiras estava coberto de grafites, rabiscados ou escavados. Não que a prática fosse estimulada pela administração — mais do que isso, ela não via com bons olhos quem deixava de fazê-lo. O nome de Bizot podia ser encontrado sob a segunda mesa à direita de quem entrava pela porta. Ninguém estava sentado na cadeira à sua frente. No canto à esquerda, nos fundos do pequenino restaurante, estavam sentados o proprietário e os amigos, que lembravam de forma notável o elenco da história em quadrinhos de Asterix e Obelix, pensava freqüentemente Bizot.

O garçom chegou com duas garrafas pequenas cheias de vinho branco. Bizot ergueu uma delas, mamando do bico de silicone. Há sempre alguma coisa extremamente calmante a respeito disso, ele pensou. Então a tempestade lá fora entrou pela porta vaivém, seguida do esguio Lesgourges.

— *Je suis comme un mouchoir déjà utilisé* — disse Lesgourges sorrindo ao sentar-se, enxugando a chuva de sua testa reluzente, deixando cair pingos no assoalho de madeira. Tomou um longo gole da garrafa pequenina, emitindo um barulho que fez o restaurante inteiro virar-se para ver qual era o problema. Com a garrafa vazia pela metade, bateu-a de novo na mesa, fazendo com que os fregueses retomassem seus próprios interesses.

— Você está sempre atrasado — reclamou Bizot.

— E você nunca está na hora — retrucou Lesgourges, arregaçando as mangas. — É por isso que nos damos bem... E é uma das muitas razões pelas quais você nunca se casou.

— É triste, mas é verdade. A novidade de hoje, além de eu ter feito o pedido para nós, é que o homem que eu coloquei para vigiar a Galerie Sallenave interceptou alguma coisa. Algo muito interessante.

— É Morinière?

— *Quoi?*

— O homem de vigia na galeria. É François Morinière?

— Que importância tem isso? O que isso tem a ver com qualquer coisa?

A *fondue* chegou, um caldeirão de queijo borbulhante com o perfume das caves sombrias, frias e bolorentas exalado pelo Emmenthaler, ao lado de uma cesta de pães, maçãs e uvas.

— Nada, mas ele joga cartas muito bem. Gosto dele.

— Bem, é ele. Não quer ouvir o que foi descoberto?

— Ummm — murmurou Lesgourges com a boca cheia de queijo, um fio derretido ainda estava preso à borda do caldeirão.

— Desde que Christien Courtil esteve no Sul com Luc Sallenave, não tem havido nenhuma atividade, e a galeria permaneceu fechada e escura. O primeiro e o segundo andares do edifício, também. A correspondência tem sido enfiada na fresta do correio pela porta na entrada principal da galeria. Ninguém tentou entrar no edifício.

— É preciso marcar uma conversa com antecedência para fazer compras lá — disse Lesgourges, com um gesto dramático de seu garfo.

— Realmente. Então ninguém sequer tentou se aproximar do edifício. Até hoje cedo.

O garçom chegou com óleo fervendo e um prato com carne crua. Lesgourges ergueu os olhos para Bizot.

— *Je t'écoute.*

— Fico feliz que alguém esteja me ouvindo. Meu sujeito, Morinière, ficou observando sentado no carro. — Lesgourges fez um gesto como se fosse interromper, e Bizot silenciou-o com o dedo previamente levantado. — É um Renault... E viu um cara de sobretudo azul-escuro e gola levantada, com o rosto escondido por um guarda-chuva. Esse homem *en bleu* ficou em frente à porta por um momento, e então se afastou. Bruscamente, segundo me disseram.

Lesgourges mergulhou um pouco de carne no óleo borbulhante.

— Era o carteiro?

— Não, não era o carteiro! Essa é a questão. Só o carteiro esteve na galeria nos últimos quatro dias, exceto por esse homem de azul. Na realidade, o aspecto mais marcante a respeito desses últimos quatro dias é o fato de essa única pessoa, além do carteiro, ter ido até a porta. E ele deixou algo.

— Espere — disse Lesgourges, engolindo sem mastigar o suficiente. — Estava chovendo esta manhã?

— Não — disse Bizot, fisgando outro pedaço em meio ao óleo.

— Então por que o homem de azul estava carregando um guarda-chuva aberto?

— Esta é a pergunta mais idi... esta é uma boa pergunta. Talvez fosse uma atitude preventiva.

— Que quer dizer com isso?

Bizot comeu.

— Sempre que alguém se pergunta "Será que devo levar um guarda-chuva hoje" a inevitável resposta é "Se levar um com você, não vai chover, mas se deixar o guarda-chuva em casa, vai chover na certa".

Lesgourges riu.

— *Eu* nunca digo isso.

— Bem, então você é um excêntrico. Guarda-chuvas são como pessoas no mundo da arte, Jean. Ou você leva um com você, ou nunca leva um com você — disse Bizot, espetando outro pedaço de carne nas profundezas oleosas.

— Não faz nenhum sentido — disse Lesgourges, parecendo aborrecido. — Leu isso em algum lugar? Você sabe o quanto é ruim quando se trata de lembrar de citações memoráveis.

— Essa coisa do guarda-chuva não importa, certo? Não quero saber por que ele estava carregando um guarda-chuva aberto quando não estava chovendo, e você também não vai ligar para isso quando eu lhe contar o que ele deixou ali.

— *Et alors?*

— Então agora você quer saber...

— Só se quiser me contar. Não precisa me dizer.

— É claro que quero contar! Quando esse homem de azul desapareceu na esquina, Morinière se aproximou da porta. À primeira vista não parecia ser nada de diferente. Já estava para voltar ao carro quando viu algo.

— O que ele viu?

Duas horas depois as portas da sala do conselho se abriram e os integrantes foram saindo aos poucos. Abatidos, cansados, estavam aliviados, mas frustrados pela cumplicidade à qual haviam sido forçados. À medida que iam se amontoando para passar pela porta, apertavam as mãos e davam tapinhas no ombro de lorde Malcolm Harkness. Em resposta, ele acenava com a cabeça, severamente.

Wickenden entrou na sala de Van der Mier. Ela estava sentada atrás de sua mesa, de frente para o vidro da janela, de costas para a porta.

— Então, o que fazemos agora? — perguntou ela. — Esperamos que ele ligue ou...

— É compreensível que esteja deprimida, srta. Van der Mier — disse Wickenden com uma voz gentil e firme. — Mas agora lhe prometeram o dinheiro. Teremos apenas que entregá-lo de um modo que nos garanta a devolução da pintura. E estamos aqui para ajudá-la a fazer isso. Colocaremos homens em sua sala. Enquanto isso, continuarei com as investigações. Nunca é tarde para apanhá-los, mesmo que a pintura seja devolvida. Agora fale-me um pouco sobre lorde Harkness.

Van der Mier virou-se na cadeira.

— Malcolm é integrante do conselho desde um pouco antes de eu assumir. É de uma família muito respeitada, o *ancien régime* da Inglaterra. Com castelo e tudo mais. Seu pai, lorde Gielgud Harkness, foi membro do conselho antes dele, de grande destaque e muito querido. São patronos das artes há décadas. Eles mesmos têm uma coleção bem razoável. Duas das obras pertencentes à família, em regime de empréstimo permanente, estão na galeria lá embaixo. A Bíblia da família, um exemplar raro do século XVI, com iluminuras, foi a peça central de uma exposição na British Library. Eles têm uma coleção eclética, mas sempre permitem que os museus tenham acesso às obras por curtos períodos de empréstimo. Uma família de mecenas ideais. Malcolm não é exceção.

— Ele tem tanto dinheiro assim para distribuir por aí?

— Não faço a menor idéia. Mas não ofereceria se não tivesse. No passado, sua família se mostrou sempre muito generosa. Desde que eu o conheço, tem sido um integrante discreto do conselho, mas de qualquer modo generoso com o tempo que nos dedica... Vou lhe contar o que eu acho. Acho que Malcolm gostaria de consolidar sua presença na condição de mecenas das artes. Sua família tem reputação, mas ele gostaria de assegurar alguma atenção para si mesmo. Pôr-se à altura do legado do pai. Rumores sobre o que está acontecendo vão circular entre amigos dos integrantes do conselho, e são esses que importam para Malcolm. Ao se oferecer para pagar o resgate do próprio bolso ele assegura sua posição na sociedade, estabelece uma reputação pessoal como um grande patrono. Está comprando uma posição social. Não que precisasse, com esse sobrenome... Mas não há nada de errado com seus motivos. Está fazendo uma bela ação, e que não vai ter publicidade, de modo que faz mais por bondade do que por outra coisa — disse, fazendo depois uma pausa. — O que ele precisa fazer? Preencher um cheque?

Wickenden continuou a vigiar os cadarços de seus sapatos.

— Tenho certeza de que os criminosos têm um plano. Os tempos das malas cheias de dinheiro ficaram para trás. Meu palpite é que vão querer o dinheiro depositado em alguma conta bancária numerada, e assim que tiverem a confirmação de que o dinheiro está lá vão devolver a pintura.

— Entendo. A menos que não façam isso.

— A questão, srta Van der Mier, é: você quer tentar montar uma armadilha ou quer apenas pagar o resgate? Essa decisão é sua. Podemos segui-la em veículos sem insígnia da polícia, podemos plantar microfones em você. Poderia funcionar, e é o que me mandaram recomendar, em nome da justiça. Mas é grande o risco de que o acordo vá por água abaixo e você acabe sem a pintura, e existe o perigo também sem o dinheiro.

— Não. Entendo sua posição, mas se Malcolm Harkness vai pagar seis milhões e trezentos mil do próprio bolso para recuperar essa pintura, não há a menor hipótese de eu pôr em risco esse dinheiro. E, pode acreditar, uma vez que essa pintura volte para as nossas mãos, nem um exército de guerrilheiros será capaz de roubá-la — disse Van der Mier, fazendo depois uma pausa. — Devo dizer ao senhor, inspetor... que consultei uma outra fonte, acatando uma sugestão do dr. Coffin. Fico feliz em seguir as opiniões de pessoas que têm mais autoridade que eu em matéria de investigação. Uma especialista concordou em vir e me aconselhar. Ela é especialista em Malevitch e investigadora a serviço da Sociedade Malevitch, em Paris. Chama-se Geneviève Delacloche. Será a melhor autoridade para confirmar a autenticidade quando conseguirmos de volta a pintura, e também é quem mais conhece os colecionadores e criminosos que teriam interesse em Malevitch. Nós, ou talvez deva dizer *eu* preciso de toda a ajuda que conseguir.

Harry permaneceu em silêncio.

Naquela noite Van der Mier deixou acesas as luzes de sua sala. Naquele entardecer fresco e úmido, sua janela brilhava como um navio incendiado num vasto mar à luz do crepúsculo.

— Então nosso homem, Morinière, na galeria — disse Bizot inclinando-se para a frente e depois, rapidamente, para trás, quando sua barba flutuou perigosamente perto do óleo quente da *fondue*. — No portal, ele viu... Um mezuzá.

— O quê?

— Uma daquelas coisinhas judaicas.

— Que coisinha judaica?

— Você sabe, essas coisas judaicas que as pessoas penduram junto à porta. É um tubo decorativo contendo supostamente um pergaminho com uma prece escrita nele. Mantém longe os maus espíritos, ou uma coisa assim. Eu sei... Hoje tive de pesquisar o que significava.

— Jean, não há a mais remota possibilidade de Luc Sallenave ser judeu, posso garantir a você...

— Eu sei. Nem Courtil é, nem... ninguém. É isso que torna a coisa tão interessante. Morinière também se deu conta disso quando estava no local, e foi por isso que teve a idéia de olhar lá dentro.

Os olhos de Lesgourges traíram seu entusiasmo.

— Ele olhou dentro do mezuzá?

— Sim. Nem ele, nem eu, nem ninguém que esteve no local tinha reparado nisso, porque nunca tínhamos pisado no portal, sempre olhado para a porta a distância. Quando o policial tocou no mezuzá, viu que a tampa de cima estava parcialmente desatarraxada.

— Isso é inacreditável — disse Lesgourges balançando a cabeça. Depois ergueu a mão e chamou: — Ei, pode trazer um pouco mais de vinho aqui?

— Então Morinière desatarraxou a parte de cima, e havia um pedaço de papel enrolado dentro dele. Não velho e quebradiço, mas novo. Ele o retirou e fotografou, antes de recolocá-lo, de modo que nossa vigilância não fosse... você sabe, vigiada. O mezuzá é um recipiente para mensagens. Na verdade, muito bem pensado.

Bizot levou a mão ao bolso do peito do seu paletó de tweed e retirou uma foto. Ele a empurrou, fazendo com que deslizasse pela mesa até Lesgourges.

— Foi isso que achamos lá dentro. O que acha?

Lesgourges abaixou os olhos para a fotografia. Era um pedaço de papel impresso.

— Parece uma página da Bíblia.

— *Tu as raison*. É mesmo. Olhe mais de perto.

Lesgourges debruçou-se para examinar. Era um trecho do Livro de Isaías. Começou a ler em voz alta:

— "*Aqueles que gravam imagens o fazem todos por vaidade; e de suas coisas não tirarão nenhum lucro; e eles mesmos são suas próprias testemunhas; nada vêem, nem sabem; que sejam cobertos de vergonha. Quem deu forma a um deus, ou moldou ou gravou uma imagem que para nada serve? Olhem, todos esses hão de se envergonhar: e os artesãos não passam de homens: deixem que todos se juntem, deixem que se levantem; ainda assim deverão temer, e deverão se envergonhar juntos.*"

— Continue a ler — encorajou Bizot.

— "*O ferreiro com suas tenazes trabalhou com os carvões, e moldou-os com martelos, e trabalhou-os com a força dos braços: sim, ele está faminto, e sua força fraqueja: ele não bebeu nenhuma água, e desfalece."* Ah, essa parte foi marcada: *"O carpinteiro estendeu sua régua; ele marcou uma linha; ele a trabalhou com uma plaina, e marcou com o compasso, e o fez tomando como modelo um homem, imitando a beleza de um homem; que pode ficar numa casa."* O que isso...

— Não tenho nenhuma pista. Mas é uma pista.

— Sei que é uma pista, mas...

— Não cheguei a esse ponto. É por isso que preciso de sua ajuda — disse Bizot sorrindo e tomando outro gole de vinho.

— Precisa? — perguntou Lesgourges se endireitando na cadeira. — Precisa.

— Veja — disse Bizot. — É, obviamente, uma comunicação, e não sabemos do que, de quem. Mas é algo de conspiratoriamente sigiloso. Como num filme de espionagem. O que significa que o comunicado é importante tanto para o receptor quanto para o comunicador. Acho que precisamos dar uma olhada na galeria, e assim talvez essa mensagem se torne mais clara.

— O mandado foi concedido? — perguntou Lesgourges.

— Acabou de ser concedido esta manhã. Estive pensando sobre isso o dia todo. Qual a natureza dessa citação? É de uma passagem sobre artesãos que deveriam se envergonhar de fazer uma imagem destinada a se tornar um falso ídolo. Isso soa familiar. O trecho que está assinalado, Isaías 44:13: "*O carpinteiro estendeu sua régua; ele marcou uma linha; ele a trabalhou com uma plaina, e marcou com o compasso, e o fez tomando como modelo um homem, imitando a beleza de um homem; que pode ficar numa casa*" é sobre um carpinteiro praticando seu ofício...

— Jesus era carpinteiro — disse Lesgourges, parecendo satisfeito consigo mesmo.

— É verdade, mas o mesmo vale para o pai de Jesus, José. E, como mencionei a você, ficamos sabendo que Luc Sallenave doou uma soma considerável a uma organização chamada...

— ... a Irmandade de José.

A ficha de Lesgourges caiu.

— O endereço dela é na mesma rua da Galeria Sallenave. Tudo se encaixa à perfeição.

— Certamente sim — ecoou Lesgourges. — Nem estou com fome para uma sobremesa.

— Vamos lá.

— Bem, podíamos pelo menos dar uma olhada no menu. Então acha que vai encontrar a pintura roubada em algum lugar na Galerie Sallenave?

— Ou no apartamento em cima dela — disse Bizot.

— Se fosse apostar, o que acha que a gente iria encontrar lá?

— Frutas vermelhas em *creme fraîche*... — disse Bizot examinando atentamente o menu e depois erguendo os olhos. — Bem... vamos pensar sobre isso. "*O carpinteiro estendeu sua régua; ele marcou uma linha.*" Um carpinteiro está medindo e marcando uma madeira para ser cortada. Talvez uma gravura em madeira? Isso parece ser a solução para uma charada. Qual a linha seguinte? "*Ele a trabalhou com uma plaina, e marcou com o compasso.*" Se o sentido é literal, então talvez haja alguma estrutura de madeira que contém a pintura de Malevitch. Talvez esteja escondida num abrigo de jardim, ou numa parede falsa, mas sobra ainda a palavra "*compasso*". Deve se referir a alguma coisa medida e feita de madeira, aplainada para ficar chata e depois medida por um compasso.

— Podia ser um banheiro de quintal.

— E, então: "*e o fez tomando como modelo um homem, imitando a beleza de um homem; que pode ficar numa casa.*" Então a construção de madeira tem o formato de um homem, e é isso que permite que permaneça na casa.

— E o pedaço sobre "*a beleza de um homem*"?

— Isso não consigo entender. Também não estou tão certo de que possa ser feito de madeira e com a forma de um homem. Pensei num sarcófago, mas isso seria ligeiramente espalhafatoso.

— Para que acha que serve esse comunicado? — perguntou Lesgourges. — Acha que o ladrão escondeu a pintura em algum lugar e está informando o financiador do roubo a respeito da sua localização?

— Ainda não pensei tão à frente, Jean. Meu cérebro é muito pequeno, e só posso resolver um enigma de cada vez. Mas a solução de um inevitavelmente revela pistas para os outros. Na minha carreira, como você vai querer observar outro dia, quando se transformar no Bosworth para o meu Johnson, o princípio que me guia tem sido o do efeito dominó. Não faz sentido especular tempo demais sobre coisas a respeito das quais não estamos suficientemente informados. Só nos leva a um bocado de ginástica mental que pode se revelar infrutífera, e eu sou intrinsecamente preguiçoso em se tratando de ginástica mental.

— E física.

— Então só vou lidar com este problema e resolver o próximo quando chegar a ele. Espero que esteja tomando notas.

— Não se espera dos investigadores que pensem sempre em termos dos próximos passos, como um jogador de xadrez, para ser mais esperto que o criminoso? Como Sherlock Holmes e Miss Marple?

— Eu pareço com Sherlock Holmes?

Lesgourges olhou Bizot de cima abaixo e de trás para a frente.

—Você parece mais com Miss Marple.

— Rá – tossiu Bizot. — Rá.

— Talvez se usasse um desses chapéus moles com abas caídas sobre as orelhas...

— Talvez se você bebesse um copo inteiro de cale-a-sua-boca... — resmungou Bizot, depois reparando que o garçom estava já há algum tempo parado ao lado deles, pronto para anotar o pedido de sobremesa. Ele parecia estar de algum modo fascinado com a conversa, seus olhos brilhando por cima do bigode de pêlo de guaxinim. Bizot continuou: — Então, não sei o que vamos encontrar, mas sei aonde precisamos ir para encontrar seja lá o que for, e então vamos pôr tudo em ordem quando chegarmos lá.

Lesgourges ergueu os olhos para o garçom.

— *Des profiteroles, s'il vous plaît.* Acha que vai estar escondido? O Malevitch.

— Sem dúvida — disse Bizot, depois fazendo uma pausa. — *Des profiteroles pour moi, aussi.*

— Certamente, espero que sim.

— Tudo é bastante divertido para você, não é, Lesgourges? Você se dá conta de que isso é o meu trabalho, não?

—Ah, não vem com essa. Você adora cada minuto disso.

Bizot cruzou os braços sobre o estômago.

— Suponho que sim. Contanto que sobre tempo para a sobremesa, nenhum trabalho é grande demais.

Lesgourges abriu seu sorriso eqüino e inclinou-se para trás na cadeira.

— Sempre há tempo para a sobremesa.

Capítulo 25

Na manhã seguinte a sala de Van der Mier estava cheia de gente. Harry Wickenden comandava quatro agentes que preparavam o telefone para receber a ligação de pedido de resgate, na esperança de rastreá-la. Wickenden tinha experiência suficiente nesses assuntos para saber que o máximo pelo qual eles podiam torcer era por um erro da parte deles. Qualquer criminoso digno desse nome iria prever o grampo no telefone. Um peixe capaz de distinguir uma isca de uma presa sabe o suficiente para não morder. Mas errar é humano e a esperança é a última que morre.

— Acha que eles vão ligar logo?

Van der Mier não estava gostando nada de todo aquele movimento no seu cantinho.

Um agente sentado diante de um laptop respondeu:

— Vamos esperar o tempo que for necessário, madame. Não se preocupe.

Era isso que eu temia, pensou ela.

Uma hora e meia se passou, e Van der Mier estava tentando adiantar um pouco seu trabalho. Com pelo menos dois agentes presentes o tempo todo e a pressão decorrente da situação, era difícil permanecer concentrada. Em meio a tudo aquilo, tinha um museu para administrar, e precisava transmitir ao público a impressão de que não ocorria nada de errado. Havia uma pilha de solicitações de empréstimo de obras para serem consideradas. O MoMA queria um Picasso, a Tate Modern, um pouco abaixo na margem do rio, estava montando uma retrospectiva e queria o caderno de esboços de Barbara Hepworth, e o Museu Vigeland de Oslo queria um modelo em gesso em tamanho natural de uma das monumentais esculturas ao ar livre de Vigeland, que estava na coleção da Gallery of Modern Art. Havia o equivalente à programação de três anos de exposições a ser planejada, cartas a serem escritas, pedidos de empréstimos a serem feitos, publicidade, um posto de curador a ser preenchido. Van der Mier enviou alguns e-mails, reuniu-se com o curador do departamento de Desenhos Contemporâneos, despachou mais alguns papéis. Não tocou no telefone, mas não conseguia manter os olhos longe dele por muito tempo.

E então ele tocou.

Os dois agentes na sala ficaram atentos e encontraram o olhar preocupado e inquiridor de Van der Mier. Um deles sussurrou algo num walkie-talkie, enquanto outro se sentou diante do laptop e pôs os fones de ouvido. Quando o telefone tocou pela terceira vez, Wickenden e dois outros agentes já tinham entrado na sala e haviam todos colocado seus fones no ouvido. Então, Wickenden acenou para Van der Mier, que pegou o telefone.

— Alô?

Atentos, os agentes ficaram à espera, trocando olhares e checando os mecanismos para rastrear e gravar. Silenciosamente, Wickenden encorajou-a. Eles esperavam enquanto Van der Mier ouvia, com o aparelho no ouvido.

— Não, pelo amor de Deus! Não, não quero sair para almoçar! — Van der Mier bateu o telefone. Gotas de transpiração se espalhavam como lágrimas ao longo de seu pescoço.

— O que... o que foi isso?

Wickenden e seus agentes estavam olhando.

— Era a diretora de marketing! Ela não sabe a respeito do...

— Entendo.

— Desculpe, eu...

— Não, tudo bem. Acredite ou não, você está mais calma do que muitos com quem tive de lidar — disse Wickenden se sentando, os olhos ainda em Van der Mier. — Bem, se ela não sabia do roubo até o momento, provavelmente já suspeita de alguma coisa agora.

Van der Mier desabou em sua cadeira. No momento em que seu traseiro tocou no couro do assento, ela ouviu um *ding*.

— Ah, não vão acreditar nisso... — disse Van der Mier olhando para alguma coisa em sua mesa. — Uma porra de um e-mail. Jesus Cristo.

Ela estava quase sorrindo. Quase. Wickenden não estava.

Os agentes estavam agrupados atrás da enorme mesa de mogno e vidro de Van der Mier e coletivamente se esticaram para espiar a tela do laptop. Ela clicou duas vezes na nova mensagem.

— Como conseguiram um endereço de e-mail com o nosso domínio?

— Deve ter sido quando o hacker invadiu seu computador na semana passada; já fizeram pensando nisso — disse um agente, esperando ser prestativo.

— Os caras têm um senso de humor incrível, não têm?

Wickenden não tinha.

Para: Elizabeth van der Mier <elizabeth.vandermier@ngma.org>
De: Kasimir Malevitch <malevitch.white@ngma.org>

Obrigado por indeferir nossa oferta de resgate. Você vai transferir £6,3 milhões para uma conta de banco numerada, como é explicado abaixo. Sábado, às dez da manhã, um representante do museu irá até um local especificado num futuro contato. Diremos então a esse representante onde a pintura está escondida, e vocês estarão livres para recuperá-la. Não levem policiais com vocês. Diga ao policial que está lendo este e-mail que não vamos tolerar interferências. Não daremos uma segunda chance. Vamos manter nossa palavra enquanto vocês mantiverem a sua. Cor 13:7

Se o dinheiro não estiver na conta no final do horário bancário na sexta-feira, então nossa oferta será retirada, e a pintura será destruída.

Então roubaremos uma outra.

Obrigado pela cooperação e tenham um bom dia.

— Esses babacas metidos — sussurrou Van der Mier. Wickenden observou sua expressão, algo entre uma gargalhada e um grito, talvez um pouco de ambos, no seu íntimo. — Reparou que eles escreveram *indeferir* em vez de deferir. Ou melhor, usaram a palavra errada. Usaram "indeferir". E é tão formal.

O bigode de Wickenden assumiu a forma do mais pálido dos sorrisos antes de cair novamente nos cantos.

— Como um requerimento de estudante solicitando um estágio — murmurou Van der Mier.

— Harry, o que acha disso? — perguntou um agente, segurando o texto impresso do e-mail.

Wickenden pegou o papel e o carregou pela sala.

— Isso tudo sugere uma investida de amadores no mundo da arte. Amadores muitíssimo inteligentes, habilidosos, de baixa extração. Tudo aponta para o perfil de ladrões competentes de fora do universo da arte, fazendo uma experiência nessa área. É evidente que consideraram cuidadosamente a questão do pagamento do resgate, de modo que seja bem-sucedido. Mas a escolha do preço e o erro de redação, e o tom...

— É possível que eles sejam apenas corteses? — disse Van der Mier de um modo brincalhão, mas a pergunta era legítima. Ela ganhou confiança e prosseguiu: — Quero dizer, não há por que pedidos de resgate serem escritos de forma direta e brusca.

— Não esqueça de que eles realmente fizeram ameaças. Destruição e futuros roubos...

— Sim, percebi isso, inspetor. Essa parte me deixou louca, mas sou obrigada a dizer que tenho dificuldade em odiar essas pessoas. Eles colocaram um pouco de arte no roubo de obras de arte.

— E o roubo — observou um agente.

— Só não queria ter sido a vítima deles. Então poderia admirar... — disse Van der Mier olhando através da janela para o cenário londrino lá fora.

— O erro na escolha da palavra é... o quê? Descuido? — observou Wickenden completamente imóvel. — É quase evidente demais.

Um agente ponderou:

— Poderia ser uma pista falsa.

— Você acha?

— Quero dizer, todas essas características sugerindo um determinado perfil que estamos traçando poderiam ter sido plantadas com o objetivo de nos conduzir a conclusões erradas.

— Não sei — respondeu outro agente. — Acho que não. Fizeram um trabalho tão bom com o roubo, e ao se distanciarem para o pagamento do resgate e tudo isso... Sugerir um perfil falso parece uma precaução desnecessária.

— Não estou percebendo ódio bastante na voz de vocês, pessoal — advertiu Wickenden. — Não vão amolecer. Estamos aqui para encanar esses pilantras. Não vejo nada de louvável no jeito com que eles debocham de nós. Uma maneira de encarar esta carta é vê-la como vinda de criminosos corteses, de boa índole, que só queriam levantar alguma grana. Mas eu a vejo como um insulto, e posso garantir que não gosto nem um pouco dela.

Ele estava olhando o papel impresso.

— Diz aqui "Cor 13:7". Que diabo isso quer dizer?

Van der Mier avançou na direção dele e olhou para o papel.

— Cor 13:7... Parece uma... é uma ref... é uma referência à Bíblia, com capítulo e versículo? — perguntou ela olhando ao redor da sala, para uma série de rostos perplexos. — Será que ninguém aqui vai mais à igreja? Deus do céu!

Wickenden examinou os agentes na sala.

— Vocês podem me encontrar uma Bíblia?

Alguns poucos minutos depois um agente entrou novamente na sala com uma Bíblia na mão.

— Demorou. Onde encontrou? — perguntou Wickenden.

— Roubei de um hotel do outro lado da rua.

— Ótimo.

O agente entregou-a a Van der Mier, que a abriu no índice. Ela correu o indicador pelo papel suave.

— "Colocada aqui pelos Gideons." Bem, não vão sentir falta dela — disse Van der Mier sorrindo. — Ah, Coríntios, claro. Qual é? Treze-sete?

Wickenden ergueu os olhos, depois leu da folha. Treze-sete.

— Certo — disse Van der Mier folheando as páginas finas, brancas e recém-impressas. — Capítulo 13, versículo 7... Esses abusados...

— O que é? — perguntou Wickenden se aproximando e olhando por cima do ombro de Van der Mier. — "*E rogamos a Deus que não façais mal nenhum, não porque não pareçamos ser aprovados, mas a fim de que vós façais o que é honesto, ainda que nós sejamos como que degenerados...*" O que diabo... Deve ser um grupo de fanáticos religiosos.

— Acha que se trata de um grupo religioso de extrema-direita? — começou Van der Mier. — Quero dizer, o *Branco sobre Branco* de Malevitch é uma obra notoriamente iconoclástica. Na realidade, foi pintada toda de branco para negar o ícone. Quando mostrada pela primeira vez, foi pendurada num canto no alto da sala, o lugar onde as famílias russas tradicionalmente mantinham ícones, pinturas antigas de Maria e Jesus. Substituir Maria e Jesus por uma pintura branca é o supremo gesto iconoclasta. Talvez seja uma declaração contra essa iconoclastia.

— Talvez — disse Wickendon —, mas ainda assim eles estão pedindo dinheiro. Esses criminosos estão pedindo grana, muita grana. Mas, certamente, isso contribui para o perfil.

— Se não se incomoda, inspetor, vamos chamar a especialista da Sociedade Malevitch, Geneviève Delacloche, para que ela possa examinar a pintura quando for recuperada. E eu manteria lorde Harkness a par de tudo.

Van der Mier pegou o telefone, o que fez com que todos os mecanismos de vigilância e rastreamento começassem a funcionar. Ela revirou os olhos e começou a discar.

Capítulo 26

Por volta das dez da manhã de sábado a Portobello Road estava lotada. Uma barreira de barracas, mercadorias e clientes, passantes, turistas, tudo e todos, numa vastidão claustrofóbica, uma eufórica confusão, um sonho para o caçador de pechinchas, uma fervilhante variedade de tesouros enterrados em meio a uma vertiginosa selva de quinquilharias. Dizia-se que qualquer coisa podia ser comprada – e fora comprada – em Portobello Road.

Para esses turistas de olhos arregalados, com camiseta do Hard Rock Café, sorriso largo e estúpido e voz espalhafatosa, era um espetáculo a ser contemplado. Eles, por sua vez, eram observados avidamente pelos vendedores à espreita. Realmente havia pechinchas a serem caçadas, mas também havia compradores a serem caçados.

Os verdadeiros tesouros estavam fora da rua principal. A Portobello em si estava abarrotada de barraquinhas repletas de tralha. Ainda que provavelmente muita coisa ilegal estivesse acontecendo, a maior parte da gatunagem se dava de maneira gentil e benevolente. A verdade não era dita com todas as letras, mas também não era evitada de forma maldosa. Se alguém perguntasse, eles diriam que o mapa da Inglaterra do século XVIII que estava sendo admirado tratava-se de uma fotocópia do original, o qual teria custado muitas vezes mais do que as vinte e cinco libras do preço pedido. Mas muitos compradores, turistas em maioria, não se davam ao trabalho de perguntar, então o vendedor não se dava ao trabalho de contar.

Quando Van der Mier tinha ido a Londres pela primeira vez, ainda garota, seus pais a tinham levado a Portobello Road. Lembrava claramente de ter brincado de espião com seu pai e seu irmão, e de ter ficado boquiaberta com a lista de objetos a serem espionados. Um em especial, uma luminária com um macaco-menestrel de cara preta com a base feita de chifre, ficou gravado em sua memória como o mais estranho de todos. Portobello Road tinha se tornado para ela um mundo de fantasia. Assustador em vista da torrente de corpos, na qual uma criança poderia facilmente se perder, mas não tão estranho; tinha algo de extraterrestre, de modo a inspirar assombro, não medo. Os cheiros despertavam reminiscências: umidade e bolas de naftalina e mofo, livros antigos, metais polidos, cerveja e café, rendas amareladas e algumas lembranças invocadas de seus estudos sobre Proust nas aulas do professor McCatty, na universidade.

Certa vez ela havia formulado uma história, jamais escrita. Tinha imaginado que em algum lugar, no mais profundo e sombrio âmago da paisagem desolada de Portobello Road, em meio à interminável quinquilharia e às mesas entulhadas, jazia uma barraquinha. Consistia em apenas uma mesa, com um só objeto em cima dela. E para quem quer que se aproximasse dali, o objeto sobre a mesa se revelava aquele que a pessoa estava procurando. O homem atrás da barraca tinha uma barbicha ruiva e branca e um brilho prateado no olhar. O preço do objeto era sempre um pouco maior do que a quantia de que o freguês dispunha. De modo que o vendedor mostrava-se mais do que disposto a pechinchar um acordo...

Van der Mier tinha estado em Portobello Road apenas um punhado de vezes quando criança. Seu pai, um holandês, era um advogado conhecido por seu trabalho no Tribunal de Crimes de Guerra, e dividia seu tempo entre Londres e Haia. A mãe, britânica, tinha criado o irmão em seu país, passando alguns verões na Holanda e o resto do ano em Kent, uma curta viagem de trem a partir do centro de Londres, mas mesmo assim numa paisagem decididamente rural. Desde bem pequena, porém, Elizabeth tinha freqüentado um internato na América e estudado em uma universidade de lá. Havia voltado há apenas dez anos, para aceitar um cargo bem remunerado de curadora, e permanecera no país desde então.

As poucas visitas a Portobello Road ainda estavam frescas em sua lembrança enquanto andava por um caminho interminável, cheio de coisas de que ninguém realmente precisava, mas que, no entanto, se convenciam a comprar.

O olho treinado de Van der Mier podia agora separar o joio do trigo. Era pouco provável que alguém fosse achar algo de grande valor, e os vendedores sabiam mais sobre suas mercadorias do que os fregueses esperavam, mas bons preços estavam assegurados, o ato de pechinchar era bem-vindo e tesouros podiam ser achados no meio da areia. Ela passou os olhos por alto em fotocópias, pratarias de aço polido, antiguidades caseiras, livros com traças, e deteve-se com atenção em gravuras originais, objetos de prata e livros secos e quebradiços. Diante de um olho treinado, objetos promissores pareciam como que dotados de uma auréola.

Van der Mier conferiu seu relógio: dez horas e três minutos. Seu celular ainda estava funcionando. Bom. Por que não tinham ligado?

Avançou por entre uma floresta de gente, caminhou ao longo da calçada cinza, com o sol faiscando nos tetos dos carros e nos engradados de pratarias, o som de centenas de vozes sugerindo um farfalhar de asas.

O telefone tocou.

— Sim?

Era Wickenden.

— Acabamos de receber o e-mail. O depósito do dinheiro foi confirmado. A pintura está dentro de uma das arcadas, com a porta verde, num canto. A mensagem diz que está no porão, em frente a um urso.

— Um urso? Como no... Um urso? Acha que é uma piada?

— Não sei. Não pode ser uma... O que acha que significa?

Houve uma pausa e o som de vozes ao longe.

— Nenhum de nós tem idéias por enquanto. Mas fique na linha.

— Não se preocupe. Vou ficar.

— Você vai gostar disso. Eles terminam a carta com "felicidades".

— Filhos-da-mãe abusados. Como interpreta essa cortesia toda?

— Acho que estamos lidando com um punhado de idiotas.

— Ah!

Van der Mier estava cerca de dois quarteirões adentro pela Portobello Road, as multidões se tornando mais densas. Barracas dos dois lados da rua estreitavam a passagem para os pedestres. Ela sentiu a claustrofobia do acúmulo de corpos sob um céu azul.

Wickenden continuou.

— Sabe a arcada de que estão falando? Com a porta verde?

— Sei. Tem dois níveis, por isso a indicação do porão faz sentido. É logo ali na frente. Acha que eles erraram na ortografia ao escrever "urso"? Ou queriam dizer "curso"? Depois da última mensagem, não duvidaria de nada.

— Eu não... Não, achamos que... Isso não faria muito sentido, mas eu... Ah, diabos, quem pode saber isso?

— Sei como se sente.

— Desculpe, srta. Van der Mier. É só que, se alguém age de forma lógica, então é possível pensar de maneira lógica e prever e solucionar. Mas se não esperamos que sejam lógicos...

— Então todas as apostas estão suspensas. Concordo. Que saco.

Van der Mier parou diante de um portal trabalhado em madeira, pintado de verde-menta, que se abria amplamente, como uma grande boca bocejando. Ela reconheceu o lugar. As verdadeiras pechinchas estavam nos estandes montados no interior, fora da trilha dos turistas, como minas que se aprofundavam numa montanha. Era fácil se perder, voltar nos próprios passos, a visão ofuscada por relógios, caixas de cigarros, canecos de metal e luminárias com macacos-menestréis de cara preta com a base feita de chifre. Por um breve momento, Van der Mier sorriu para si mesma.

— Como devo entrar?

— Aqui diz que é no porão. Tem mais de uma entrada?

— Se me lembro bem desse lugar, há várias. É como uma colméia. Vou tentar uma delas e ver se conduz a alguma escada para a parte de baixo.

Com o celular colado no ouvido, Van der Mier entrou.

Não havia nenhuma escada à vista. Estandes transbordando de livros e bugigangas por todos os lados, mas nada de degraus. Pessoas passavam por ali, rindo e falando. A incrível quantidade de transeuntes e o excesso de objetos provocavam desorientação. Tudo isso, somado a seu nervosismo, deixou Van der Mier tonta. Ela escolheu uma direção e andou para lá. Alguns metros à frente, virou à esquerda, e o caminho à sua frente se dividiu em três direções. Olhou para trás e não pôde mais ver a porta por onde tinha entrado.

— Acho que deveria ter trazido algum tipo de fio ou um aparelho rastreador GPS ou alguma outra coisa... Alô? Alô?

A ligação caíra. Ela olhou no visor. Fora de área. Então olhou para o teto. Mentalmente anotou um recado para trocar de operadora.

O caminho do meio parecia uma escolha tão boa quanto qualquer uma das outras duas. Ela avançou por ele, para acabar se vendo diante de mais opções, nenhuma delas para baixo. Seu olhar encontrou o de uma mulher num estande, vendendo bijuterias sofisticadas atrás de uma vitrine.

— Sabe como chegar ao porão?

— Porra, não tenho a menor idéia, benzinho.

— Bem, obrigado de qualquer maneira. Será que você por acaso sabe onde alguém poderia estar vendendo... um urso?

— Os estandes mudam a cada semana, meu bem, então não faço a menor idéia. Mas maltratar ursos é ilegal, de modo que eu pensaria duas vezes antes de perguntar a alguém.

— Tudo bem. Obrigada.

— Não tem de que, querida.

Van der Mier virou-se e entrou por outro corredor cheio de lojas. Olhou mais uma vez para o telefone. Ainda fora de área. Havia pessoas por toda parte, mas nenhum sinal de ursos. Uma citação de Coleridge lhe veio à cabeça. Ela sentiu sede. Elizabeth olhou à sua esquerda. Havia uma pequenina estátua de um santo em porcelana. Apropriado, pensou.

Não se lembrava de suas visitas anteriores a Portobello Road como experiências tão labirínticas. Talvez porque antes não estivesse procurando por alguma coisa em particular. É melhor fazer a visita sem um objetivo a cumprir. Quanto mais específico fosse o objeto desejado, mais frustrante a visita poderia se tornar. Melhor vagar ao acaso. É quando não nos perdemos, pensou. É só quando você tem um lugar para ficar...

Ela parou diante de outro estande para pedir uma informação.

– Ah, sim. O porão é naquela direção. Vá até o fim da passagem, vire à esquerda, dê mais alguns passos, mas não descendo pelo caminho mais longo, só pelo curto, é logo ali à direita, ande mais alguns passos, passando por um trecho onde a tinta do teto está meio descascada, e é bem à sua esquerda. Não dá para errar.

— Certo...

Van der Mier seguiu a indicação o melhor que pôde. Fim da passagem. Virar à esquerda. Mais alguns passos à frente. Um corredor se abriu à sua frente, mas não seguiu por ele. Em vez disso, entrou à direita. Um metro adiante, viu alguma coisa estranha no chão. Pareciam pilhas de papel branco cortado. Então ela olhou para o teto. Lascas de tinta oscilavam precariamente acima de sua cabeça. Espadas de Dâmocles. Ela olhou para a esquerda. Havia degraus conduzindo à escuridão.

Parecia não haver luzes acesas aos pés da escada. Van der Mier olhou para baixo, como se estivesse à beira de um precipício. Talvez houvesse alguma luz fraquinha lá embaixo, mas ela não via nenhum movimento. Checou o telefone mais uma vez. Nada. Desceu pelos degraus.

À medida que o nível de seu olhar baixava, a névoa que formava algo como uma gaze sobre o porão parcamente iluminado ia entrando em foco. Parecia haver apenas uma luz fluorescente, que tremeluzia de forma ameaçadora, criando a ilusão de uma neblina no porão lá embaixo. Os degraus de madeira rangeram, frágeis, sob os saltos de Van der Mier. Quando tinha descido o bastante para enxergar o que havia no porão, quase tropeçou.

Ao pé da escada, Van der Mier escorregou e mal pôde se segurar. Em meio ao crepitar da luz fluorescente ela viu, banhado numa luz difusa e aquática, um enorme urso pronto para rugir. Seus dentes e sua gengiva preta à mostra, os braços bem abertos com garras. Parecia imponente, a cabeça quase tocando o teto. Estava, é claro, empalhado. Van der Mier conseguiu dar uma gargalhada nervosa.

Bem, isso aí é um urso, pensou. Seus olhos se adaptaram à luz fraca e ela viu à sua frente um banquete de horrores.

O estande ao pé da escada parecia um museu de história natural vitoriano saído de um pesadelo. Toda espécie de criaturas empalhadas, em poses terrivelmente antinaturais, estavam à espreita sob um toldo. Um leopardo empalhado, o esqueleto de um babuíno, uma série de cabeças de macacos encolhidas e ressecadas numa mesa, um esqueleto de um pássaro num poleiro dentro de uma gaiola, um crânio humano, a pele inteira de um crocodilo, os dentes de um tubarão gigante, uma comprida pele de cobra, uma bandeja com borboletas espetadas.

Isso é horripilante, pensou. Então percebeu que a cada uma daquelas criaturas assustadoras estava presa uma etiqueta com um preço. Quem seria capaz de comprar qualquer dessas coisas?, pensou. Parecia o cenário de um filme de Vincent Price. Mas achei um urso.

— Cuidado com o degrau, querida.

O som de uma voz quase fez com que ela caísse de novo. Virou-se para ver uma velha desdentada e de cabelos grisalhos sentada num engradado de leite, oculta por uma sombra. Ela vestia um suéter azul surrado e uma saia de retalhos que mal cobria os joelhos ossudos, dobrados.

Jesus, ela parecia poder estar misturada aos animais mortos. Então ouviu uma voz vinda de cima.

— Ei, querida, encontrei outros estandes! Venha dar uma olhada. Uau!

Um sotaque americano fez-se ouvir com estridência vindo do alto da escada. Logo foi seguido de um homem de pernas brancas vestindo um short cáqui e uma camiseta que descia, larga, até suas coxas, presa por uma pochete roxa. Usava um boné de beisebol verde néon com uma aba atrás caindo num ângulo de 45 graus acima de um crânio já bem calvo. Óculos escuros pendiam de um cordão amarelo em torno do pescoço. Seu rosto brilhava de euforia.

— Bem, nossa, está escuro demais aqui embaixo. Que diabo aconteceu com as luzes... — disse ele, e deu um pulo para trás, surpreso, quando viu o urso rugindo ao pé da escada. — Quase me matou do coração. Ginny, tem um urso aqui embaixo!

— O que é isso, Ted?

Uma voz afetada ecoou pelas escadas, seguida de uma mulher terrivelmente obesa numa blusa florida vários números abaixo de seu manequim.

— Nossa, estou vendo — disse ela, e com delicadeza tentou pisar além dos degraus de madeira e escorregou. — Oh, meu Deus!

Ela estava olhando o urso de alto a baixo, ou talvez fosse o contrário.

— Olhe aqui, Ginny. Tem umas pinturas. Esta aqui parece mesmo ótima.

Aproximaram-se do estande da velha. Ela sorriu para eles por trás do engradado de leite.

— Desculpe pela luz, meus queridos. Esteve indo e voltando o dia todo e não tem ninguém para consertar até segunda-feira. Acho que sou a única aqui que abriu hoje. Vejo que todos vocês gostam de Herbert. É assim que chamamos o urso. Jim Boylan é quem toma conta deste estande, mas ele não veio hoje. Herbert já está conosco há um ano. Parece que não conseguem encontrar um lar para ele.

— Bem, é claro que nós levaríamos ele, madame — disse Ted —, mas acho que não iria caber na minha mala.

Ele e Ginny começaram a dar risadinhas sem a menor inibição.

— Ei, Ginny, olhe só esse...

Van der Mier desviou os olhos daquele museu dos horrores e caminhou ao longo dos outros estandes do porão. Havia apenas quatro deles. Era evidente que os proprietários tinham sido azarados no sorteio dos pontos. O porão parecia ter algo de azulado e submarino, pensou, enquanto observava as mercadorias de cada estande. Só havia pinturas ali embaixo, com exceção dos monstros empalhados às suas costas. Van der Mier não queria olhar para eles novamente, mas mal conseguia resistir à tentação. Tremeu com um arrepio e continuou a avançar.

Uma grande quantidade de telas a óleo pintadas por amadores e colocadas em molduras espalhafatosas estava pendurada nas paredes dos estandes. Será que o Malevitch poderia estar escondido em um desses estandes? Enrolado num canto? Meu Deus, espero que não esteja enrolado de modo a ficar muito apertado. Vou matar esses sujeitos se a pintura estiver com rachaduras. Três dos estandes não tinham apresentado respostas imediatas, e Van der Mier virou-se para o estande da velha, onde os americanos risonhos estavam apontando preferências entre as obras de arte.

Ao se virar, Elizabeth pensou ter visto a velha a encarando. Mas quando baixou os olhos, a lamentável criatura desdentada e esquelética sentada no engradado de leite estava falando com os americanos, de costas para Van der Mier.

— Gostei deste, Ted. Ficaria muito bem na nossa cozinha.

— Não — retrucou Ted. — É toda branca e é meio grosseira. Puxa, eu faria uma igual para você com aquele material que tenho na garagem.

— Eu sei, mas combina com nossas paredes. Li que a gente deve combinar os quadros com a cor da parede, ou algo assim.

— Vou pintar um desses para você quando a gente voltar para casa.

— Tá certo, querido.

Eles se afastaram do quiosque e subiram lentamente a escada, que rangia sob o peso de Ginny.

Quando foram embora, Elizabeth sentiu o silêncio palpável em meio ao zumbido sombrio da lâmpada fluorescente e o sorriso arfante e silencioso da velha senhora. Então ela registrou o que os americanos tinham falado.

Foi para o centro do estande da velha. Consistia em três lados de uma gaiola branca quadrada, na qual estavam penduradas inúmeras pinturas de todos os tamanhos em molduras douradas. No meio, em um chassi, a única sem moldura, havia uma pintura de branco sobre branco.

Van der Mier segurou o quadro e o ergueu. Olhou as beiradas da tela, onde tinha sido grampeada na estrutura de madeira. Os grampos brilhavam. Ela reparou que a pintura havia sido esticada de modo irregular, com uma pequena ondulação no canto inferior esquerdo. Como se tivesse sido grampeada no chassi às pressas, e recentemente. Então olhou para a pintura.

É ela, pensou. É ela.

— Gostou, benzinho? — A velha senhora lançou um olhar penetrante para Van der Mier, um olho mais apertado do que o outro.

— Madame. Meu nome é Elizabeth van der Mier, e eu sou diretora da National Gallery of Modern Art, aqui em Londres. Esta tela pertence ao museu e está no lugar errado. Estou aqui para recuperá-la. Pode me dizer quem a deu para a senhora?

A senhora olhou-a desconfiada.

— Não sei dizer. Meu marido é quem toca o negócio na maior parte do tempo, e deve ter conseguido isso durante a semana, já que é novo. Gostou?

— Sim, mas... É o seu marido... Não, deixe para lá. Obrigada — disse, e se virou para sair, o quadro debaixo do braço.

— Desculpe, moça. São dez libras.

— O quê?

— A pintura que está levando. Custa dez paus. Só aceitamos dinheiro.

— Mas parece que você não está entendendo. Isso é propriedade da National...

— Olhe, benzinho. Não estou nem aí se esse negócio veio da tumba do rei Tut. Essa etiqueta aí do lado tem um dez escrito nela, e isso significa que o meu Roddy quer dez paus por ela. Se quer levá-la, então é bem-vinda, mas... — disse, mantendo a mão estendida. Não estava mais sorrindo.

— Deve estar brincando... — murmurou Van der Mier consigo mesma. Ela olhou para a pintura, olhou para a velha, então pensou na escada. Apoiou a pintura no chão e pegou sua carteira, rogando uma praga entredentes.

Elizabeth abriu a carteira Bottega Veneta e contou suas notas. Merda, pensou. Então olhou desalentada para a senhora.

— Veja — disse ela —, não dá para acreditar, mas só tenho cinco comigo. Se quiser...

— Não sou tão boazinha assim, querida. Estou vendo que você é dura na hora de pechinchar. Por nove você pode levar.

— Nove? Mas acabei de dizer que só tenho...

— Todo mundo já escutou essa conversa antes. Vamos lá, nove é um bom preço. Vai levar uma pintura enorme dessas só por nove paus, e se Roddy souber, bem...

Elizabeth parou de ouvir enquanto vasculhava a carteira, a bolsa de moedas e os compartimentos dos cartões de crédito.

Nada.

Enfiou os punhos fechados nos bolsos. Da frente à direita, à esquerda, de trás à direita e à esquerda. Sentiu alguma coisa ali.

Tirou um pedaço de papel. Nele estava escrito: "Pegar lavagem a seco às duas e meia." Jogou fora o papel e enfiou a mão novamente. Havia uma outra coisa. Abriu a mão.

Uma nota de cinco libras.

Ela olhou para o céu, murmurou um obrigado e olhou de novo para a mulher no caixote, encarando-a.

— Aqui está — disse, pondo as duas notas de cinco na mão enrugada que estava à espera. Ela apanhou a pintura e se virou.

— Então, não quer sua uma libra de troco?

— Não, não quero a porra da uma libra de troco!

— Obrigada, então. Tenha um bom dia.

Van der Mier deu uma olhada rápida por cima do ombro. A velha estava dobrando cuidadosamente as duas notas de cinco, cantarolando algo para si mesma sob sua cabeleira branca cheia de falhas. Impossível, pensou Elizabeth. E saiu do porão.

Uma vez lá fora de novo, Van der Mier abriu seu celular. Deu linha, finalmente. Havia três mensagens. Ela sabia de quem eram.

— Ah, inspetor, sou eu. Sim, eu sei. Fui para um lugar fechado e o sinal caiu. Você não vai acreditar... Sim, eu peguei. Parece estar intacto. Esteve enrolado e foi grampeado num chassi novo. Mas eu acho que está OK. Ligue para o setor de conservação e veja se a mulher da Sociedade Malevitch, Geneviève Declacloche, já chegou. Estou voltando direto.

Capítulo 27

Elizabeth van der Mier, Harry Wickenden, Geneviève Delacloche e o chefe do setor de conservação do museu estavam na sala daquele departamento da National Gallery of Modern Art, tentando não se lembrar de que aquela era a segunda visita que a tela fazia àquele lugar. Os dois guardas colocados do lado de fora da sala esperavam garantir que ela só saísse dali mais uma vez sob condições apropriadas.

A pintura estava apoiada num cavalete de proporções exageradas. Wickenden pensou que parecia em ordem. Delacloche achou que a pintura transmitia um sentimento de alívio, ou talvez fosse ela que sentia isso. O técnico em conservação, Barney, não via a hora de pôr as mãos nela, já que a tela tinha escapulido dali apenas alguns dias antes. Elizabeth parecia preocupada, mas tentava disfarçar sua inquietação.

— Acho que podemos começar — disse Van der Mier, que não sabia o que fazer com as mãos. Virou-se para Delacloche. — Muito obrigada por vir, srta. Delacloche, sob essas... circunstâncias que estão longe de ideais. Podem entender por que preferimos por enquanto manter a equipe do museu fora disso... No caso, bem, no caso de alguém estar envolvido. Então tivemos de buscar conselhos de especialistas fora daqui. Somos gratos por sua ajuda e por seu conhecimento. Vocês nos foram muito recomendados.

— Fico feliz em ajudar, se puder — retrucou ela.

— Mal posso esperar — disse Barney, aproximando-se da tela. — Não vejo nenhum dano visível.

— Acha que poderia haver impressões digitais no chassi? — perguntou Elizabeth.

— Podemos checar — disse Wickenden —, mas esses sujeitos foram espertos demais para deixar impressões.

— Certo. E aquela velha sinistra provavelmente já deixou suas garras por toda parte. Aquilo foi incrivelmente bizarro.

— A mulher sabia onde o marido tinha comprado a pintura? — perguntou Delacloche.

— Temo que ela não soubesse de nada tão útil assim.

— Não seria possível que...

— Ela não parece ser do tipo ladrão de quadros. Também não parecia ser do tipo de nenhuma criatura viva. Devia ter visto. Toda ossos e pontas... Qual é o problema, srta. Delacloche?

— É que... Eu... Algo não está certo.

— O que quer dizer? — perguntou Elizabeth, parecendo preocupada.

— O que quer dizer? — perguntou Wickenden, parecendo preocupado.

— Ah? – disse Barney, não ouvindo bem.

— Quero dizer que... parece estar tudo bem, mas eu... Tem alguma coisa errada.

— Pode ser mais precisa? — transpirou Elizabeth.

— É só uma vibração... que estou sentindo — continuou Delacloche. — Parece com o original, mas...

— É branco — bufou Wickenden —, é claro que parece o mesmo!

Barney se levantou.

— Há um motivo para eu ter essa porção de equipamentos fantásticos, caríssimos. Vamos brincar.

— Ele passou pela porta com a inscrição CIÊNCIA E TECNOLOGIA e entrou. Ouviu-se o som de objetos sendo remexidos.

Delacloche continuou.

— O que estava no leilão parecia autêntico, como se fosse uma pintura diferente de Malevitch da mesma série do *Branco sobre Branco*. Mas não era o que a Christie's tinha fotografado no catálogo. Mas é estranho que eu nunca o tivesse visto antes. Já vi cada Malevitch existente. De modo que aquele no leilão deve ter sido ou um *Branco sobre Branco* original recém-descoberto, algum não listado em toda a literatura, ou uma excelente falsificação.

A mente de Elizabeth estava em outra parte. Wickenden tentava lê-la. A primeira insinuação questionando a autenticidade daquele quadro pôs sua imaginação em movimento, e a levou a lugares aos quais teria preferido negar o privilégio da possibilidade. O que a fazia ter tanta certeza de que aquela era a pintura original? A pintura tinha sido roubada antes mesmo de ser devidamente examinada por Barney e sua equipe.

A própria Van der Mier não distinguiria uma obra original de uma cópia. Não um Malevitch. Tinha seu diploma em pintura americana do século XX. Se fosse um Pollock, um Close ou um Fish, então talvez ela experimentasse alguma reação visceral.

Havia um termo para classificar alguém dotado desse dom *quase* sobrenatural de reconhecer autenticidade. Quase. O conhecimento extremo do estilo e cânone específicos de um artista, encarnado no termo "*connoisseur*", havia sido amplamente difundido, mas nos dias de hoje tornara-se uma mercadoria rara. Era o fato de ser tão rara, acreditava Elizabeth, que havia levado à sua veneração. Os que não compreendiam o grau íntimo de conhecimento detido pelos especialistas tomavam essa capacidade por adivinhação. Os que eram capazes de identificar obras autênticas com uma rápida olhada eram conhecidos popularmente como os "adivinhos", por causa de seus aparentes poderes.

Mas Elizabeth, que jamais fora do tipo que se satisfazia com uma explicação Nova Era, mística, sabia que a questão era outra. Talvez o último bastião onde se ensinava esse tipo de erudição fosse a instituição onde fizera seu pós-doutorado, o Instituto Courtauld. Seu método de ensino fazia com que recordasse de uma história que certa vez tinha ouvido.

Na China Antiga, um jovem fora ensinado a trabalhar com jade. As jóias de jade feitas por seu mestre eram cobiçadas, e ele era considerado o maior artesão da época. O aprendiz estava entusiasmado por ter sido acolhido sob a proteção do mestre, e esperou ansiosamente pelo primeiro dia em que aprenderia aquela arte.

No primeiro dia, o mestre dirigiu-se ao jovem.

— Estenda as mãos — disse ele com severidade.

O jovem obedeceu. Nas suas mãos o mestre colocou um pequeno pedaço de jade. Era lindo, liso e verde, como coral no fundo do mar.

— Agora — disse o mestre — quero que examine esse pedaço de jade cuidadosamente. Ele é real. Deve ser apreciado com todos os seus sentidos. Vou voltar para pegá-lo no final do dia.

O jovem ficou desapontado com essa tarefa, mas dedicou-se a ela intensamente. Rolou o jade nos dedos, olhou por todos os lados, ouviu o som da sua unha se chocando contra ele, e até cheirou-o e provou-o.

No fim do dia, o mestre voltou. Viu que o rapaz tinha sido aplicado e o congratulou por isso.

Na manhã seguinte, o jovem estava ansioso pela próxima tarefa. Mas quando o mestre se dirigiu a ele, entregou ao rapaz um pedaço de jade diferente.

— Quero que examine este pedaço de jade com todo cuidado. Voltarei no fim do dia.

— Mas...

O rapaz tentou protestar, mas foi silenciado por um olhar duro.

— Se deseja aprender comigo, filho — disse o mestre severamente —, então deve fazer exatamente como digo. Siga minhas instruções e você irá me suceder como o maior joalheiro desta terra.

O rapaz obedeceu.

Durante um ano, a cada manhã o jovem recebia um pedaço de jade diferente para examinar ao longo de todo um dia. Ainda que frustrado, o rapaz se sentia honrado por ser aprendiz de um mestre assim, e desejava ardentemente aprender sua arte. Então ele não reclamou, e fez como lhe mandaram, aplicando-se em examinar cada novo pedaço de jade.

Certa manhã o mestre dirigiu-se ao aluno e colocou um novo pedaço de jade em sua mão estendida. Quando o mestre deu meia-volta para retornar ao trabalho, o jovem falou.

— Mas, mestre — disse ele —, este pedaço de jade... não é verdadeiro.

— Ah — disse o mestre. — Agora você está pronto para começar.

Elizabeth tinha ouvido a história ao se matricular no Instituto Courtauld, e aquilo havia ficado em sua mente desde então. Aquilo encarnava a cultura da especialização em história da arte, em torno da qual havia se desenvolvido um culto. Verdadeiros *connoisseurs* sabiam uma quantidade infinita de coisas a respeito de algo minuciosamente específico. *Connoisseurs*, como Geneviève Delacloche, eram uma espécie em extinção.

Barney estivera realizando algo como uma dança em torno da pintura por alguns minutos, antes de se virar.

— Você tem razão. Tem alguma coisa errada. Esta tinta não é bastante antiga.

— O que quer dizer? — perguntou Elizabeth despertando de seu devaneio. — Não é de 1918?

— Eu diria de alguns dias atrás.

— Está brincando?! — reagiu Wickenden, nada satisfeito. Ao contrário de Delacloche e Van der Mier, ele não tinha suspeitado de nada.

— Acho que não é sequer tinta a óleo pura. Tem alguma coisa misturada nela. Vou precisar fazer alguns testes para dizer mais alguma coisa, mas...

— Você está brincando?! — perguntou Elizabeth, perplexa.

— ... mas acho que devíamos fazer um raio X. Vai levar algum tempo, mas temos os equipamentos aqui, de modo que...

— Faça isso. Faça isso agora, Barney.

Elizabeth van der Mier estava paralisada.

Wickenden tentou ler os olhos dela. De algum modo ela soube. Será que sabia mesmo? *A posteriori*, era fácil atribuir esse pressentimento. Mas aquilo era demais para ela. Se a pintura não era verdadeira, então ela havia perdido não apenas o dinheiro do museu no leilão, mas a fortuna de lorde Harkness, que tinha sido bastante cortês para providenciar se valendo de sua própria generosidade e de seu bolso. E tudo para recuperar uma falsificação. Mas a questão permanecia: aquilo que o museu comprara no leilão tinha sido desde o começo uma falsificação ou a obra tinha sido substituída por outra, falsa, durante seu roubo e resgate? Wickenden balançou a cabeça para si mesmo.

— Srta. Delacloche? — repetiu Elizabeth, despertando-a de seu estupor. — Você disse que estava no leilão. A pintura pela qual dei o lance... Era...

— Eu não sei. Venho tentando visualizá-la. Mas... deve ter sido. Quero dizer, eu apenas *sabia* que aquele era o quadro errado... Eu só... Quero dizer, aquele no leilão parecia autêntico, mas não era o mesmo que estava fotografado no catálogo. Mas realmente parecia autêntico, uma pintura diferente que fazia parte da mesma série, também de Malevitch. E então... Acho que deve ter sido trocada entre o momento em que foi comprada no leilão e aquele em que foi entregue aqui. Mas isso implicaria má-fé por parte da Christie's, e não posso imaginar... Eu só...

— Tudo bem. Vamos nos sentar, tomar uma xícara de chá e tentar compreender tudo isso. Barney, avise quando estiver pronto — disse Elizabeth, conduzindo Delacloche para fora da sala.

Wickenden ainda estava confuso, sem ter certeza se estava ou não aborrecido. Parecia dominado por um perpétuo estado de indigestão.

— Está tentando me dizer que isso não é um Malevitch, e muito menos o original?

— Parece mais com um Benjamin Moore.

— É um artista?

— Não, é uma empresa de pintura de parede.

— Isso não é engraçado! — disse, saindo furioso da sala. Barney deu de ombros. Graças a Deus que não são os meus seis milhões, pensou, enquanto começava a trabalhar.

Na sala de Elizabeth van der Mier, no último andar do prédio, o chá acabara de ficar pronto. Delacloche e Wickenden estavam sentados nas cadeiras Barcelona assinadas por Mies van de Rohe num canto do escritório. Elizabeth serviu o chá, sem perguntar quanto leite cada um queria, e foi passando as xícaras.

— Há alguma coisa... — começou ela — que poderíamos ter feito de modo diferente... inspetor?

Wickenden ficou em silêncio por um momento.

— Não. Eles nos sacanearam direitinho; é isso.

— No seu lugar eu não me culparia. Era uma situação muito difícil...

— ... Mas meu trabalho é resolver isso, pelo amor de Deus... — disse, deixando a frase pela metade. — Quero dizer... Eles eram bons. Fizeram tudo com perfeição. Nunca os vimos, nunca tivemos nenhum contato direto, real, com eles. Que eu saiba, nem chegamos perto deles.

— Eles nos sacanearam e nos fizeram de gato e sapato. Não consigo deixar de pensar — continuou Elizabeth — que deveria ter um jeito melhor de nos assegurarmos de que tínhamos apanhado a pintura certa de volta.

— Ou de que você estava com a pintura certa desde o começo — disse Delacloche. — Tinha alguma coisa acontecendo durante aquele leilão...

— Eu não teria ficado tão incomodada com tudo isso contanto que tivéssemos conseguido o quadro de volta — disse Elizabeth, tomando seu chá. — Eu bateria palmas se tivesse sido derrotada por criminosos competentes. A gente tem de admirar uma habilidade excepcional, seja lá em que campo for. Mas isso... Isso tira toda a graça da coisa...

— O que há de engraçado nisso? — perguntou Wickenden com uma expressão contrariada.

— Sei o que ela quer dizer — disse Delacloche, pensativa. Wickenden viu que o olhar dela havia se cruzado com o de Van der Mier. — Mas ver negado seu pedido de rendição, mesmo depois de ter admitido a superioridade do oponente... Isso mostra crueldade e ganância. Sou capaz de entender o ato de roubar enquanto uma profissão. Se é um modo de ganhar a vida, por mais odioso que ele seja, posso compreender isso. Mas manter a tela roubada, mesmo depois de o resgate ter sido pago, é como atirar em alguém depois de a pessoa ter entregado voluntariamente a carteira e implorado por piedade.

—Vocês não estão pegando um pouco pesado demais? Não é como se alguém tivesse perdido a vida — disse Wickenden, sentando-se. — Estou aborrecido porque fui enganado, mas é só um pedaço de pano com tinta branca por cima. Quero dizer, é só branco!

— E você é apenas um sujeito com um bigode caído — disparou Delacloche.

— Que diabo isso tem a ver com...

— É a mesma coisa. Seu comentário é igualmente inútil. Não ataque aquilo que não entende, só porque não entende.

— Um momento — disse Elizabeth se levantando. — Quanto mais penso nisso, mais me convenço de que estamos lidando com criminosos de fora do mundo da arte.

— Mas eles ficaram com a pintura — gesticulou Wickenden. — O que acha que vão fazer, enfiar aquilo no sótão com uma porção de bolinhas de naftalina?

— Alguma coisa assim — disse Elizabeth, começando a andar pela sala. — Lembrem-se da citação da Bíblia. Acho que tudo isso pode ser mais uma declaração do que uma oportunidade financeira. Talvez as duas coisas, mas pensem nisso. Compramos a pintura por seis milhões e trezentas mil libras. Fazemos muito barulho e publicidade. Nem chegamos a arrumar um lugar para ela antes que fosse roubada. Os ladrões pedem a mesma quantia que pagamos por ela no leilão, então nos devolvem uma falsificação que, *para eles*, é igual ao original. Eles não têm a menor idéia do valor do original, e estão tentando nos dizer que nós também não devemos ter. Eles querem nos levar à conclusão de que há melhores maneiras de se gastar dinheiro do que pagar por um pedaço de pano pintado de branco, como colocou de maneira tão brutal o inspetor Wickenden.

— Acho que você pode estar certa — murmurou Delacloche, ainda olhando para o vazio. — Ou querem debochar da iconoclastia de Malevitch e estão dizendo que, nesta época sem Deus, deveríamos voltar à imagem fixada numa gravura. Isso, é claro, significaria que eles conhecem a história da arte, e entraria em contradição com o preço exigido pelo resgate. Podem ser terroristas fanáticos religiosos. Odeio a ignorância violenta, especialmente quando evangélica. Por que as pessoas sentem necessidade de impor suas opiniões sobre os outros?

— Isso é só... — disse Wickenden, olhando para dentro da xícara de chá.

— ... É só... Desculpe. Não consigo dizer mais nada agora, eu só...

— Tudo bem — disse Elizabeth colocando sua mão no ombro dele. Ele tremeu e se afastou ao contato. — Ninguém poderia ter previsto isso.

— É só que eu... — falou Wickenden, querendo dizer não suportar ter sido enganado, e que nunca tinha acontecido antes, mas não dizendo.

— Bem, fiquei realmente muito agradecida por ter vindo para nos aconselhar, srta. Delacloche. Gostaria que tivéssemos nos encontrado em circunstâncias mais felizes. Dê lembranças minhas ao nosso amigo comum, e lhe diga como fiquei agradecida por seus conselhos. Bem, agora não tenho a mais remota idéia do que vou dizer a lorde Harkness. Às vezes odeio este emprego.

Elizabeth sentou-se mais uma vez à sua mesa. Então o telefone tocou. Ela atendeu.

— Alô? Ah, alô, Barney. Vamos já para aí.

Capítulo 28

Bizot, Lesgourges e dois agentes estavam sentados no interior de uma van cinza numa rua que dava para a Galerie Sallenave, na rue de Jérusalem. Pelo espelho retrovisor podiam ver a entrada da galeria. Ouviram a porta de uma van se abrir em algum lugar atrás deles na rua em que estavam. Três personagens surgiram no espelho e então desapareceram no beco ao lado da galeria. Bizot olhou para os dois lados da rue de Jérusalem e então sussurrou:

— *On y va.*

Os quatro homens saíram da van e atravessaram a rua deserta.

A Galerie Sallenave era um edifício neoclássico de quatro andares, totalmente reformado, com itens modernos. Aos frontões que alternavam formas pontiagudas ou arredondadas sobre as janelas, e às volutas descendo das cimalhas sob o baldaquino do telhado de ardósia, foi acrescentada uma nova porta da frente, feita de um sólido bloco de madeira com moldura de aço, além de câmeras de vigilância, que sinalizavam o presente.

Bizot conduziu seus agentes pelo beco até o lado esquerdo da galeria, fazendo a volta para chegar à entrada de serviço. Lesgourges os seguiu, vestindo, numa demonstração de entusiasmo, um *trench coat* cáqui comprado especialmente para a ocasião, com o colarinho virado para cima, e óculos escuros Vuarnet, a despeito do céu nublado.

O pavimento da passagem para a entrada de serviço era de um cinza sem graça e ao longo dela estavam alinhadas latas de lixo espalhadas a intervalos regulares. Lesgourges deu uma cutucada em Bizot.

— Jean, cadê nosso pelotão de reconhecimento?

Bizot respondeu com um violento *pssst* com o dedo sobre os lábios.

— *Tu vas voir.*

Um agente vigiava a entrada que dava para o beco, enquanto outro avançava pela porta da entrada de serviço. Lá dentro, o grupo de reconhecimento estava acabando de fechar suas valises. Havia um elevador à esquerda e uma porta para a galeria à direita.

Bizot sussurrou para Lesgourges:

— Eles abriram a fechadura, desligaram o alarme e irão enganar a vigilância para que não possam nunca nos ver.

— Isso foi rápido. Como fazem isso?

— Eu não... Não faça perguntas idiotas.

— OK.

— E não toque em nada.

— Toquei em alguma coisa?

— Não, mas nem pense.

— Por acaso pareço que vou tocar em alguma coisa?

— Fique apenas... *pssst.*

Bizot acendeu sua lanterna e caminhou ao lado de Lesgourges, que ainda parecia maravilhado. Os outros agentes se espalharam pelo térreo.

A galeria era despojada e branca. Detalhes ornamentais e lareiras de mármore eram os únicos elementos decorativos a se destacar nos aposentos que, a não ser por eles, estavam vazios. Cada peça era pequena e aconchegante, os painéis de madeira caiados só eram interrompidos por gravuras dispostas regularmente, à mostra em molduras pretas, simples e despretensiosas, um spot de luz desligado dirigido a cada uma delas. A luz vinda das lanternas dos agentes corria pelos aposentos sombrios. Uma fina camada de luz do sol um tanto enevoada se infiltrava pelas frestas das janelas fechadas e pelas partículas no ar.

Lesgourges não podia ver seu reflexo nos vidros que protegiam cada gravura. Vidros com proteção ultravioleta, anti-reflexo, percebeu. Como os que usava para emoldurar suas gravuras e proteger seu Picasso, em Armagnac.

Cada gravura apresentava ao lado uma pequena placa, um mero rótulo, sem maiores explicações. Lesgourges reconhecia alguns dos nomes, mas seus conhecimentos de história da arte originavam-se apenas de rompantes periódicos de autodidatismo. Goltzius, Marcolini, Rembrandt, Dürer, Wierix, Piranesi, van Veen... Ouvira falar em Rembrandt, Dürer e Piranesi. Não que conseguisse necessariamente identificar algum deles com um olhar. Os outros produziam algum tipo de eco mental, mas suas vibrações eram muitos distantes para terem algum significado.

Os preços listados, esses sim, desencadearam algo no íntimo de Lesgourges. Era admiração. Admiração pelo conhecimento de uma matéria que lhe era estranha, pelo gosto e pelo dinheiro do *ancien régime* salpicados de sangue azul, pelo sobrenome Sallenave. Fora o pai de Lesgourges que tinha aberto seu próprio caminho e comprado um *château* e um vinhedo. É claro que Lesgourges tinha mais dinheiro do que muitos aristocratas do Velho Mundo, mas eles tinham aquilo que ele não podia comprar.

E assim ele tinha ensinado a si mesmo, o melhor que podia, o quanto podia. Mas ainda parecia ter de tentar, enquanto eles todos aparentavam fazer sem esforço algum. Lesgourges alcançou Bizot na terceira sala de exposição.

— Jean — perguntou Lesgourges —, viu alguma coisa que pareça promissora?

— *Pas encore.*

— Nem eu. Há gravuras de Jesus, mas até agora nenhuma de José. Também não vejo nenhuma oficina de carpinteiro, nem sarcófagos, nem banheiros do lado de fora.

— *Courage, mon ami* — disse Bizot, os olhos sempre correndo ao longo das paredes. — Ao ver, vamos saber. Seja lá o que for.

Uma vez feita a circunavegação do andar térreo, Bizot e Lesgourges foram para cima. O primeiro andar era grande, espaçoso, com uma mesa de tampo de vidro num canto e as paredes cobertas por abundantes tapeçarias, também à venda.

Bizot aproximou-se da mesa. Estava imaculada, os itens sobre ela dispostos perpendicularmente uns em relação aos outros, todos em tons de preto e cinza. Bizot balançou a cabeça com ar de aprovação. Com as mãos protegidas por luvas, folheou a caderneta de telefones, um livro de couro preto sobre a mesa. Alpers, Bonavita, Chetcuti, Danks, Esterházy, Frei, Grayson, Hancock, Inzaghi, Janot, Kuznezov, Lalani, Marlais, Nikolova, Oyeyemi, Peretti... Ele fechou o livro.

— Isso não parece muito promissor — disse Lesgourges, de pé no centro da sala, mãos nas cadeiras, enquanto ao seu redor agentes faziam a busca.

— Quero ver o apartamento lá em cima... — disse Bizot, antes de ser interrompido por um grito.

— *Ici, j'ai trouvé quelque chose!*

Bizot atravessou a sala. Um agente estava ajoelhado diante de uma das tapeçarias.

— *Qu'est-ce qu'il y a?* — perguntou Bizot ao lado.

— Tem uma parede falsa atrás dessa tapeçaria.

Pelo que Lesgourges podia ver, a silhueta de Bizot se destacando por trás da tapeçaria parecia uma protuberância disforme capturada sob o pano macio. Bizot era como uma escora sob a enorme tapeçaria que cobria a parede do primeiro andar da Galerie Sallenave. Sob a tapeçaria, painéis de madeira caiada corriam ao longo da parede, mas havia um perceptível contorno retangular. Bizot examinou com o facho da sua lanterna a sombra sutil que surgia, revelando o falso pedaço de parede.

— Vamos abrir isso — disse ele.

Dois agentes se aproximaram com ferramentas. Um preparou-se para enfiar uma chave de fenda e forçar a abertura, mas seu cotovelo resvalou na madeira, e o painel se abriu.

Atrás dele havia um cofre.

— *Putain de merde, salaud, mon Dieu...* — murmurou Bizot com prazer.

— *Qu'est-ce qu'il y a?* — perguntou Lesgourges se apressando em se meter debaixo da tapeçaria.

— Um cofre.

— Humm.

— O que quer dizer com esse humm?

Dois agentes se entreolharam.

— Só quis dizer — retrucou Lesgourges para Bizot — que achei interessante.

— O que é interessante? O que poderia ser mais interessante do que isso?

— Bem, você reparou no que está representado na tapeçaria por baixo da qual você se meteu?

— Não.

— Humm.

— Não me venha com esse humm! O que é?

Lesgourges cruzou os braços.

— É uma cópia das tapeçarias desenhadas por Bronzino para Cosimo de' Medici.

— E?

— Mostram cenas da vida de José.

— Você quer dizer que...

— Não aquele José. O José do Velho Testamento. Com os irmãos e o casaco e os sonhos do faraó, e esse tipo de coisa. Mas ainda assim é um José — disse Lesgourges, satisfeito consigo mesmo.

— Humm — retrucou Bizot.

O cofre ocupava todo o nicho no qual havia sido colocado, aproximadamente um metro quadrado, e era bem profundo. Lesgourges debruçou-se para dentro daquele vão.

— Conheço esta marca de cofre — disse Lesgourges, que sempre apreciava os momentos em que o acaso transformava em algo prático as informações sobre trivialidades de que dispunha. — É um Cobb-Hauptmann.

Bizot concordou com a cabeça, impressionado, então virou-se para desviar o olhar de Lesgourges para o cofre. Nele estavam gravadas as palavras Cobb-Hauptmann, em pequenas letras prateadas.

— Foi incrivelmente prestativo, como sempre, Lesgourges. Tem uma capacidade de percepção realmente miraculosa.

— Sempre fico feliz em poder ajudar.

— A marca do cofre lhe diz alguma coisa?

— É o mesmo modelo que uso no meu *château*. Um alarme dispara se você experimenta uma combinação errada por duas vezes. Tem um código de sete números. Direita, direita, esquerda, esquerda, direita, esquerda, esquerda. É o melhor modelo à venda. E ninguém nunca roubou nada do meu.

— Terá sido pelo fato de ninguém jamais ter tentado roubar algo seu?

— Talvez. Mas talvez ninguém tenha tentado me roubar porque uso um cofre Cobb-Hauptmann.

— Senhor, não deveríamos... — interrompeu um agente.

— Deveríamos sim — disse Bizot, aliviado. — Qualquer coisa, sim. Temos especialistas em cofres, Jean. Vá se divertir.

Lesgourges ficou parado por um momento, depois saiu de fininho.

Bizot examinou o cofre, enquanto agentes tiravam fotografias. Além do monograma, a frente do cofre continha uma maçaneta de aço escovado e um disco de combinação bem no centro, com números de zero a cinqüenta gravados.

Bizot sacou seu caderninho de notas.

Lesgourges tinha perambulado de volta ao andar de baixo. Ele acompanhava o murmúrio das vozes pelas três salas e de volta ao ponto por onde tinham entrado. Vários dos outros agentes tinham destrancado o elevador à esquerda da entrada. Eles juntaram suas ferramentas e entraram. Lesgourges apressou o passo e uniu-se a eles no elevador, pouco antes de as portas se fecharem.

No elevador mal cabiam duas pessoas, e a presença de Lesgourges como quarto ocupante não foi vista com muita simpatia pelos outros que estavam subindo. Não era a primeira vez que o estranho e inconveniente amigo de Bizot os havia acompanhado. Em suas conversas, os agentes questionavam a utilidade e o sentido prático daquele que Bizot descrevia como "assistente especialista". As portas se abriram no segundo andar e os ocupantes do elevador saíram.

Um apartamento principesco estendia-se diante deles. Uma abundância de detalhes arquitetônicos, escolhidos com estilo, adornava cada aspecto do interior que havia sido reformado e modernizado. A iluminação sutil contrastava com o interior neoclássico branco. O granito salpicado com quartzo refletia os tampos de mesa, e o piso havia sido substituído por tábuas de madeira clara. Nas paredes havia gravuras, muito parecidas com as da galeria lá embaixo, mas sem etiquetas ou preços, e algumas em molduras vistosas. Logo em frente ao elevador havia uma intrincada moldura em madeira pintada de dourado, barroca, rebuscada e elaborada, como um feixe de espinhos decorativo ou uma série de ondas avançando do mar. Não tinha pintura alguma. Só a parede vazia que podia ser vista dentro da moldura.

Que idéia brilhante, pensou Lesgourges. Preciso arrumar uma dessas lá para casa.

Os agentes se espalharam para tirar fotos, e Lesgourges ficou vagando ao acaso. Ele foi vítima de um acesso de inveja de decoração de interiores. Seus pés levaram-no para a cozinha, que ostentava brilho e polimento de uma fábrica nova em folha.

Diabos, ele tem um fogão Viking profissional, pensou Lesgourges, acrescentando-o à sua lista mental de compras. E sua geladeira é maior do que o meu banheiro. *Merde.*

— Há outra coisa aqui, senhor.

Um agente chamou Bizot, que deu meia-volta e rapidamente se concentrou novamente no cofre atrás da tapeçaria.

— O que é?

O agente inclinou-se na direção do nicho e dirigiu o facho da lanterna para a parede logo ao lado do cofre. Alguma coisa tinha sido escrita com um giz. A princípio Bizot não pôde entender o que era. Ele apertou os olhos e as letras tomaram forma.

Ele soltou um suspiro.

— Bem, eu estarei...

Lesgourges dobrou um corredor pontuado por gravuras de tamanho rigorosamente igual, três de cada lado. Cada uma havia sido emoldurada da mesma maneira, e eram iluminadas por lâmpadas em hastes encurvadas presas na parede acima. Há ritmo na disposição das obras, pensou Lesgourges. Então ele reparou no conteúdo das gravuras.

Cada uma delas mostrava exatamente a mesma cena: a descida da cruz. Jesus, prostrado e desacordado nos braços de Nicodemo, aparece sendo baixado da cruz. Apreciadas a distância, as figuras parecem silhuetas apenas esboçadas com linhas traçadas às pressas, uma teia de tinta vistas de perto, um bloco de tinta vistas de longe, feitas de modo magistral. Mas cada uma das gravuras exibia uma sutil variação de tom em relação às outras, indo de um cinzento aguado, como uma neblina, até uma escuridão sombria e opressiva. Estágios diferentes de uma mesma gravura, pensou Lesgourges. Ainda mais valiosas. Então reparou na assinatura no canto inferior direito delas, onde se lia: *Rembrandt*.

Ainda não havia nenhum carpinteiro, observou Lesgourges. Além, é claro, de Jesus. A madeira e os pregos da cruz? Era uma ironia que as ferramentas de um carpinteiro devessem ser usadas na execução do carpinteiro.

Havia uma porta fechada no fim do corredor. Ele a abriu.

Uma escada feita de uma estrutura de metal subia em espiral conduzindo ao próximo andar. A parede atrás era toda feita de vidro fosco, e deixava passar luz, apesar do dia nublado fora da Galerie Sallenave. O sol que passava através dela transformava a escada numa silhueta que lembrava um pedaço de DNA retorcido. Lesgourges subiu para o terceiro andar.

O terceiro andar inteiro consistia num único aposento gigante. O vasto espaço aberto produzia um efeito desconcertante. Ao dormir, Lesgourges se considerava um agorafóbico, e ficava desconfortável a não ser que sentisse paredes à sua volta. Aquele aposento era um extenso vazio oceânico. Um vazio com caibros e clarabóias, inundado por raios concentrados de luz vinda do exterior. As únicas subdivisões na sala eram tapetes orientais e um biombo chinês, pintado com garças e templos. Lesgourges deslocou-se para o centro do aposento, onde havia uma cama enorme com dossel, feito em cerejeira, como se flutuasse estranhamente em meio a um quarto que, não fosse pela cama, seria, em estilo totalmente moderno, um navio no mar.

O deslumbramento de Lesgourges não tinha limites. Teria sido incapaz de prever os gostos modernos de uma família de sobrenome tão antigo. Tinha dedicado grande parte de seu esforço a acrescentar um sentido de história à sua prosperidade moderna, procurando basear sua fortuna na apropriação de um falso passado. É certo que ele tinha predileção pela arte moderna, mas isso era uma questão de gosto pessoal. Quando novos visitantes vinham ver seu *château* em Armagnac, dizia-lhes que os retratos medievais na parede eram de antepassados dele. Não precisavam saber, refletia, que os retratos haviam sido comprados por seu pai, juntamente com a propriedade.

Mas Sallenave, conjecturava Lesgourges, Sallenave exibe uma naturalidade, uma *sprezzatura*. É a figura ideal do cortesão. Sua nobreza é intrínseca, de modo que pode jogar sobre os ombros o manto púrpura da modernidade de bom gosto, fazer um coquetel do passado com o presente, reunindo o melhor de ambos.

Lesgourges balançou a cabeça.

— O que acha disso, senhor? — perguntou o agente.

Bizot sorriu.

— É mais uma referência a uma frase da Bíblia. Estou começando a perceber um tema.

A lanterna do agente iluminou um pequeno círculo de madeira no lado direito do cofre. Escritos com giz branco apareciam os seguintes sinais: PS7115.

Bizot balançou a cabeça.

— Graças a uma magnífica precaução da minha parte, realmente trouxe comigo um exemplar da Bíblia. Roubado de um hotel — disse Bizot, depois se lembrando de que aquele não era o agente que conhecia a piada. Os dedos gorduchos de Bizot folhearam a pequena e compacta Bíblia, o texto transparecendo através do papel, tornando-a quase ilegível. Ele encontrou o que procurava.

— Estou ficando bom nisso. Salmos, capítulo 71, versículo 15. *"Minha boca deverá mostrar vossa honra e vossa salvação durante o dia todo; pois eu não sei os números disso."* Filhos-da-mãe.

— O que significa, senhor?

— Estão debochando do fato de nós não sabermos a combinação do cofre, *os números*. Com certeza, temos motivo para seguir essa pista. A pintura deve estar aí dentro.

— Será que devemos confiscar o cofre, senhor?

— Não; precisaríamos de um outro tipo de mandado para isso. Leva tempo demais. Eles nos conduziram até aqui. Querem que achemos o quadro. Isso significa que a combinação está aqui, em alguma parte. Só que fomos cegos demais para encontrá-la.

Lesgourges deixou que seus pensamentos divagassem. O vazio naquele aposento principal, dando a impressão de jamais ter sido habitado, fazia com que os poucos elementos proeminentes se destacassem, como sinais de braile sobre uma folha de papel. Três gravuras emolduradas atraíram seu olhar. Estavam penduradas numa ampla faixa da parede, reservada para elas. A exemplo das gravuras no andar de baixo, tinham moldura e iluminação idênticas. Só que essas gravuras eram infinitamente mais intrincadas. Lesgourges as reconheceu imediatamente.

Talvez fossem as três gravuras mais influentes da história da arte ocidental, feitas por aquele que foi seu mais influente gravurista. *São Jerônimo em seu Estúdio*; *O Cavaleiro, o Diabo e a Morte* e *Melancolia I*. As gravuras consideradas as obras-primas de Dürer. E, é claro, Sallenave possuía todas elas, em perfeito estado. Deus, pensou Lesgourges, eu odeio esse sujeito.

Ele examinou cada gravura. Elas eram maravilhosamente executadas, pensou, as linhas rigorosamente entrelaçadas e espaçadas. Lesgourges havia presenciado o processo de gravação e sabia o quão difícil era. Era preciso tremenda força física para empurrar o buril de metal sobre o corpo da placa de cobre, abrindo um sulco no metal com metal, antes que a tinta fluísse para as ranhuras resultantes, e a chapa corresse por uma prensa, e a imagem se transferisse para o papel úmido. Diferentemente das águas-fortes de Rembrandt, uma técnica mais semelhante ao desenho. Não que elas não fossem impressionantes. Mas era inimaginável a capacidade de Dürer de extrair detalhes delicados de um meio que requeria força bruta aliada a certo ilusionismo.

São Jerônimo está sentado em seu gabinete, a luz se irradiando a partir da janela à sua direita. Ele se inclina para a frente, concentrado em escrever sua famosa tradução da Bíblia do grego para o latim, a Vulgata. Acima dele, na parede, uma ampulheta, um chapéu de cardeal, velas, rosários e outras coisas.

Uma cabaça está pendurada do teto, acima dois animais adormecidos, um cão e um leão, amigo de Jerônimo, que havia extraído um espinho da sua pata. Um crânio precariamente equilibrado olha para a frente, do peitoril da janela, onde livros, almofadas e chinelos abandonados descansam, coisa que Jerônimo não pode fazer até completar sua tradução. No caso de existir alguma dúvida a respeito de sua santidade, um halo de luz espalha-se em torno de sua cabeça.

Em *O Cavaleiro, o Diabo e a Morte*, três figuras se movem da direita para a esquerda, talvez em direção ao fantástico castelo na colina ao longe. O cavaleiro exibe um sorriso sempre sutil, com a maior parte do rosto escondida sob o elmo, a armadura sustentada por um cavalo imponente. Ele é um guerreiro que sobreviveu a muitos combates, mas dois fantasmas aparecem sempre ao seu lado. A Morte, barbada e esquelética, com uma coroa retorcida como uma cobra, debocha do Cavaleiro, segurando no alto uma ampulheta para indicar que, a despeito de sua habilidade para a guerra, seu tempo é inevitavelmente finito. Atrás do cavaleiro caminha o Diabo, um monstro híbrido com chifres de cabra, olhos de coruja e garras. Estará ele pronto para capturar a alma do cavaleiro assim que a morte o permitir? O cavaleiro representa o mal, ou o mal está simplesmente no fato de ter matado outras pessoas, não importando em nome de que causa? Lera certa vez que o cavaleiro era o ideal do soldado cristão, que não teme a Morte e o Diabo porque Deus está com ele. Ou qualquer coisa assim, pensou Lesgourges.

Talvez a menos passível de ser elucidada, *Melancolia I* continha uma infinidade de detalhes que não pareciam conduzir a qualquer tipo de explicação clara. Um anjo está sentado perdido em suas reflexões, a cabeça caída sobre a mão esquerda, um compasso na mão direita. A seu lado, um anjinho senta-se numa roda cortada em pedra, de costas para um monumento de pedra não identificado, no qual estão pendurados uma balança, uma ampulheta e um sino. O detalhe mais estranho é um quadrado cortado no monumento, dividido em dezesseis quadrados menores, cada um deles contendo um número diferente entre um e dezesseis, fora de qualquer ordem aparente. Uma escada está encostada no monumento, com um nascer do sol e um arco-íris sombrios, talvez um cometa ou um eclipse solar, sobre uma cidade à beira-mar vista a distância. No primeiro plano, ao lado do anjo, há uma pedra facetada geometricamente em muitos ângulos, um martelo, um cachorro faminto adormecido, uma esfera, um pedaço de madeira, quatro pregos usados, uma serra, alicates, uma plaina para trabalhar madeira... Lesgourges nem era capaz de identificar todos os objetos.

Aquelas obras estavam claramente carregadas de significados simbólicos. Certa vez ele ouvira que *Melancolia I* encerrava a solução para desvendar o misticismo da maçonaria, ainda que muita coisa que tinha ouvido mostrasse mais afinidade com teorias conspiratórias do que com história da arte. Ainda assim...

Ele parou por um momento. Espere aí, pensou. Não. Mas...

Olhou novamente para as gravuras. Um martelo, uma plaina, um compasso...

Bizot e seus homens tinham vasculhado os três andares à procura de pistas. Ele tinha um caderno repleto de anotações, e o interior do prédio estava bem documentado graças às fotografias. Vamos agora checar o último andar, pensou, e então tentar tirar um sentido de todas as informações que reunimos. Achamos o cofre. Agora só precisamos da combinação.

Bizot tinha acabado de chegar ao topo da escada quando ouviu Lesgourges gritar.

— Jean! Jean! Acho que descobri!

— Não acredito! É incrível — murmurou Elizabeth, de pé, parada ao lado de Barney, Wickenden e Delacloche na sala do Departamento de Conservação do museu, olhando para o raio X que, empoleirado no cavalete, parecia debochar deles.

Oculta sob a superfície branca, escondia-se uma outra pintura. A princípio Elizabeth não conseguia compreender o que estava vendo. Parecia que um anjo, de costas para quem via o quadro, estava olhando para uma jovem, que esticava o pescoço de modo gracioso para ver aquele que a abordava delicadamente. Delacloche reconheceu-o imediatamente.

— Cacete! — disse ela. — É a *Anunciação* de Caravaggio.

— A pintura que foi roubada mês passado? — perguntou Elizabeth, que tinha lido a respeito, e muito se havia falado sobre ela em almoços freqüentados por nomes dos círculos de história da arte. Mas aquela era a última coisa que seria de se esperar que aparecesse *debaixo* do Malevitch roubado, e aparentemente falsificado.

— Foi Malevitch que fez essa pintura por baixo? — perguntou Wickenden educadamente.

— Não com um Caravaggio — retrucou Barney.

— Como isso é possível? Pintar em cima de alguma coisa sem danificar o que está por baixo? — perguntou Wickenden.

— É muito simples — começou Barney. — É o que nós fazemos, aqui no setor de Conservação. A palavra de ordem é jamais fazer com uma pintura alguma coisa que não possa ser desfeita. Essa é uma das razões pela qual esta área hoje é conhecida como conservação, enquanto antes era chamada de restauração. Tentamos evitar futuros danos às obras, deixando o original o máximo possível intacto. Hoje, menos é mais.

"No passado, restauradores costumavam repintar as obras sem documentar sua ação por meio de fotografias, e podiam mudar coisas de que eles não gostavam, mudar uma cor aqui e ali, acabando por estragar um quadro. Na *Alegoria do Amor e da Luxúria*, de Bronzino, por exemplo, um restaurador pintou por cima do mamilo e da língua de Vênus, e acrescentou uma samambaia para cobrir o traseiro do cupido, porque na época em que a pintura foi adquirida, na Era Vitoriana, o diretor da National Gallery achou a obra muito indecente.

"Mas atualmente registramos cada mudança que fazemos. E usamos tintas que podem ser removidas sem que o original seja danificado. As substâncias químicas que acrescentamos à tinta usada para a restauração das obras fazem com que elas sejam essencialmente diferentes da tinta original, de modo que possam ser removidas enquanto a original permanece intocada."

— Então está me dizendo que pode remover essa tinta branca que está por cima e expor a pintura do anjo debaixo, sem danificá-la?

— Exatamente. Só preciso de algum tempo.

Delacloche tinha ficado refletindo sobre aquilo tudo por algum tempo.

— Se isso é realmente o que parece, quero dizer, o Caravaggio roubado, então precisaremos identificá-lo — disse, tomando fôlego. — É bizarro demais para mim para que eu possa dar um sentido a tudo isso.

— Alguém na equipe do museu conhece suficientemente Caravaggio para fazer isso?

— Não — disse Delacloche, mordiscando a pele do seu polegar. — Precisamos de um especialista nos primórdios do modernismo. Srta. Van der Mier, conhece alguém...

— Simon Barrow.

— Ah, é claro — disse Barney. — Ele é perfeito. Pode contatá-lo?

— Sim — respondeu Elizabeth. — Posso. Barney, acha que pode tirar essa camada e revelar a pintura até amanhã de manhã?

— Vou precisar me certificar a respeito dos componentes da tinta que está por cima. Pode ser fácil e levar algumas poucas horas. Mas se a tinta por cima for semelhante demais à que está embaixo, o processo pode ser muito demorado. Semanas, em vez de horas. Vou ver e aviso sobre o que posso fazer.

— Ótimo. Obrigada, Barney. Vou ver se o professor Barrow pode vir amanhã de manhã. Se identificar positivamente o Caravaggio, teremos de devolvê-lo à igreja de onde foi roubado. Não sei que diabos está acontecendo, mas acho que seria melhor fazer contato com os *carabinieri* e... E esse negócio acabou virando uma enorme confusão — disse Elizabeth, que tinha ficado ofegante. — E eu preciso ligar para... lorde Harkness, e então falar com o conselho. Se algum de vocês quisesse me dar um tiro na cabeça agora, isso seria bem-vindo.

— Vou ligar para os *carabinieri* — disse Wickenden. — Este caso está ficando bem mais interessante.

— Já era suficientemente interessante antes — disse Elizabeth enquanto caminhava para fora da sala.

Barney falou:

— Por que os ladrões iriam manter o Malevitch roubado, mas devolver o Caravaggio roubado? O Caravaggio talvez valha dez vezes mais do que o Malevitch. A não ser que tenha sido por eles não saberem o que estava debaixo dessa porcaria pintada de branco que eles nos devolveram. Mas, então, quem terá pintado isso por cima do quadro?

— No momento isso é demais para que eu possa ver o sentido — disse Elizabeth, massageando as têmporas. — Vamos dar uns telefonemas e nos ver novamente amanhã, logo pela manhã. Um monte de merda vai ser atirada no ventilador durante a noite.

A noite que caía já fizera a cidade escurecer até um tom de azul-escuro quando o telefone de Elizabeth tocou. Sua sala parecia suspensa como uma lâmpada em meio ao céu cor de cobalto. As janelas deixavam que o entardecer passasse para o interior do gabinete. Elizabeth poderia ter olhado para fora em direção ao centro de Londres: a catedral de St. Paul sob a luz dos refletores, a luminosidade aconchegante de Somerset House. Mas os olhos de Elizabeth van der Mier estavam fechados. Ela não ouviu o primeiro toque e só pegou o aparelho quando tocou uma segunda vez.

— Sim? Ah, Geneviève. Obrigada por... Isso seria bom, se pudesse vir de novo hoje à noite. Fico feliz por você ter me ligado. Poderia... Tudo bem. Nos vemos daqui a pouco.

Capítulo 29

Bizot e Lesgourges ficaram parados diante das três gravuras magistrais no aposento do terceiro andar da Galerie Sallenave. Bizot estava à direita de Lesgourges, e, do outro lado da sala, eles davam a impressão de compor, juntos, uma letra *b* minúscula. Ambos se curvaram simultaneamente para examinar a terceira gravura.

— Um martelo, uma plaina, um compasso... Todas as ferramentas de um carpinteiro — disse Lesgourges mal podendo acreditar nas próprias palavras. — Qual é mesmo a citação?

Bizot ficou mudo. Abriu e folheou seu caderno de anotações até encontrar o trecho.

— "*O carpinteiro estendeu sua régua; ele marcou uma linha; ele a trabalhou com uma plaina; e marcou com o compasso; e o fez tomando como modelo um homem, imitando a beleza de um homem; que pode ficar numa casa.*"

Eles olharam do texto rabiscado que Bizot tinha nas mãos de volta para a gravura e de novo para as palavras.

Houve um longo silêncio.

Bizot deu um tapa na barba.

— Tenho certeza de que é isso.

— Com certeza, é a única coisa que vi que parece ter ligação com o trecho — disse Lesgourges, por um momento permanecendo em um devaneio compenetrado. — É claro que isso prova que todas as nossas suposições estavam erradas, mas...

— Isso deve estar certo. Está vendo o que eu estou vendo?

Lesgourges olhou para a gravura. Então olhou com maior concentração ainda. Então observou:

— Estou.

Estavam ambos olhando para a mesma coisa: um quadrado contendo dezesseis quadrados menores, cada um deles contendo um número entre um e dezesseis.

— A combinação está em algum lugar ali.

Silêncio.

— Jean — retomou Bizot —, acho quer você matou a charada.

Bizot e Lesgourges ficaram de braços cruzados, testa enrugada, olhos apertados, pescoço esticado.

— Meu Deus, odeio números. Meu cérebro não funciona em termos racionais — disse Bizot. — A resposta deve estar aí. Estamos olhando para ela e está escondida diante dos nossos olhos. Esses filhos-da-mãe nos apresentaram um enigma.

Ele respirou fundo.

— Vamos começar pelo início — disse Bizot estendendo suas pequeninas pernas diante de si. — *Alors... Et puis ensuite...* O que temos? Um quadrado de quatro por quatro de dezesseis quadrados menores. Cada um dos quadrados menores contém um número, de um a dezesseis, não em ordem. Lendo da esquerda para a direita, a faixa de cima contém dezesseis, 3, 2, 13. A fila de baixo: 5, 10, 11, 8. Abaixo dessa: 9, 6, 7, 12. E a de baixo contém 4, 15, 14 e 1.

16	3	2	13
5	10	11	8
9	6	7	12
4	15	14	1

— Precisamos de um total de sete números, cada um deles entre 0 e 50, para a combinação do cofre. E agora?

Lesgourges olhou para cima e para a esquerda. Quando refletia, freqüentemente colocava seu dedo rosado dentro da orelha direita. Era seu Botão do Pensamento, como gostava de dizer. Ele o estava apertando.

— Meu palpite é que estamos olhando para os sete números de que precisamos. Só não sabemos quais são os sete. Há algum tipo de padrão, alguma ordem em que supostamente devemos ler os números no quadrado. Por exemplo, se fosse um padrão simples, como duas diagonais, então a solução seria...

Deixe-me ver... 3, 11, 12, depois 16, 10, 7 e 1. Ou, sendo um padrão tortuoso, então talvez a combinação fosse 4, 9, 5, 16, 3, 10, 6. Mas combinações de sete números numa disposição de quatro por quatro não são satisfatórias. Não funciona direito, enquanto todas as outras pistas se encaixaram perfeitamente em seus lugares.

Lesgourges parou de falar e começou a murmurar os números que passavam por sua cabeça.

— Bizot, acha que deveríamos elucidar isso agora? Quero dizer...

— Considerei isso. Seria mais fácil pensar sobre isso no escritório, e poderíamos chamar mais gente para ajudar. Mas já foi mais do que difícil conseguir este mandado; se sairmos daqui sem nenhum indício concreto, só com uma caçada ao tesouro em termos de história da arte, então teremos desperdiçado nossa chance. Quando tivéssemos outro mandado, se conseguíssemos que nos concedessem outro, a essa altura Courtil já poderia ter voltado do Sul. Voltar aqui significaria correr o risco de dar uma dica aos ladrões, e eles poderiam desaparecer. Pode ser que estejam tentando provar alguma coisa, e poderemos recuperar o quadro, mas eles são ladrões políticos, não mártires. Não vão se deixar apanhar. Acho que devemos aceitar esse desafio. Deve haver algum princípio unificador. De outro modo estaríamos partindo para a adivinhação. Tomando como base os outros indícios, a resposta deveria ser óbvia, estar bem na superfície. Só não sabemos ainda como olhar... O quê? Jean, o que é?

Lesgourges estava olhando para o quadrado.

— *Tu as trouvé quelque chose, Jean?* O que é?

Lesgourges sorriu.

— Me dê... só... um... momento.

Bizot olhou de Lesgourges para o quadrado e de volta para ele.

— *Qu'est-ce qu'il y a?*

— Olhe para a fileira de cima dos números.

Bizot inclinou-se para a frente e apertou os olhos para ver os números diante dele: 16, 3, 2, 13.

— Eles têm algo em comum? — perguntou, impaciente. — O que espera que eu faça com eles?

O entusiasmo de Lesgourges transparecia em suas palavras.

— Estávamos olhando para as estrelas sem enxergar as constelações. É mais simples do que pensávamos — disse, e depois fez uma pausa, pousou o dedo sobre os lábios e balançou a cabeça sorrindo. — Some os números.

— Somar?

— Vá em frente.

Bizot murmurou para si mesmo.

— 16 mais 3 é 19, mais 2 é 21, mais 13 é 34.

— Agora a fila de baixo.

— 5, 10, 11, 8... 5 mais 10 é 15, mais 11 é 26, mais 8 é 34.

— E a próxima.

— 9, 6, 7, 12... 9 mais 6, mais 7, mais 12 é... 34.

Lesgourges balançou mais uma vez a cabeça.

— Tem a ver com *como* nós olhamos. Agora as fileiras verticais.

Bizot fez as contas murmurando.

— Somados eles dão 34.

— É muito óbvio, basta parar de olhar e começar a enxergar. Acho que estamos perto de alguma coisa.

Bizot não conseguia acreditar em sua mente. A solução era tão simples. Ele tinha pensado demais. Fechou os olhos para invocar alguma objetividade. Enquanto estavam fechados, uma idéia lhe ocorreu.

— Espere um momento — disse Bizot com o olhar se fixando na gravura. — As fileiras e as colunas dos quatro números todos somam 34... Mas olhe para os números amontoados em grupos de quatro. Como o da fila debaixo à esquerda. 9, 6, 15, 4. Eles também somam 34. Olhe, há uma outra. Bem no meio: 10, 11, 6, 7... 34. A soma de qualquer dos números contíguos é 34. Descobrimos nosso número.

— O único problema — começou Lesgourges —, não quero desanimá-lo... é que a combinação que estamos procurando exige sete números.

— *Merde* — ponderou Bizot.

— Seria possível — começou Lesgourges, falando bem devagar — que uma outra pista esteja no trecho da Bíblia? Uma pista que nós não tenhamos compreendido que era uma pista, mas que agora poderia fazer algum sentido?

Bizot folheou seu caderno de anotações.

— Deve haver... Quero dizer, 34... Mas sete números... Pronto, aqui estão eles. Eles nos deram três citações bíblicas. Havia aquela escrita ao lado do cofre, que parece a mais promissora. Pensei que estava ali apenas para debochar de nós, mas talvez... Aqui está: Salmos, capítulo 71, versículo 15. "*Minha boca deverá mostrar vossa honra e vossa salvação durante o dia todo; pois eu não sei os nú-*

meros disso." Espere aí. Será que não poderiam ser os números do capítulo e do versículo de cada citação?

— Não. O cofre Cobb-Hauptmann só admite os números de zero a cinqüenta, então Salmos, capítulo 71, não funciona — disse Lesgourges, novamente enfiando o dedo na orelha. — Não acho que esse trecho vá nos ajudar.

— *Malheureusement.* O próximo trecho era o indicador dessa gravura. Isaías 44:13: *"O carpinteiro estendeu sua régua; ele marcou uma linha; ele a trabalhou com uma plaina; e marcou com o compasso; e o fez tomando como modelo um homem, imitando a beleza de um homem; que pode ficar numa casa."*

— Isso foi usado exatamente para nos trazer aqui. Também não parece promissor.

Bizot folheou novamente seu caderno voltando algumas páginas.

— A primeira citação, a que começava com 2 Crônicas 34:7: "*Ele demoliu os altares, as aserás, quebrou e pulverizou os ídolos, derrubou os altares de incenso em toda a terra de Israel, e depois voltou para Jerusalém.*" Isso não...

Lesgourges agarrou Bizot pelo braço.

— Espere, Jean.

— O quê?

— Quais eram mesmo o capítulo e o versículo de que você falou?

Bizot deu uma olhada na caderneta.

— Ahn, capítulo 34, versículo 7.

Lesgourges olhou-o nos olhos.

— Trinta e quatro: sete.

A mente de Bizot se abriu.

— Você deve estar brincando...

— Faz sentido, não?

— Temos de tentar — disse Bizot fechando sua caderneta.

— Mas se errarmos, o alarme não vai disparar?

— Vamos lá, Lesgourges, seu gênio filho-da-mãe!

Os dois correram para baixo, reunindo atrás deles os agentes que encontraram.

Jean-Jacques Bizot, Jean-Paul Lesgourges e cinco outros agentes ficaram parados, tomados pelo nervosismo, formando um absurdo calombo por baixo da tapeçaria no primeiro andar da Galerie Sallenave. A falsa parede soltou um enorme bocejo, deixando-os frente a frente com o grande cofre prateado.

— Se errar duas vezes — alertou Lesgourges —, o alarme vai disparar.

— Só precisamos acertar uma vez — argumentou Bizot, disfarçando o tremor na voz. O cofre parecia encará-los. Bizot esticou os dedos gorduchos na direção dele.

— Inspetor Bizot, tem certeza do que está fazendo? — perguntou um agente.

Bizot tirou a mão.

— Claro que tenho. Tenho certeza. Eu...

— ... Bem eu tenho certeza — interrompeu Lesgourges, um sorriso cada vez maior se abrindo no rosto comprido.

— *Et alors?*

Lesgourges balançou a cabeça de um lado para o outro.

— Olhe só o monograma no cofre.

Todos os olhos se voltaram para o cofre. As grandes letras prateadas anunciavam: *Cobb-Hauptmann*.

— Agora — retomou Lesgourges, sem fôlego —, o que estava escrito na parede da Sociedade Malevitch?

Bizot olhou-o nos olhos, e sorriu.

— CH347... Não posso acreditar.

— Cobb-Hauptmann, CH, e a combinação: *trinta e quatro* marcado *sete* vezes — suspirou Lesgourges. — Os ladrões nos deram o nome do cofre e a combinação para abri-lo enquanto estavam roubando a pintura.

— Esses malditos filhos-da-mãe.

Bizot virou-se para o cofre e abriu um largo sorriso. Seus dedos dentro de luvas tocaram o disco do cofre. Ouvindo sucessivos *cliques* cada vez mais animadores, ele girou o disco para o primeiro dos sete 34.

Capítulo 30

Na manhã seguinte, a sala do Departamento de Conservação tinha sido tomada por espectadores que em diferentes níveis de apreensão estavam com os nervos à flor da pele. Harry Wickenden exibia olheiras semelhantes a saquinhos de chá, e um bigode mais caído do que o normal. Não tinha se dado ao trabalho de amarrar o cadarço do pé esquerdo, o qual, ao se arrastar pelo chão, tinha acumulado novas amizades na forma de fragmentos de folhas, um novelo branco de sujeira e um longo fio de cabelo preto. Ele, contudo, não percebeu nada disso, nem teria se importado. Sua mente estava num contínuo tique-taque, mais como uma bomba do que como um relógio, peneirando todo o cascalho de informação que tinha acumulado durante o caso.

Nada nele antes o havia preparado para seu confronto com a pintura de Caravaggio recém-roubada. Havia telefonado imediatamente para a primeira pessoa que lhe ocorrera, já que sabia que os *carabinieri* estavam à procura da obra. Gabriel Coffin. Coffin tinha contatado o homem dos *carabinieri* destacado para o caso, alguém chamado Risotto, ou algo parecido, que tinha então telefonado para Wickenden. Ariosto, era isso. Ariosto disse que confiava em Coffin na condição de representante dos *carabinieri* em Londres. Eles só mandariam seus próprios homens se a autenticidade fosse confirmada.

Aquele era um golpe de sorte, um acaso estranho para os *carabinieri*, dissera Ariosto, num inglês marcado por forte sotaque. Ele não tivera muita sorte no interior da Itália e, francamente, estava cheio de serviço com o recente desaparecimento de uma estatueta de Giacometti de uma casa em Roma e com o sumiço do famoso saleiro em ouro feito por Benvenuto Cellini, que supostamente estaria na Itália depois de roubado do Kunsthistorishes Museum de Viena. Ariosto estava feliz em ver o Caravaggio recuperado, e não parecia desejar uma explicação de como foi parar na National Gallery of Modern Art, em Londres, soterrado sob um recém-adquirido Malevitch falsificado *Branco sobre Branco*, que fora roubado do museu e recuperado mediante o pagamento de um resgate.

Ele sequer perguntou se o quadro havia sido considerado autêntico por um especialista. Essa era a primeira pergunta na mente de Harry quando ouviu que a obra tinha sido encontrada sob um Malevitch falso. Quem garantia que o Caravaggio também não era falso? Talvez tivesse tropeçado em algum trabalho de fim de ano de algum estudante de arte muito talentoso com excessiva quantidade de tempo disponível. A lição que Harry até agora havia extraído do caso era a de jamais confiar em seus olhos. O que o fazia lembrar sua consulta marcada para a quinta seguinte com o dr. Mixter, seu optometrista. O que o fez lembrar a consulta com o quiroprático no dia 20. Harry balançou a cabeça.

Até onde ele podia dizer, o que não era dizer muito, o Caravaggio certamente aparentava ser legítimo. Parecia ter sido feito pela mesma mão dos quadros que vira na National Gallery, em Trafalgar Square, depois de arrastado até lá por sua mulher. Tinha se informado a respeito do artista na noite passada, depois de todas aquelas emoções.

Sim, para mim isso parece um Caravaggio. Mas o que diabos eu sei a respeito disso?

— Acha que o produto é autêntico, dr. Coffin? — perguntou Harry.

Gabriel Coffin estava parado no meio da sala, a seu lado.

Coffin olhava para o outro lado do cômodo, para o professor Simon Barrow. O professor vestia um blusão xadrez vermelho, marrom e verde-azeitona, e calça preta, o que o tornava excessivamente desproporcional. Barrow suava abundantemente. Seu cabelo branco estava colado na nuca e ele mantinha as duas mãos rigidamente enfiadas nos bolsos da calça.

— É bom — respondeu Coffin. — Mas prefiro ouvir nosso especialista, o professor Barrow aqui.

Também na sala, juntamente com Wickenden, Coffin e Barrow, estava Elizabeth van der Mier. Os olhos de Coffin permaneceram fixos nela enquanto tentava ler seus pensamentos. Ela não conseguia decidir se preferia ficar sentada ou de pé. Ao que parecia, não preferia nenhum dos dois, e por ela teria achado melhor se atirar pela janela. DIRETORA DE MUSEU AUTODEFE-

NESTRADA, foi como Coffin, sorrindo, imaginou a manchete do dia seguinte. Isso provavelmente parecia melhor do que encarar os integrantes do conselho do museu na segunda reunião de emergência realizada na mesma semana.

A conversa na noite anterior entre Van der Mier e Geneviève Delacloche sugeria aquilo que ela temia. Se Delacloche suspeitara que a pintura comprada na Christie's tinha sido desde o início uma falsificação, então era isso que devia ter acontecido, não? Isso explicaria por que um Caravaggio tinha sido encontrado debaixo dela.

Mas a pintura da Sociedade Malevitch tinha desaparecido em Paris. Não parecia haver ligação com o Caravaggio. Essa não podia ser a pintura da Sociedade Malevitch. É claro que não. Delacloche a teria reconhecido. O *Branco sobre Branco* desaparecido da Sociedade Malevitch tivera sua autenticidade confirmada havia muito tempo. Mas aquilo era demais para ser uma coincidência. Delacloche não tinha nenhuma outra sugestão melhor a respeito do que estava acontecendo, mas sua informação tornava a trama ainda mais densa e, por alguma razão, fazia com que Van der Mier se sentisse melhor. Vítimas procuram companhia.

— Como lorde Harkers recebeu a notícia? — sussurrou Wickenden.

Elizabeth despertou de seus pensamentos.

— Lorde Harkness foi extremamente polido ao telefone — respondeu. — Demonstrou a contenção aristocrática que seria de se esperar dele, mas eu não esperava. Eu o imaginei enterrando alguns alfinetes nas suas coxas enquanto escutava calmamente ao telefone. Ou, o que é mais provável, enterrando alfinetes numa boneca com a minha cara. Pela minha experiência, inspetor, aristocratas não são nem mais gentis nem mais compreensivos do que as outras pessoas, são melhores apenas em disfarçar o que realmente pensam.

Wickenden já tinha falado com Barney. A fofoca que circulava eternamente no interior do Departamento de Conservação aparentemente se baseava num equívoco. Os conservadores da casa haviam dito que ouviram dos conservadores da Tate Britain, que ouviram dos conservadores do museu da Coleção Wallace, que lorde Harkness precisava desesperadamente de dinheiro e corria o risco de perder a casa que herdara dos ancestrais. Parece que isso não era verdade, se bem que agora poderia ser, depois de ter torrado cerca de seis milhões e trezentas mil libras a troco de nada, exceto as copiosas desculpas de Van der Mier. Foi essa tradição de fofocas nos departamentos de conservação que fizera com que tivessem sido batizados de departamentos de conversação. Wickenden sabia a quem perguntar. Mas, lembrou a si mesmo, não se deve acreditar no que se escuta. E agora, ao que parece, ele também não podia acreditar em seus olhos.

Barrow enxugou a nuca com um lenço roxo, que colocou de volta no bolso do peito apenas para retirá-lo novamente. Ele ora se inclinava para a frente, na direção da pintura, ora para trás.

Graças aos esforços dos conservadores e à composição química facilmente removível da camada superior de tinta, a tela inteira estava agora à mostra. Não permanecia nenhum vestígio do falso Malevitch para mascarar os tons sombrios e sinistros do Caravaggio, um banquete de *chiaroscuro*, luz brotando das trevas. Atraía todos os olhares: o de Van der Mier, o de Wickenden, o de Barney, o de Coffin. Eles esperavam pelas palavras de Barrow.

Coffin estava de pé, calado. Em vários sentidos, pensou ele, tratava-se do oposto de Malevitch. Uma pintura toda branca é luz em cima de luz, sem qualquer indício de sombra ou de escuridão.

— Seu tamanho é 140 por 94 centímetros. Ela está com 12,4 por 20 centímetros a menos do que as dimensões do Caravaggio catalogadas, mas vejo sinais de que a tela foi cortada — disse Coffin.

— Por que fariam isso? — perguntou Van der Mier.

— Seria coincidência demais tentar contrabandear uma pintura do tamanho exato de uma que acabou de ser roubada — respondeu Coffin. — É uma prática comum cortar e diminuir telas roubadas. Infelizmente, às vezes o corte elimina partes integrantes da obra de arte. Temos sorte, neste caso, pelo fato de a área periférica dessa *Anunciação* do Caravaggio não conter nenhuma figura. Só mais um pouco do fundo preto. Mas podem ver que a margem da tela está avançando perigosamente na direção do ombro direito de Maria.

— Isso — começou lentamente Wickenden — quer dizer que o Malevitch falso foi pintado em cima do Caravaggio para a pintura ser contrabandeada para fora da Itália?

Todos se viraram para ele.

— Isso foi brilhante, Harry — disse Coffin.

— Faz sentido. É simplesmente lógico. Quero dizer, é como eu mandaria a pintura para fora do país. Se eu desse a mínima para possuir uma obra de arte.

— Bem, é ótimo que não dê a mínima, inspetor, de outra forma o estoque de Caravaggios no mundo iria desaparecer — disse Elizabeth, de repente impressionada.

— Gostaria de um pouco de água, professor Barrow? — perguntou Coffin olhando para o rosto vermelho de Simon, ainda contrariado diante do Caravaggio.

— Não, não. Eu estou bem — dispensou ele, o olhar fuzilando em outra direção. — E é verdadeiro. É o original. Tenho certeza.

— Então vamos ligar agora para os *carabinieri* e contar a eles — disse Wickenden, pensando que tinha levado algum tempo para o professor se decidir. Ele olhou para Elizabeth. Ela não sabia exatamente o que dizer, imaginou ele. Essa era uma ótima notícia para a Igreja, em Roma, e para os *carabinieri*, mas Van der Mier na verdade devia estar pouco ligando, em vista da situação dela. Harry se esforçava para entender qual a relação daquilo com o Malevitch roubado. E se essa falsificação, com o Caravaggio por baixo, era a mesma pintura vendida por intermédio da Christie's, então por que a Christie's não havia percebido o que era tão evidente para os especialistas do museu?

— Posso ir? — perguntou Barrow, de modo hesitante.

— Sim — respondeu Van der Mier —, é claro. Obrigada por ter vindo.

Barrow saiu abruptamente. Coffin, sorrindo, ficou vendo enquanto ele deixava a sala.

— Sabe — queixou-se Elizabeth —, pensei que estivéssemos estreitando as coisas ao responder às perguntas que iam surgindo. Mas ao conversar com a srta. Delacloche ocorreu a nós duas uma série de novas questões. Nem sei por onde começar.

— Que tal, o que o Caravaggio roubado está fazendo por baixo do nosso Malevitch roubado?

— Absolutamente certo, dr. Coffin — concordou Wickenden. — Em que está pensando agora, srta. Van der Mier?

— Só estou tentando entender tudo isso. Não consigo deixar de pensar que esta não é a pintura que compramos da Christie's. A srta. Delacloche e eu perceberíamos se houvesse alguma coisa errada durante o leilão. Quero dizer... Ah, não sei. Se foi trocada, então isso aconteceu entre o momento em que vi a pintura no leilão e quando ela foi entregue ao museu? Ou será que os ladrões a trocaram antes de nos devolver?

— O que significaria que são mais do que apenas ladrões. Também são falsários — pensou Coffin em voz alta.

— Mas por que a falsificação seria pintada por cima do Caravaggio? — perguntou Elizabeth.

— Acho que ou eles são completamente incompetentes ou esbarramos num plano em larga escala. Tem de ser uma das duas coisas, caso contrário só resta a hipótese da coincidência — retrucou Wickenden.

— Sua conversa com a srta. Delacloche resultou em alguma coisa, inspetor Wickenden? — perguntou Elizabeth. — Ela me disse que também falaria com o senhor.

— Ela tentou ser prestativa, mas não sabe de muita coisa. Parece que o detetive francês que trabalha no caso dela, o da pintura que desapareceu de sua Sociedade, também não teve muita sorte. Inspetor Beezo, ou coisa parecida. Ela também disse que ele não fala inglês, de modo que um encontro com ele seria como dar com a cabeça na parede.

— Bem, isso é encorajador — suspirou Elizabeth.

— Não se preocupe, madame. Vou fazer o possível e o quase impossível para resolver isso.

— Isso não é muito mais encorajador — suspirou ela novamente.

Na manhã seguinte, chegaram ao museu dois agentes dos *carabinieri*. Receberam de Coffin, Wickenden e Van der Mier as informações que tinham ido à tona até então. Saíram num carro blindado com a pintura de Caravaggio.

Dias depois, na mesma semana, o Caravaggio foi pendurado novamente sobre o altar de Santa Giuliana in Trastevere. Dessa fez foi fixado à parede, protegido por uma lâmina de vidro à prova de bala, não-reflexiva, e dotado de um alarme. A maior parte dos paroquianos não reparou que ele tinha desaparecido.

— Não posso deixar de pensar, Gabriel, que você teve algo a ver com isso — disse Claudio Ariosto, deixando fluir seu italiano pela linha telefônica em seu escritório romano de simplicidade espartana.

— Gostaria de poder assumir o crédito por isso, Claudio — disse Coffin em seu celular, diante do balcão de queijos do setor de gastronomia da Harrods. — *Stinking bishop*, por favor, meio quilo.

— *Che hai detto?*

— Desculpe, Claudio, eu estava falando com o sujeito da seção de queijos. Você me pegou na hora das compras quando ligou. Estava seguindo várias pistas, uma por meio de Vallombroso e duas outras por minha conta, mas, isso que aconteceu, nunca teria sonhado com isso. Foi pura sorte que um velho amigo, Harry Wickenden, tivesse sido encarregado do caso e me permitido acompanhar sua investigação.

— É incrível. E, ainda que tenha de admitir que sou curioso, não me importa como isso aconteceu. Adoraria saber, mas sei reconhecer um presente dos deuses quando vejo um e, como vocês ingleses dizem, a cavalo dado não se olha os dentes. Se você...

— ... É claro, Claudio. Se descobrir mais alguma coisa sobre o caso, conto a você. Mas acho que isso vai continuar sendo um mistério.

— Contanto que possa acrescentar à minha pilha de "casos resolvidos" e informar ao coronel Pastore que tudo foi esclarecido, não faço questão de mais nada.

Coffin pagou, dando as costas e se afastando, com a sacola verde da Harrods na mão, da avalanche de queijos protegida pela vitrine.

— Gostaria de fazer um pedido, Claudio. Em nome de Vallombroso...

— ... Já falei com o pessoal de Turim. Ainda que não tenha sido a ação dela a responsável pela devolução da pintura...

— ... até onde você sabe.

— Até onde eu sei. Você está sendo modesto, Gabriel.

— Não posso pôr meus contatos em risco, mas...

— ... De qualquer jeito, ela está limpa e agora livre, mas está sob condicional pelo resto da sentença. Nós...

— ... Conheço a letra da lei, Claudio. Para mim é uma grande notícia. Agradeço sua ajuda.

— *Ela* agradece, estou certo disso. Bem, vou deixar você com seus queijos, Gabriel. *Ciao, e grazie.*

Está na hora, pensou Coffin, enquanto enfiava o celular no bolso de dentro do paletó. Aqui estou eu, finalmente. Parou de se mover, enquanto seus olhos corriam pela visão trêmula e fluorescente que se abria à sua frente. Ele pigarreou, antes de falar.

— Dez trufas de chocolate, por favor, e dois *éclairs* de chocolate.

— Michelangelo Merisi da Caravaggio nasceu na cidade de Caravaggio, perto de Milão, em 1571. Sim, Fiona, Milão é a cidade da Prada. Agora vocês têm alguma pergunta de verdade, seus mandriões imprestáveis?

O professor Simon Barrow exercia seu entusiasmo diante de um grupo de estudantes perplexos, distantes, apáticos e tragicamente antenados aos últimos modismos, numa sala com paredes cobertas de veludo verde da National Gallery, em Londres. Pelo menos, era assim que ele pensava nos alunos. Trinta e três idiotas e um professor.

— Aprendiz em 1584 do pintor milanês Simone Peterzano... Não, não precisa grafar o nome corretamente para receber o ponto, Manolo... Ele se mudou para Roma em 1588 e trabalhou no estúdio de Cavaliere d'Arpino como especialista em pinturas de frutas e flores. Na década de 1590, Caravaggio teve como mecenas ricos e influentes cardeais descaradamente homossexuais dados a orgias, não que tenha algo de errado nisso, se essa é a sua praia, incluindo o cardeal Del Monte, seu maior patrono.

"Com a ajuda desses mecenas Caravaggio começou a receber importantes encomendas para igrejas. Mas seu estilo altamente naturalista e sua interpretação radicalmente diferente das cenas bíblicas retratadas resultaram na rejeição de muitos de seus retábulos como sendo 'indecentes', o que basicamente significa que eles não se assemelhavam ao que seus fregueses esperavam. Essas rejeições acabaram se revelando lucrativas, já que compradores particulares arrematavam as pinturas altamente populares de Caravaggio por mais dinheiro do que as igrejas estavam oferecendo."

Barrow inclinava-se para trás e para a frente diante de uma fila de pinturas a óleo em *chiaroscuro*, todas do artista em questão.

— A vida de Caravaggio foi marcada por encontros com a polícia, violência e drama. Ele não apenas não tinha pupilos, ao contrário da maioria dos artistas de sua época, como ameaçou matar aqueles que imitavam seu estilo. Em maio de 1606, Caravaggio matou um adversário num duelo, supostamente numa disputa sobre uma partida de tênis, porém mais provavelmente devido a uma disputa de território entre duas gangues de rua rivais, de uma das quais Caravaggio era um membro beligerante.

Para ilustrar sua história, Barrow agora ensaiava, de modo desajeitado, as poses de um esgrimista. Alguns estudantes deram risadinhas, mas nenhum desviou sua atenção.

— Ele foi gravemente ferido na luta com espadas que se seguiu e fugiu de Roma para escapar da acusação de assassinato. Trabalhou em Nápoles até ser preso por brigar com um supervisor. Fugiu da prisão e passou algum tempo em Malta antes de se mudar para a Sicília em 1608. Quando voltou a Nápoles em 1609 foi atacado por bandidos contratados, que cortaram seu rosto a ponto de torná-lo irreconhecível.

"Esperando um perdão do papa por seu homicídio de 1606, Caravaggio saiu de Nápoles em junho de 1610, só para ser preso, por engano, em Port'Ercole... Sim, um tremendo azar, ainda que ao longo da história toda ele parecesse estar implorando por isso. Certa vez, Caravaggio ameaçou matar um garçom na sua taberna preferida do bairro porque não gostava do modo como as alcachofras estavam cozidas, de modo que não era um personagem dos mais simpáticos. Foi libertado depois dessa prisão. Mas enquanto estava preso todos os bens que possuía tinham ficado no barco no qual estava viajando. O barco e seus pertences, incluindo algumas pinturas, estavam então a uma distância de vários dias de viagem. Caravaggio partiu a pé para reaver seus pertences, mas no caminho contraiu uma febre maligna e morreu, sem ter chegado a saber que o seu perdão havia sido concedido pouco tempo antes."

Barrow tinha se empolgado com a história, o rosto cada vez mais vermelho, seu balanço para trás e para a frente se acelerando, rodopiando a toda hora para gesticular com veemência, acenando para as pinturas atrás dele.

— Contudo, não deveríamos ter pena dele... Então, enxugue essas lágrimas do seu rosto, Nadja... Já que sua vida de conflitos foi imposta por ele mesmo, e cultivada por sua personalidade. O credo de Caravaggio estava inscrito no punho de sua espada, que ele carregava, embora isso fosse ilegal: "Sem esperança, sem medo." Ou, como vocês, adolescentes revoltados, diriam: um cara "sinistro", não? Ainda que sua vida tenha sido tumultuada e sua arte chocante, ele foi um dos pintores mais revolucionários e influentes da história da arte.

Barrow a princípio não tinha percebido que os três homens de terno escuro estavam nos fundos da sala da National Gallery, esperando. Agora eles atraíam sua atenção, e seu discurso desacelerou até parar.

— Para a próxima sala, seus filhos do milho! Vamos lá. Terão tempo de sobra para baixar música de forma ilegal mais tarde, enquanto estiverem fumando unzinho e vendo tevê. Pepitas, crianças! Tenho pepitas de conhecimento, fragmentos de sabedoria que se acumulados correm o risco de torná-los mais inteligentes. Eu as tenho aqui comigo, para dá-las a vocês, pela modesta soma representada pelas suas mensalidades escolares e pela sua atenção. Mas suponho que cheirar cola e peitinhos seja um passatempo mais interessante.

Todos os estudantes de Barrow agora estavam prestando total atenção, mas isso pareceu não amortecer seu rompante. Pararam em frente a uma grande pintura estendida ao longo de toda a parede, com dois personagens nela, pintados em tamanho natural.

— Mil, quinhentos e trinta e quatro. Este é *Os Embaixadores*, de Hans Holbein. Se algum de vocês, seus patetas, tivesse feito a leitura que mandei, saberiam disso. Mas isso é como pedir a um macaco que pare de enfiar o dedo no nariz e escreva *Hamlet*. Nathan Donne, está prestando atenção!?

"As pinturas guardam segredos. Por que estudamos a arte? Ou melhor, deveria perguntar: por que eu falo sobre arte *para* vocês, sob a ilusão deprimente de que alguma coisa do que digo é apreendida? Porque acredito firmemente que as grandes obras de arte estão impregnadas de verdades universais sobre a condição humana. Esteja o artista consciente ou não, o que vêem aqui são paixões pintadas. História: política, social, artística, literária, religiosa, filosófica, psicológica, emocional... Está tudo ali. Querem amor, sexo e morte? Diabo, é tudo que está nessas pinturas! Os segredos são capturados como animais que caem num poço de piche, lutando para escapar, avançando em nossa direção, nós que vemos os quadros, os estudantes, como um tesouro enterrado deixando de fora apenas o faiscar de ouro logo abaixo da superfície. Então, seus pamonhas, peguem a mão estendida na direção de vocês!"

Uma voz na multidão de estudantes gritou:

— Estamos ouvindo! Pode começar a nos ensinar alguma coisa interessante!

— Certo. Holbein era o pintor da corte do rei Henrique VIII da Inglaterra, aquele gordão, com todas as suas esposas. Sabem por que ele era gorducho? Tinha uma doença de pele horrível cujo nome não consigo lembrar, que provocava umas coisas nojentas com casquinha nas pernas dele, que fazia com que ele tivesse muita dor ao andar. Então, precisava ser carregado, e essa falta de exercício fez com que se tornasse, como dizer, avantajado. Mas isso não importa. Holbein era flamengo, como vocês se recordam, se eu tiver uma sorte excepcional, das nossas aulas passadas a respeito de pintura do Renascimento no Norte da Europa, portanto esse estilo não deveria ser novidade para vocês. Lembram de Van Eick? Bem, também essa pintura está cheia de simbolismos ocultos!

Eles ainda estão no fundo da sala, observou Barrow, mas não se mexeram. Só estão lá parados. Que diabo querem agora? Merda, merda, merda, merda, merda.

— Esta pintura foi encomendada pelos dois cavalheiros retratados dos dois lados da mesa com dois tampos cheia de instrumentos e utensílios estranhos. O sujeito à esquerda era o embaixador político da França, e o cavalheiro à direita era o embaixador religioso da França, amigos íntimos representando a França na corte de Henrique na Inglaterra. Este é, à primeira vista, um retrato duplo comemorando uma amizade. Mas há muito mais coisas ocultas aqui. Olhem mais a fundo.

"A mesa no centro da pintura tem dois tampos. O de cima contém instrumentos de medir os céus: astrolábio, globo celeste, telescópio e assim por diante. O tampo de baixo contém instrumentos terrestres, tanto de música quanto de medida. Um globo terrestre, uma música e o que é esse instrumento bulboso? Sim, Cathal, obrigado por sua contribuição. É realmente um alaúde. Então, a pintura está dividida em um plano celestial e um terrestre, Céu e Terra. Mas esse não é o verdadeiro tema da pintura. É apenas o meio escolhido para transmitir algo. Aproximem-se e olhem as cordas do alaúde. Estão vendo? Uma das cordas está quebrada. Se tocássemos esse alaúde, ele iria soar desafinado, dissonante. Portanto, há uma dissonância, uma discórdia no reino terrestre. Estão vendo aonde quero chegar?"

Um grito veio da multidão:

— Não.

— Certo, bem, então cale a boca. Discórdia na Terra, paz no Céu. Talvez precisemos de uma outra pista. Aqui está. Esta música cuja pauta aparece aqui foi identificada como uma composição de Martinho Lutero. Urska, você se importaria em tentar adivinhar o tema dessa pintura, baseando-se nos indícios já citados?

Urska ficou olhando a pintura. Ela tem olhos maravilhosos, pensou Barrow. Então, o olhar dele se voltou para o fundo da sala. Merda.

Urska falou.

— Não foi Henrique VIII que rompeu com a Igreja Católica para criar a Igreja Anglicana, ou coisa parecida? Então, do mesmo modo que Lutero também estava rompendo com a Igreja Católica, pela mesma época, então o tema da pintura é a discórdia na Terra a respeito de detalhes do cristianismo, mas nos Céus tudo ainda vai bem? O problema é a interpretação do cristianismo na Terra.

Barrow sorriu.

— Você está certa. Absolutamente certa. Muito bem! Vai ganhar um biscoito. Esse é exatamente o tema do quadro. Mas antes que vocês todos se dispersem para comer fast-food e queimar esses baseados, existe ainda uma outra peça pregada por essa pintura. Quero que olhem essa forma branca, meio borrada, meio rabiscada, pintada debaixo da mesa, na parte central inferior da pintura. Não se parece exatamente com nada, não? Agora quero que andem para a sua direita, para a esquerda da pintura, e mantenham os olhos fixos naquela forma branca ali.

A massa de estudantes lentamente deslocou-se para a direita, agrupando-se ao longo da grande pintura, olhos focados na massa amorfa pintada na parte de baixo, ao centro. A forma amorfa embaixo da tela lentamente tomou forma — a forma de um crânio branco perfeitamente delineado.

— Cacete! — disse Nathan, em meio a um mar de exclamações semelhantes. — Cara, muito maneiro isso.

— Cacete, realmente. Dito de modo bem eloqüente. Esse é um pequeno truque chamado de anamorfose. Holbein é especialmente esperto, na medida em que brinca com o fato de que seu nome significa "osso oco" ou "crânio". A anamorfose é um truque matemático dos pintores no qual uma forma é pintada de tal maneira que só pode ser vista claramente de um ângulo extremo. Essa mancha branca se transforma num crânio de perfeitas proporções. Acredita-se que esta pintura estivesse exposta numa passagem estreita, de modo que as pessoas se aproximariam a partir da esquerda, um ângulo pelo qual o crânio parece amorfo. À medida que a pessoa anda diante da pintura, e então se vira para ficar de frente para ela, pode ver o crânio. É um *memento mori*, um lembrete de que vamos morrer, então devemos ser bonzinhos e essas coisas religiosas. Então, o percurso de alguém caminhando na frente dessa pintura como que espelha a duração de vida de uma pessoa. Inicialmente, a morte não é considerada, mas perto do fim da vida de alguém a cabeça da morte está bem acima do seu ombro, olhando para você pelas suas costas...

Barrow se interrompeu ao ver os três homens de terno escuro deixarem sua imobilidade no fundo da sala e caminharem em sua direção.

— Bem, acho que já chega por hoje, estudantes... Paspalhos. Eu... Vejo vocês na próxima, seja lá quando for.

Os estudantes se dispersaram. Barrow respirou fundo e deu um passo na direção dos três homens.

— Cavalheiros — suspirou ele —, quantas vezes eu...

— É só isto — disse um deles. Barrow não tinha certeza de qual. Um envelope lhe foi entregue. — Para você.

Barrow olhou para o envelope estufado. Ele engoliu em seco.

— Se isto for uma mão decepada, vou ficar muito desapontado.

Eles não sorriram.

Desviou o olhar do rosto dos homens para o envelope. Ele o segurou em suas mãos avermelhadas, úmidas, e o abriu. Estava recheado de notas novas de vinte libras. Barrow fechou rapidamente o envelope, e seus olhos. Ele respirou bem fundo.

— Obrigado, cavalheiros.

— Com os cumprimentos e agradecimentos do nosso empregador mútuo.

Eles lhe deram as costas e foram embora lentamente. Barrow deu uma olhada em torno da sala e colocou o envelope no bolso de dentro do paletó. Ninguém tinha visto. Com a mão, apalpou o pacote sobre seu coração.

Barrow deu uma olhada por cima do ombro na direção de *Os Embaixadores* atrás dele. O crânio parecia olhar de volta para ele. Que diabo está olhando?, pensou. Ele se virou, afastando-se da pintura, e seguiu rumo à saída.

Barrow ostentava seu sorriso como uma coroa de espinhos.

Capítulo 31

Irma ergueu os olhos para Harry. Ele não tinha ouvido. Depois olhou para o telefone quando este tocou pela segunda vez, e então para Harry, e então de volta para o telefone, e depois para seu prato de torta, e então de novo para o telefone. Levantou de sua cadeira e foi arrastando os pés até o aparelho.

— Alô? Sim. Um momento, benzinho — disse, e depois tapou o bocal do telefone com seu peito volumoso. — Harry, benzinho, é para você.

Harry desviou o olhar da janela por onde via o pôr-do-sol ao entardecer e olhou na direção da mulher sorridente. Ele pegou o telefone.

— É. Certo. O que... Quem está falando? Como conseguiu esse... Mas eu... Certo. É assim? Hummm. Mas...

Depois, apenas o zumbido da linha.

— Foi engano? — perguntou Irma, sorrindo. Harry não respondeu. — Vou ficar lá na sala — continuou ela, enquanto saía da cozinha.

Dez minutos depois Harry atirou seu sobretudo sobre o braço esquerdo, com a ponta arrastando no chão atrás dele. Tropeçou na manga direita ao se dirigir para a sala, onde Irma estava assistindo à sua novela favorita, *Coronation Street*, comendo batatas fritas com sal e vinagre. O lado direito de seu lábio ergueu-se ligeiramente, como sempre acontecia quando Harry ficava parado entre ela e a televisão.

— Então, recebi essa ligação de uma fonte anônima, não tenho a menor idéia de como conseguiu o número ou sabe alguma coisa a respeito do caso, e ele diz que viu algo que nós deveríamos ver, com *nós* ele quer dizer eu, e estou saindo — disse Harry, em seguida fazendo uma pausa. — Não parece muito impressionada.

— Só estou imaginando quem é esse sujeito, ligando assim de repente, do nada, e contando isso a você. Existe alguma recompensa?

— Não.

— Então por que ele diria a você?

— Por que ele não deveria dizer?

— Mas por que deveria?

Harry franziu as sobrancelhas.

— Dá um tempo, Irma, talvez ele seja só um bom samaritano. Há um monte deles...

— ... Mas você não manteve o caso longe dos jornais para proteger o museu?

— Sim. E daí? — perguntou Harry, que estava lutando para enfiar o braço direito na manga direita, sem conseguir. Ele então se deu conta de que estava segurando o sobretudo pela parte de baixo.

— Como ele pode ter ficado sabendo? — perguntou Irma, raspando a comida do prato com uma faca e deixando a água cair na pia sob a luz amarela seca e fluorescente que ficava presa à parte de baixo do guarda-louça, como uma centopéia radioativa.

— Sobre o quê? — perguntou Harry, que havia tirado a manga do sobretudo de baixo do salto de seu sapato e agora estava tendo dificuldade com o forro cor de café do casaco, com uma das pontas pendendo rasgada sobre o piso de linóleo.

— Ele deve ter se envolvido na investigação, se sabia a respeito e se o caso era confidencial.

O bigode de Harry se mexeu enquanto ele olhava vagamente na direção de Irma, ainda que não para ela diretamente.

— Não gosto da idéia de você sair à noite sozinho.

— Bem, você não vai comigo.

— Não quero ir. Mas por que não pode levar alguém com você?

Harry parecia magoado. Seus olhos mostravam isso.

Irma olhou em outra direção.

— Não pode pelo menos esperar até...

Harry virou-se dramaticamente, fazendo rodopiar a cauda de seu sobretudo, agora esfarrapada, e saiu pela porta da frente. Um instante depois, seu bigode despontou pela porta, seguido imediatamente pelo resto da cabeça.

—Você pode estar com razão, mas não tenho de gostar disso — ele disse, antes de sair definitivamente.

Lá fora, na rua, o cheiro azedo das embalagens de papel, da poeira escura, de pontas de cigarro, peixe e óleo, emanava do chão ainda molhado, salpicado de manchas de tabaco queimado à luz do sol que ainda brilhava. Por enquanto a chuva tinha parado, mas ele já havia percorrido metade do quarteirão quando se deu conta de que tinha esquecido seu guarda-chuva. Nem pensar em voltar lá para pegar, pensou, ao se aproximar do ponto de ônibus.

Teria feito muito mais sentido para Harry Wickenden pegar um táxi, mas tantos anos de movimentos repetidos fizeram com que se tornassem automáticos. Toda manhã, às sete e vinte, Harry virava à direita ao deixar seu edifício e caminhava até a esquina, então virava à esquerda e percorria uns 100 metros mais ou menos, até alcançar o ponto de ônibus. Havia dois ônibus, o 45 e o 29, que poderiam levar Harry a seu escritório na Nova Scotland Yard. Mas, não importava qual passasse primeiro, ele sempre pegava o 45. Agora que Harry estava saindo de casa às — ele olhou seu Rolex de ouro de dez libras — sete e quarenta e cinco, e não estava se dirigindo ao escritório, não tinha muita certeza sobre o que fazer. O 111, como um caminhão dos bombeiros com corcunda, chegou e ele embarcou.

Harry tinha um jeito particular de subir nos ônibus. O baixinho negro, ou indiano, pensou Harry, não olhou para ele, ficou apenas parado, com a máquina de bilhetes pendurada a tiracolo, vestindo aquele suéter azul-escuro. Harry não deu atenção e subiu de forma precipitada pela escada em caracol na parte de trás do ônibus. Enquanto subia, o ônibus pôs-se em movimento, e ele se viu pressionado contra a parede, o metal curvo do corrimão em suas costas. No alto da escada, com os joelhos flexionados para manter o equilíbrio, ele avançou até a parte da frente.

No segundo andar Harry buscou o banco da frente, à esquerda. Certa vez tinha desalojado um garoto de 5 anos dali só para ficar com o lugar. Gostava daquele assento especialmente nos dias de tempestade. As rajadas de chuva golpeando a janela, Harry quente e seco do lado de dentro, traziam a ele uma recordação querida.

Com talvez 7 ou 8 anos, Harry estava sentado sobre um carpete cinza, entre os tornozelos de sua mãe, sentada numa cadeira acima dele, de costas para ela. Ele olhou pela janela para uma calha, instalada ali por excesso de zelo, que recolhia a água do telhado em cima, criando a miniatura de uma cachoeira só para ele, em meio à tonitruante chuva lá fora, enquanto a mãe passava os dedos pelos cabelos dele, cor de trigo, ao longo do diâmetro do seu crânio, e o som da chuva, com seus milhões de lágrimas sobre o vidro grosso, e tudo era maravilhoso.

Harry saiu do ônibus que cheirava a couro úmido e pisou na calçada. Chamou um táxi. Os freios guincharam. Ele entrou.

Quinze minutos mais tarde estava num vale formado por armazéns que lembravam mariposas em seus casulos, dispostos em fileiras rígidas sob um céu que parecia de algodão. Até onde sua vista alcançava, nas duas direções, as monótonas estruturas cinzentas, idênticas com suas portas vermelhas, se repetiam ao longe. Um ribombar vindo de cima, do amontoado de nuvens, fez Harry lamentar não ter levado o guarda-chuva. Ele abotoou o surrado sobretudo por cima de sua barriga digna de um Buda.

Número 34, pensou, enquanto erguia os olhos para o número colado acima da porta da garagem. Lá dizia 33. Deu a volta e entrefechou os olhos para enxergar em meio à luz fraca. Em frente do ponto onde estava ficava o Número 34. Ele deu um passo, então parou.

Teria visto algo? Com o canto do olho, percebera que alguma coisa havia se movido. Olhou para a direita, ao longo do caminho pavimentado entre as entradas dos dois armazéns. Não viu nada. Então notou as passagens sombrias e estreitas entre as estruturas dos armazéns.

Rapidamente deu alguns passos à direita e avançou, passando diante de dois armazéns enquanto olhava para o interior de cada passagem, incapaz de enxergar na luz encoberta e em meio às sombras projetadas pelas estruturas.

Três passagens depois, ele havia desistido. Teria visto alguma coisa? Ou melhor, alguém? A periferia é uma área insalubre, mas quem sabe. Ao caminhar de volta para o Número 34 reconsiderou sua recusa de carregar um celular.

A porta para a entrada de carga, pintada do mesmo tom de vermelho de todos os prédios-irmãos naquela fileira de depósitos, estava trancada. Seus dedos escorregaram na primeira tentativa de abrir a maçaneta de metal molhada. Deve ser mecânico, ele pensou. É claro que sim, sou um idiota. À sua direita, na mesma cor da porta para carga e em posição perpendicular a esta, havia uma entrada para pedestres.

Também estou ficando cego, pensou, ao se aproximar. Espero que seja algo legal. Se isso for só uma arapuca, eu vou...

Mas não precisou concluir seu pensamento. Harry olhou para a maçaneta da porta de entrada de visitantes, metal sobre vermelho, e percebeu um brilho na tinta ao longo da beirada da porta, na altura do puxador. Ele pegou na maçaneta. A porta abriu-se com um leve toque. Agora estamos a caminho de alguma coisa.

Harry ajoelhou-se, a beirada da porta bem à frente de seu rosto. Havia um pedaço de fita transparente impedindo a lingüeta de entrar na cavidade da fechadura, mantendo a porta destrancada. As pontas da fita adesiva sobravam para os dois lados da porta, brilhando à luz mortiça do entardecer.

Ainda ajoelhado, Wickenden olhou para a direita, para o interior do depósito. A escuridão era impenetrável e estava mais frio do que do lado de fora. Harry pôs-se de pé, e tentando aparentar naturalidade olhou à volta. Para quem estou fingindo? Para eu mesmo, suponho. Ainda não havia ninguém ao longo da passagem. A chuva leve começou a cair em meio à neblina. Wickenden enfiou a mão no bolso. Os dedos apalparam seu cachimbo, em busca de consolo, mas em seu lugar encontraram o pequeno tubo de plástico. As pílulas dentro dele chacoalhavam, enquanto o frasco rolava entre seus dedos. Não, pensou, dando de ombros e pisando no interior do armazém.

A densa escuridão e a luz oscilante por trás dele projetaram a figura torta de Harry como uma silhueta contra o pórtico aberto. Seus joelhos dobrados, enquanto avançava agachado pelo chão. Não sei onde está o diabo da luz. Então chutou alguma coisa.

Um som de algo plástico se espalhando. Conseguiu distinguir uma forma rolando para a frente e para trás no chão em meio à luz fraca e enevoada. Uma lanterna, muito brilhante. Ele a apanhou e acendeu.

O facho estreito iluminou, em pequenas partes, um espaço completamente vazio. O armazém desimpedido estava destituído de qualquer maquinário, produto ou mesmo de qualquer indício de ocupação. Até onde sua pequena luz podia alcançar, ricocheteando da parede para o chão e de volta para a parede, ele havia sido conduzido para o meio do nada. A voz ao telefone dissera que Harry ficaria interessado em ver o que havia no Número 34, e que estava relacionado ao roubo ocorrido no museu. Mas haveria alguma coisa aqui? Projetou a luz a seu redor enquanto avançava no vazio tomado pela escuridão.

Então a porta atrás dele se fechou com um estrondo.

Harry levou as mãos ao peito e deu meia-volta. Numa única grande torrente, o suor saiu pelos seus poros e umedeceu a camiseta que usava por baixo da roupa. Agora não havia mais luz em lugar algum, exceto pela lanterna em sua mão contraída e quente.

A porta poderia ter sido fechada pelo vento, pensou. Mas era pesada. Mas se tem alguém lá fora, por que iria querer... Estou trancado aqui dentro? Ou, engoliu em seco, eles também estão aqui *dentro* agora? Ele rapidamente desligou a lanterna, e a escuridão ficou completa.

Muito bem, eles não podem me ver, mas eu mesmo não estou enxergando um palmo diante do nariz. Se é que existe um *eles*. Ficou ouvindo. Não havia som algum, exceto a distância palpável que o separava das paredes à sua volta. A respiração de Harry tornou-se pesada. Seu coração estava batendo alto demais. Ficou quieto por um momento e não escutou nada. Ficou assim durante mais um minuto. Acendeu a lanterna.

A luz saltou para o nada. Harry escolheu uma direção e começou a andar. Tinha apenas uma vaga idéia da localização da porta. Uma série de passos o levou a uma das paredes externas. Ele virou e a acompanhou à sua direita. Sua luz captou o metal ondulado da parede durante muitos passos, sem parar, antes de ver alguma coisa.

Inicialmente, Harry deu um pulo para trás, espantado. Parecia um corpo. Alguma forma sob uma pesada lona escura. Harry encolheu-se e perscrutou na escuridão ao redor. Nada se movia, nada que pudesse ver.

Sempre tinha experimentado a sensação de que poderia *sentir* se houvesse alguém ali. Como ocorria nos momentos antes de os olhos se abrirem ao despertar, em que ele podia sentir a presença copiosa de sua mulher examinando-o, já que ela gostava do jeito como seu bigode tremia como uma bandeira ao vento quando ele roncava. Mas ele não sentia ninguém naquele vazio. Contudo, sentia sim uma presença sob a lona.

Que diabo é isso, pensou. Não tem ninguém morto. Ainda. Harry aproximou-se dando mais um passo.

Era impossível dizer se o calombo na lona escondia uma forma enrolada, que certamente não respirava, ou se era apenas um efeito produzido pelo pano. Ele se inclinou para a frente na direção do volume no chão. Cheirava a óleo, poeira e estopa. Harry estendeu a mão, ainda apontando a luz com a outra, na direção do tecido. Seus dedos se fecharam em torno de algo redondo. Lentamente, ele puxou a lona em sua direção, a respiração acelerada e ruidosa. O tecido bruto resistia a sair do lugar. Harry puxou com mais força. Não é um corpo, graças a Deus, pensou.

Então, a lona deslizou com facilidade, expondo o tesouro que escondia. Uma tela enrolada. Uma pintura.

Harry inclinou a luz mais um pouco. E agora? É o... Ah, só pode ser brincadeira...

Harry não podia acreditar em seus olhos. Não espanta que o informante ao telefone tivesse dito que ele iria se interessar. Estava interessado, mas também confuso. Não fazia qualquer sentido. Não conseguia digerir aquilo que estava olhando. Ele o vira acabar de ser levado para Roma. Agora aqui, enrolado diante dele. Soube imediatamente o que era, só pelo pedaço visível na parte superior do rolo. A *Anunciação*, de Caravaggio. Ele o desenrolou mais um pouco.

Que porra está acontecendo aqui? Meu cérebro é pequeno demais para isso. O que o informante tinha dito? Harry apertou a parte mais alta de seu nariz quando a lanterna começou a piscar. Merda, pensou. Tudo bem.

Ele se inclinou para a frente e enrolou a pintura na lona. Aconchegando-a no braço, Wickenden começou a andar rente à parede interna do armazém. A pilha estava acabando e Harry apressou o passo, tentando manter a tela enrolada sob o braço, com cuidado para não apertá-la demais, danificando a pintura. Então viu a porta.

Harry deixou cair a lanterna e virou a maçaneta. A porta se abriu com facilidade, depois foi empurrada pelo vento e escapou de sua mão, batendo com um estrondo metálico contra a parede externa.

Lá fora não havia luz. A chuva continuava a cair suavemente do céu baixo, com a cor de uma pele de foca, e Harry avançou para a escuridão, encurvando o corpo sobre a obra de arte que levava embrulhada em seus braços. Onde vou conseguir achar a porra de um táxi? E por que estou suando feito um filho-da-mãe?

Correu desajeitadamente pelo cânion formado pelos armazéns.

Harry Wickenden ficou parado, encharcado e pingando em meio a uma poça de água que escorrera do casaco até seus pés encolhidos, um cão de caça ensopado, prostrado ainda mais devido à saturação.

A reduzida equipe noturna dos escritórios da Scotland Yard ficou olhando para ele, confusa.

— Ligue para — disse Wickenden, antes de dar um espirro úmido — os *carabinieri*. E para o museu. Agora.

Uma hora depois Elizabeth van der Mier e Barney, o conservador, estavam de pé no terceiro andar da Nova Scotland Yard, entre escrivaninhas idênticas, iluminadas por idênticas luminárias de hastes curvas no escritório sem divisórias. Quando entraram, Wickenden estava ao telefone. Ele acenou mostrando a pintura, apoiada contra o encosto de uma cadeira, num ângulo de 45 graus. Uma lâmpada forte lançava uma luz implacável contra o pano flácido da tela. Harry segurava o telefone junto ao pescoço.

— ... Não tirou os olhos dela o tempo todo? Bem, isso é reconfortante, mas como explica o fato de eu estar olhando para ela aqui bem agora? É isso mesmo? Não posso... Bem, entendo sua posição, mas... Certo. Bem, vou fazer isso, é. Certo. Ótimo.

Harry pôs no gancho o telefone do escritório; o fio do aparelho tinha ficado emaranhado durante a conversa. Voltou-se para os recém-chegados.

— Era o pessoal dos *carabinieri*. Mas, antes, como explicam isso?

Desde que tinham entrado os olhos não se desgrudaram da pintura desenrolada.

— É uma falsificação, não é? — perguntou alguém do escritório, enquanto Barney rondava a pintura, colocada sobre uma mesa sob a luz da luminária. O silêncio se mantinha.

— É claro que é uma maldita falsificação — disse Van der Mier. Todos estavam em silêncio.

— Tudo bem, srta. Van der Mier — assumiu Wickenden. — Todos estamos um pouco estressados, e nenhum de nós gosta do que está acontecendo. Mas... você tem certeza?

— Sim, mas que diabos está acontecendo aqui?

Van der Mier continuava de pé, braços cruzados, o tom avermelhado aparecendo sob a pele da nuca, onde uma película de umidade mantinha cachos de seu cabelo grudados no pescoço.

Harry deu um passo à frente.

— É isso que gostaria de saber.

— Mas quem era o informante? — perguntou Van der Mier, andando de um lado para o outro, encarando a pintura.

— Isso — continuou Harry — também está na minha lista de compras.

Como de hábito, seu jeito de falar lembrava o de uma tartaruga, e servia apenas para aumentar a irritação de Van der Mier, da mesma forma que sua recusa em olhar nos olhos de qualquer pessoa com quem falasse. O bigode de Harry tremeu.

— Mesmo assim eu apreciaria a palavra de um expert — disse, inclinando-se para a frente ao falar a última palavra.

— Estou confuso, inspetor. O Caravaggio roubado original não voltou à igreja à qual pertence? — perguntou Barney sem tirar os olhos da tela.

— Engraçado você perguntar. Agora há pouco estava ao telefone com nossos amigos italianos. Os *carabinieri* afirmam que o Caravaggio original jamais saiu de suas mãos entre Londres e Roma, e no momento está de volta à Igreja de Santa Sei Lá o Quê, desculpe pelo meu francês, são e salvo, certo? Ficará feliz em saber que os *carabinieri* estão cheios de serviço, e não, eles não vão mandar agentes de volta para cá para olhar esta pintura que obviamente está ligada ao caso. Não venham me chatear com mais informações, não me confundam com os fatos, esses filhos-da-mãe. Parece que eles já têm tanta coisa para resolver que estão felizes da vida em colocar essa história toda na pilha dos "casos encerrados", e a história é essa. Bem, a história não é essa. Esta porra não vai ficar assim, desculpe meu francês. Não sei o que eles consideram uma conclusão satisfatória lá entre eles, mas estão todos entupidos de espaguete ou seja lá o que for que comam e estou entalado com esta pintura de Caravaggio que para mim parece a original, de modo que deve ser uma cópia muito boa, o que significa que provavelmente foi feita a partir da original, o que significa que este caso está fedendo mais do que a Dinamarca, ou seja lá que porra de metáfora for essa.

Harry estava sem fôlego, e se recostou numa escrivaninha para apoiar seu entusiasmo raivoso.

— Então o que é isso? Quero falar com Simon Barrel.

— Barrow — corrigiu Barney.

— Estou cagando para o nome dele, desculpe meu francês. Quero a opinião de um especialista. Não entendo muita coisa de arte, mas sei que não é um russo do século XX, então não vou aceitar que venham me enrolar. Ponham Barrow ao telefone.

— Vou ligar para ele para você — disse Van der Mier, abrindo seu celular prateado. Ela apertou uma tecla e manteve o telefone no ouvido. Wickenden fixou Elizabeth com brilho no olhar e um meio sorriso. Será que Barrow estava na lista de seus números mais discados?

Van der Mier completou a ligação.

— Alô, professor Barrow? É Elizabeth van der Mier, do... É isso. Escute, só queríamos confirmar sua avaliação final sobre o Carav... Sim, bem, é o que pensei... Mas o fato é que o inspetor Wickenden queria... Não, não se preocupe. Eu prometo. Obrigada, professor...

Harry tomou o telefone da mão dela.

— Se não se importa, senhorita — disse, apertando o fone contra a orelha.

— É o professor Simon Barrel? Sim, Barrow. Bom. O fato é que temos uma pintura que acaba de ser recuperada aqui no escritório da Nova Scotland Yard que parece exatamente o Caravaggio que o senhor autenticou. Agora, o senhor tem absoluta... Sim, eu entendo. Por favor, acalme-se professor. Não, o senhor não está envolvido... Não. É que a pintura parece tão boa. Se pudesse... Se pudesse... Desculpe, se pudesse apenas nos dizer se esta... cópia foi ou não feita na presença da original, então... É claro que o senhor não está, mas ficaríamos muito agradecidos com a sua coope... Tudo bem, obrigado então. Ótimo, isso seria ótimo — disse ele, fechando o telefone e o devolvendo à sua dona, que não tinha achado aquilo nada engraçado. — Obrigado por sua cooperação, e pelo uso de seu telefone, srta. Van der Mier. Tenho um caso a resolver. Não gosto de mistérios sem solução. Termino cada palavra cruzada que começo, incluindo a do jornal de domingo, de outro modo não consigo dormir à noite. E você quer que eu tenha uma boa noite de sono, pode acreditar nisso. Srta. Van der Mier, o que acha disso tudo?

Elizabeth apoiou o queixo sobre o punho esquerdo, que antes descansava atravessado no peito.

— É tão bem feito. Não sei se passaria por algum teste, mas certamente se parece com... Barney, é mesmo tão boa assim?

Barney ainda estava ajoelhado diante da tela, desenrolada sobre uma mesa.

— Ainda parece fantástica. Mas há muitos artistas que são excelentes copistas. Teria que levá-la de volta para o laboratório para determinar se tiveram tempo de adotar os procedimentos químicos corretos... Mas acho que resolvi o mistério para vocês.

— Como assim? — perguntou Wickenden, que estava colocando dois saquinhos e meio de açúcar em sua caneca de chá favorita e tentando dobrar ao meio o saquinho que tinha ficado pela metade, para economizá-lo para a próxima xícara. Agora derramava o conteúdo do saquinho de açúcar metade vazio em cima da mesa diante dele.

— O que é? — perguntou Elizabeth, inclinando-se para a frente.

Barney sorriu.

— Todo mundo estava tão preocupado com a pintura que ninguém se lembrou de olhar o que estava no verso dela. É fácil ignorar as árvores por causa da floresta. Estão vendo?

Ele virou a tela do outro lado, revelando uma etiqueta branca brilhante removível na qual se lia CHRISTIE'S, LOTE 34.

— Ora se... — disse Elizabeth, com a voz sumindo.

— É a pintura que sumiu do apartamento daquele americano, Grayson — disse Harry, imóvel, o açúcar derramado sobre as mãos postas no quadril estreito. — Kirsty!

A secretária ergueu os olhos.

— Ligue para a Christie's. Agora.

— É tão perfeito que ele ainda por cima vai pagar a você — sussurrou Daniela ao ouvido de Gabriel. Então percebeu o garçom, sorrindo com cortesia, de caneta na mão.

— Nós dois vamos querer o *poulet des Landes* com molho de trufas — disse Coffin, enquanto o garçom vestido de preto assentia com a cabeça.

— Uma excelente escolha, senhor.

— É o melhor frango que já comi. Chamar isso de frango seria como chamar o *David* de Michelangelo de pedra.

O garçom sorriu ao se retirar.

— E um feliz aniversário para você, *amore* — ronronou Daniela. — Quarenta anos de juventude...

O Ivy, possivelmente o restaurante mais adorado em todo o mundo, fervilhava com o burburinho em tom educado, nunca estridente, mas sempre caloroso, à medida que o relógio preparava-se para anunciar o entardecer. A noite tentava espiar através dos vitrais das janelas, mas o aspecto imaculado do restaurante mantinha uma sensação de insularidade, que levava a clientela de celebridades a voltar sempre para seu ambiente aconchegante, livre de câmeras, e fazia com que os clientes plebeus se sentissem nobres.

Coffin virou-se para a mulher elegante a seu lado na mesa para dois, os cabelos, pensou, como folhas avermelhadas pelo outono à luz de um pôr-do-sol. Daniela vestia um tubinho preto, com um novo colar de safiras em torno do pescoço ligeiramente bronzeado. Os olhos de Coffin sempre se viam atraídos pela elegância de sua clavícula, a curva que ia do osso do ombro até o peito, e que é de uma beleza insuperável nas mulheres.

— É preciso encontrar maneiras de retardar ou sublimar a inevitável crise da meia-idade — disse ele, sorrindo. — Estar com você é o melhor presente de aniversário que eu poderia desejar.

Gabriel adorava especialmente as pequenas sardas logo acima do lábio superior de Daniela, quase imperceptíveis, a não ser na intimidade. Ele se inclinou para a frente e as beijou, de leve.

O garçom voltou com uma garrafa de champanhe, que serviu em taças finíssimas e translúcidas, parando antes de a espuma transbordar.

Coffin ergueu sua taça e olhou nos olhos da criatura de cabelos cacheados e escuros à sua esquerda.

— *Congratulazioni*, Daniela. Agora que está livre daquela irritante sentença na prisão e de volta aos braços de seu amado, o que planeja fazer?

Vallombroso sorriu de modo provocante.

— Quero dizer, além disso — falou Gabriel, sem conseguir conter um sorriso.

— Bem — começou ela —, vingança. Mas obrigada a você... Você é realmente brilhante, sabe?

— Senti sua falta, mais... mais do que gostaria de admitir. Sem você, eu era... Bem, minha mente é como uma peneira de aço. Mas os pedaços importantes nunca passam através dela.

— Sou um pedaço, então?

— Você é a rainha — disse Gabriel, tomando seu champanhe.

— Isso é mais uma das suas analogias de xadrez? Da última vez em que nos falamos eu era o bom ladrão.

— Temo que sim. Meu terapeuta diz que nunca superei a derrota naquele torneio de xadrez e que reprimi o desejo de tornar realidade o sonho de meus pais, de terem um mestre enxadrista como filho.

— Você não tinha 10 anos?

— Sim. Meus dias de glória já ficaram para trás há muito tempo. De qualquer maneira, gamão é mais seguro. E nunca confiei de verdade em terapeutas. É surpreendente que eu vá com tanta freqüência a eles.

— Eles têm uma tendência irritante a acertar na maioria das vezes — ponderou Daniela. — Por exemplo, eles provavelmente destacariam o fato de que tanto seu pai quanto sua mãe morreram no 34° aniversário de casamento, no seu 34º aniversário, e associariam isso a seu fascínio com o fato de que a tragédia ocorreu no terceiro dia de abril, o quarto mês do ano, entre três e quatro da tarde.

— Por que você... Não podemos apenas... — disse Coffin, os lábios se crispando.

Daniela pôs sua mão sobre a dele.

— Desculpe, Gabriel. Mas não faz bem a você... Quero ajudar, você sabe... Porque eu o amo...

Coffin forçou um sorriso.

— Tenho certeza de que você tem razão, é claro, a respeito do... É também a sua idade atual, se não me engano. Nada é apenas uma coincidência.

— Exceto quando é.

Coffin estava calado. Daniela olhou para o outro lado, pelo salão de um verde suntuoso. Então ela o olhou novamente, mas não nos olhos.

— Fico sempre imaginando: o que há com os matemáticos — perguntou ela — e com as pessoas que são excepcionalmente boas em xadrez?

Os olhos de Gabriel moviam-se agora na direção do garçom, que havia empurrado um carrinho até a mesa deles. Com habilidade, ele descobriu uma travessa contendo um frango inteiro, quase preto, banhada em fatias de trufas ao azeite de trufa. Deslizou uma faca entre o peito e o osso, a clavícula, pensou Gabriel, e depositou a carne perfeita num grande prato branco.

— Acho que é alguma combinação de lógica e capacidade de antever as coisas. É preciso antecipar qualquer possível movimento de qualquer peça no tabuleiro e formular um contramovimento preventivo. É algo apropriadamente obsessivo-compulsivo. Mantém a mente elástica. Humm, e não se esqueça de guardar algum espaço para o pudim caramelado.

O garçom colocou os pratos bem servidos diante de Daniela e de Gabriel, depois, com elegância, deixou-os com seu jantar.

— Xadrez ou não, sempre preciso de um monte de diagramas com flechas coloridas para compreender a trama, portanto, não superestime minha capacidade. É preciso ser um gênio de verdade para ter isso tudo mapeado na cabeça.

Daniela sorriu e assentiu.

— Com relação à vingança...

— Qual o problema? — perguntou Gabriel, espetando outra fatia em seu prato.

— Sou cem por cento a favor do tipo bíblico — disse Daniela enquanto fazia passar entre os dentes outro pedaço de frango com trufas.

Gabriel ergueu os olhos para ela, com um sorriso.

— Sei disso.

— Mas refiro-me à satisfação pela lei bíblica: olho por olho, dente por dente...

— Ou uma...

— Ou, exatamente. É uma parte inerente à natureza humana, ou a natureza humana evoluiu até aceitá-la por causa da autoridade de sua fonte e de sua longevidade. Se é que não remonta ao Código de Hamurabi e...

— ... Mateus 5:38.

— ... E Mateus 5:38. Como é que se lembra dessas coisas?

— Ah, que é isso, essa é fácil. E eu disse. Lembro as coisas importantes. Seu aniversário, por outro lado...

— Bem, o que acha?

— O que eu acho? Acho que as pessoas são programadas para agir de maneiras predeterminadas. Basta a observação dos indivíduos e o conhecimento da cultura e da sociedade para deduzir de maneira lógica os rumos da ação à qual vamos reagir. Acho que há instintos animais com os quais nascemos, e tomando como base os ambientes em que vivemos, nossos instintos são programados. Esse é o grande segredo. Se podemos reunir informações sobre a vida de alguém, por meio de observação e pesquisa, e se podemos deduzir como diferentes ambientes e experiências afetarão determinada pessoa, então podemos prever a ação e a reação.

— Então acaba de revelar seu segredo?

— Há anos venho fazendo palestras sobre isso, mas não acho que alguém esteja realmente prestando atenção. Traçar o perfil do ladrão de obras de arte e daquele que o contrata. É assim que apanho minha presa — disse Gabriel, pontuando sua frase espetando, de modo dramático, um pedaço de frango e depois continuando: — Mas ainda não há nada terminado. Nunca rio histericamente até ser bem-sucedido. Já vi filmes demais. Não conte seu... Bem, você sabe.

Ele pegou um pedaço de frango. Sua reação foi extravasada em inglês:

— Meu Deus, este frango está bom pra caralho.

— Vamos falar inglês, agora? Preciso treinar — disse Daniela sorrindo, falando em um inglês com forte sotaque. — Gosto quando você fala palavrão. Você fica mais parecido com uma pessoa de verdade.

— Desculpe — disse ele com a boca cheia. — Eu gosto de palavras.

— Mas gosto que você também possa ser bobo. Não dá certo ficar pensando tanto o tempo todo — disse ela, tomando um gole de champanhe. — Por falar nisso, nunca entendi por que você gosta de usar aquelas citações quando está trabalhando, assim por dizer. É um tanto melodramático e faz as pessoas pensarem...

— É exatamente por isso que eu uso. Sei como funcionam os dois lados do jogo. Ao criarmos um perfil falso, protegemos o inocente.

Daniela pensou por um momento.

— Muito esperto. Mas o que o leva a pensar que você é tão inocente?

— Eu? Sou um santo.

— Não na minha cama — disse ela, sorrindo. — Fico feliz por você não ser um religioso, ah...

— ... um zelote?

— Um zelote — disse, dando uma mordida. — Humm, isso é bom para o meu vocabulário. Zelote...

Daniela deu uma piscada.

— Sempre pense um passo à frente.

— Ou mais, se possível.

— Então é por isso que você adora seu trabalho, não é? A mente criminosa é o seu adversário no xadrez?

— É uma maneira simplista de ver a coisa, mas tenho certeza de que você está com a razão. Se fôssemos um pouco mais além, poderíamos dizer que faço isso para impressionar meus pais, depois que os desapontei há tanto tempo, na minha juventude um pouco tumultuada.

— Tenho certeza de que estão sentados em alguma nuvem, em algum lugar, muito satisfeitos com o seu desempenho. Eu sei que estou. A *vendetta* é a melhor vingança.

Gabriel começou a rir.

— Que foi, Gabriel?

— Desculpe, seu inglês é maravilhoso, às vezes esqueço que você... Não se pode dizer "*vendetta* é a melhor vingança".

— Por que não?

— Não sei. Soa engraçado. *Vendetta* e vingança significam a mesma coisa.

— Agora está implicando comigo.

— Estou mesmo. Tenho uma citação ainda melhor para você: Não há vingança mais cruel e incomensurável a ser imposta a alguém do que o arrependimento.

— Essa é outra de suas citações bíblicas...

— Não, essa eu mesmo fiz.

— Estou impressionada — disse Daniela, erguendo sua taça e brindando com Gabriel. — E este frango está bom pra caralho.

— Como vê, sr. Grayson, não descobrimos a ligação entre a pintura que comprou e a *Anunciação* de Caravaggio recém-recuperada. Mas descobrimos que a pintura que o senhor *pensou* ter comprado, uma tela suprematista anônima, listada como o lote 34 da Christie's, era uma falsificação. Sei que isso será um choque para o senhor, especialmente por receber essa informação da Scotland Yard. Fique certo de que o senhor não está de forma alguma sob suspeita. Queremos apenas mantê-lo informado, na medida do que estivermos autorizados a fazer. Um especialista concluiu que essa pintura falsificada de Caravaggio que descobrimos recentemente estava na verdade *debaixo* da pintura que o senhor comprou. Sim, isso mesmo. Alguém, supostamente o ladrão, usou produtos químicos para dissolver a falsa pintura suprematista que estava por cima, para revelar esse Caravaggio falsificado que estava por baixo. Não, não podemos dizer por que, nem por quem foi abandonada. Evidentemente, esse Caravaggio falsificado não era o que eles esperavam encontrar por baixo... Certo. Temo que não possa dizer isso. Mas a tela é a mesma, com a etiqueta da Christie's e um número de série atrás, e ainda há vestígios da pintura suprematista por cima do Caravaggio.

"Realmente, é uma tremenda confusão, mas posso garantir que as coisas estão sob nosso controle. Sim. Sim, é claro. Veja, o caso do qual eu estava encarregado era um outro, diferente, a respeito do qual não posso falar. Mas me incumbi de parte do caso Caravaggio, já que consegui recuperar o Caravaggio enquanto cuidava de minha própria investigação. É uma história comprida, mas quero dizer que somos gratos por sua... Sim. A questão, sr. Grayson, é que não tem ninguém reivindicando esse Caravaggio falso, de modo que, tecnicamente falando, a pintura ainda é sua propriedade e deve ser devolvida ao senhor. Estive em contato com o pessoal da Christie's, e o senhor legalmente comprou essa obra de arte, ainda que tema por ela não se parecer mais com o que o senhor esperava. A Christie's me explicou a coisa em termos simples, já que sou um urso com o cérebro pequenininho, e palavras compridas me incomodam um pouco. Sim, essa é do Ursinho Pooh, acho. É como se tivesse comprado um carro que pensou ser vermelho, para descobrir depois que tinha sido pintado de azul por baixo... Sei que parece engraçado, mas... Certo. Bem, não estou certo quando... Não posso falar mais do que devo a respeito da investigação, não... Mas o caso foi considerado solucionado pelos que haviam apresentado as acusações... Certo, a igreja de onde a tela foi roubada, então o caso foi encerrado. Temo que serei obrigado a aceitar um final feliz para as vítimas de um caso sem solução. Apesar de esse desfecho me dar indigestão, não me cabe reclamar disso aqui. Não para o senhor, tem razão... A pintura será devolvida ao senhor em breve. Obrigado pela compreensão. Está certo, então."

Wickenden pôs o telefone de volta na base. Baixou os olhos para sua mão direita, no ponto onde o pequeno pedaço de grafite de um lápis tinha quebrado sob sua pele quando Frank Scheib o furara acidentalmente na sala de aula, aos 7 anos. Nunca mais tinha saído dali. Gostava de usá-lo como ponto focal sempre que era obrigado a pensar.

Ele havia acabado de responder às suas próprias perguntas? Às vezes o ato de ensinar acabava por cristalizar pensamentos, peneirando o ouro escondido no solo. Devem ter sido os ladrões que tiraram aquela pintura suprematista horrível para revelar o falso Caravaggio. Mas não devem ter ficado felizes com o que encontraram, já que o abandonaram. Então, o que esperavam encontrar em seu lugar?

O telefone tocou. O olhar de Harry se desprendeu do ferimento provocado pelo lápis e ele apanhou o telefone na mesa.

— Alô? Ah, pelo amor de Deus, Irma, estou pensando. O quê? Ah, não sei... Quanto? Tudo bem, então, e... Muito bem... — disse ele, mexendo com os dedos no pequeno tubo plástico dentro do bolso do sobretudo. As pílulas lá dentro chacoalharam ao mesmo tempo. Ele tirou a mão do bolso. — Um litro de leite desnatado e pão integral... Veja, já sei que você não gosta do grão com malte... Tenho trabalho para fazer, Irma... Daqui a pouquinho. Às sete, está bem? Eu... Eu... Você, também.

Pôs o telefone de volta. Em que ponto tinha parado? Ah, certo. Quem poderia ter sido o informante? Não o ladrão, certamente. O que o ladrão teria a ganhar com a descoberta da pintura pela polícia? Só serviria para chamar atenção para o caso e deixar a polícia mais perto da captura. Não havia impressões digitais inconvenientes na pintura ou no tecido da tela. A não ser que fosse uma pista falsa. Mas quem se daria a todo esse trabalho, e depois de a recuperação e a devolução do Caravaggio terem sido anunciadas em todos os jornais? E o informante deve ter sabido que a pintura seria devolvida ao homem de quem tinha sido roubada, esse Grayson. O que diabos tinha acontecido?

Bizot e Lesgourges estavam sentados no chão do apartamento deste último. Embalagens quase vazias de comida chinesa, juntamente com uma garrafa e meia de vinho consumidas, espalhavam-se ao redor deles como minas terrestres. Estavam recostados num velho sofá de couro preto. A agulha cintilante da torre de Invalides os encarava através da janela e da noite estrelada lá fora.

Depois de algum tempo, Bizot falou novamente.

— Mas eu realmente...

— Bizot — disse Lesgourges, erguendo o indicador, pedindo silêncio —, se essa Delacloche confirmou que a pintura que encontramos no cofre na Galerie Sallenave era o *Branco sobre Branco* de Malevitch que tinha sido roubado da Sociedade Malevitch, por que você continua pensando nesse caso? Seu trabalho não termina quando as acusações são apresentadas, se é que vão ser?

Bizot pensou, enquanto, à meia-noite, olhava pela janela.

— Continuo a pensar que deixamos escapar alguma pista...

— Encontramos pistas suficientes, Jean. Seguimos a caça ao tesouro e voltamos com o tesouro.

— É isso que me incomoda. Seguimos cada pista que colocaram diante de nós, como se tivesse sido feito *de propósito*. Essa é a pedra que continua em meu sapato. Era o que queriam que fizéssemos, e fomos manipulados como marionetes.

— Mas chegamos à conclusão de que eles queriam afirmar um princípio, não conservar a pintura — disse Lesgourges.

— Essa é outra pedra. Eles não gostam da idéia que Malevitch fazia de espiritualidade. Então, estavam tentando anunciar alguma coisa. Mas para quem?

Lesgourges acendeu um cigarro de cravo que crepitou.

— O que quer dizer com *para quem*?

— Quero dizer — disse Bizot, que tentou se levantar para criar um efeito dramático, mas pensou melhor e permaneceu recostado no sofá, no chão. — Quero dizer que ninguém mudou. Mantivemos a imprensa longe dessa história, de modo que as únicas pessoas que sabem que esse caso aconteceu estão na polícia e na Sociedade Malevitch. E em vez de dar ao público o estardalhaço que os ladrões queriam, pode ser que a Sociedade Malevitch nem apresente queixa.

— Mas, Jean...

— Somos como crianças, conduzidas até encontrarmos a resposta certa de um modo que pareça ser uma revelação pessoal, quando nunca teriam deixado que falhássemos.

Mais uma vez estavam sentados em silêncio.

— Mais camarão com molho shoyu? — ofereceu Lesgourges. — Não? Bem, vamos terminar com isso.

Ele comeu em silêncio. Os dois se recostaram ainda mais no sofá.

— Estive pensando — começou Lesgourges.

— Isso é sempre um mau sinal.

— E andei pesquisando um pouco, acho que não lhe contei. Sobre o número do quadrado na gravura de Dürer — disse Lesgourges, acomodando seu traseiro. — Ele é chamado de quadrado mágico. É um termo matemático para um grupo de números espaçados a intervalos regulares no qual a soma, nas suas linhas horizontais, verticais e diagonais, dá sempre o mesmo número.

Bizot estava impressionado.

— Onde aprendeu tudo isso?

— Na Internet.

— Humm.

— Esse em especial é chamado de um quadrado mágico gnomônico, porque grupos de quaisquer quatro números contíguos, nesse quadrado em particular, acabam sempre somando trinta e quatro.

— Incrível.

— Parece que a gravura *Melancolia I* é sobre o esforço intelectual de um gênio recluso racionalizando o empirismo da ciência e a imaginação da arte no mundo secular. A ciência iluminista remove o elemento místico da fé e o artista põe-se de luto pela perda.

— Isso não soa...

— Eu sei. Isso é uma citação direta de... da Internet.

— Humm — disse Bizot. — Bem, ainda estou impressionado.

— Parece que as outras duas gravuras de Dürer na série podem fazer parte do mesmo tema geral, racionalizando o iluminismo da ciência com a reverência mística inspirada pela religião e pela arte. *O Cavaleiro, o Demônio e a Morte* é sobre a luta a partir de um ponto de vista moral, enquanto *São Jerônimo em seu Gabinete* aborda a questão do ponto de vista religioso. E nos dias de hoje está tudo na Internet. Como costumava dizer meu antigo professor: "A salvação está na leitura." Mas nunca lhe dei ouvidos.

— Isso é tudo muito interessante. Mas, como dizia Sherlock Holmes, precisamos nos colocar no lugar daqueles a quem queremos pegar, pensar do mesmo jeito que eles fariam. E não consigo imaginar que esses destruidores leriam toda essa história da arte.

— Eles na verdade não destruíram nada, Jean...

— Não — interrompeu Bizot. — Mas se estamos lidando com iconoclastas, estamos lidando com filisteus. Eles não se deram ao trabalho de compreender por que a pintura de Malevitch tem a aparência que tem. Não que eu tenha a pretensão de entender, mas sei o suficiente para saber que uma diferença de opinião não concede o direito de destruir. Estão apenas reagindo ao que leram nela, porque vai contra a doutrina deles. Estão fazendo um juízo baseado na estética, não no conteúdo interno da obra, e o juízo deles é que ninguém deveria ter o direito de chegar à sua própria opinião sobre o quadro. Fizeram com que desaparecesse — disse, fazendo em seguida uma pausa para tomar fôlego. — Não acho que exista uma razão muito profunda para terem escolhido *Melancolia I* para nos guiar até a pintura roubada.

— Acha que há uma razão mais profunda para que Dürer tenha escolhido o quadrado mágico com o número trinta e quatro como chave para sua solução? — perguntou Lesgourges olhando pela janela. — Li que alguns especialistas acreditam que *Melancolia I* seja a reação de Dürer à morte de sua mãe, e que exista alguma ligação entre a mãe e o número trinta e quatro. Mas não consigo me lembrar do resto.

— Para pessoas dadas à reflexão, existe uma razão para tudo. Então, sim, acredito que Dürer tivesse uma razão. Mas não esses criminosos. *Melancolia I* apenas servia aos objetivos deles num nível superficial, porque tem números nela. Não tem a ver com a solução do enigma filosófico. Isso tem relação com a solução de um enigma literal: o que *vemos* na superfície, não *como* lemos o que vemos. Esse pessoal pensa apenas em termos muito rasos — disse, e fez uma pausa. — E que história é essa de você *lendo* tanto desse jeito? Sabe que não aprovo que você melhore sua instrução.

Lesgourges disse:

— Se Sallenave de alguma forma for culpado, ou pelo menos estiver ligado aos ladrões, então como explicar sua coleção de arte? Não apenas aquela à mostra na galeria, mas em seu apartamento?

Bizot fez um gesto no ar com as mãos.

— Essa é a arte que as pessoas *esperam* que ele tenha. Quando se é um rico colecionador de gravuras, então é preciso ter Rembrandt e Dürer. Não estou dizendo que esses criminosos não admiram a beleza e a habilidade de um artista. Estou dizendo que isso é tudo o que admiram. Ao olhar para o *Branco sobre Branco* de Malevitch o que primeiro nos vem à mente não é que se trata de uma suprema demonstração de habilidade artística. O ignorante diria "Eu também sou capaz de fazer isso, o artista aí não demonstra habilidade nenhuma", e não consideraria por que aquilo foi feito, ou que sua reação antagônica era exatamente o que o artista queria provocar.

— Acha que podemos estar na trilha errada? — perguntou Lesgourges. — Quero dizer, totalmente errada?

Estavam sentados em silêncio.

— Sim.

Silêncio.

— De qualquer jeito, não gosto disso — continuou Bizot, os braços curtos e gorduchos cruzados. — É fácil demais. E não gosto da sensação de ter sido usado. Há uma coisa estranha aqui, no fato de tudo se encaixar. Tudo está ligado de um modo perfeito demais. A verdade não é tão limpa. Eles devem ter cometido algum erro, e eu vou descobrir qual é. Esse caso pode estar encerrado, mas ainda não acabei.

Silêncio.

— Pensei ainda em outra coisa hoje — ofereceu Lesgourges —, não que agora importe alguma coisa. A pista final de que precisávamos, *Melancolia I*, que nos levou a descobrir que a combinação do cofre era trinta e quatro, rodado sete vezes no disco do cofre... Bem, a gravura estava no terceiro andar no edifício na rue de Jérusalem, 47. Três, quatro, sete. Acha que é apenas uma coincidência?

Bizot olhou para ele, e então de volta para a janela.

— Nada, ao que parece, nunca é coincidência.

Capítulo 32

A luz do sol mergulhava rumo ao horizonte, passando sobre árvores que pareciam ter sido esboçadas a lápis, caligrafadas num céu de um azul impossível, com toques de um roxo ardente. A lua ia alta, com suas crateras *yin-yang* suspensas na noite que, prematura, já se expunha à luz do dia.

Lorde Malcolm Harkness olhava para o céu através das antigas vidraças de uma janela em seu gabinete de Harkness Hall. Recostou-se numa poltrona de espaldar alto, com o couro marcado por tachinhas de metal, as costas voltadas para uma imensa escrivaninha num aposento coberto com estantes de livros. Obras de arte pontuavam as paredes verdes cor de hera em todos os pontos deixados vagos pelas estantes, antes de retomar seu caminho tortuoso ao longo da parede vários metros adiante.

À direita de sua escrivaninha, uma mesa com tampo de vidro exibia a Bíblia da família, um livro raro impresso no século XVI, com iluminuras, as letras feitas à mão em caracteres góticos alongados, com o tempo esmaecidos de preto para marrom. Na extremidade da mesa, uma escultura *art déco* na forma de uma pequenina mulher nua em bronze mantinha suspensa a haste curvilínea de uma luminária Tiffany com seu abajur de vidro colorido. Uma pequena xilogravura colorida de Hokusai mostrando uma jovem japonesa sentada tomando chá no interior de uma casa enquanto a chuva caía do lado de fora estava pendurada na parede à esquerda da escrivaninha. Acima, um candelabro de cristal espalhava uma luz oceânica sobre o aposento sombrio, e sobre a cabeleira farta e os ombros largos de Harkness.

Sua propriedade se estendia até onde o olhar alcançava, até que a colina descia depois do cume, na altura da copa das árvores, na clareira onde tinha brincado quando criança. Ele pensava nas coisas abomináveis que tinham vindo à sua mente com tanta freqüência e que levavam àquela falta de sono. Não podia perder aquilo, seu lar ancestral, sua história, sua infância, suas gerações passadas, sua identidade, a razão de ser de seu título de lorde, o vestígio de qualquer poder que tivesse um dia possuído, o fruto do trabalho de seus avós há nove gerações, o seu eu. Estivera perigosamente perto disso. Mas agora tudo ficaria bem.

Fixou os dedos sobre a ponte do nariz. Uma espinha continuava a incomodá-lo, mas era um sofrimento de ordem estética, ao qual só podia se dar ao luxo de padecer se suas preocupações mais urgentes fossem resolvidas. Mas o sabor da catástrofe que chegara a sentir, e que temia ser uma antevisão, deixou entranhada em seu estado de espírito uma amargura. Poderia não ter ficado satisfeito tendo seu lar e sua posição assegurados? O pedaço que agora faltava incomodava-o menos pela falta daquilo que lhe tinham prometido e ele não obtivera. O problema era a sensação de que seu plano perfeito ainda pedia um toque final. Uma torre ainda estava por ser concluída, projetada, mas não entregue, o que deixava sua fortaleza sob o risco de ser penetrada. Faltava uma torre do jogo de xadrez.

Os dedos de lorde Harkness passaram por seus cabelos, como linho desbotado. Fazendo sua cadeira girar dando as costas à janela e ao entardecer, ele puxou as mangas da camisa presas por abotoaduras, os olhos fixos na parede diante de sua escrivaninha. Nela estava pendurada uma pintura sem moldura. Era branco sobre branco.

— Ainda chateado, Malcolm?

Uma mulher elegante, com cabelos de um louro-claro, caminhou para dentro do aposento vestindo apenas um tubinho verde-esmeralda com uma das alças caída do ombro. Ela se inclinou atrás da escrivaninha e se aninhou no colo dele, abrindo as pernas. Deixou suas mãos correrem ao longo do colarinho do paletó cinza-claro.

— Sinto muito, Elizabeth — disse ele, num tom ligeiramente desanimado. — Só estou ainda um pouco distraído, por causa do...

— Esqueça-o.

Agarrando-o pelo colarinho, ela o puxou para perto de seus lábios, e afundou sua boca na dele.

— Estou distraindo você ainda mais?

Ele correspondeu ao beijo, por pouco tempo, e com os olhos abertos. Seu olhar deslocou-se para a pintura *Branco sobre Branco* à sua frente, e em seguida baixou para o chão embaixo dela, onde uma tela branca, coberta apenas com gesso, estava apoiada na parede.

— Você deveria me beijar também, lembra?

Com suas mãos macias, ela desviou o rosto dele das telas, deixando-o diante do seu.

— Não gosto de ser passado para trás.

Seus olhos afetuosos estavam sempre úmidos e pareciam à beira das lágrimas, mesmo nos momentos de pouca emoção.

— Não sabemos se fomos passados para trás.

— Ou passados para trás ou traídos. Eu pre-prefiro a primeira opção, porque a segunda poderia significar que... Você sabe o que ele poderia...

— Mas, se ele o fizesse, nós o arrastaríamos conosco em nossa queda. Tudo que ele pode fazer agora é nos manter longe do Caravaggio. Todo o resto correu à perfeição.

— Mas eu...

Ela pressionou o dedo contra os lábios dele, e então o fez deslizar.

— Pense em como nos saímos bem, Malcolm. Não deve se fixar na única coisa que não temos, quando já temos tanto. O Caravaggio era apenas um sonho, uma cobiça, algo que não estava destinado a nós. Mas você queria salvar sua casa, e isso você conseguiu.

— Acho que só estou... Só estou com medo dele. Olhe o que ele fez... Ele é tão...

— Sim. Olhe o que ele fez *para nós*. Ele pôs em prática o plano que você concebeu. Você pôs sua herança de família, aquele *Branco sobre Branco* original de Malevitch — disse ela, indicando a pintura na parede — à venda na Christie's. Eu a comprei de você para o meu museu. Você embolsou os seis milhões e trezentas mil libras que o museu pagou, livrou-se de todas as suas dívidas e salvou esta casa maravilhosa, sua herança de família. Então, como você planejou, ele roubou sua pintura de volta do meu museu para você. E olhe, agora ela está aí, exposta em seu estúdio, como estava antes, mais todo o dinheiro que conseguiu por ela. Seu plano *brilhante* funcionou perfeitamente. Não se esqueça de quem está manipulando quem. É você quem está no controle. Agora não quero que fique obcecado com esse nosso castelo no ar que era, francamente, pura ganância.

— Sua interpretação foi brilhante o tempo todo, Elizabeth. Ninguém suspeitou de nada.

— Não foi preciso muito talento dramático, já que nunca soube dos detalhes do plano, o que aconteceria em seguida. Então, podia reagir naturalmente.

— Não menospreze sua per-performance. Encobrir nosso relacionamento foi o principal subterfúgio, e você foi... magnífica.

— Então, por que ainda está se deixando distrair só por essa peça que ficou faltando?

— Eu o incumbi de roubar a pi-pintura de Caravaggio *para mim*. Não apenas eu não a possuo como não tenho a mínima idéia de onde esteja — disse lorde Harkness, recostando-se na cadeira e descansando as mãos sobre os quadris de Elizabeth, enquanto as pernas dela, nuas, encostavam nas dele. — Até onde sabemos, simplesmente desapareceu.

Lentamente, Elizabeth desabotoou a camisa azul e branca Turnbull & Asser, ligeiramente puída no lado de dentro do colarinho.

— Acha que ele a tirou de você para vender a alguma outra pessoa? É isso?

Harkness segurou a mão dela.

— Faz sentido, não faz? Ele tinha nas mãos um pla-plano infalível. Providenciar o resgate para a minha pi-pintura que ele tinha roubado do seu museu, depois devolver uma falsificação de *Branco sobre Branco*, de Malevitch, com um Caravaggio falso por baixo dele, e pagar a um especialista para autenticá-lo como original, encerrando o caso.

Elizabeth aninhou-se no colo dele.

— Você chegou a saber *como* ele roubou o quadro do museu? Quero dizer, nós dois sabemos o que a polícia descobriu, mas... Eu sabia que ele fazia falsificações, mas não sabia que também era um ladrão.

— Também não sabia que era um ladrão. Ele é conhecido por sua capacidade de planejamento e por suas falsificações. Talvez tenha usado alguma outra pessoa para arrombar e entrar no museu. Ou ta-talvez ele também seja um atleta e tanto. Ainda me espanta a quantidade de pinturas dele que estão expostas nos museus mundo afora no lugar dos originais. O Louvre, o Hermitage, o Met, a Uffizi, o Getty, estão cheios delas... E ninguém sabe. Talvez ele seja mesmo esperto demais.

— Olhe para mim, Malcolm. Não subestime sua contribuição para o sucesso desse plano. Foi sua a idéia de se oferecer para pagar o resgate em nome do museu. Você agora é um herói por causa disso. E tudo que teve de fazer foi pagar a você mesmo as seis milhões e trezentas mil libras, que você pediu e pagou. Ainda que tenha sido ele quem sugeriu que um especialista fosse pago para autenticar o Caravaggio, foi sua a grande idéia de usar Simon Barrow. Com um escândalo prejudicando sua carreira, era o homem perfeito para o serviço.

Harkness suspirou e deixou que os dedos corressem pelas coxas dela.

— Foi algo elegante. Ninguém questiona a autenticação por Barrow, o museu entrega o Caravaggio aparentemente recuperado e o devolve à igreja de onde foi roubado, e o caso está encerrado. A igreja acredita que teve sua pintura de volta, a polícia não compreende, mas mesmo assim o caso é encerrado, e ninguém está procurando pelo Caravaggio que deveria estar pendurado na nossa... nossa... maldita parede. Mas onde o quadro está agora? Ele preparou tu-tudo direitinho para tirar meu dinheiro e depois vender o Caravaggio original roubado para alguma outra pessoa, e faturar ainda mais.

— E o que vamos fazer para detê-lo? — perguntou Elizabeth, tocando no cabelo de Harkness. — Se tentarmos denunciá-lo, ele irá nos denunciar. Se você contratar alguns amigos para ameaçá-lo, ele vai nos denunciar. Se os seus amigos o matarem, então não estaremos numa situação melhor, ainda ficaremos sem o Caravaggio. Mas não se esqueça de que ele não pode nos denunciar sem também se entregar. Só há dois reis no tabuleiro. Esse é o equilíbrio delicado que mantém funcionando essa relação comercial. Não há nada que ele possa fazer para nos prejudicar, a não ser nos privar do Caravaggio. Você tem sua casa, não tem nenhuma dívida e tem seu Malevitch. Estamos seguros.

— Só não gosto... Tem uma coisa... Ele tem uma folha corrida irretocável, uma reputação de honestidade pro-profissional. A não ser que tenhamos feito algo para ofendê-lo... Ou que ele pense que o traímos...

— Acha que é porque roubamos aquela pintura do Robert Grayson? — perguntou Elizabeth.

— É a única coisa que consigo imaginar. Mas ele tinha pro-prometido que o Caravaggio estaria por baixo da pintura do lote 34, que meus homens compraram para mim. E ali debaixo só há gesso branco — disse Harkness olhando para o outro lado do aposento, na direção do que restava do lote 27, apoiado na parede, nada mais do que uma tela coberta de gesso branco. Harkness prosseguiu: — Não gosto quando não consigo entender alguma coisa. Quando você arrumou a procedência falsificada que permitiu que o lote 27 fosse vendido pela Christie's, ele também tinha pedido para pre-

preparar uma procedência falsa para o lote 34, para algum outro negócio em que ele estava trabalhando paralelamente. Eu suspeitei disso, de modo que pedi a meu pessoal que comprasse também o lote 34 no leilão. Será que isso seria razão suficiente para... Foi só quando vimos que o Caravaggio não estava debaixo do lote 27, como ele disse que estaria, que mandei roubarem o lote 34 daquele americano, Grayson. Mas o que me incomoda mesmo é que havia um Caravaggio *falso* debaixo do lote 34. Isso significa que ele pensou que eu seria capaz de pegar o quadro, mesmo depois de ele ter me dito para não fazer isso.

— Talvez ele estivesse punindo você por não confiar nele, por desonestidade — sugeriu Elizabeth.

— Me punir por desonestidade? Mas ele é um ladrão!

— Não importa agora. Talvez exista algum código de conduta que você não tenha seguido. Talvez a única função do lote 34 fosse uma espécie de teste de ética, formulado no interior do plano do roubo.

— Elizabeth, você está sugerindo que estamos lidando com um ladrão de quadros terrivelmente moralista? Eu...

Ela lhe deu um beijo na testa.

— Psss. Tudo vai ficar bem. — disse Elizabeth, inclinando-se na direção dele e sussurrando em seu ouvido. — No que me diz respeito, que se foda o Gabriel Coffin.

Numa manhã clara e sem nuvens, a campainha da porta soou no apartamento de Robert Grayson. Ele, que se preparava para derramar leite em sua tigela de cereal, foi até a porta ainda de chinelos, que combinavam com seu roupão azul. Um detetive de ombros caídos apareceu diante da ampla porta escancarada.

— Bom-dia, sr. Grayson. Tenho uma coisa aqui que pertence ao senhor.

Grayson baixou os olhos e viu um fino retângulo de papel pardo amarrado com uma corda, apoiado nas pernas da calça do detetive. Seu olhar subiu pela perna e encontrou os olhos ausentes, lacrimosos e vermelhos do detetive.

— Inspetor Wickenden. Muito obrigado por trazer o quadro, especialmente por ter vindo em pessoa fazer isso. Eu o convidaria a entrar, mas...

— Não precisa. Posso ver que o tirei da cama. Minhas desculpas. Tenho tendência a me apegar aos meus casos, sr. Grayson e, portanto, busco sempre chegar àquilo que costumam chamar de "conclusão". Por isso vim pessoalmente entregar sua propriedade. Lamento dizer que, ainda que a vítima do crime, a igreja em Roma de Santa alguma coisa, esteja satisfeita com o desfecho deste caso agora encerrado, eu não estou. Começar uma palavra-cruzada, pegar no sono e acordar para encontrá-la toda preenchida não é meu conceito de satisfação. Mas parece que as autoridades constituídas se contentam com milagres e não precisam se preocupar em como eles foram realizados. Então, estamos novamente lidando com uma igreja. O trabalho deles é se darem por satisfeitos com milagres, e nunca perguntar "como". Um ditado sobre dentes e um cavalo dado de presente me veio agora à mente, mas não consigo lembrar o que diz. De qualquer jeito, estou diante de um caso não resolvido, e certamente vai formar um cancro permanente semelhante a uma gangrena crescendo de forma desenfreada na minha psique, ou pelo menos é o que o meu terapeuta diz. Seja lá qual for o valor dela, aprecie sua pintura e tenha um bom-dia.

Wickenden presenteou Grayson com a pintura embrulhada, acenou com a cabeça e partiu.

Grayson, com o pacote na mão, fechou a porta da frente e caminhou de volta para dentro do apartamento.

— Gen, está aqui — gritou.

De dentro do quarto, bocejando e se espreguiçando, veio caminhando Geneviève Delacloche, vestindo apenas a velha camiseta azul-marinho de Grayson com as palavras RED SOX impressas em vermelho.

— Já? — disse ela, bocejando. — Isso é que é eficiência. Na França a polícia levaria meses até acertar toda a papelada.

— Tudo graças a esse detetive muito estranho — disse Grayson, colocando o pacote sobre a mesa de jantar. — Ele é como um balão que vai se esvaziando lentamente.

— Boa analogia — disse Delacloche, e o beijou longamente nos lábios. Então Grayson puxou a corda branca e dura e em seguida o papel pardo. Quando foi removido, eles ficaram olhando a tela por algum tempo.

— Bem — começou Delacloche —, com toda certeza não se trata de uma pintura suprematista anônima.

Grayson sorriu.

— O que é bom. Aquela pintura que comprei era absolutamente horrorosa. Mas você sabe disso. Belo serviço. Não posso dizer que seja um grande fã de Caravaggio, mas isto está muito bem feito. Você, com certeza, poderia ter me enganado se tivesse me dito que isto era autêntico.

— Eu sei. Parece que é uma pena, não?

— Um pouquinho. Mas só um pouquinho. Está pronta?

Delacloche piscou.

— Esperei tanto tempo para conseguir de volta esse tesouro de família, pode apostar que estou pronta.

—Você foi muito paciente. E agora parece que está pronta para receber o ursinho perdido da sua infância.

— É assim que me sinto. Se pelo menos papai estivesse vivo para ver isso sendo recuperado...

Grayson passou seu braço em torno dela e a beijou delicadamente na testa.

—Tenho certeza de que bem agora, lá em cima, ele está olhando para você aqui embaixo e sorrindo.

Delacloche ergueu a tela da mesa e segurando-a em seus braços caminhou até a sala. Havia um pequeno cavalete de madeira armado no meio do aposento, no qual ela depositou cuidadosamente a pintura. Grayson pegou no seu quarto uma caixa verde-escura própria para guardar equipamentos de pesca. Colocou-a sobre a mesa, perto de Delacloche. Ela a abriu e começou a revirar uma infinidade de frascos de plástico com etiquetas brancas, pincéis e utensílios que estavam lá dentro. Pegou um pequeno chumaço de algodão, que mergulhou num dos frascos. Grayson ficou olhando enquanto Delacloche pressionava levemente o algodão encharcado contra a pintura de Caravaggio falsificada. O cheiro de farmácia pairava no aposento. Ao seu toque, a tinta ia se dissolvendo.

Alguma coisa branca brilhou por baixo.

—Venha, Robert! Terminei! — chamou Delacloche da sala.

Grayson saiu do quarto, de banho tomado e vestido.

— Isso foi rápido, menina. Você é fantástica.

Ele fez uma pausa e respirou fundo ao parar na entrada da sala. O Caravaggio havia desaparecido, sem deixar vestígios. No seu lugar, no cavalete, estava um *Branco sobre Branco* de Malevitch.

— É tão maravilhoso quanto eu lembrava — disse ele, suspirando lentamente. — Não acha que a sua Sociedade Malevitch vai sentir falta dele, acha?

— Não agora que já verifiquei o substituto que foi, digamos, descoberto pelo inspetor Bizot na Galerie Sallenave semana passada — disse Delacloche sorrindo. — E o pobre e velho sr. Sallenave nunca chegou a saber nada a respeito.

— Ele não é tão pobre, mas é velho — disse Grayson sorrindo. — Convalescendo em seu *château* enquanto tirávamos a polícia de seu apartamento de Paris. Caso encerrado. Como um relógio. E a polícia acreditou em cada palavra que você disse. Isso é o engraçado a respeito dos especialistas. Todos acreditam no que eles dizem. Não passa pela cabeça de ninguém que eles... Que você... Pudesse ter um motivo oculto. Tenho de admitir que pensei que estivéssemos encrencados quando esta foi roubada daqui assim que chegou. Não estava no nosso plano. Mas parece que ele também tinha previsto isso. Incrível.

Delacloche se voltou para a pintura e balançou a cabeça.

— Não estou vendo qualquer dano, de nenhum tipo. Está perfeito.

Grayson pegou seu celular e ligou.

— É Grayson. Ele está aqui. Em perfeitas condições, tudo exatamente como você prometeu. Foi até entregue a nós pela polícia, como você disse. Eu não teria acreditado se não tivesse... Certo. Bem, não sei como você faz isso. Você vale cada centavo que pagamos. Nem sabemos como agradecer.

— O prazer foi todo meu — respondeu a voz de Gabriel Coffin.

Harry Wickenden caminhava pesadamente em meio ao dia ensolarado, de uma brancura eletrizante. O ar estava cálido, mas revigorante. O azul celestial não era interrompido por nuvem alguma, o céu como uma laguna veneziana, e o sol cintilante, uma faca na água, logo abaixo das ondas na superfície. Aquilo atingiu Wickenden como uma sonora bofetada e os olhos dele piscaram, numa atitude de defesa. Talvez devesse comprar óculos escuros, pensou. Ah, para quê?

Sentia falta de ser envolvido pela névoa fina das nuvens carregadas, da chuva que não parecia debochar dele com uma falsa alegria, a exuberância irracional das lâminas da luz do sol. Talvez devesse comprar um guarda-chuva e andar à luz do sol como uma dama vitoriana com sua sombrinha. Mas aí as pessoas iriam debochar dele, como se a zombaria da natureza não fosse o bastante. Queria ser notado, com certeza. Não muito, mas ser notado. Mas não ao custo de sua dignidade.

Será que sua profissão, seu fenomenal índice de sucesso, não justificaria alguma adulação? Mas ele estava enterrado naquele departamento, considerado pouco promissor em termos de promoções e prestígio. Seus colegas não buscavam sua companhia melancólica, o que o fazia sofrer ainda mais, o que perpetuava a distância entre eles, e o seu desprezo: a cobra mordendo o próprio rabo, o ciclo contínuo que se mantinha. Ele era admirado, talvez, mas não amado, nem procurado. Cansara de passar em frente ao pub Red Lion, encontrando o aroma de cerveja e os risos na noite no meio do caminho, mas sem jamais ser convidado a entrar.

E já há quanto tempo? Harry não conseguia se lembrar de uma época em que não sentisse o peso silencioso, infinito, esse demônio à luz do dia, essa interminável sombra pairando sobre ele. Certamente, nem sempre as coisas tinham corrido daquele jeito. Mas desde que seu filho pequeno... Seu ônibus parou na curva e ele pulou para dentro. Passou pelo funcionário da companhia de transporte, subindo pela escada até a parte de cima, e para a frente.

Seu lugar estava ocupado. Havia uma senhora gorda com as compras empilhadas a seu lado, vestindo um casaco com gola de pele sob o calor da luz do sol que atingia a parte da frente do ônibus. Harry sentou-se na fileira imediatamente atrás dela.

O ônibus avançou com um sacolejo. Harry sentava de lado, uma perna dobrada sobre o lado do banco. Sentiu seu queixo avançar e o lábio superior levantar, mas tentou conter o impulso. O que havia com ele? Se fracassasse no trabalho, o que restaria? Seus pensamentos serviam de combustível para os olhos trêmulos, as têmporas latejavam à luz do sol que entrava por uma grande janela de vidro na frente do ônibus, uma barragem refletida de branco sobre branco, uma avalanche de um vazio absoluto. O sol só era amenizado pela sombra da avantajada velha senhora sentada no banco à sua frente. Ele inclinou-se mais para ficar à sombra dela.

Harry limpou os olhos com as costas da mão. Escorregou a palma úmida de sua mão ao longo do corpo para secá-la, enfiando-a depois no bolso do sobretudo. Dentro, achou seu lenço azul de algodão, e algo mais. Seus dedos tatearam um pequeno tubo laranja de plástico, cujo conteúdo ouviu chacoalhar. Harry parou de se mexer por um momento. A cabeça pesada apoiou-se no encosto do assento à sua frente. Então ele agarrou o tubo de plástico e o tirou de dentro do bolso.

Harry baixou os olhos para o tubo no colo. Era de um laranja translúcido, as formas das pequeninas pílulas empilhadas umas sobre as outras sob o plástico grosso, a tampa de tamanho exagerado como um chapéu de marinheiro. Havia quantas ali? O que aconteceria se tomasse todas?

Ele pressionou a palma da mão sobre a tampa, e a torceu. Aquilo deixou uma marca rosada em sua pele. Derramou o conteúdo do pequeno frasco na palma da mão. A pilha de alegres pílulas ovais, meio verdes, meio amarelas, parecia sorrir para ele. Ele empurrou o dedo sobre a pilha e rolou-as sobre a palma com uma unha imunda.

O ônibus parou num ponto e a velha senhora deixou o banco da frente. Na ausência dela, a luz derramou-se diretamente através da janela e encharcou-o com seu brilho indesejável. Os olhos de Harry se apertaram. Então voltou novamente os olhos para a pilha de pílulas. Respirou fundo e lentamente. Pegou uma das pílulas entre dois dedos, segurou-a por um momento, então jogou-a dentro da boca e a engoliu. Voltou a olhar para as pílulas amarelas e verdes restantes, tão leves em sua mão, prometendo leveza, o vazio de uma bela nuvem de tempestade. Então colocou-as uma a uma de volta ao tubo de plástico — algumas ficaram grudadas na palma de sua mão —, antes de fechar firmemente a tampa branca e guardá-lo de volta no bolso. Ele se sentou mais aprumado e abriu os olhos para ver o mundo passando pela grande janela à sua frente. Durante a visão, permaneceu ali, sem se mudar para o lugar vago diante dele. Talvez o segundo assento servisse, por enquanto.

Quando chegou a seu ponto, Harry saltou, primeiro de seu devaneio, depois, do ônibus. Sua rua parecia limpa e brilhava, enquanto ele percorria a pé a curta distância que o separava de casa, passando pelo restaurante italiano, a cafeteria, o pub Coach & Horses, o quiosque de flores na calçada, a lavanderia automática...

Então Harry parou por um momento. Jogou os ombros para trás e lançou o peito ligeiramente para a frente. Fez meia-volta, deu alguns passos e então tossiu, limpando a garganta.

— Hum, desculpe, senhorita. Poderia... Eu gostaria de um cravo branco, por favor.

— Claro, senhor — disse uma jovem a ele, sorrindo. — Aqui está.

— Obrigado.

Harry pegou a flor entre o indicador e o polegar. Levou a mão ao bolso de trás da calça.

— Não precisa, senhor — disse a jovem, animada.

— Obrigado.

Harry exibiu um meio sorriso enquanto dava meia-volta para caminhar até sua casa em meio ao sol forte para ver sua esposa maravilhosa.

Capítulo 33

Na manhã seguinte, quando lorde Harkness abriu os olhos, a chuva desenhava rostos sorridentes nas vidraças chorosas. Ele ficou olhando para cima, para o teto de madeira escura do quarto principal de Harkness Hall. Esticando o pescoço contra a maciez do travesseiro ele viu, em posição invertida, através do vidro embaçado das janelas, o dia castigado pela chuva.

Elizabeth van der Mier, as costas voltadas para ele enquanto dormia, esticou o corpo descrevendo um arco felino, a omoplata se destacando como as asas de uma borboleta. Suas costas estremeceram ao ritmo de sua respiração. Virou-se de lado e atirou um braço sonolento sobre o peito nu de Harkness. Ela se aninhou junto ao pescoço áspero e cheio de pêlos.

— Bom-dia — suspirou ela.

— Bom-dia, querida.

— Precisamos levantar?

— Hoje é domingo. Pode dormir o quanto quiser.

— O quanto eu quiser? — perguntou ela, erguendo a cabeça só o suficiente para lhe dar um beijo rápido na bochecha, errando seus lábios devido ao cansaço e então deixando a cabeça cair novamente no travesseiro.

— De qualquer jeito, lá fora está chovendo. É mais seguro ficar aqui — disse Harkness passando os dedos pelos longos cabelos louros e claros, enquanto estava de costas, de olhos abertos, ainda que não estivesse desperto. A ânsia por conforto finalmente levou a melhor, e suas pálpebras lentamente se fecharam. Ele dormia novamente.

Horas mais tarde Harkness estava calçando seus sapatos marrom Borgonha sobre as meias de lã escocesa. Estava vestido de modo apropriado para um domingo de lazer no campo: sem um paletó que cobrisse sua camisa imaculada, talvez apenas um cardigã. Saída de uma ducha, Elizabeth surgiu com uma toalha branca em torno dos seios, coberta até os joelhos. Inclinou a cabeça para a esquerda e secou os cabelos com outra toalha.

Na sala do café-da-manhã, Harkness estava sentado com o *Financial Times*, um *croissant* com geléia de morango comido pela metade e uma xícara com um pouco de chá. Elizabeth, na outra extremidade da mesa, corrigia as provas do material de uma exposição prestes a ser montada, a mão direita erguida, segurando a xícara de chá a alguns centímetros dos lábios.

— Tem um dicionário, Malcolm?

— No escritório deve ter um. Qual é a palavra?

— Como se soletra *perspicácia*?

— Não faço a menor idéia, querida.

— Muito bem. Esse sujeito aqui escreveu sem o *s*.

Elizabeth encheu novamente sua xícara, levantou-se, e saiu da sala.

Um momento depois, seu grito chegou até o aposento, depois de passar por vários quartos.

Ao ouvir, Harkness levantou-se imediatamente, cuspindo o chá que tinha na boca, e correu até o escritório. Elizabeth estava no meio do aposento, inclinada sobre a mesa, o braço esquerdo sobre o peito, a mão direita em concha sobre a boca. Harkness tentou acompanhar a linha traçada pelo olhar dela até o chão, junto à parede, abaixo da pintura de Malevitch. Não havia nada ali.

— Onde está o lote 27, a tela com gesso? — perguntou ele, mesma sabendo a resposta. — Mas por que ele tiraria isso de mim? Não há nada nele...

Elizabeth não podia se mexer. Ela murmurava algo para si mesma em meio ao tremor. Harkness veio até ela e pôs o braço no seu ombro. Ela não reagiu.

Então ele viu.

Havia um bilhete no chão, no lugar antes ocupado pela tela com gesso. Estava escrito num papel lustroso, escrito às pressas em tinta vermelha: "Nunca julgue um livro por seu frontispício. Zacarias 5:4, Salmos 23:4."

Ele rodopiou, voltando-se para o canto do escritório, onde estava a vitrina na qual guardava a Bíblia do século XVI de sua família. Com passadas nervosas, atravessou o aposento e baixou os olhos para a caixa de vidro.

Ainda estava trancada. A Bíblia ainda estava lá dentro. Seus ombros relaxaram demonstrando alívio, mas só por um momento, até seus olhos se fixarem, através do vidro, na Bíblia envelhecida e escura. Estava aberta no livro de Zacarias.

Harkness olhou para o bilhete em sua mão, então procurou o capítulo 5, versículo 4, sob o vidro. *Mandá-la-ei, diz o Senhor, e a farei entrar na casa do ladrão, e na casa do que jurar em falso pelo meu nome...*

Esse filho-da-mãe hipócrita e pretensioso, pensou Harkness, trincando os dentes. Por que diabos está fazendo isso? Só porque roubei a pintura de Grayson? Ele parou por um momento, então voltou a olhar para o bilhete. Salmos 23:4, o que ele... espere. Conheço essa citação. A única que sei de verdade. *É, ainda que eu ande pelo Vale da Sombra da Morte, não temo nenhum mal...* Vale das sombras...Vallombro... Oh, meu Deus... O punho de Harkness estava fechado na frente de sua boca aberta, um misto de admiração, compreensão, frustração e raiva. Então foi assim que ele roubou, ela... E é por isso que está fazendo isso comigo, por causa do que fiz a...

Olhou para Elizabeth. Ela estava olhando para o bilhete amassado na mão dele. Então ele compreendeu o porquê. Harkness sentiu seus dedos grudando no lado de trás do bilhete. Ele o desvirou nas mãos. O bilhete havia sido escrito no verso de uma fotografia — uma foto que mostrava ele e Elizabeth na cama do seu quarto, dormindo, vestidos como estavam na noite anterior. Harkness fechou os olhos com força. Sua mente corria de uma revelação a outra. Nunca julgue um livro por sua capa? O que diabos ele... E então compreendeu. Sua postura de autocontrole foi desmoronando lentamente, à medida que o impacto do próprio fracasso atingiu-o em cheio entre os olhos.

Ele amassou a fotografia entre os dedos e a jogou no chão com violência.

— Elizabeth, o que...

Elizabeth apertou as pálpebras nos olhos fechados.

— ... Tem um outro bilhete — sussurrou ela.

Harkness virou-se, pálido de raiva.

Um pedaço de papel estava espetado no *Branco sobre Branco* de Malevitch preso na parede. O coração dele deu um pulo antes que visse seu conteúdo. Então se aproximou.

O bilhete tinha quatro palavras em vermelho: "*Eu também não sou autêntico.*"

— Esse filho da... Mas se este não é o Malevitch autêntico da minha família, então onde diabos ele está?

Na igreja romana de Santa Giuliana in Trastevere, o padre Amoroso dava a comunhão à sua pequena congregação. À medida que os paroquianos dobravam o joelho na genuflexão para receber o corpo e o sangue de Cristo, faziam o sinal-da-cruz e erguiam os olhos para o retábulo de Caravaggio preso na parede acima do padre.

Epílogo

Gabriel Coffin e Daniela Vallombroso tomavam seus espressos nas pequeninas xícaras de metal em seu apartamento de Londres, em frente ao British Museum, sob uma janela ampla, acima do Café Fórum.

Gabriel cruzou a perna direita sobre a esquerda e pousou sua xícara vazia.

— Sente-se melhor agora?

— Muito melhor, obrigada — suspirou Daniela, relaxando e recostando-se em sua cadeira. — A deslealdade deve ser punida. Mesmo entre os ladrões.

— Especialmente entre os ladrões.

O olhar de Daniela correu para uma cópia moderna da gravura de Dürer, *Melancolia I*, emoldurada num chassi prateado pendurado na parede acima da mesa onde eles estavam.

— Gabriel, você gosta de arte abstrata?

— Não especialmente.

— Agora percebo que você se envolve com ela com muita freqüência para quem é um formalista ferrenho.

Gabriel revirou a xícara nos dedos.

— Se está me perguntando se gostaria de ter uma pintura abstrata na parede da minha sala, a resposta é não particularmente. Um antigo professor meu certa vez disse: "Se você tivesse um Mondrian na parede da cozinha, acabaria deixando a sopa queimar."

— O que ele quis dizer com isso?

— Não faço a mínima idéia, na verdade, mas isso ficou em minha cabeça e de algum jeito parece apropriado. Na falta de alguma coisa verdadeiramente profunda, sempre diga algo que dê uma boa citação, certo?

Daniela riu.

— Suponho que sim.

— Mas se está me perguntando a respeito de trabalho, bem, devo admitir que sou preguiçoso por natureza, e é infinitamente mais fácil falsificar uma pintura toda branca do que falsificar um Caravaggio.

— Humm. Essa é uma resposta simples.

— As respostas certas sempre são. Só pinto Caravaggios quando realmente preciso, mas um Malevitch posso fazer rapidinho. Fazemos aquilo em que somos bons. Não tente forçar a barra para tirar uma pedra do caminho se pode contorná-la.

Vallombroso e Cofin ficaram sentados em silêncio por um momento.

— Estive pensando, Gabriel...

— Sempre um mau sinal. Prefiro que minhas mulheres sejam o mais estúpidas possível — disse, sorrindo.

— Isso porque sua lógica de aço tende a apresentar fissuras.

— *Touché* — disse Coffin, pegando as mãos de Daniela entre as suas e olhando suas unhas vermelhas.

— Estive pensando e acho que iconografia é um conhecimento perigoso — prosseguiu Daniela. — Vou dar um exemplo. O seu estudo sobre a linguagem dos ícones permite que você interprete pinturas...

— Sim. Você assistiu às minhas palestras...

— Mas se eu sei que você detém esse conhecimento, então a vantagem passa a ser minha.

— Nesta equipe era para você ficar com a parte dos músculos, não do... Como meu conhecimento pode se tornar uma fraqueza? Conhecimento é poder. Ou pelo menos foi o que li.

— Você disse que a iconografia é uma linguagem. É o mesmo que aprender... ah, não sei... italiano. Se você sabe que *buongiorno* significa bom-dia, e *arrivederci* significa adeus, então detém uma informação que até então era secreta para você. Uma peça do grande quebra-cabeça é liberada e colocada no lugar, e se você se der ao trabalho de aprender alguns poucos milhares de palavras a mais, então o enigma está resolvido, a linguagem conhecida...

— Sou eu quem deveria fazer as palestras chatas, Daniela, eu...

Ela ergueu o dedo num protesto bem-educado.

— Mas se eu tenho consciência de que você aprendeu que *buongiorno* significa bom-dia, então posso optar por dizer quando eu quiser que você escute e compreenda, ou simplesmente não dizer.

— Não acho...

— É como uma pintura. Se pinto um velho com uma ampulheta, seu conhecimento poderia levá-lo a pensar que representa o Tempo. Mas, e se na verdade for um retrato do meu avô e a ampulheta tiver sido incluída de modo arbitrário? Então seu conhecimento teria feito com que você perdesse o rumo. Você pode saber coisas demais, ou pelo menos pensar demais.

— Bem, ah, sim. Mas não — disse Coffin, reclinando-se para trás. — Nada é arbitrário. Especialmente na arte. Se, como você diz, você pintou essa obra mas não teve a intenção de incorporar iconografia, eu diria que isso está além do seu controle.

— O que quer dizer com "além do meu controle"? Se não coloquei um símbolo ali, então não há um símbolo.

— O que Freud diria? Ou Roland Barthes, ou qualquer um desse batalhão de teóricos da arte? Quisesse você ou não, a consciência a respeito da cultura e particularmente da história da arte está no ar que você respira, dentro de seus pulmões, e virá à tona novamente em qualquer coisa que você criar — disse Coffin. — Não importa se você quis ou não que essa pintura tivesse a ver com o Tempo. Ela simplesmente tem a ver, aos olhos de qualquer um que esteja exposto à cultura. Se uma pessoa fala palavras sem sentido que brotam de seu fluxo de consciência, mas se cada palavra é real, em italiano, por exemplo, então ela ainda está falando italiano, queira ou não, tenha ou não consciência disso.

— Eu li Barthes e todos os outros. Havia muito pouca coisa a fazer enquanto eu estava... visitando Turim. O autor perde o poder no momento em que sua criação é apreciada pelo público. O que quer que o público leia na obra está correto *para aquele leitor*. Mas e se eu souber o que você vai pensar? É aí que seu conhecimento pode ser usado contra você. Se digo que um homem vestido todo de preto, carregando uma lanterna, anda na ponta dos pés numa casa às escuras à noite, é provável que você diga que se trata de um ladrão. Mas e se o homem for um padre, a luz tiver acabado e a casa for dele mesmo? Sua suposição teria sido incorreta. Como deduzimos algo em termos lógicos? A dedução é baseada na inferência. Pegamos os indícios de que dispomos, recorremos à experiência de exemplos do passado e inferimos a partir de uma combinação de indícios e vivência que o passado vai se repetir. Indício: digo a você que uma pintura antiga mostra um velho com uma ampulheta. Experiência: você já viu muitas pinturas como essa que se referem ao

Tempo. Inferência: pinturas sobre esse tema seguirão a tendência de exemplos do passado, e a nova pintura em questão segue o caminho das outras que você viu. Mas sei isso a seu respeito. Posso manipular seus pensamentos.

Coffin sentou-se em silêncio por um momento.

— Por que está falando nisso agora?

— A questão, Gabriel, é que você e suas pinturas iconográficas são perigosamente vulneráveis à manipulação. E seu próprio conhecimento deveria dizer que, estivesse você ou não pensando nessa ligação naquele momento, há um motivo para você voltar ao número trinta e quatro. E isso poderia ser usado por alguém que estivesse na sua pista.

Ficaram em silêncio por um momento, antes que ela falasse novamente.

— Eu me preocupo...

— Não precisa.

— Aquele que traça os perfis pode ter seu perfil traçado. Tome cuidado. Só existe uma coisa que vejo como realmente segura.

Coffin cruzou os braços.

— E o que é?

— Malevitch. Com o *Branco sobre Branco*, a iconografia é negada. Não há nada a não ser arte, nada a partir do que se possa deduzir qualquer coisa, nenhum indício, nenhuma experiência a que recorrer. Ele apenas é.

— Mas mesmo Malevitch está reagindo, e ao fazer isso ele está se referindo a ela. No início, algumas coisas eram arte. No pós-modernismo, tudo é arte. O único passo lógico a seguir é que nada será arte. Uma tela em branco. Mas mesmo isso seria uma referência de volta à arte, a Malevitch. E Malevitch estava fazendo uma referência no sentido inverso. Mesmo na pintura toda branca, e sem precedentes, a história da arte está à espreita, escondendo-se à vista de todos, porque não há nada na tela atrás do que se esconder.

Daniela inclinou-se para a frente para falar de novo, mas Coffin retomou seu discurso.

— Mas sua questão foi bem levantada. Devemos proclamar um empate? Dois reis no tabuleiro?

Daniela assentiu. Eles se sentaram abraçados.

— Uma última e importante pergunta para você, Dani.

— *Sì?*

— Você se sente melhor? Quero dizer... vingada?

Daniela fez uma pausa.

— O homem que fez com que eu fosse presa durante meu último serviço e me mandou para a prisão foi privado de uma pintura que ele adora e que para consegui-la contratou você, o Caravaggio. Também o privamos do que considerava o maior tesouro de sua família, seu original de *Branco sobre Branco* de Malevitch. E ele foi passado para trás. A justiça pode não ser bíblica, mas é poética.

— Fico feliz. E saímos de tudo isso... com um hóspede inesperado em casa... — disse Gabriel, inclinando-se para a frente. — Será que devo?

— *Prego.*

Gabriel levantou-se e caminhou até o quarto. Na parede, acima da cama, estava pendurada uma gravura razoavelmente grande de uma ruína romana, de Giovanni Piranesi. Gabriel olhou para ela e então virou-se com um sorriso para a pintura na parede em frente. Era uma pintura grande, um óleo sobre tela num pesado *chiaroscuro*. Duas figuras pareciam nadar no amorfo pano de fundo preto e sombrio. Uma das figuras, de costas para quem via o quadro, tinha asas brilhantes.

Era *Jacó Lutando com o Anjo*, de Palma il Vecchio. Gabriel lembrou do dia de tempestade, com as folhas encharcadas sacudidas pelo vento lá fora, em que tinha comprado aquele quadro em um leilão, quase vinte anos antes.

Passou pela tela e se virou para a terceira parede de seu quarto, na qual estava pendurada uma enorme tapeçaria indiana, uma mistura de açafrão, ouro, ferrugem e canela. Ele enfiou a mão no bolso e retirou uma chave de metal. Coffin levantou a tapeçaria para o lado e fez a chave deslizar para dentro da porta sem maçaneta oculta sob ela. A porta abriu com um clique.

O pequeno quarto secreto iluminou-se com um zumbido suave quando Coffin acendeu a luz. Prateleiras e gavetas imaculadamente conservadas exibiam etiquetas com nomes de substâncias químicas, pigmentos, amostras, livros de referência e fotografias. Um pequeno espelho convexo redondo estava pendurado em frente à porta, na madeira de compensado que cheirava a pó e produtos químicos azedos. Os trechos de parede não tomados pelos armários mostravam fotos de pinturas, recortes de jornais e postais com obras de arte. Em uma foto em preto-e-branco emoldurada, Marcel Duchamp jogava xadrez com uma mulher nua. Uma pintura estava presa na parede, sem moldura, um Rembrandt: na crista de uma onda de um mar castigado pela tempestade, marinheiros se agarravam aos restos de um naufrágio, à espera de ajuda.

No meio do aposento havia um cavalete de madeira, no qual encontrava-se uma grande tela, vazia a não ser por uma camada de gesso branco. Daniela veio por trás de Gabriel e manteve as mãos nos ombros dele enquanto ele continuava sentado num tamborete, de frente para a tela. A seu lado, sobre sua mesa de trabalho, havia uma caneca de café cheia de pincéis, todos com as cerdas para cima, uma jarra de vidro repleta de hastes com estopa e garrafas de líquidos, rotulados cuidadosamente com letras maiúsculas, que suas mãos tinham manipulado com precisão cirúrgica. Coffin aplicou um pano esterilizado embebido em produto químico sobre a tela que estava à espera e com seus toques delicados foi descascando a camada líquida de gesso.

Seu primeiro toque revelou o rosto de uma jovem, seu pescoço caído para trás, como se surpreendida por seu amante, que a espia por uma pequenina janela na parede de gesso que escondia seu segredo.

Daniela suspirou.

— Maria nunca esteve tão linda.

— Engraçado como o branco obscurece. Isso deveria ser uma impossibilidade semântica — refletiu Gabriel. — Parece que ela está espiando por uma janela cheia de neve amontoada.

— Ela ficou soterrada por muito tempo. Vamos deixá-la descansar por um momento. Temos todo o tempo do mundo para ficar com ela agora. Deve estar cansada depois de tudo pelo que teve de passar.

— Tudo bem. Me dê apenas um momento a sós com ela.

Daniela beijou o alto da cabeça de Gabriel e saiu do pequeno aposento, fechando a porta atrás de si.

Coffin virou-se para o gesso diante dele. O pequenino quadrado limpo revelava o rosto de Maria. Ela parecia cansada, e talvez um pouco triste, perpetuamente capturada, ouvindo palavras do arcanjo que transferiu o conhecimento da cruz para seus ombros frágeis e inocentes.

— Não se preocupe — sussurrou para ela. — Vou proteger você.

Ele se levantou e apagou a luz.

Antes de sair do aposento, Coffin fez uma pausa e deu as costas à pintura, aconchegada na escuridão. Um ladrão fora salvo. Ele sorriu.

— Confie nos ladrões.

Agradecimentos

Todos os meus amigos ajudaram a dar forma ao meu processo criativo, e a maioria deles perceberá um eco de nossas experiências no corpo deste romance. Espero que essas alusões os tenham feito sorrir. Mas gostaria de fazer um agradecimento especial àqueles que me ajudaram mais diretamente a tornar este romance o que é.

A David Simon, Michael Marlais e Veronique Plesch, que fizeram de mim um historiador de arte. A Boylan e Mills, que me ensinaram que aquilo que escrevo tem um mérito maior do que a princípio pensava. A meus amigos e colegas nos mundos da arte e da polícia, particularmente Bob Wittman, Bob Goldman, Dennis Ahern, Vernon Rapley, Silvia Conti e Gianni Pastore, que graças à sua confiança em mim deram um impulso à minha viagem por mares nunca dantes navegados no estudo sobre o crime no mundo da arte.

Aos meus amigos que me ajudaram com suas sugestões e conselhos na edição, especialmente Sophy Downes e Patrick Tonks. Para Katie Williams, por ter sido a primeira profissional a ver meu trabalho como algo promissor. A Peter Borland, que é um editor excepcional, o melhor amigo com que um romance de estréia poderia contar. E para Lois Wallace, por me aceitar como o mais jovem integrante de sua lendária e exclusiva lista de clientes... E porque ela é demais.

Para mais informações sobre crimes reais no mundo da arte, e para aprender como pode ajudar a resolvê-los, consulte www.artcrime.info.

1ª edição	AGOSTO DE 2008
impressão	ASSOCIAÇÃO RELIGIOSA IMPRENSA DA FÉ
papel de miolo	LUX CREAM $60G/M^2$
papel de capa	CARTÃO SUPREMO ALTA ALVURA $250G/M^2$
tipologia	BEMBO